SALLY JONE

Collection animée par Soazig Le Bail,
assistée de Charline Vanderpoorte.

Ce livre a été traduit avec le concours du Swedish Arts Council.

Ce roman a été publié pour la première fois
par Bonnier Carlsen Bokförlag, Stockholm, Suède.
Cette version française est publiée avec l'accord
de Bonnier Rights, Stockholm, Suède.

Pour la présente édition :
© Éditions Thierry Magnier, 2016
ISBN 978-2-36474-913-9

Illustration de couverture : Jakob Wegelius
Maquette de couverture : Florie Briand
Maquette intérieure : Amandine Chambosse

Loi n° 49-956 du 16 juillet 1949 sur les publications destinées à la jeunesse

Jakob Wegelius
SALLY JONES

Traduit du suédois par
Agneta Ségol et Marianne Ségol-Samoy

ÉDITIONS
THIERRY
MAGNIER

PERSONNAGES

LUIGI · FIDARDO

ÉLISA·GOMES

ALPHONSE MORRO

COMPANHIA · CARRIS · DE · FERRO · DE · LISBOA

Jorge Amadeo Tomás da Costa

RAUL·GARRETTA

João

AYESHA·NARAYANAN

C.A THURSGOOD · B.WILKINS

GEOFF GERRARD

captain Anderson

HIND SWARAJ
~ OR ~
INDIAN HOME RULE
~ BY ~
M.K. GANDHI

maji sahiba

H.K.H. MAHARADJAN · av · BHAPUR

Doktor Rosa Domingues

KRIMINALINSPEKTÖR·FERNÃO·UMBELINO

LA MACHINE
À ÉCRIRE

Il y a quelques jours, le Chef m'a fait cadeau d'une vieille machine à écrire. Une *Underwood n° 5*, modèle 1908. Il l'a achetée à un brocanteur ici, sur le port de Lisbonne. Le levier de retour manquait et plusieurs touches étaient cassées. Le Chef sait que j'aime bien bricoler les vieux objets. Il m'a fallu quelques soirées pour réparer mon *Underwood n° 5*. Aujourd'hui je m'en sers pour la première fois. Certaines touches sont toujours difficiles à enfoncer mais je devrais pouvoir y remédier à l'aide d'une pince et d'un peu d'huile.

À travers mon hublot, je vois que la nuit est déjà tombée. La lumière des navires au mouillage étincelle dans l'eau noire du fleuve. J'ai installé mon hamac et je ne vais pas tarder à aller me coucher.

Cette nuit, j'espère échapper aux cauchemars.

C'est de nouveau le soir.

Aujourd'hui la chance nous a souri. Le Chef et moi avons pris l'habitude de nous rendre tôt le matin dans un café sur le port où les marins sans travail se réunissent dans l'espoir d'en trouver. La plupart du temps, nous rentrons bredouilles mais aujourd'hui ça a marché. Nous avons porté des sacs de charbon de l'aube jusqu'au coucher du soleil. J'ai mal au dos et aux bras, la poussière de charbon s'est infiltrée dans mes poils et me gratte. Le salaire n'était pas bien gros mais tant pis. Nous avons besoin de chaque sou que nous arrivons à gagner.

Je suis rompue de fatigue mais j'ai surtout sommeil. Cette nuit encore j'ai mal dormi. Depuis au moins un mois, je fais des cauchemars.

Toujours les mêmes.

Certaines nuits, je rêve que je suis de retour dans la salle des machines du *Song of Limerick*. Des bras musclés me retiennent pendant que la chaudière à vapeur s'emballe et que le navire coule.

D'autres nuits, c'est le commissaire Garretta qui revient dans mon rêve. Il fait sombre et je ne parviens pas à me localiser dans l'obscurité. Je me trouve peut-être parmi les tombes dans le cimetière à Prazeres. Je ne vois que les petits yeux glacials de Garretta sous le rebord de son chapeau et je perçois l'odeur âcre de poudre de son revolver. Le coup de feu continue de retentir dans mes oreilles.

Mais le pire de mes cauchemars est celui où j'attends le Chef devant une grande porte métallique. Il pleut, les heures passent et j'ai terriblement froid. J'essaie de me persuader que la porte ne va pas tarder à s'ouvrir. Mais au fond de moi, je sais que ça n'arrivera pas. Le Chef est enfermé derrière ce grand mur qui s'élève devant moi et la porte ne s'ouvrira pas.

Il m'arrive de pousser des cris en dormant. Une nuit, il n'y a pas si longtemps, le Chef s'est précipité dans ma cabine en brandissant une énorme pince à tubes. Il m'avait entendue et était persuadé que quelqu'un s'était introduit dans le bateau et était en train de me faire du mal. Ce qui aurait effectivement pu être le cas vu que nous nous sommes fait des ennemis dangereux à Lisbonne.

À présent, je suis trop fatiguée pour continuer à écrire. Je reprendrai demain. Je suis contente de mon *Underwood n°5*.

Ce soir, il y a du brouillard. Il est arrivé du large dans l'après-midi. Quand je suis montée sur le pont tout à l'heure, j'ai constaté qu'on distinguait à peine les grues sur le quai. De temps à autre, le cri rauque des cornes de brume et le tintement des cloches des navires me parviennent du fleuve. Il règne une ambiance fantomatique.

Aujourd'hui aussi le Chef et moi avons chargé des sacs de charbon. Tout en travaillant, j'ai réfléchi à mon *Underwood n°5* et je sais maintenant à quoi elle va me servir.

Elle va m'aider à écrire la vérité.

Je vais écrire la vérité sur l'assassinat d'Alphonse Morro.

Je veux que tout le monde sache ce qui s'est réellement passé.

Et j'espère que l'écriture me libérera de mes cauchemars.

PREMIÈRE
PARTIE

CHAPITRE I
Le Chef, le *Hudson Queen* et moi

Pour ceux qui ne me connaissent pas, je tiens à préciser que je ne suis pas un être humain mais un singe anthropoïde. Un grand singe. D'après les scientifiques, j'appartiens à l'espèce *Gorilla gorilla graueri*. La plupart d'entre nous vivent en Afrique, dans la jungle profonde, le long des rives du fleuve Congo. Il est d'ailleurs probable que ce soit de là que je vienne.

J'ignore comment je me suis retrouvée parmi les hommes et je ne le saurai sans doute jamais. Ça remonte probablement à ma toute petite enfance et il est possible que ce soient des chasseurs ou des habitants de mon village qui m'aient capturée et vendue. Mon premier souvenir est un sol en pierre froid sur lequel j'étais assise, une chaîne autour du cou. Peut-être était-ce à Istanbul mais je ne peux pas le garantir.

En tout cas, je vis depuis dans le monde des humains. J'ai appris la manière dont vous réfléchissez et je comprends ce que vous dites. J'ai appris à lire et à écrire. J'ai appris à voler et à trahir. Je sais ce qu'est la cupidité. Et la cruauté. J'ai eu de nombreux maîtres, j'aimerais effacer de ma mémoire chaque trace de la plupart d'entre eux. Quelqu'un m'a donné mon nom. Mais j'ignore qui. Et pourquoi.

Quoi qu'il en soit, je m'appelle Sally Jones.

Beaucoup de gens pensent que le Chef est mon maître actuel. Mais il ne fait pas partie de ces hommes qui éprouvent le besoin de posséder quelqu'un. Nous sommes des compagnons. Et des amis.

Son nom est Henry Koskela.

Notre première rencontre remonte à loin. J'étais passagère clandestine sur un cargo du nom de *Otago*. L'équipage m'a découverte et le capitaine a donné l'ordre de me balancer à la mer. Le chef mécanicien est alors intervenu et m'a sauvé la vie. C'était le Chef.

Quelques années plus tard, nos chemins se sont de nouveau croisés. Cette fois dans le quartier des docks de Singapour. J'étais alors gravement malade, enchaînée à un poteau devant un vieux bar vétuste. Le Chef m'a reconnue et m'a achetée au propriétaire du bar. Il m'a ensuite emmenée avec lui sur le bateau où il travaillait à l'époque. Il m'a soignée et m'a donné à manger. Voilà comment il m'a sauvé la vie pour la deuxième fois.

Quand j'ai récupéré forces et santé, le Chef m'a donné des petites choses à faire dans la salle des machines. Le travail m'a plu et j'ai fini par savoir me débrouiller correctement grâce à lui. En réalité, c'est lui qui m'a appris tout ce que je sais sur les moteurs et sur la vie en mer.

Depuis, on ne s'est plus quittés, le Chef et moi. De l'Asie du Sud-Est, nous nous sommes rendus en Amérique. À New York, nous avons acheté notre propre cargo, le *Hudson Queen*, et nous avons transporté différents chargements le long des côtes de l'Amérique, de l'Afrique et de l'Europe. Nous étions nos propres patrons et gagnions suffisamment d'argent pour maintenir le bateau en bon état.

La vie pouvait difficilement être meilleure.

J'espère qu'un jour nous pourrons retrouver ça.

Il y a bientôt quatre ans, un grand changement a eu lieu et c'est là que nos malheurs ont commencé. Durant l'été, nous avions navigué dans les eaux britanniques. À l'arrivée de l'automne, nous avons décidé de partir vers des latitudes plus clémentes pour échapper aux tempêtes hivernales de la mer du Nord. À Londres, nous avons chargé des boîtes de conserve destinées aux Açores, un groupe d'îles dans l'océan Atlantique.

Au début, tout s'est bien passé. Le temps était favorable et les vents doux. Mais un beau matin, notre chance a tourné.

Nous sommes entrés en collision avec une baleine. Elle s'en est bien sortie mais le gouvernail du *Hudson Queen* s'est déformé. Pendant que nous essayions de réparer les dégâts, le temps a changé et le vent s'est mis à souffler très fort. Nous étions totalement impuissants. Le *Hudson Queen* a commencé à partir à la dérive. Sans l'ancre flottante, nous aurions été perdus. Il a fallu attendre que le vent tombe pour pouvoir bricoler un gouvernail de fortune. Nous avons ensuite mis le cap sur la côte portugaise et nous nous sommes abrités dans un port de salut à Lisbonne.

Après avoir déchargé les conserves, nous avons mis le *Hudson Queen* en cale sèche pour réparations. Les travaux ont duré deux bonnes semaines et nous ont coûté toutes nos économies. Le Chef a ensuite fait le tour des compagnies de transport maritime à la recherche d'une nouvelle cargaison. Sans résultat. De nombreux cargos vides attendaient déjà des jours meilleurs le long des quais.

Les semaines ont passé. Être en rade et à court d'argent n'est jamais très drôle. Encore une chance que ça soit arrivé à un endroit tel que le port de Lisbonne ! Le samedi, nous avions pris l'habitude de faire un tour en tram. Même San Francisco n'en possède pas de cette qualité.

Notre poste d'amarrage se situait en bas du quartier de l'Alfama. Un quartier pauvre, endormi le jour et grouillant de dangers la nuit tombée. Des gens de toute sorte y résidaient. Personne ne réagissait à la vue des siamois qui vendaient des lacets dans la Rua de São Pedro. Pas plus que devant les danseurs du Diable d'Afrique de l'Ouest qui se réunissaient dans les ruelles sombres en période de lune descendante. Dans le quartier de l'Alfama, même un gorille en bleu de travail n'attire pas les regards. Et c'est une bonne chose.

Le soir, nous allions généralement à *O Pelicano*, un restaurant où se rendaient beaucoup de marins en escale à Lisbonne. *O Pelicano* se trouve Rua do Salvador, une ruelle étroite et triste dans laquelle les rayons du soleil ne s'aventurent que rarement. Senhor Baptista, le propriétaire, ancien cuisinier sur les bateaux de la compagnie Transbrazil, offrait toujours un verre d'aguardiente en apéritif à tout le monde sauf à moi qui préférais un verre de lait.

J'ai de bons souvenirs de nos soirées passées à *O Pelicano*. Mais aussi quelques mauvais.

C'est à *O Pelicano* que nous avons rencontré Alphonse Morro pour la première fois.

CHAPITRE 2
Morro

Ce soir-là, le Chef et moi avions travaillé tard dans la salle des machines du *Hudson Queen*. Je me souviens qu'il pleuvait quand nous sommes sortis pour aller dîner. Les lumières des lampes à gaz se reflétaient dans les pavés mouillés du quai. L'eau sale ruisselait dans les ruelles étroites de l'Alfama.

Il faisait chaud à *O Pelicano*. Les habitués étaient serrés autour des tables rondes dans la salle enfumée. Plusieurs d'entre eux nous ont salués d'un hochement de tête ou d'un signe de la main. Des marins et des dockers, des filles de joie aux yeux cernés et des musiciens en manque de sommeil. Une imposante femme habillée en noir qui s'appelait Rosa chantait une chanson sur l'amour malheureux. C'était du fado, un genre de chansons caractéristique des quartiers pauvres de Lisbonne.

Ce soir-là, j'ai remarqué un client assis seul à une table près de la porte. Je ne l'avais jamais vu auparavant. Il a levé le regard de sa tasse à café quand nous sommes entrés. Son visage était maigre et très pâle, ses yeux noirs brillaient sous le bord de son chapeau. Quand senhor Baptista nous a conduits à une table libre au fond de la salle, j'ai senti qu'il nous suivait du regard.

Senhora Maria, la femme de senhor Baptista, nous a servi un bol de soupe à la tomate avec du pain. Nous venions tout juste de commencer à manger quand l'homme près de la porte s'est levé et s'est approché de notre table.

– Mon nom est Morro, a-t-il dit tout bas. Il paraît que vous avez un bateau. Et que vous cherchez du travail.

Le Chef, d'abord surpris, a répondu l'air content :

– C'est exact. Asseyez-vous !

Morro s'est assis après avoir lancé un regard inquiet par-dessus son épaule.

– Il s'agit de quelques caisses, a-t-il expliqué tellement bas que le Chef a dû se pencher en avant pour l'entendre. Il faut aller les chercher à Agiere, un petit port à l'embouchure du fleuve. Je vais vous montrer.

De sa poche intérieure, il a sorti une carte qu'il a dépliée sur la table. En voyant la méticulosité avec laquelle le Chef s'est mis à l'étudier, j'ai compris qu'il voulait s'assurer que le fleuve était suffisamment profond.

– Il a beaucoup plu au cours de ces dernières semaines, a fait remarquer Morro. Le niveau de l'eau est élevé. Vous n'avez pas à vous inquiéter, vous ne risquerez pas de toucher le fond.

– Ça dépend du poids de notre chargement, a répliqué le Chef. De combien de caisses s'agit-il ? Et quel est leur contenu ?

– Des *azulejos*. Des carreaux de faïence, a précisé Morro. Il y a six caisses. Chacune pèse environ trois cents kilos.

– C'est tout ? s'est étonné le Chef. Pourquoi ne pas les transporter plutôt par la route, en chariot à cheval ?

– C'est une faïence très chère et extrêmement fragile. Les routes sont mauvaises et je ne veux pas risquer que les carreaux se brisent. Alors, vous acceptez le travail ?

– Ça dépendra de la rémunération, a souri le Chef.

Morro lui a tendu une enveloppe contenant des billets que le Chef a comptés. J'ai vu à sa tête qu'il ne s'attendait pas à trouver une telle somme.

– Les caisses sont à décharger à Cais de Sodré, a poursuivi Morro. Si vous le faites d'ici quatre jours, je vous donnerai une deuxième enveloppe avec la même somme.

Le visage du Chef s'est fendu d'un grand sourire.

– Affaire conclue, a-t-il dit en tendant la main à Morro qui l'a rapidement saisie.

Sans un mot de plus, l'homme s'est levé et s'est frayé un chemin parmi les tables avant de disparaître dans la nuit.

Quelques heures plus tard, le Chef et moi sommes descendus au port et au *Hudson Queen*. La pluie avait cessé et une lune mouillée apparaissait de temps à autre entre les nuages déchiquetés. Le Chef était d'excellente humeur. Pour fêter le fait d'avoir enfin trouvé du travail – bien payé de surcroît – il avait offert un verre à tout le monde au restaurant.

– La chance a tourné, a-t-il dit. Cet argent nous permettra de nous ravitailler en charbon et nous pourrons bientôt aller jusqu'en Méditerranée ! Là-bas, il y a toujours de la marchandise à transporter pour un bateau comme le *Hudson Queen* !

J'aurais voulu pouvoir me réjouir moi aussi, mais quelque chose m'en empêchait. L'homme qui disait s'appeler Morro m'avait mise mal à l'aise. C'était peut-être à cause de son regard qui avait un éclat étrange, fébrile. Et aussi à cause de l'odeur de peur qui émanait de lui.

CHAPITRE 3
Agiere

Le lendemain matin, je me suis levée avant l'aube pour mettre en route la chaudière. Après le petit déjeuner, le *Hudson Queen* était prêt. Nous avons largué les amarres et sommes partis en remontant le Tage. Cap nord-est.

C'était une merveilleuse journée d'automne. Le soleil brillait et sur la passerelle, le Chef chantait à gorge déployée. C'était toujours la même chanson quand il sortait en mer après avoir passé trop de temps dans le port.

Au revoir, adieu, ma Belle !
Farewell, goodbye, femme Cruelle !
J'ai trop attendu, le large m'appelle.

Je pars vers des pays lointains
Mais que t'importe mon destin
Mon amour ne te manquera point.

Le premier jour, tout s'est bien passé. La circulation sur le Tage était intense. Nous avons croisé des petites embarcations à vapeur et de larges péniches à voile chargées de vin, de légumes et de fruits.

À la tombée de la nuit, nous sommes arrivés à Constância, une petite ville aux maisons blanchies à la chaux située sur une langue de terre, où nous avons passé la nuit. Tôt le lendemain matin, nous avons repris notre voyage en empruntant une rivière, le Zêzere. Les courants y étaient plus forts, le Chef avait des difficultés à naviguer parmi les bancs de sable. Les maisons sur les berges étaient rares et nous n'avons pas croisé d'autres bateaux.

Tard dans l'après-midi, une petite cascade nous a empêchés d'avancer plus loin. Sur la berge sud il y avait une jetée et une maison solitaire. D'après la carte de Morro, il s'agissait bien d'Agiere.

Des récifs acérés menaçaient au fond de l'eau cristalline. Je me suis installée à la proue pour les guetter et aider le Chef à se diriger jusqu'à la jetée.

Après avoir accosté, nous sommes partis à la découverte des lieux. Une partie du toit de la petite maison s'était effondrée et il n'y avait plus de carreaux aux fenêtres. Un chemin étroit, envahi d'herbe et de fougères, menait vers la forêt. C'était visiblement un lieu peu fréquenté et la dernière visite devait remonter à loin.

Pas la moindre trace de caisses d'*azulejos*.

– Qu'en penses-tu ? m'a demandé le Chef en se grattant la tête. On s'est moqué de nous ?

J'ai haussé les épaules. Oui, j'en avais bien peur. L'homme qui s'appelait Morro nous avait pourtant déjà donné une importante somme d'argent. Tout ça était étrange. Et inquiétant. Soudain, l'endroit m'a paru hostile.

De retour sur le *Hudson Queen*, le Chef s'est occupé du dîner pendant que je préparais la salle des machines pour la nuit. Nous avions décidé de rester jusqu'au lendemain. Naviguer de nuit serait trop risqué.

Nous avons dîné, le Chef a allumé un cigare et nous avons joué au rami. J'ai gagné et le Chef a dû se résoudre à faire la vaisselle.

La soirée était calme et belle. À la lumière du jour déclinant, les moustiques dansaient dans la brume qui flottait au-dessus du fleuve. Je me suis allongée dans mon hamac que j'avais attaché entre le mât et un hauban et j'ai contemplé les hirondelles qui volaient dans le ciel. Tant qu'il faisait encore assez clair, le Chef est resté sur le pont à fabriquer de nouvelles amarres pour le bateau de sauvetage, mais une fois la nuit bien installée, il est allé chercher son hamac, lui aussi.

Le bruit de la cascade était soporifique et le Chef ronflait déjà au bout de quelques minutes. Moi aussi, j'ai fini par m'endormir.

Je me suis réveillée en sursaut.

Je n'avais aucune notion de l'heure mais j'ai constaté que les étoiles scintillaient et que le ciel était noir. J'ai mis quelques instants à comprendre qu'un bruit m'avait tirée de mon sommeil.

Un craquement. Venant de la forêt derrière la maison abandonnée. Peu après, j'ai aperçu une lumière qui oscillait parmi les arbres au loin.

Je suis descendue du hamac et, sur la pointe des pieds, je suis allée retrouver le Chef. Je lui ai doucement secoué l'épaule et il s'est aussitôt réveillé. Le sommeil des marins est rarement profond.

J'ai fait un geste vers la forêt et la lumière qui, à présent, était plus forte. Elle venait probablement d'une lanterne qui bougeait.

À peine une minute plus tard, une charrette tirée par un cheval est passée devant la maison et s'est arrêtée sur le terrain herbeux devant la jetée. Trois hommes étaient assis sur le siège du cocher. Un quatrième, à cheval, suivait derrière. Ils étaient tous habillés de vestes usées et de gilets en peau de mouton. Sur la tête, ils portaient des chapeaux mous. On aurait dit des paysans.

Le quatrième homme est descendu de son cheval. Il s'est étiré. La lumière de la lune donnait des reflets argentés à sa barbe noire. Le Chef a enjambé le bastingage pour aller à sa rencontre.

– Dieu soit loué ! s'est exclamé l'homme barbu en faisant entendre un rire retentissant. Vous avez réussi à venir jusqu'ici ! Saint Nicolas a dû veiller sur vous. Mon nom est Monforte mais vous pouvez m'appeler Papa Monforte, comme mes amis.

Il a tendu son énorme paluche vers le Chef.

– Mes hommes tiennent à retourner rapidement dans leur village, a dit Papa Monforte. Il serait souhaitable que vous chargiez maintenant la marchandise sur le bateau. C'est possible ?

Les trois hommes étaient déjà en train de défaire les cordes autour des caisses en bois.

– Oui. Ça devrait pouvoir se faire…, a répondu le Chef.

– Parfait ! a ri Papa Monforte en donnant une tape amicale sur l'épaule du Chef. Allons-y !

Le Chef est remonté sur le bateau, nous avons allumé deux lampes à pétrole et, ensemble, nous avons ouvert les trappes pour préparer le treuil. Le Chef était silencieux et déterminé, mais il semblait préoccupé.

– Je n'aime pas ça, m'a-t-il soufflé à l'oreille. Je me demande bien qui sont ces gens qui veulent charger des carreaux de faïence en pleine nuit ? Et dans un endroit aussi désertique ?

J'ai hoché la tête pour montrer que j'étais d'accord avec lui. Tout ça semblait effectivement très étrange.

Papa Monforte et ses trois hommes attendaient près de la charrette tout en surveillant le Chef d'un regard dur et méfiant. Un regard qui ressemblait plus à celui d'un soldat ou d'un bandit qu'à celui d'un paysan.

Le Chef s'est gratté le menton, comme il a l'habitude de le faire quand il a du mal à prendre une décision. Soudain, il a attrapé une lanterne et il est descendu sur la jetée. J'ai tendu le bras pour l'en empêcher. Mais il était trop tard.

– C'est prêt ? a demandé Papa Monforte.

– C'est prêt, a confirmé le Chef. Mais avant de charger les caisses, je veux voir ce qu'il y a dedans.

Le visage de Papa Monforte était dans l'ombre et je n'ai pas réussi à voir son expression. En revanche, j'ai entendu un nouvel éclat de rire aussi bruyant que tout à l'heure mais nettement moins cordial.

– Pourquoi ? a-t-il demandé.

– Je tiens à savoir ce qu'il y a dedans.

– Vous le savez déjà, cher Monsieur. Des *azulejos*.

Le Chef me tournait le dos, mais je voyais bien qu'il était tendu.

– La faïence c'est fragile, a-t-il poursuivi. Il faut que je vérifie qu'il n'y a pas de carreaux cassés. S'il y a le moindre problème, ça retombera sur moi.

– Je vous garantis qu'il n'y aura pas de problème, a rétorqué Papa Monforte d'une voix sourde et dure. Allons-y, on charge !

– Non, s'est opposé le Chef en posant la lanterne par terre et en enfonçant ses mains dans ses poches. Pas avant que je sache ce que je vais charger sur mon bateau.

Papa Monforte et le Chef se sont dévisagés en silence, puis Papa Monforte a poussé un soupir en faisant un signe de la main à ses trois comparses.

L'instant d'après, tous braquaient leurs revolvers sur nous.

CHAPITRE 4
Des armes dans le chargement

Sous la menace de leurs armes, nous avons chargé les caisses dans la soute du bateau. Le Chef était furieux au point d'avoir les mains qui tremblaient. Les miennes tremblaient tout autant, mais de peur. J'étais terrifiée à l'idée que le Chef se dispute avec les bandits et qu'ils lui tirent dessus.

Papa Monforte et l'un de ses hommes étaient montés sur la passerelle. Ils avaient allumé une lampe à pétrole au-dessus de la table de navigation et étaient visiblement en train d'étudier quelque chose. Probablement la carte du fleuve. Je les entendais discuter. Papa Monforte voulait partir tout de suite alors que l'homme préférait attendre le lendemain matin.

– Pour moi, les soldats de la garde républicaine sont plus inquiétants que les bancs de sable, a été l'argument décisif de Papa Monforte. Nous devons naviguer de nuit. Il faut vite s'en aller d'ici.

Le Chef a reçu l'ordre de désarmer mais il a refusé.

– Dans ce cas, mon ami, a calmement rétorqué Papa Monforte, je n'ai plus besoin de toi. Tu n'as qu'à quitter le bateau, je le piloterai moi-même. Quant à ta guenon, je la garde avec moi puisque c'est elle qui s'occupe des machines. Si jamais on échoue, ce sera sa faute. Et c'en sera fini d'elle.

Le Chef et Papa Monforte se sont dévisagés un long moment avant que le Chef ne cède et ne monte sur la passerelle, les yeux noirs de colère. Je savais que ça allait mal se terminer.

Un des bandits m'a accompagnée dans la salle des machines pour vérifier que j'allumais bien la chaudière. Il a paru un peu étonné en me voyant l'alimenter en charbon.

– Tu sais en faire des choses ! a-t-il commenté tout en tournant le revolver autour de son doigt. Tu es vraiment un singe étonnant.

Je ne l'écoutais pas. Pour parvenir à maîtriser ma peur, il fallait que je me concentre sur ce que je faisais. J'avais tout juste terminé le tour avec la burette de graissage quand le Chef m'a donné l'ordre de lâcher lentement la vapeur. Les pistons et les bielles se sont mis à travailler et le *Hudson*

Queen a quitté la jetée. J'ai pensé aux récifs au fond du fleuve et chaque muscle de mon corps s'est préparé à une secousse.

Pour pouvoir naviguer correctement dans le sens du courant, il faut adopter une certaine vitesse, sinon le bateau part à la dérive. Je savais que le Chef me demanderait d'avancer à une allure moyenne jusqu'à ce que nous ayons davantage de fond. Et c'est bien ce qu'il a fait.

Mentalement j'ai tenté d'évaluer la distance parcourue mais au moment où je nous croyais hors de danger, j'ai entendu un bruit sourd. Le temps s'est alors arrêté. J'ai retenu mon souffle. Soudain, une violente secousse s'est propagée à travers la coque du bateau et un terrible bruit de tôle déchirée a couvert celui des machines. J'ai perdu l'équilibre et me suis étalée par terre. Le bandit est tombé, lui aussi, mais il s'est rapidement relevé et s'est précipité vers l'échelle pour monter sur le pont.

Après avoir coupé l'arrivée de vapeur, j'ai soulevé une trappe dans le plancher afin de vérifier l'état de la carlingue. En réalité, je n'avais pas besoin de ça pour savoir ce qui s'était passé. Pour un marin, peu de choses sont aussi effrayantes que le bruit de l'eau qui s'engouffre dans un bateau. Paniquée, j'ai cherché de quoi colmater la fuite mais j'avais besoin d'aide, il fallait que le Chef vienne à mon secours.

Sur le pont régnait un chaos total. Comprenant que le bateau prenait l'eau, les hommes de Papa Monforte se disputaient sur la manière de sauver les caisses. Un des bandits avait toujours son pistolet pointé sur le Chef, sans doute pour se rassurer. Les yeux du Chef étaient terrifiés.

– Où se situe la voie d'eau ? m'a-t-il demandé dès qu'il m'a vue.

J'ai fait un signe à tribord, vers un point à proximité de la chaudière.

– On peut y accéder par la salle des machines ?

J'ai acquiescé.

– OK, a dit le Chef, il va falloir bosser.

Sans prêter attention au bandit et à son pistolet, le Chef s'est retourné et dirigé d'un pas rapide vers l'échelle de la salle des machines.

– Arrêtez-vous, sinon je tire ! a hurlé le bandit.

Normalement le langage du Chef est relativement châtié mais les mots qu'il lui a lancés par-dessus son épaule à ce moment-là n'ont vraiment pas leur place ici.

Malgré les efforts que nous avons déployés pour colmater la fuite, ils sont restés vains. Au bout d'un quart d'heure seulement, l'eau a recouvert le plancher et le trou dans la coque n'a plus été accessible. Le Chef est monté sur le pont pour sonder la profondeur du fleuve. Il voulait savoir jusqu'où le *Hudson Queen* s'enfoncerait avant d'atteindre le fond. Je l'ai suivi.

Nous avons trouvé Papa Monforte et ses hommes en train de charger des fusils dans le canot de sauvetage qu'ils avaient mis à l'eau.

Ces fusils venaient d'une des caisses dans la soute !

C'étaient donc des armes et pas des carreaux de faïence que nous devions transporter à Lisbonne !

Au moment où le Chef mettait la sonde dans l'eau, nous avons entendu un grondement. Le carreau du hublot de la salle des machines côté tribord avait explosé et un panache de vapeur s'élevait dans la nuit. Le Chef et moi avons très bien compris ce qui s'était passé. L'eau froide du fleuve avait atteint les tubes d'eau de la chaudière et elle n'allait pas tarder à s'infiltrer dans le foyer, ce qui provoquerait de violentes explosions.

Paniqués, Papa Monforte et ses hommes se sont littéralement jetés dans le canot de sauvetage. Le dernier, qui était resté dans la soute pour passer les fusils aux autres, a été obligé de sauter dans l'eau pour les rattraper.

Le Chef et moi étions, nous aussi, obligés de quitter le bateau. Il n'y avait rien d'autre à faire. Le Chef avait tenté d'aller récupérer l'argent dans la cabine mais il avait dû y renoncer. Le bateau était déjà rempli de vapeur brûlante.

Comme je ne sais pas nager, le Chef m'a aidée à enfiler une des bouées de sauvetage avant d'attraper la deuxième pour lui, puis nous avons sauté dans l'eau. Lorsque nous étions à une trentaine de mètres du bateau, le bruit d'une nouvelle explosion nous est parvenu. Nous nous sommes retournés et nous avons vu un nuage blanc de vapeur sortir de la cheminée du *Hudson Queen* et s'élever dans le ciel nocturne.

CHAPITRE 5
Un triste spectacle

Fatigués et frigorifiés, nous sommes restés un long moment à regarder le *Hudson Queen* s'enfoncer dans la rivière. La lumière des lanternes et la lampe de la passerelle éclairaient ce triste spectacle. Le Chef avait enfoui son visage dans ses mains. Quant à moi, j'étais surtout heureuse que nous soyons tous les deux en vie.

Au lever du jour, une brume dense recouvrait la vallée du fleuve mais quand elle s'est enfin dissipée, nous avons pu constater que notre navire reposait au fond de l'eau. Le mât, la moitié de la passerelle et la cheminée se trouvaient encore au-dessus de la surface. Un héron s'était perché en haut du mât et surveillait son terrain de chasse. Des débris de toutes sortes flottaient le long des rives.

Papa Monforte et ses hommes avaient disparu. Ils avaient remonté le canot de sauvetage sur la berge et l'avaient attaché à un arbre à proximité de la vieille maison, tout près de la jetée. Nous nous y sommes rendus en traversant la forêt mais, craignant que les bandits soient allés se reposer dans la maison, nous avons fait les derniers mètres sur la pointe des pieds.

Tout doucement, nous avons poussé le canot dans l'eau et le Chef a ramé jusqu'au *Hudson Queen*. Nous avons ensuite grimpé sur le toit de la passerelle pour nous faire une idée des dégâts. L'explosion dans la salle des machines ne semblait pas avoir endommagé le pont ni la coque. Mais difficile de savoir dans quel état était l'intérieur du bateau.

Malheureusement nous ne pouvions rien faire de plus et ça aurait été idiot de rester là plus longtemps. Si les bandits se trouvaient effectivement encore dans la maison, nous étions pour eux une cible parfaite.

Nous avons donc abandonné le *Hudson Queen* et sommes partis vers le sud, dans le sens du courant. Le canot avançait vite. Absorbé par ses réflexions, le Chef ne disait pas grand-chose. Parfois je voyais ses yeux s'assombrir et il se mettait alors à ramer avec une force et une violence telles que je craignais que les rames ne se cassent. Il devait sans doute penser à Papa Monforte et à ses bandits. À moins que ce soit à l'homme qui se nommait Morro.

Il était minuit passé quand nous sommes arrivés à Constância. Les quelques lumières de la petite ville se reflétaient dans l'eau de la rivière. En haut d'une colline, on voyait le clocher se détacher sur le ciel noir. Après avoir remonté le bateau sur un banc de sable, nous avons emprunté un sentier qui passait entre les maisons silencieuses aux volets clos.

La grande place de la ville se situait près de la rivière. Derrière une porte ouverte, il y avait une lumière accueillante et, arrivés plus près, nous avons senti une odeur de pain frais. Le Chef a frappé au carreau. Lorsque le boulanger m'a vue, il a eu une réaction de surprise, mais il a vite repris ses esprits et a accepté de nous vendre deux pains.

– Est-ce qu'il y a un commissariat de police dans la ville ? s'est renseigné le Chef.

– Bien sûr, a répondu le boulanger. Mais notre commissaire principal est parti à Santarém pour le mariage de son agent de police et je ne pense pas qu'ils seront de retour avant quelques jours.

Le Chef l'a remercié et nous sommes partis en direction du Tage sans attendre l'aube.

Dans la matinée, une péniche chargée de bois a bien voulu nous prendre en remorque. Le capitaine était un brave type qui nous a proposé de la soupe et des biscottes bien que nous n'ayons pas de quoi le payer. Le Chef avait laissé ses derniers sous à la boulangerie de Constância. Nous n'avions plus rien. Tous nos biens – à part le canot de sauvetage – se trouvaient au fond du Zêzere.

Le capitaine de la péniche nous a laissés à Lisbonne. Nous avons attaché le canot au point d'amarrage du *Hudson Queen* et nous sommes allés tout droit à Rua da Alfândega, où se situait le commissariat du port de Lisbonne.

Le commissariat venait tout juste de fermer pour la journée. Le Chef a eu beau cogner à la porte, celle-ci est restée désespérément fermée. Découragé, le Chef s'est laissé tomber par terre, le dos contre le mur et le front appuyé sur ses genoux. Je me suis assise à côté de lui et nous sommes restés comme ça un bon moment. Le Chef a finalement poussé un gros soupir puis il s'est relevé. Son visage était gris et ses yeux rouges de fatigue.

– De la nourriture et du sommeil, a-t-il dit, voilà ce qu'il nous faut. Après nous y verrons plus clair. Allons à *O Pelicano*.

En nous voyant entrer dans son restaurant, senhor Baptista s'est tout de suite aperçu qu'il y avait un problème. Senhora Maria et lui nous ont servi du poisson frit et du riz. Le Chef a expliqué que nous n'avions pas de quoi payer mais senhor Baptista n'a pas semblé l'entendre. Il est allé chercher la bouteille d'aguardiente et en a versé une rasade au Chef.

– Commencez par vider votre verre puis racontez-moi ce qui se passe.

Senhor Baptista est resté bouche bée en écoutant le récit du Chef. Il avait du mal à en croire ses oreilles, et pour cause, l'histoire semblait effectivement incroyable. Même moi, qui avais pourtant vécu pas mal de choses au cours de ma vie, j'étais de son avis.

– Je n'ai jamais entendu une histoire pareille, répétait-il régulièrement.

– C'est pourtant bien ce qui s'est passé, a finalement conclu le Chef. Tout est vrai, je vous en donne ma parole !

Après un moment de silence, senhor Baptista a dit :

– Ça doit être des anarchistes. Qui d'autre ferait entrer des armes en fraude à Lisbonne ? Il arrive qu'ils viennent poser des bombes et provoquer des émeutes.

– C'était bien des bandits, a confirmé le Chef en haussant les épaules d'un geste fatigué, mais j'ignore de quel genre. Je sais seulement qu'ils m'ont forcé à saborder mon navire. Le leader se faisait appeler Papa Monforte. Et celui qui nous a roulés s'appelait Morro. On l'a d'ailleurs rencontré ici, chez toi.

– Oui, je m'en souviens, a affirmé senhor Baptista. Un gringalet. Moustachu et bien habillé. Je ne l'avais jamais vu auparavant. Mais si jamais il revient, j'appellerai immédiatement la police. D'ailleurs, vous n'êtes pas encore allés au commissariat ?

Le Chef a expliqué que nous avions essayé en vain de contacter la police aussi bien à Constância que dans la Rua da Alfândega.

– Je vous conseille de vous adresser au commissariat à Baixa, a dit senhor Baptista d'une voix décidée. Il se situe à quelques quartiers d'ici, au-dessus de la place Comércio et il est ouvert vingt-quatre heures sur vingt-quatre. Plus vite vous déposerez plainte, mieux ça sera ! Il n'y a aucune raison d'attendre jusqu'à demain. Je vais vous donner de l'argent pour le tram.

Le Chef a décliné sa proposition en disant que, vu la distance, nous pouvions très bien nous y rendre à pied. Maintenant, après coup, je me dis que nous aurions dû prendre le tram. Tout aurait été différent aujourd'hui. Enfin, je crois, mais je n'en suis pas certaine. Impossible de le savoir.

CHAPITRE 6
Drame nocturne

Il faisait nuit quand nous avons quitté *O Pelicano*. Des éclats de voix, des rires et la musique plaintive de guitares mal accordées nous parvenaient des bars et des fenêtres ouvertes des immeubles alentour. Nous sommes descendus sur le port dans l'intention de longer les quais jusqu'à la place Comércio.

Le repas et le verre d'alcool avaient fait du bien au Chef. Quand nous sommes arrivés au bord de l'eau, il s'est arrêté et a inspiré profondément la douce brise de l'Atlantique.

– Ça va s'arranger, tu vas voir, a-t-il dit. Quand la police aura mis la main sur les bandits, la compagnie d'assurance sera obligée de remonter notre bateau. Et normalement, elle nous remboursera la chaudière et remettra aussi la cabine en état. Entre-temps, nous habiterons à l'hôtel et nous prendrons nos repas chez senhor Baptista. Finalement ça ne s'annonce pas si mal, tu ne trouves pas ?

Il est comme ça le Chef. Il s'emporte facilement mais ça dure rarement longtemps. Cette fois, je me suis pourtant demandé s'il pensait réellement ce qu'il disait. C'était trop beau pour être vrai.

Nous étions toujours au bord de l'eau quand j'ai entendu des pas rapides et silencieux derrière nous. Je me suis retournée.

Pour commencer je n'ai pas reconnu l'homme dont le visage était caché par le bord de son chapeau.

– Koskela ? a-t-il demandé en s'approchant plus près de nous.

Le Chef s'est alors retourné, lui aussi, et nous nous sommes retrouvés en face de l'homme qui s'appelait Morro.

La lampe à gaz donnait une lumière jaunâtre à son visage maigre. Ses yeux globuleux exprimaient de la frayeur. La cravate sous sa veste déboutonnée était défaite et autour de son cou brillait une chaîne en argent. Il tenait un tout petit pistolet dans sa main tremblante qu'il pointait sur la poitrine du Chef.

Mon cœur a fait un bond. Du coin de l'œil, j'ai vu le Chef ouvrir la bouche de surprise puis blêmir.

Les secondes s'écoulaient avec une lenteur incroyable. Je m'efforçais de ne pas bouger et de ne pas montrer les dents. La main de Morro tremblait de plus belle. Une goutte de sueur coulait doucement le long de son front. Au bout d'une éternité, elle est arrivée sur son nez où elle s'est arrêtée un instant avant de tomber.

Morro a reculé d'un pas. Puis d'encore un. Il a baissé le pistolet, a grommelé quelque chose d'inaudible et il s'est mis à courir en direction de la place Comércio.

Tétanisé, les mâchoires serrées, le Chef suivait Morro du regard. Soudain ses joues se sont empourprées et ses yeux ont lancé des éclairs.

– Merde alors ! a-t-il rugi en se lançant à ses trousses.

La nuit était douce et il y avait beaucoup de gens sur les quais. Je n'arrivais pas à suivre le Chef mais j'ai vu qu'il rattrapait Morro.

Plus tard, lors du procès, nombreux sont ceux qui ont prétendu que le Chef avait poussé Morro dans l'eau. Certains disaient même qu'il lui avait donné un coup sur la tête avant. Mais ce n'est pas vrai ! Moi, j'ai vu ce qui s'est passé de mes propres yeux.

Le Chef a attrapé Morro par le col pour l'arrêter, Morro a perdu l'équilibre, il s'est pris les pieds dans une amarre et il est tombé dans l'eau. C'était un accident et celui qui prétend le contraire ment !

Quand j'ai réussi à rejoindre le Chef, il était penché au-dessus de l'eau, tout essoufflé. Sur le bord du quai, gisait un petit médaillon au bout d'une chaîne cassée. Je l'ai aussitôt reconnu. Je l'avais vu tout à l'heure autour du cou de Morro. La chaîne avait dû se casser dans le tumulte, avant que Morro ne glisse et tombe. J'ai ramassé le bijou et l'ai enfoui dans ma poche pour que personne d'autre ne s'en empare.

Des gens ont commencé à affluer de partout. Choqués et intrigués ils parlaient et criaient tous à la fois. Le Chef s'est allongé à plat ventre pour regarder par-dessus le bord du quai mais toujours sans voir la moindre trace de Morro. Il a soudain enlevé sa veste et plongé.

J'aurais dû l'en empêcher, bien sûr, vu que la mer était descendante et le courant très fort. Le Chef n'avait aucune chance de retrouver Morro. Il arrivait à peine à résister lui-même à la force de l'eau qui descendait vers l'Atlantique à une vitesse de sept à huit nœuds et risquait de l'emporter. Quand j'ai revu sa tête au-dessus de la surface, il s'était déjà éloigné d'une vingtaine de mètres.

Heureusement, il y avait une péniche amarrée un peu plus loin et le Chef a réussi à s'agripper à une des chaînes d'amarrage. Il luttait pour retrouver son souffle. Je me suis précipitée pour le sortir de l'eau mais j'ai été devancée par des dockers. Jamais, ni avant ni après, je n'ai vu le Chef à ce point désespéré et découragé.

– Seigneur, a-t-il sangloté. Qu'est-ce que j'ai fait ?

La police devait se trouver à proximité puisqu'au bout de quelques minutes seulement, deux grosses voitures noires sont arrivées. Un homme costaud en manteau gris est descendu de la première voiture et une poignée d'agents de police en uniforme bleu est descendue de l'autre. L'homme en manteau gris s'est informé auprès des badauds de ce qui s'était passé puis il a donné l'ordre à ses agents d'organiser les recherches du disparu.

Le Chef, lui, continuait à guetter l'eau noire depuis le quai.

– Il faut descendre plus bas, leur a-t-il dit paniqué. Seigneur, si le courant l'emporte jusqu'à la mer, il n'aura plus aucune chance de survivre. Il nous faut un bateau…

Deux agents nous ont rejoints. L'un a pris le Chef par l'épaule, l'autre a posé sa main sur le pistolet qui sortait d'un étui ouvert accroché à sa ceinture.

– Suivez-nous !

Le Chef leur a lancé un regard étonné.

– Un homme est tombé à l'eau. Il faut le…

– On va laisser ça aux autres. Le commissaire Garretta veut vous parler.

Les deux policiers ont emmené le Chef vers les voitures. Je les ai suivis, bouleversée. J'avais un mauvais pressentiment.

Appuyé contre une des voitures, l'homme en manteau gris était en train de feuilleter son bloc-notes.

– Votre nom ? a-t-il demandé sans lever le regard quand le Chef s'est présenté devant lui.

– Koskela.

– Votre nom en entier, je vous prie, a dit l'homme toujours sans lever le regard.

– Henry Koskela, a répondu le Chef agacé. Écoutez-moi, il nous faut un bateau et des lanternes…

L'homme en manteau gris a fait un geste de la main pour lui demander de se taire. Puis il a enfin levé les yeux de son bloc-notes. Deux yeux inexpressifs.

– Henry Koskela, je vous arrête, a-t-il dit.

Le Chef était abasourdi. Avant qu'il ait le temps de dire quoi que ce soit, les policiers l'ont poussé sur le siège arrière de la voiture. Je me suis approchée pour monter, moi aussi, mais l'homme en manteau gris m'a barré le chemin.

– Pas d'animaux dans ma voiture, a-t-il sifflé entre ses dents. Allez ouste ! Va-t'en !

Puis il est monté à son tour. La voiture a démarré et ils ont foncé en direction de la place Comércio. À travers la vitre arrière, je voyais le visage affolé du Chef.

Il y avait maintenant beaucoup de monde sur le quai. L'ambiance était agitée. Je ne savais où aller. Médusée, je suis restée plantée là jusqu'à ce que je me rende compte que les gens me dévisageaient d'un air menaçant. Quelques hommes au physique imposant ont commencé à former un cercle autour de moi. Ils semblaient avoir bu. L'un d'eux a crié d'une voix enjouée :

– Il faut attraper le singe !

Quelques mètres plus loin, un agent au visage austère a alors rugi :

– Assez de problèmes comme ça ce soir. Laissez la bête filer !

J'ai couru le plus vite que j'ai pu sans me retourner. Quelqu'un a lancé une bouteille vide qui s'est écrasée à quelques mètres de moi. J'ai entendu le policier rugir de nouveau. C'est seulement lorsque je me suis retrouvée à une cinquantaine de mètres plus loin que j'ai osé jeter un regard derrière moi. Personne ne m'avait suivie. J'ai poussé un soupir de soulagement.

En bas du quartier de l'Alfama, j'ai emprunté une échelle branlante pour descendre jusqu'à notre canot de sauvetage que je voyais balloté par les vagues. Je l'ai déplacé pour le cacher le mieux possible sous le rebord du quai.

La peur et mon cœur qui battait la chamade m'empêchaient de réfléchir clairement mais je savais qu'à cet endroit-là, je serais en sécurité. Du moins, tant qu'il faisait encore nuit.

CHAPITRE 7
Le singe de l'assassin

J'ai passé deux jours et deux nuits cachée dans le canot de sauvetage.

Terrifiée à l'idée que ces gens furieux me retrouvent, je guettais leurs voix, prête à chaque instant à détacher le canot. Le fleuve était ma seule possibilité de fuite. Mais si je quittais notre poste d'amarrage, comment le Chef ferait-il pour me retrouver quand il serait relâché ?

Tard dans la nuit, j'ai cependant dû finir par m'endormir d'épuisement. Au petit matin, le froid m'a réveillée. Je me suis mise en boule sous un bout de voile pour me protéger de la brume grise et glaciale qui montait du fleuve.

Le jour qui a suivi a été le plus long de ma vie. L'eau du Tage s'agitait autour de moi en grognant et je voyais le soleil parcourir le ciel avec une lenteur extrême.

À n'importe quel moment, je m'attendais à entendre la voix du Chef ou à voir son visage apparaître au-dessus de moi. Pourquoi mettait-il autant de temps à revenir ? La police l'avait forcément relâché dès qu'elle avait compris que Morro avait été victime d'un accident.

Au coucher du soleil, j'étais folle d'inquiétude. Où pouvait-il bien être ? La police l'avait-elle gardé malgré tout ? Mais pourquoi ? L'homme en manteau gris m'avait paru effrayant. Avait-il fait du mal au Chef ?

Taraudée par le froid et la peur, je n'ai pas fermé l'œil de la nuit. J'étais pourtant morte de fatigue. D'horribles pensées se sont mises à tourner dans ma tête. C'était un vrai cauchemar. Le *Hudson Queen* avait sombré et le Chef avait disparu. Je ne voyais absolument pas comment m'en sortir.

La chaleur est revenue avec les premiers rayons de soleil et je me suis enfin assoupie. Cette fois, j'ai dormi un bon moment et quand je me suis réveillée c'était déjà l'après-midi. L'angoisse et la peur ont immédiatement planté leurs griffes en moi. Pourquoi n'était-il toujours pas là ? De plus, la faim me dévorait le ventre.

Au crépuscule, je me suis rendu compte qu'il me serait impossible de survivre dans le bateau une nuit de plus. Il fallait à tout prix que je trouve le moyen de mettre fin à mes pensées galopantes. Et il fallait aussi que je trouve de quoi me nourrir.

Un seul endroit me venait à l'esprit. *O Pelicano*. Senhor Baptista me donnerait certainement à manger, il se demanderait pourquoi j'étais seule et il m'aiderait à retrouver le Chef.

J'ai attendu que la nuit tombe. À l'abri de l'obscurité, je suis montée sur le quai et me suis introduite dans les ruelles de l'Alfama. J'avais enfoncé ma casquette jusqu'aux yeux et j'ai avancé silencieusement à l'ombre entre les réverbères. Ce qui ne m'a cependant pas évité d'être découverte. Au moment où je croisais les rails du tram dans le virage de la Rua das Escolas Gerais, quelques vieux qui jouaient aux cartes devant un bureau de tabac m'ont aperçue et l'un d'eux s'est exclamé :

– Tiens ! Voilà le singe ! Le singe de l'assassin !

Les gens autour se sont retournés. Quelques-uns en me pointant du doigt. J'ai pressé le pas en m'efforçant de ne pas les regarder. Dans la Rua du Salvador, j'ai aperçu l'enseigne accrochée au-dessus de la porte d'*O Pelicano*. J'étais presque arrivée. J'entendais toujours des gens parler fort derrière moi. Des visages curieux me regardaient des fenêtres et des portes entrouvertes. Je me suis mise à courir.

– Arrêtez le singe ! ont crié des voix derrière moi. C'est le singe de l'assassin ! Attrapez-le !

Des hommes devant moi se sont retournés et m'ont barré la route en écartant les bras. Mon cœur cognait fort dans ma poitrine.

J'ai réussi à me glisser sous un porche qui s'ouvrait sur une cour plongée dans le noir. Dans un coin, je devinais une gouttière dont je me suis servie pour grimper. Mes persécuteurs se sont eux aussi engouffrés dans la cour. J'entendais leurs voix excitées résonner entre les murs. J'ai continué à grimper sans me retourner.

Plus tard, je me suis arrêtée sur un toit, tremblante de tous mes membres. Mon cœur continuait à cogner fort dans ma poitrine.

Recroquevillée sur moi-même, j'ai progressivement senti mes tremblements se calmer. Je me balançais d'avant en arrière pour essayer d'apaiser aussi mon cœur. « Il faut que je reste en mouvement, je me disais. Et il faut que je trouve à manger. » C'étaient les seules pensées sensées que j'arrivais à formuler dans ma tête bourdonnante.

Vue d'en haut, la ville était très différente. J'ai mis un petit moment à situer l'endroit où je me trouvais. Tenant à peine sur mes faibles jambes, je me déplaçais à quatre pattes sur les tuiles afin de ne pas glisser. Deux ou trois fois j'ai dû sauter d'un immeuble à un autre pour pouvoir continuer. C'était effrayant. Je me suis finalement retrouvée sur une corniche en face de l'immeuble d'*O Pelicano* où j'ai enfin osé regarder par-dessus le rebord. Le restaurant semblait plein à craquer. Des gens fumaient debout devant la porte d'entrée. Le brouhaha et les rires résonnaient dans la ruelle. Comment faire pour entrer ?

La faim me donnait des vertiges et des crampes d'estomac. J'ai escaladé le faîte du toit pour me trouver au-dessus d'une arrière-cour où étaient entassées des poubelles. Je me suis prudemment laissée glisser le long de la gouttière. J'ai eu de la chance, j'ai trouvé un sac entier de vieux pain que quelqu'un avait jeté.

J'ai rapidement attaché le sac sur mon dos, j'ai remonté la gouttière et me suis installée derrière une cheminée pour manger. La croûte était si dure que j'ai dû la mouiller dans l'eau de la gouttière.

Après avoir avalé mon piteux repas, j'ai senti la fatigue m'envahir. Appuyée contre la cheminée, j'ai contemplé cette ville gigantesque avec ses milliers de lumières qui brillaient dans la nuit noire. Cela aurait pu être rassurant mais je ne le vivais pas ainsi. J'étais seule. Apeurée. Le danger guettant de partout.

En moi-même, j'entendais toujours des voix résonner :

– Regardez ! Le singe ! C'est le singe de l'assassin ! Arrêtez-le !

Le singe de l'assassin.

Pourquoi m'avaient-ils appelée ainsi ?

Des frissons m'ont parcourue quand j'ai compris la raison.

Ils pensaient que le Chef était un assassin.

Qu'il avait assassiné Morro.

Et si les policiers pensaient la même chose ?

Était-ce pour cette raison qu'ils ne l'avaient pas relâché ?

Allait-il se retrouver en prison ?

CHAPITRE 8
Le chant

J'ai passé la nuit sur le toit, pratiquement sans bouger. Un chaos total régnait à l'intérieur de moi. Ce n'est qu'au lever du jour que j'ai réussi à mettre de l'ordre dans mes pensées. Tout allait s'arranger. Il le fallait. Je n'étais pas seule à avoir vu Morro tomber dans l'eau. Tous ceux qui se trouvaient sur le quai ce soir-là pouvaient témoigner et expliquer à la police que c'était un accident. Le Chef n'était pas un assassin. Il devait être relâché. Ce que criaient les imbéciles dans la rue n'avait aucune importance.

Il fallait que j'arrive à dormir un peu. Après je trouverais sans doute le moyen d'entrer en contact avec senhor Baptista.

J'ai repéré une lucarne sur le toit par laquelle je suis descendue dans un grenier. Il était exigu, sale et puait la fiente de pigeons mais, au moins, j'y serais à l'abri pour pouvoir me reposer.

Mon ventre s'est de nouveau mis à gargouiller. En fouillant dans mes poches à la recherche d'un morceau de pain, je suis tombée sur autre chose : une fine chaîne en argent. Il m'a fallu un instant pour me rappeler que c'était le bijou que Morro avait perdu sur le quai.

Un pendentif était accroché à la chaîne. Un petit médaillon que j'ai prudemment ouvert. À l'intérieur, j'ai trouvé une boucle de cheveux entourée d'un ruban rouge et un portrait peint sous lequel étaient écrites quelques lignes.

Mon cœur est à toi
Ma vie c'est toi
À mon Alphonse bien-aimé de la part d'Élisa

J'ai eu un coup au cœur en lisant ces mots. La fille du portrait devait être la fiancée de Morro. C'était elle qui avait écrit le petit poème. Mais à présent, Alphonse Morro était mort.

Il s'était noyé et avait disparu à tout jamais.

J'avais de la peine pour sa bien-aimée.

Et aussi pour le Chef. Il n'y était pour rien dans l'accident. Mais il ne se le pardonnerait jamais. Je le savais.

J'ai mis mes bras autour de ma tête et me suis allongée sur le sol crasseux.

J'ai dormi toute la journée. Dans mon rêve, j'entendais quelqu'un chanter au loin. C'était triste et beau. Je crois avoir pleuré dans mon sommeil.

Quand j'ai ouvert les yeux, il était déjà tard. Les pigeons entraient et sortaient dans le grenier tout en roucoulant. Ils passaient à travers un grand trou dans le larmier de la toiture. L'odeur de fiente me piquait le nez.

Au bout d'un moment, j'ai remarqué que j'entendais toujours le chant. Il était plus faible et, parfois, le brouhaha de la rue le couvrait entièrement.

Mais il était toujours là.

Je suis retournée sur le toit. Les étoiles illuminaient le ciel et une faible brise soufflait du nord. Le chant était porté par le vent. J'ai tendu l'oreille.

Soudain, sans que je comprenne pourquoi, un sentiment puissant et chaud m'a envahie. Le sentiment que tout n'était peut-être pas aussi épouvantable que je l'avais imaginé.

Sans réfléchir, je me suis laissée glisser sur les tuiles qui avaient gardé la chaleur du soleil et j'ai sauté jusqu'à l'immeuble voisin séparé par une étroite ruelle. J'ai grimpé jusqu'au faîte afin de voir ce qui se passait de l'autre côté. Le chant était maintenant plus net et j'arrivais à voir d'où il venait.

Une femme était assise derrière la fenêtre ouverte d'une mansarde. Elle avait un châle posé sur les épaules et ses cheveux étaient remontés sur sa tête en un chignon ébouriffé. Elle était en train de faire de la couture et elle chantait.

La vague de chaleur ne m'avait pas quittée et je me suis assise, le dos appuyé contre une cheminée pour l'écouter. Au bout d'un moment, j'ai fermé les yeux, me sentant maintenant parfaitement calme.

J'ai dû m'assoupir un instant. Je n'ai pas remarqué que la lune se levait derrière les collines et jetait une lumière froide sur la ville. Quand j'ai rouvert les yeux, le chant avait cessé.

La lumière dans la chambre mansardée était éteinte.

Mais la femme était toujours assise à la fenêtre. Et elle me regardait. Son visage était pâle et ses yeux grands ouverts.

Je me suis enfuie par le chemin par lequel j'étais arrivée et je suis retournée dans ma cachette parmi les pigeons.

Qu'est-ce qui m'avait pris ? Comment avais-je pu être assez stupide pour laisser la femme me découvrir ? Et si elle appelait la police !? Ou racontait à ses voisins qu'elle m'avait vue !? Les gens du quartier étaient peut-être déjà en train de se rassembler pour venir me capturer.

Je n'ai pas osé sortir de ma cachette avant que la nuit ne soit bien avancée. *O Pelicano* avait alors fermé. Les fenêtres de la salle du restaurant étaient sombres. Senhor Baptista et senhora Maria étaient rentrés chez eux depuis bien longtemps. J'ignorais où ils habitaient.

Avant de regagner ma cachette, j'ai ramassé quelques pommes ridées dans une poubelle dans l'arrière-cour. Après les avoir mangées, je me suis endormie d'un sommeil agité mais je ne me suis pas réveillée avant le lendemain après-midi.

J'ai attendu la tombée de la nuit avant de retourner pour la troisième fois à la corniche en face d'*O Pelicano*. J'ai de nouveau constaté qu'il y avait trop de monde. Si j'entrais dans le restaurant, tout le quartier de l'Alfama serait au courant de ma présence et senhor Baptista ne pourrait pas me protéger.

J'ai cependant remarqué un large portail en bois à une dizaine de mètres de l'entrée d'*O Pelicano*. Il était entrouvert et menait probablement vers une cour entre les immeubles. Peut-être que le restaurant y avait également accès.

J'ai décidé de tenter le coup. Dès que la ruelle en bas a été vide, je suis descendue et, en retenant mon souffle, j'ai franchi les quelques mètres jusqu'au portail. Personne ne m'a vue.

J'avais raison. L'immeuble de droite, celui où se situait *O Pelicano*, avait deux portes qui donnaient sur la petite cour. La première était fermée à clé mais la deuxième s'ouvrait en grinçant. Le vacarme de la salle du restaurant s'entendait très nettement. J'avais trouvé le bon endroit.

D'un pas prudent, je me suis engagée dans un couloir étroit au bout duquel se trouvaient encore deux portes. D'après le bruit, l'une menait vers la salle du restaurant, l'autre vers l'escalier de la cave. Je me suis demandé laquelle choisir. Je ferais peut-être mieux de me cacher dans la cave en attendant que les clients du restaurant soient partis ?

Je n'ai pas eu besoin de prendre de décision. La porte de la salle du restaurant s'est subitement ouverte et senhor Baptista est apparu, une caisse de bouteilles vides dans les bras. Du pied, il a repoussé la porte derrière lui tout en sifflotant. Quand il m'a découverte il a sursauté et failli lâcher la caisse.

– Sally Jones, s'est-il exclamé en inspirant profondément. Seigneur ce que tu m'as fait peur !

Il a posé la caisse par terre et a respiré bruyamment pour retrouver ses esprits.

– Que fais-tu ici ? a-t-il repris. Je veux dire, quelqu'un aurait dû s'occuper de toi, non ?

Je n'ai pas bien compris ce qu'il voulait dire par là.

– Le Chef a été arrêté pour meurtre, a-t-il continué. Tu étais présente quand ça s'est passé ?

J'ai senti mes jambes s'alourdir et un froid glacial m'envahir.

Le Chef arrêté ? Pour meurtre ?

– C'est vrai… ce qu'écrivent les journaux ? a demandé senhor Baptista. Qu'il a tué ce Morro et qu'il l'a balancé dans l'eau ?

Je l'ai fixé du regard en secouant la tête.

– Non, c'est bien ce que je pensais…, a dit senhor Baptista. Je ne connais pas Koskela très bien mais un assassin… non, ce n'est pas son genre.

Senhor Baptista a soudain semblé embarrassé. Il a jeté un œil vers la porte derrière lui.

– Il y a plein de monde ce soir, a-t-il dit. J'ai beaucoup de boulot.

Il s'est tu un instant puis s'est raclé la gorge en disant :

– J'ignore pourquoi tu es là… Nous devrions peut-être appeler la police pour qu'elle s'occupe de toi ? Tu ne peux pas te débrouiller toute seule.

J'ai fait non de la tête.

– On t'a cherchée partout, a poursuivi senhor Baptista. Il y en a qui pensent que… oui, que tu es dangereuse. S'ils t'attrapent, ils te feront du mal. Beaucoup de mal. Et tu ne peux pas rester ici. Je risquerais d'avoir de gros problèmes, moi aussi. Maria également. Je ne peux pas nous exposer à ça. Tu comprends ce que je veux dire ?

J'étais pétrifiée. J'avais mal à la poitrine. Senhor Baptista était mon unique espoir, lui seul pouvait m'aider.

– Ce n'est pas facile, a continué senhor Baptista, l'air malheureux. Mais je n'ai pas le choix. Je suis sincèrement désolé…

Tout d'un coup, son visage s'est éclairci.

– Et si on appelait le zoo ?

J'ai sursauté et rapidement reculé vers la porte.

– Attends un peu, a dit senhor Baptista en me suivant. Le jardin zoologique de Lisbonne est très bien ! Je suis sûr qu'on s'occuperait bien de toi là-bas. Que tu t'y sentirais en sécurité…

Je suis partie en courant. Derrière moi j'entendais la voix de senhor Baptista qui m'appelait.

Il n'y avait personne dans la rue. J'ai grimpé le long d'une gouttière aussi vite que j'ai pu et c'est seulement une fois sur le toit que j'ai osé regarder en bas. Senhor Baptista scrutait la rue devant le portail en bois. Au bout d'un moment, il a haussé les épaules d'un geste résigné et il est rentré.

Je suis restée assise un long moment. Je savais qu'il fallait que je parte de là au plus vite, que senhor Baptista risquait de prévenir la police. Mais je n'en avais pas la force. Tout simplement.

Après m'être reposée un instant, j'ai repris ma marche sur les toits sous un jour naissant qui donnait une couleur gris métallique au ciel. Au lever du soleil, je dormais parmi les pigeons dans le grenier.

C'est la faim qui m'a réveillée. Mais je n'avais pas envie de me lever. Je n'avais aucune idée de l'heure qu'il était. Plongée dans une légère torpeur, je passais d'un cauchemar désagréable et décousu à un autre.

Soudain, je l'ai de nouveau entendu.

Le chant.

Je me suis relevée sur les coudes. Cela a fait peur aux pigeons qui se sont mis à battre des ailes autour de moi. Ils ont soulevé un nuage de poussière ce qui m'a fait éternuer et m'a réveillée pour de bon.

Il faisait nuit quand je suis ressortie sur le toit. Le vent avait molli. Le chant était pur et net. J'ai repris le même chemin que la veille. La femme semblait m'attendre derrière sa fenêtre. Elle m'a regardée quand je me suis assise, le dos contre la cheminée.

Je suis restée ainsi pendant une heure, peut-être deux, en souhaitant que le chant ne s'arrête jamais. Il faisait nuit noire lorsque la femme s'est enfin tue et qu'elle est entrée chez elle. Quelques minutes plus tard elle a réapparu, a suspendu quelque chose à un crochet sous la fenêtre qu'elle a ensuite fermée.

Je n'ai pas bougé. Au bout d'un moment, une délicieuse odeur de pain fraîchement cuit est venue me chatouiller les narines et j'ai immédiatement compris d'où ça venait. Une demi-heure plus tard, la lumière s'est éteinte. J'ai attendu encore une demi-heure avant d'oser me lever sur mes jambes ankylosées. J'ai sauté jusqu'au toit d'à côté et je me suis approchée de la fenêtre de la chambre mansardée. C'était peut-être un piège mais tant pis.

Au crochet était suspendu un sac en tissu que j'ai doucement décroché avant de retourner de l'autre côté. Je me suis ensuite de nouveau adossée à la cheminée et j'ai ouvert le sac. Dedans il y avait une grosse miche de pain, un bout de fromage, une bouteille de lait et quatre pommes.

Je n'ai jamais autant apprécié un repas. Je me suis régalée, j'ai tellement mangé que j'avais du mal à me déplacer. De retour dans mon grenier, je me suis aussitôt endormie.

Le lendemain, j'ai passé la journée entière dans ma cachette. Ce n'est qu'en entendant sonner les vêpres que j'ai repris ma place en face de la mansarde de la femme. La fenêtre était fermée et la pièce plongée dans le noir.

Peu après le coucher du soleil, la lumière s'est allumée et j'ai vu la femme se déplacer à l'intérieur. Au bout d'un moment, elle a ouvert la fenêtre et elle a aussitôt regardé dans ma direction. Je ne bougeais pas. Nous nous sommes observées un instant puis elle s'est assise devant la fenêtre ouverte avec son ouvrage dans les mains et elle s'est mise à chanter.

Il était presque minuit quand elle a suspendu au crochet un nouveau sac en tissu avant de refermer la fenêtre.

Le troisième soir, un orage venant de l'Atlantique s'est abattu sur Lisbonne. Une pluie diluvienne est tombée sur la ville et de violentes bourrasques ont fait trembler les tuiles sur les toits. Trempée jusqu'aux os, j'attendais de voir la femme apparaître derrière sa fenêtre.

Quand elle est finalement arrivée, elle m'a cherchée du regard à travers la pluie battante. En me voyant, elle m'a crié :

– Si tu veux que je chante ce soir, il va falloir que tu viennes chez moi, sinon on risque d'attraper un gros rhume toutes les deux.

CHAPITRE 9
La femme à la fenêtre

Elle s'appelait Ana. Ana Molina.

Mais ce soir pluvieux où je suis entrée chez elle par la fenêtre, je l'ignorais encore. Elle se tenait au fond de la pièce sombre. En apparence calme, elle avait une main posée sur la poignée de la porte, visiblement prête à se sauver. Cela n'avait rien d'étonnant puisque je devais être une apparition terrible avec mes poils sales et hirsutes. Ma salopette avait de grands accrocs aux genoux et aux coudes, mes mains et mes pieds étaient recouverts de plaies à force d'avoir frotté contre des toits rouillés et des murs rugueux.

Je me suis assise par terre et je n'ai plus bougé.

– Je m'appelle Ana, a-t-elle dit tout bas au bout d'un moment. Je sais qui tu es. Il paraît que tu es dangereuse, c'est vrai ?

J'ai fait non de la tête.

Se rendant compte que je comprenais ce qu'elle me disait, elle a légèrement écarquillé les yeux et m'a scrutée. Finalement elle a dû penser que je ne paraissais pas dangereuse et a lâché la poignée. Puis, prudemment, elle a fait un pas vers moi. L'odeur âcre de fiente de pigeon qui émanait de moi l'a obligée à se boucher le nez.

– Seigneur comme tu sens mauvais ! s'est-elle exclamée. Il y a une salle d'eau sur le palier. Tu veux que je fasse couler un bain ?

J'ai acquiescé d'un signe de tête. Les gorilles qui vivent à l'état sauvage n'aiment pas beaucoup se laver mais moi, j'ai appris à utiliser l'eau et le savon pour rester propre. C'est nécessaire quand on travaille avec des machines.

Pendant que je prenais mon bain, Ana a nettoyé ma salopette et ma casquette dans le lavabo. Il devait être minuit passé quand elle a disposé du pain, du lait et des fruits sur l'unique table de la pièce. Mes vêtements séchaient près du poêle et j'étais installée sur la banquette, enveloppée dans une couverture. Ana, assise en face de moi, m'a regardée manger en silence. Quand j'ai terminé elle a débarrassé la table en disant :

– Il faut que j'aille me coucher. Demain matin je me lève de bonne heure. Tu peux dormir sur la banquette si tu veux et demain tu décideras toi-même si tu préfères rester ici ou t'en aller. Il y a du pain et des fruits dans le garde-manger. Si tu décides de partir, tu n'as qu'à te servir. Prends-en autant que tu veux. Je ne rentrerai que demain soir. Si tu es encore là, je te ferai à dîner.

Après avoir éteint la lampe à pétrole au-dessus de la table, Ana m'a souhaité bonne nuit et elle s'est ensuite retirée derrière un rideau près du conduit de cheminée où elle avait son lit et un lavabo. Je me suis allongée sur la banquette.

La pluie tambourinait contre la fenêtre et le bois soupirait dans le poêle. Avant de m'endormir, je me suis dit que je serais sans doute encore là au retour d'Ana. Peut-être chanterait-elle pour moi. Ce soir elle avait oublié.

Voilà comment j'ai emménagé chez Ana Molina. Elle m'avait accueillie et n'avait pas eu le cœur de me mettre à la porte. Les rumeurs sur le singe de l'assassin s'étaient répandues dans tout le quartier de l'Alfama et Ana avait bien compris que je n'avais nulle part où aller. Jamais je n'ai rencontré quelqu'un d'aussi gentil qu'elle. Ni avant ni après. Et personne qui chantait aussi bien.

Ana travaillait à Alcântara dans une usine de chaussures. Le directeur s'appelait Santos et j'ai fini par comprendre que c'était un véritable négrier. Tous les matins, sauf le dimanche, Ana se levait avec le soleil. Puis elle descendait acheter le pain à la boulangerie Graça, dans la Rua de São Tomé. Elle prenait son café et partait ensuite à toute vitesse pour ne pas rater le tram. Elle ne rentrait jamais avant neuf heures du soir, après avoir fait les courses pour le repas. C'étaient généralement des sardines avec des haricots ou du riz. Après dîner, elle s'installait devant la fenêtre et raccommodait des chaussettes pour les gens du quartier tout en chantant. C'était un travail qui complétait son salaire de l'usine de chaussures. Quand la pendule sonnait onze heures, elle posait son aiguille et allait se coucher afin d'avoir la force de se lever de nouveau le lendemain matin.

C'est ainsi que se déroulait la vie d'Ana. Mon emménagement chez elle n'a pas beaucoup changé ses habitudes. Du moins au début.

Fatiguée au plus profond de mon être, j'ai passé les deux premiers jours à dormir, me réveillant seulement pour boire un peu de lait et manger un bout de pain. Le troisième jour, je ne me suis pas rendormie aussitôt. Je me suis assise sur la banquette et j'ai regardé la vue par la fenêtre. Des nuages gris défilaient à toute vitesse au-dessus des toits de l'Alfama. Je voyais la cheminée contre laquelle je m'étais adossée pour écouter le chant d'Ana.

Sur une chaise près de la table, il y avait une pile de vieux journaux. J'ai immédiatement pensé à senhor Baptista. Qu'est-ce qu'il m'avait dit déjà ? Qu'il avait lu dans le journal que le Chef avait tué Morro et qu'il avait jeté son corps dans le fleuve ? Ça ne pouvait pas être vrai ! Senhor Baptista avait dû mal lire.

J'ai posé les journaux sur la table et j'ai commencé à les feuilleter. J'étais presque arrivée à la fin de la pile quand mes yeux sont tombés sur un petit entrefilet qui datait de seulement deux jours.

L'ASSASSIN ARRÊTÉ

Comme notre journal l'a déjà signalé, un drame fatal s'est produit jeudi dernier sur le quai en bas du quartier de l'Alfama. Alphonse Morro, 26 ans, domicilié à Bairro Alto et employé au bureau du port de Lisbonne, a trouvé la mort à la suite d'une bagarre avec un marin finlandais du nom de Koskela. On suppose que le corps, qui n'a toujours pas été retrouvé, a été emporté par le courant qui, ce jour-là, était particulièrement fort, cela dû à un niveau d'eau très élevé du Tage combiné avec une mer descendante. Le marin Koskela a été immédiatement arrêté et conduit au commissariat de Baixa. D'après plusieurs témoignages concordants, Koskela aurait frappé Morro avant de jeter le corps sans vie dans le fleuve. Fortement soupçonné de meurtre, Koskela a été incarcéré à Campolide, la prison centrale de Lisbonne.

J'ai relu le texte une deuxième fois. Probablement dans l'espoir de l'avoir mal compris. Mais ce n'était malheureusement pas le cas. J'ai subitement eu du mal à respirer. Comme si quelque chose s'était coincé dans ma gorge. Je me suis de nouveau allongée sur la banquette en me recroquevillant sous la couverture.

C'est ainsi qu'Ana m'a trouvée le soir en rentrant de l'usine.

Je l'ai entendue ramasser les journaux sur la table, puis je l'ai sentie s'asseoir sur le bord de la banquette. Une main m'a doucement caressé l'épaule.

– Le marin. Koskela. Celui dont on parle dans le journal, c'est ton ami ?

J'ai réuni le peu de forces qui me restaient pour pouvoir acquiescer, en gardant toujours la tête sous la couverture.

– Il y a pas mal de rumeurs qui circulent quand un événement pareil a lieu, a poursuivi Ana. J'ai entendu dire que tu travaillais sur le bateau de Koskela. Que tu es mécanicienne. C'est vrai ?

J'ai de nouveau acquiescé.

Ana est restée un moment silencieuse, toujours en me caressant l'épaule.

– Tu sais donc lire ? a-t-elle fini par dire. Tu sais aussi écrire ? Si c'est le cas, j'aimerais savoir comment tu t'appelles.

Je l'ai entendue se diriger vers le petit secrétaire dont elle a ouvert un tiroir. En revenant elle m'a dit :

– Voilà. Je t'ai apporté de quoi écrire.

J'ai soulevé la couverture et je me suis efforcée de m'asseoir. La lumière de la lampe à pétrole me faisait mal aux yeux mais je me suis rapidement habituée. J'ai pris le crayon et j'ai tracé mon nom. Mon écriture est moche mais au moins elle est lisible.

– Sally Jones, a lu Ana. Je peux t'appeler Sally ?

J'ai fait non de la tête. Personne ne m'appelle Sally.

L'air légèrement intriguée, elle m'a demandé :

– Sally Jones alors ?

J'ai hoché la tête. Ce sont les humains qui ont un prénom et un nom de famille. Moi je suis un gorille et je n'ai qu'un nom. Sally Jones.

– Très bien, Sally Jones, a conclu Ana en souriant. Tu veux bien m'aider à mettre la table ? J'ai acheté du riz et un épi de maïs pour chacune.

Après le dîner, Ana a chanté en reprisant des chaussettes devant la fenêtre. Son chant m'a apaisée et j'ai réussi à dormir toute la nuit sans me réveiller.

Le lendemain matin, une idée m'est venue. Pendant qu'Ana était partie acheter du pain à la boulangerie Graça, je lui ai écrit un message que j'ai posé à côté de sa tasse de café. Elle l'a tout de suite remarqué en rentrant.

– « J'étais là. C'était un accident », a-t-elle lu à voix haute.

Elle m'a ensuite regardée d'un air grave.

– Si c'est vrai, ton ami va être acquitté. Après le procès, je veux dire. Personne n'est jugé pour assassinat sans que sa culpabilité n'ait été prouvée.

Puis elle a ajouté après un moment d'hésitation :

– Mais d'après le journal, il y a des témoins…

Je lui ai fait un signe de la tête avant d'attraper le crayon et d'écrire : *Ils mentent.*

– Pourquoi feraient-ils ça ?

J'ai réfléchi puis haussé les épaules. Je n'avais pas de réponse à cette question.

Nous sommes restées un moment sans parler.

– Tu vas voir que ça va s'arranger, a fini par dire Ana en me caressant la main. Ça me paraît impossible qu'on mette un innocent en prison.

Au fond de moi, je savais qu'elle essayait de me rassurer mais je me suis efforcée de la croire. Je voulais tant que ce soit vrai.

CHAPITRE 10
L'immeuble près du parc sans nom

Après le départ d'Ana, je me suis demandé comment occuper ma journée. Je ne pouvais pas rester allongée sur la banquette à ruminer. Je deviendrais folle. Après avoir fait les cent pas dans l'unique pièce, j'ai ouvert la porte vers la cage d'escalier. Il n'y avait pas un bruit. J'ai descendu quelques marches pour jeter un œil par la fenêtre. Deux trams se croisaient en bas et, dans un brouhaha d'éclats de voix et de klaxons, un camion a dû monter sur le trottoir pour les laisser passer. Des hommes sur la terrasse d'un café, craignant que le camion ne renverse leur table, agitaient leurs bras vers le chauffeur.

L'immeuble d'Ana se situait près d'un square sans nom, à l'endroit même où l'étroite Rua do Salvador croise la très fréquentée Rua da São Tomé. Le square coincé entre les immeubles ne contenait que deux bancs et quelques grands arbres. Sur un des bancs était assis un homme d'un certain âge. Il était vêtu d'un costume blanc et fumait le cigare. Des enfants en uniformes scolaires élimés jouaient aux billes contre un arbre.

Ça me semblait irréel que la vie continue comme si de rien n'était. Étais-je la seule à me sentir préoccupée par le sort du Chef ?

Je suis restée un bon moment devant la fenêtre poussiéreuse de la cage d'escalier. J'ai soudain eu une idée : Le Chef devait s'inquiéter, lui aussi. Pas seulement pour lui mais aussi pour moi. Il ne savait pas si j'étais morte ou vivante. Comment pourrait-il imaginer que quelqu'un de bienveillant avait eu la gentillesse de m'accueillir ? Je pouvais tout aussi bien avoir été envoyée dans un zoo et enfermée dans une cage. La police pouvait aussi m'avoir euthanasiée. Rien que l'idée lui briserait le cœur, je le savais.

Le calme que j'avais réussi à m'imposer était en train de se dissiper comme un nuage de vapeur. Avant que l'angoisse ne s'empare de nouveau de moi, je me suis empressée de retourner dans l'appartement d'Ana. Il fallait que je trouve quelque chose à faire, quelque chose qui garde mon anxiété à distance.

Mon regard est tombé sur le panier de chaussettes qu'Ana devait repriser.

La veille je l'avais vue faire. J'ai pris l'aiguille, la laine et une paire de chaussettes avec des trous au talon. Il m'a fallu deux heures pour comprendre la technique, puis j'ai passé le restant de la journée à repriser sans relâche.

Le soir, quand elle s'est installée devant la fenêtre pour se remettre à l'ouvrage, Ana a été très étonnée. Toutes les chaussettes étaient reprisées. Elle m'a caressé la joue en examinant mon travail.

– Le reprisage aurait pu être un peu plus serré mais à part ça, je n'aurais pas mieux fait moi-même, a-t-elle commenté.

Puis elle a ouvert un placard sous le plan de travail où étaient rangés d'autres sacs avec d'autres chaussettes trouées. Chacun portait une étiquette avec un nom.

J'ai alors su que j'aurais de quoi occuper mes journées.

Tous les matins après le départ d'Ana, je m'installais avec le panier de chaussettes sur une chaise devant la fenêtre de la cage d'escalier. Quand j'avais faim, je montais manger, puis je redescendais et je me remettais à repriser jusqu'au retour d'Ana.

La vue depuis la fenêtre me tenait compagnie et m'aidait à repousser les idées noires qui menaçaient à chaque instant de s'emparer de moi. Au bout de quelques semaines, je connaissais la plupart des gens du quartier. Je savais quelles voisines ne se supportaient pas et quels enfants avaient l'habitude de chaparder des pommes chez le marchand de fruits. Je savais quand le poissonnier se rendait chez le coiffeur et quand le coiffeur allait s'acheter du poisson.

Il y avait une personne que je voyais tous les jours : l'homme en costume blanc que j'avais aperçu la première fois dans le parc. Il m'a fallu un certain temps pour comprendre qu'il habitait le même immeuble que nous.

Tous les jours, à midi sonnant, il apparaissait dans la rue juste sous la fenêtre. Il prenait la Rua de São Tomé vers le nord et disparaissait ensuite rapidement de mon champ de vision. Trois quarts d'heure plus tard, il revenait par le même chemin, s'arrêtait dans le parc, fumait un cigare et se dirigeait ensuite vers notre immeuble. À chaque fois, je percevais très faiblement le bruit de la porte qui se refermait en bas.

Qui était cet homme ? Il avait quelque chose de noble dans son costume bien repassé et avec sa canne joliment sculptée à la main. Ses cheveux et sa barbe bien taillée étaient aussi blancs que son costume. Son visage était hautain et sévère.

À part lui, rien n'indiquait qu'il y avait d'autres locataires dans cet immeuble. Aucun bruit dans l'appartement d'en dessous et jamais personne qui ouvrait ou refermait des portes. J'avais parfois l'impression d'entendre quelqu'un jouer de l'harmonica mais il m'était impossible de savoir si ça venait du rez-de-chaussée de l'immeuble ou d'un immeuble voisin.

Un jour, Ana est rentrée de l'usine avec le *Diàrio de Notícias*. Elle l'a ouvert et me l'a tendu.

– Les nouvelles ne sont pas bonnes, m'a-t-elle dit, l'air grave.

Je me suis assise sur la banquette et j'ai lu.

Diàrio de Notícias, Novembro 5

UN ASSASSINAT POLITIQUE

*Des rumeurs insistantes circulent depuis quelques jours préten-
dant qu'il pourrait y avoir des motifs politiques derrière l'assassinat de l'employé de bureau Alphonse Morro. Selon plusieurs
sources interrogées par notre journal, Alphonse Morro aurait
exprimé des sympathies monarchiques. À plusieurs occasions, il
aurait ouvertement fait de la propagande contre la République
et pour la restitution sur le trône du roi Manuel. Si ces bruits
se confirmaient, il ne serait pas invraisemblable que le marin
Koskela ait commis le meurtre pour le compte d'un groupe de
révolutionnaires de gauche. Les anarchistes ont déjà prouvé qu'ils
n'hésitent pas à recourir à une violence extrême envers leurs
adversaires politiques.*

*Ces rumeurs ont cependant été rejetées par l'inspecteur principal
Raul Garretta qui est chargé de mener l'enquête sur l'assassinat.*

*« Rien n'indique qu'il s'agisse d'un assassinat politique, déclare-
t-il. Il serait plutôt question d'une altercation qui, pour une raison
ou une autre, aurait dégénéré pour se terminer par un drame. Les
événements de ce genre ne sont malheureusement pas rares dans
le quartier de l'Alfama. En revanche, il n'est pas à exclure que
Koskela soit un anarchiste ! Bien au contraire, cela ne serait d'ailleurs pas surprenant. Les idées anarchistes exercent une attirance
particulière sur les individus moralement sous-développés. »*

*La date du procès du marin Koskela n'a pas encore été fixée mais
il aura vraisemblablement lieu d'ici deux mois.*

Au cours des jours suivants, j'ai relu l'article à plusieurs reprises. Cela ne m'a pas éclairée pour autant. Je ne comprends pas grand-chose à la politique. Le Chef ne s'y intéresse pas vraiment, lui non plus. Qu'il soit anarchiste est totalement stupide. Je doute même qu'il comprenne la signification de ce mot.

Mais peut-être existe-t-il quand même une relation. Senhor Baptista a immédiatement pensé à des anarchistes quand le Chef lui a parlé du transport d'armes. Comment interpréter cela ?

Je n'ai pas réussi à avancer davantage dans mes réflexions. J'ai décidé qu'il fallait que j'attache de l'importance surtout à la fin de l'article. Le procès du Chef aurait lieu d'ici deux mois. Alors, la vérité apparaîtrait forcément et le Chef serait libéré !

Plus j'y pensais, plus j'avais de l'espoir. La police apprendrait forcément à connaître le Chef. Et quand on connaissait le Chef, on ne pouvait pas le prendre pour un assassin !

CHAPITRE 11
Le contrôleur

Ana faisait de son mieux pour que je me sente en sécurité chez elle. N'empêche que j'étais toujours sur mes gardes, prête à me sauver au cas où quelqu'un essaierait de m'attraper. Mon sommeil nocturne était léger. Les bruits de la rue me réveillaient souvent et une fois les yeux ouverts, j'avais du mal à me rendormir.

Une nuit, une semaine après mon emménagement chez Ana, j'ai entendu dans mon rêve des pas lourds qui montaient les marches. Je me suis redressée dans mon lit en tendant l'oreille. Ce n'était pas un rêve. Quelqu'un était bien en train de monter l'escalier. Je suis vite allée retrouver Ana et je l'ai doucement secouée pour la réveiller.

Encore sous l'emprise du sommeil, elle n'a pas tout de suite compris ce que je lui voulais. Puis elle a, elle aussi, entendu les pas qui s'approchaient.

– Oh Seigneur, a-t-elle dit. C'est Jorge.

Elle a bondi hors de son lit, a enfilé sa robe de chambre en la serrant autour d'elle puis elle m'a prise par le bras.

– Ne t'inquiète pas, a-t-elle chuchoté l'air pressée. Jorge est mon fiancé. C'est quelqu'un de gentil, crois-moi, mais je ne veux pas qu'il sache que tu habites ici. Je t'expliquerai plus tard. Remonte sur le toit et restes-y jusqu'à ce que je te fasse signe. D'habitude il s'en va avant le lever du jour. Dépêche-toi…

J'étais à peine sortie dans la fraîcheur de la nuit que j'ai entendu quelqu'un toquer à la porte. Ana a vite refermé la fenêtre derrière moi et je suis partie sur la pointe des pieds pour me mettre à l'abri un peu plus loin derrière une che-minée. Je n'avais pas envie d'écouter en cachette quand Ana avait la visite de son fiancé.

Jorge est resté jusqu'à l'aube, comme l'avait prédit Ana. Au moment même où le soleil se reflétait dans la croix de l'église Santa Cruz do Castelo, elle a rouvert la fenêtre.

Je suis revenue dans la pièce sombre et j'ai trouvé Ana en train de nettoyer un cendrier dans l'évier. Elle était en che-mise de nuit et ses cheveux étaient en désordre. La pièce sen-tait le tabac et le vin. Sur la table traînaient une bouteille vide et un verre renversé.

Ana s'est retournée et, en me voyant, elle a vite attrapé son châle posé sur une chaise.

– Il faut que je me prépare pour aller travailler, a-t-elle dit en étalant le châle sur ses épaules.

J'ai eu le temps de voir ce qu'elle cherchait à cacher. En haut de son bras droit, elle avait un gros bleu.

Le nom complet de Jorge était Jorge Amadéo Tomàs da Costa. C'était écrit en bas de la photo qu'Ana avait accrochée au-dessus de son lit. Il portait un uniforme et affichait un sourire plein d'assurance.

– Mon Jorge est contrôleur de tram, m'a expliqué Ana quelques jours plus tard.

Elle paraissait fière quand elle m'a montré son portrait.

Je me suis demandé ce que faisait un contrôleur de tram et je ne l'ai d'ailleurs toujours pas bien compris.

Le bleu sur le bras d'Ana avait commencé à s'effacer. Sa voix était pleine de tendresse quand elle me racontait combien Jorge était doué et combien son travail était important. Ana et Jorge étaient fiancés depuis cinq ans et ils avaient l'intention de se marier dès que Jorge pourrait déménager de chez sa vieille maman.

– Il est si gentil avec sa mère, m'a expliqué Ana. Pour l'instant elle a plus besoin de lui que moi. Je peux attendre.

À ce moment-là, j'étais déjà convaincue que Jorge n'était pas quelqu'un de bien et je n'ai pas changé d'avis depuis. Quand j'habitais chez Ana, il lui rendait visite à peu près une fois par semaine. La plupart du temps, il venait en pleine nuit et j'entendais à sa manière de marcher qu'il était ivre. Chaque fois, je devais me sauver par la fenêtre à toute vitesse.

– Je ne veux pas qu'il apprenne que tu habites ici. C'est aussi bien pour lui que pour toi, m'a expliqué Ana un jour. Tu comprends, Jorge n'aime pas les animaux. Il n'est d'ailleurs pas seul dans ce cas. Mais ça ne signifie pas pour autant qu'il n'a pas bon cœur.

Or Jorge n'avait pas bon cœur. Parfois le samedi, il venait dîner. Ana avait alors acheté du vin d'Alejanto, elle avait dressé une table avec ses plus belles assiettes et préparé du *Leitão à Bairrada*, le cochon de lait. C'était le plat préféré de Jorge, m'avait-elle expliqué. Comme d'habitude je devais quitter la chambre avant son arrivée et ne revenir qu'après son départ. Mais depuis un moment, je restais toujours à proximité pour être prête si Ana m'appelait.

Ça me faisait mal quand je l'entendais lui crier dessus. Il lui reprochait toujours quelque chose. Il remettait en question la qualité du vin, lui disait que la peau du cochon n'était pas assez croustillante ou que sa nouvelle robe ressemblait à une blouse de femme de ménage. Le contrôleur Jorge trouvait toujours des raisons de se plaindre.

Il arrivait encore qu'Ana ait des bleus sur les bras quand il avait passé la nuit chez elle. Je ne l'ai pourtant jamais entendue crier ni appeler au secours. Mais parfois, après le départ de Jorge, je la voyais pleurer. Un jour, elle m'a dit :

– J'ai beaucoup de peine pour mon Jorge. Il a tant de colère en lui.

CHAPITRE 12
Signore Fidardo

Le dimanche était le jour de congé d'Ana. Elle faisait alors le ménage, allait à la messe et écrivait une lettre à sa sœur qui était missionnaire en Afrique. Le soir, elle préparait un bon dîner.

Le deuxième dimanche après mon emménagement, elle m'a expliqué qu'elle avait invité quelqu'un à dîner. Pas Jorge, heureusement.

– Signore Fidardo sera là ce soir, a-t-elle dit. C'est mon voisin. Et ami.

Ana avait acheté sur le port de quoi faire une soupe de poisson. Pendant que nous préparions les légumes, elle m'a un peu parlé de signore Fidardo. C'était lui le propriétaire de l'immeuble et il louait à Ana la chambre sous les combles. Il occupait le premier étage et avait un atelier au rez-de-chaussée. Signore Fidardo fabriquait des instruments de musique, essentiellement des accordéons. Il avait appris le métier en Italie. Dans sa jeunesse, il avait eu l'intention d'émigrer en Amérique mais il n'était pas arrivé plus loin qu'à Lisbonne. C'est de là qu'il aurait dû prendre le bateau pour New York. Ana croyait savoir qu'il était tombé amoureux en attendant d'embarquer. Quoi qu'il en soit, il était resté à Lisbonne et il vivait depuis une quarantaine d'années dans cet immeuble près du petit parc sans nom.

Sa visite m'inquiétait. Ana le sentait.

– Je lui ai déjà parlé de toi, m'a-t-elle rassurée. Signore Fidardo ne dira rien à personne. Je te le promets.

À sept heures pile on a frappé à la porte. Ana a ouvert et un homme d'un certain âge en costume de lin blanc est entré. J'avais déjà deviné que signore Fidardo et l'homme que je voyais tous les jours dans le parc étaient la même personne. Il tenait une bouteille de vin et un gros bouquet de roses dans une main, une guitare et un sachet de la pâtisserie Graça dans l'autre.

L'odeur de musc de sa lotion après-rasage a immédiatement empli la petite pièce. J'ai éternué. Mon nez est extrêmement sensible aux parfums forts.

Signore Fidardo m'a lancé un regard désapprobateur avant de se tourner vers Ana en demandant :

– Le singe est enrhumé ? Si c'est le cas, je propose que nous dînions chez moi, tous les deux. Je n'ai pas envie d'attraper la grippe des singes.

– Ne sois pas bête, Luigi, a répliqué Ana. Je te présente Sally Jones, elle dîne avec nous.

Avant de s'attabler, signore Fidardo a essuyé son siège avec son mouchoir. Je suppose qu'il craignait d'avoir des poils de singe sur son beau pantalon blanc.

Dès que le plat a été sur la table, il a semblé m'oublier. Lui et Ana discutaient de choses et d'autres, surtout de musique et de gens qu'ils connaissaient en commun. Après le café, signore Fidardo a attrapé sa guitare et il a joué une mélodie mélancolique. Ana s'est penchée en arrière sur sa chaise et s'est mise à chanter.

Ils ont joué et chanté jusqu'à ce que la lune brille à travers la lucarne. Moi j'étais pelotonnée sur la banquette en souhaitant qu'ils ne s'arrêtent jamais. Signore Fidardo gardait les yeux fermés. Les rides de son visage renfrogné s'effaçaient progressivement.

Signore Fidardo dînait avec nous presque tous les dimanches. La plupart du temps c'était Ana qui faisait la cuisine et lui qui apportait du vin et des gâteaux pour le dessert. Parfois c'était lui qui se chargeait du plat principal. Généralement des homards achetés au Mercado da Ribeira sur le port.

Chaque fois après le dîner, Ana se mettait à chanter et signore Fidardo l'accompagnait à la guitare ou à l'accordéon. Il jouait très bien des deux instruments. La plupart du temps, Ana chantait des fados mélancoliques. J'avais entendu Rosa chanter les mêmes chansons à *O Pelicano* mais pas avec la même intensité. La voix d'Ana faisait oublier tous les chagrins et le monde autour.

Signore Fidardo insistait pour qu'Ana se produise sur scène.

– Tu es la chanteuse de fado la plus douée de tout Alfama, Ana. De tout Lisbonne ! Non, de tout le Portugal ! C'est dommage de priver le monde de ton chant !

Cela faisait plaisir à Ana, ça se voyait sur ses joues rougies, mais sa réponse était toujours la même :

– Je me contente de chanter chez moi. La scène, ce n'est pas pour moi.

– *Chiacchiere !* Balivernes ! C'est ce Jorge qui te l'interdit ! Tu ne crois pas que je le sais ? était invariablement le commentaire de l'Italien.

Petit à petit j'ai compris que signore Fidardo était le meilleur ami d'Ana. C'est pourquoi j'ai décidé de le trouver sympathique. Avec beaucoup d'efforts, je l'avoue, vu qu'il ne m'aimait pas.

– Dieu sait ce qu'il y a comme saletés dans les poils de cette bête, a-t-il grommelé une fois en me jetant un regard méprisant.

– Mesure tes mots, a dit Ana. Elle comprend plus que tu ne crois !

Signore Fidardo m'a alors regardée dans les yeux pour la première fois.

Puis il a dit :

– Ça m'étonnerait.

CHAPITRE 13
Un mauvais pressentiment

Les semaines ont passé. Le jour du procès du Chef approchait. J'étais à la fois pleine d'espoir et morte de peur, incapable de penser à autre chose.

Certaines nuits, je n'arrivais pas à trouver le sommeil. J'ouvrais alors la fenêtre et je sortais sur le toit. Quand le vent venait de l'ouest, l'odeur de sel et de varech me parvenait de l'Atlantique. Cela m'apaisait. Je me disais que, malgré tout, j'avais de la chance. J'étais en bonne santé, je n'avais pas faim et je pouvais respirer l'odeur de la mer. J'aurais voulu que le Chef le sache.

C'est ainsi que j'ai eu l'idée de lui écrire.

Un jour, qu'Ana était partie travailler, j'ai attrapé la boîte en fer rouge dans le tiroir inférieur de sa commode. Je savais qu'elle contenait un stylo, du papier, des enveloppes et un rouleau de timbres qu'Ana utilisait pour écrire à sa sœur en Afrique.

Il y avait tant de choses que je voulais raconter au Chef. Et j'avais tant de questions à lui poser. Dans ma tête, je lui écrivais des pages et des pages mais en mettant les mots sur le papier ça n'a pas du tout donné ce que je voulais. Pour finir, j'ai décidé de n'écrire que l'essentiel.

Je vais bien. J'espère que tu seras bientôt libéré.

Sur l'enveloppe j'ai marqué :

Pour le marin Henry Koskela,
La prison de Compolide, Lisbonne
De la part d'Ana Molina, Rua de São Tomé 28, Alfama
Lisbonne.

La nuit suivante, alors qu'Ana dormait, je suis partie en catimini glisser la lettre dans une boîte postale quelques rues plus loin. Quatre jours plus tard, le facteur a apporté une enveloppe grise à Ana. Ça l'a un peu étonnée, vu qu'elle recevait rarement du courrier. Sa surprise a été encore plus grande quand elle a ouvert l'enveloppe et qu'elle a lu la lettre.

Cher Madame Ana Molina,

Je m'apèle Koskela et je suis en tôle. On dit que j'ai assassiner un homme, mais c'est pas vrai.

J'ai ressu une lettre de vous. Mais je crois bien que c'est ma mécanissienne Sally Jones qui l'a écrite. Ça m'a fait une joie énnorme. C'est une bonne et belle personne. Pour moi ça serait le plus grand des malheur qu'elle ait des problème parce que je suis en prison.

S'il vous plaît. Prenez soin d'elle si j'arive pas à sortir d'ici. Et donner-lui un bon boulot. Elle sait presque tout faire.

Pour l'amour de Dieu et de tous ses anges, les laissez pas l'enfermer dans une cage.

Mes homages

H. Koskela

Marin frapé par le malheur

Ana m'a lu la lettre à voix haute. J'avais le cœur glacé en l'écoutant. Le Chef ne se ressemblait pas. Il n'y avait aucune joie dans ses mots, aucun espoir. Il ne donnait pas l'impression de croire qu'il serait acquitté. J'ai presque regretté de lui avoir écrit puisque je ne pouvais plus me dire qu'il serait rassuré et qu'il aurait le moral en attendant sa libération. Et j'avais aussi un mauvais pressentiment qui ne me quittait pas.

Neuf jours plus tard, le jeudi trois février, le procès du Chef a eu lieu. Le lendemain soir, Ana m'a rapporté le journal. Elle m'a regardée avec inquiétude.

– J'ai de mauvaises nouvelles, a-t-elle dit d'une voix hésitante. Ton ami Koskela a été jugé pour meurtre hier. Je suis
désolée d'avoir à te dire qu'il a été condamné à une longue
incarcération. Vingt-cinq ans…

Je me suis blottie sur la banquette et j'ai mis mes bras autour
de ma tête.

CHAPITRE 14
Des jours et des nuits

J'ignore combien de temps je suis restée pelotonnée sur la banquette.

Les jours et les nuits se sont succédé.

Longs et maléfiques.

Je n'avais aucune force, aucune volonté. Mon seul souhait était que le Chef revienne. Mais ça n'arriverait pas.

Pas avant vingt-cinq ans. Et à ce moment-là, je serais sans doute déjà morte et enterrée.

Signore Fidardo venait nous voir de temps en temps. Il me

regardait sans rien dire. Puis je l'entendais parler à voix basse dans l'entrée avec Ana.

– Elle ne veut plus manger, a dit Ana un soir avec des larmes dans la voix. Et elle bouge à peine. Je crois qu'elle va mourir. Il va falloir qu'on appelle un vétérinaire.

– Oui, fais-le, a dit signore Fidardo. Comme ça ils l'emmèneront au jardin zoologique et ils la mettront en cage. Ou alors ils vont l'euthanasier. Chose qu'ils auraient dû faire depuis longtemps déjà.

Ana s'est fâchée. Elle l'a mis dehors et a claqué la porte derrière lui.

Ana s'inquiétait de plus en plus pour moi. N'osant pas me laisser seule dans l'appartement, elle n'allait plus travailler.

Un après-midi, signore Fidardo est monté lui apporter une enveloppe que quelqu'un avait déposée devant la porte en bas. Je l'ai entendue la décacheter.

– Alors, de quoi s'agit-il ? s'est renseigné signore Fidardo.

– Elle vient de Santos. Si je ne vais pas travailler cette semaine, il me licenciera.

– Il va donc falloir agir, a dit signore Fidardo visiblement soulagé. Je vais tout de suite appeler le jardin zoologique. Avec un peu de chance ils viendront chercher le singe dès aujourd'hui.

– Non, Luigi. Sally Jones restera chez moi. Et je n'ai pas l'intention de la laisser seule tant qu'elle n'arrive pas à se débrouiller.

– Ne dis pas de bêtises, Ana, s'est impatienté signore Fidardo. Tu ne peux tout de même pas faire passer le singe avant ton travail ! Permets-moi de t'aider. Le singe doit partir d'ici.

Un moment de silence a suivi. Puis j'ai entendu la voix d'Ana :

– Tu veux réellement m'aider ?

– Mais bien entendu, ma chère Ana.

– Dans ce cas, accueille Sally Jones dans ton atelier quand je suis au travail. Elle ne te posera aucun problème.

– Dans mon atelier ? l'a brutalement interrompue signore Fidardo. C'est absolument, totalement, définitivement exclu ! Je ne veux pas d'un singe qui fouille dans mes outils et mes instruments ! Tu vois un peu le cirque !

– Je comprends. N'en parlons plus, a dit Ana.

Le bruit de la porte qui se refermait m'a sortie de ma torpeur.

J'ai réfléchi à ce que je venais d'entendre. Signore Fidardo avait raison. Il ne fallait pas qu'Ana perde son travail à cause de moi.

Je devais me ressaisir.

J'ai dû utiliser toute ma volonté pour me lever de la banquette. Mais la fatigue a vite repris ses droits et je suis restée assise devant la table. Ana pensait que j'allais mieux et ça lui a fait plaisir. Mais au bout d'un moment, elle a eu des doutes. J'étais là, le regard dans le vide comme avant. Je ne touchais toujours pas aux fruits ni au lait qu'elle avait mis sur la table.

Signore Fidardo est revenu le soir. Il avait l'air fatigué et inquiet.

– Promets-moi d'aller travailler demain, lui a-t-il dit d'une voix suppliante.

Ana a fait non de la tête.

– C'est de la folie, Ana ! De quoi vivras-tu si tu perds ton emploi ?

– Ça s'arrangera d'une manière ou d'une autre.

Signore Fidardo a poussé un profond soupir.

– *Va bene*, ça sera comme tu voudras, s'est-il résigné. Le singe viendra chez moi quand tu seras au travail. Mais seulement pour deux semaines. Pas un jour de plus ! Après, tu la donneras au jardin zoologique si tu ne peux pas t'en occuper toi-même.

Le visage d'Ana s'est éclairci et elle a embrassé signore Fidardo.

– Merci, Luigi. Tu promets d'être gentil avec elle ?

– Pas vraiment, a-t-il répondu d'un air bougon.

Ana a esquissé un léger sourire. Puis elle s'est tournée vers moi.

– Ça va aller ? Tu seras chez signore Fidardo pendant que je travaille, d'accord ?

Je n'avais pas envie d'être une charge pour signore Fidardo et lui n'avait pas envie de me garder dans son atelier, mais nous voulions tous les deux qu'Ana retourne au travail. J'ai donc acquiescé.

L'atelier de signore Fidardo se situait au rez-de-chaussée de l'immeuble. Deux fenêtres donnaient sur la rue. Au-dessus de la porte, il y avait une enseigne émaillée toute simple avec l'inscription :

Sr. Fidardo
Fabricante de acordeão
Luthier

L'atelier n'était pas grand mais très bien organisé. Le long d'un des murs il y avait une table de travail et un établi au-dessus desquels étaient accrochés des panneaux avec des rangées de presses et de serre-joints. Les ciseaux étaient rangés selon leur taille. Il y avait aussi plusieurs outils que je n'avais jamais vus auparavant. J'imaginais qu'ils servaient exclusivement à la fabrication d'instruments de musique.

Le mur d'en face était tapissé de placards avec des milliers de petits tiroirs et des étagères remplis de flacons de verre et de boîtes de peinture. Dans un coin il y avait une perceuse à colonne qui semblait toute neuve. Des lampes électriques au plafond donnaient un bon éclairage qui se reflétait dans la laque des guitares et des violons suspendus sur une corde tendue à travers la pièce. Sur une étagère étaient exposés des accordéons de différentes tailles, tous avec des décorations multicolores et du laiton ciselé.

Derrière l'atelier il y avait une réserve encombrée et désordonnée. C'est là que signore Fidardo avait prévu de m'installer.

– Pour que tu ne me déranges pas. Ou que tu ne fasses pas peur aux clients, m'a-t-il expliqué.

Je me suis préparé une petite place dans un coin où j'ai passé la journée en attendant qu'Ana vienne me chercher le soir.

Le lendemain matin, signore Fidardo y avait déposé une grande caisse en bois remplie de boutons de nacre, d'ivoire et d'ébène noire.

– Ce sont des boutons d'accordéon, m'a-t-il expliqué. J'ai acheté la caisse à Milan, suite à une faillite. Il va falloir les trier selon le matériau, la couleur et la taille. Tu n'as qu'à t'y mettre. Ana m'a dit que tu sais repriser les chaussettes, alors tu sauras sans doute trier des boutons. Si tu veux rester chez moi, il va falloir que tu fasses ta part. Sinon je te renverrai chez Ana. Et elle perdra son emploi.

J'ai eu du mal à me mettre à l'ouvrage. Pendant un bon moment je suis restée à regarder la caisse et à écouter le bruit du travail de signore Fidardo dans l'atelier. Je percevais l'odeur des copeaux de bois, des vernis et du métal des outils. Des odeurs qui me rappelaient le petit atelier que nous avions sur le *Hudson Queen*, le Chef et moi.

Je me suis soudain demandé s'il y avait un atelier dans la prison. Il fallait bien que les prisonniers occupent leurs journées. Si le Chef avait quelque chose d'intéressant à faire, il arriverait peut-être à supporter son enfermement. Du moins pendant quelque temps.

Sans y penser, j'ai étalé une poignée de boutons par terre que j'ai commencé à trier.

Il y avait au moins un millier de boutons dans la caisse et je ne travaillais pas vite. Le Chef occupait entièrement mes pensées. Je souffrais pour lui. Souvent je sombrais dans le désespoir et je pouvais alors rester comme paralysée pendant des heures.

Mais le travail me faisait quand même du bien. Au bout de quelques jours, mon appétit est revenu. Ana a failli pleurer de joie quand elle m'a vue goûter au dîner pour la première fois depuis longtemps.

Au bout d'une semaine, j'avais fini de trier les boutons.

– Tu en as mis du temps, a été le commentaire de signore Fidardo.

Il a fait semblant d'être mécontent, mais j'entendais à sa voix qu'il était surpris. Il ne pensait pas que je réussirais à faire le boulot. De la poche de son tablier il a sorti un chiffon qu'il m'a tendu en disant :

– Maintenant il va falloir les frotter. Un par un. Jusqu'à ce qu'ils brillent de mille feux !

CHAPITRE 15
Un petit accordéon rouge

Il régnait un ordre et une propreté impeccables dans l'atelier de signore Fidardo. La réserve, en revanche, était dans un état indescriptible. Le sol et les étagères étaient surchargés d'instruments cassés, de pièces détachées, de boîtes de peinture vides, d'outils abîmés et de chutes de bois de toutes sortes.

Dès le premier jour, mon regard a été attiré par un petit accordéon rouge sur une des étagères supérieures. Il était moche et abîmé, on aurait dit que quelqu'un l'avait fait tomber de très haut. Une multitude de petites tiges métalliques sortaient d'un trou sur le côté.

Pour une raison que j'ignore, mon regard était irrésistiblement attiré par cet accordéon cassé. J'avais l'étrange sensation qu'il avait quelque chose à me dire.

Après le dîner, nous avons reprisé des chaussettes, Ana et moi. Et Ana a chanté. Seulement des chansons joyeuses. Sans doute pour me remonter le moral. C'était gentil de sa part mais les chansons joyeuses m'attristaient encore plus que les chansons tristes. Je ne sais pas pourquoi.

En écoutant Ana chanter, j'essayais de ne pas penser au Chef en prison. Bizarrement, mes idées retournaient sans cesse à l'accordéon. Dans ma tête, je revoyais le mécanisme abîmé et je me suis mise à réfléchir au fonctionnement d'un accordéon.

Les jours ont passé. Frotter des boutons d'accordéon était une occupation monotone et il m'arrivait de m'endormir le chiffon dans la main et les genoux pleins de boutons. Un après-midi, je me suis assoupie pendant que signore Fidardo essayait un accordéon qu'on lui avait confié pour accordage. J'ai entendu la musique dans mon sommeil et j'ai imaginé que c'était le Chef qui jouait. J'arrivais même à le voir. Concentré et de bonne humeur, il avait la mine de celui qui cherche à résoudre un problème mécanique compliqué. Je me suis réveillée en sursaut et le rêve s'est effacé.

Mais maintenant je savais ce que l'accordéon rouge avait à me dire.

J'ai trouvé une échelle dans un coin et j'ai descendu l'instrument de son étagère. Signore Fidardo m'a surprise en train de l'examiner.

– Il ne vaut rien, a-t-il commenté. Dans le temps c'était un bon accordéon mais aujourd'hui il ne sert plus qu'à me fournir des pièces détachées. Si ça t'amuse, je te l'offre. Mais seulement quand tu auras fini ton travail.

Ce soir-là, j'ai ramené les boutons chez Ana et, à la lumière de la lune, j'ai passé la nuit à les frotter. Quand le soleil s'est levé, ils étaient tous étincelants.

Et l'accordéon rouge était à moi.

Le lendemain, signore Fidardo s'est absenté pour la journée. Il devait prendre le bac pour acheter de la colophane et de la cire d'abeille de l'autre côté du fleuve. J'en ai profité pour dégager le fatras sous la lucarne de la réserve et j'ai construit une table à partir de caisses vides et de quelques larges planches.

Puis j'ai cherché des outils qui pourraient me servir parmi ceux qui traînaient sur les étagères. Il y avait des ciseaux faussés, une scie émoussée, des pinces usées, un marteau et des limes sans manche, des racloirs détériorés et des couteaux aux lames entaillées. Et une vieille enclume déformée.

J'ai démonté le manche d'un ciseau pour le monter sur une lime. Celle-ci m'a permis d'aiguiser la scie ainsi qu'un couteau. À l'aide de la scie, du couteau, de la lime et d'une chute de bois de chêne, j'ai fabriqué un nouveau manche pour le marteau. À l'aide du marteau, j'ai rectifié l'enclume. À l'aide de l'enclume, j'ai redressé les ciseaux et à l'aide des ciseaux j'ai réparé les pinces. Puis j'ai aligné sur la table tous ces outils que j'avais rendus utilisables.

Je disposais maintenant d'un atelier à moi.

J'avais commencé à m'occuper de l'accordéon rouge quand signore Fidardo est revenu de Barreiro. Il s'est arrêté sur le seuil et m'a regardée dévisser le soufflet. Au bout d'un moment, il s'est approché de ma table.

– Ces outils… c'est *toi* qui les as réparés ?

Je me suis retournée en hochant la tête.

– Et maintenant… tu as aussi l'intention de réparer l'accordéon ? m'a-t-il demandé l'air dérouté.

J'ai hoché la tête de nouveau. Signore Fidardo s'est passé la main sur la moustache d'un geste distrait. Puis il est retourné dans son atelier. Je l'ai entendu marmonner quelque chose en italien.

Il m'a fichu la paix le restant de la journée et ne m'a même pas dit au revoir le soir quand je suis montée retrouver Ana.

Avant de m'endormir, j'ai réalisé que les deux semaines chez signore Fidardo s'étaient écoulées. Autrement dit, j'allais être obligée de continuer la réparation de l'accordéon chez Ana.

Le lendemain matin, après le départ d'Ana, je suis descendue chercher mon accordéon chez signore Fidardo. J'espérais qu'il m'autoriserait à prendre aussi quelques outils.

À ma surprise, il semblait avoir oublié que ma période chez lui était terminée. Il avait suspendu une ampoule électrique au-dessus de ma table dans la réserve et il avait posé un gros livre sur le plateau.

Un manuel de fabrication d'accordéons.

CHAPITRE 16
De l'orgue pour les morts

Pour pouvoir réparer l'accordéon rouge, il fallait d'abord que je comprenne son fonctionnement. En tant que mécanicienne, je sais que le meilleur moyen de connaître un moteur c'est de le démonter et de le remonter. J'imaginais que c'était également valable pour un accordéon.

Il m'a fallu quelques jours pour le démonter. Quatre jours de plus pour le remonter. Entre-temps, j'ai lu le manuel du début jusqu'à la fin. Dans ma tête, j'ai dressé la liste des pièces qui étaient à réparer ou à changer pour que le petit accordéon rouge soit en état de marche. La liste était longue. Et le prix élevé. Il fallait aussi du vernis, de nouvelles anches, du carton et des lanières de cuir très fines pour un nouveau soufflet. Comment trouver l'argent ?

Tout en réfléchissant, j'ai délicatement démonté les anches couvertes de rouille et de cire et je les ai soigneusement nettoyées. À l'aide d'un couteau, j'ai décollé les peaux desséchées. Elles étaient très fragiles et il fallait faire attention de ne pas les abîmer.

En voulant nettoyer la jolie grille en laiton, je me suis rendu compte qu'elle était fissurée à plusieurs endroits, j'ai donc ajouté « *une fine plaque de laiton* » sur la liste déjà longue de matériel qu'il fallait que je me procure d'une manière ou d'une autre.

J'ai ensuite gratté la couche de peinture et de vernis craquelés de la caisse en noyer. Ça n'a pas bien marché. Mes outils laissaient de vilaines traces dans le bois. J'ai alors pris mon courage à deux mains et je suis allée retrouver signore Fidardo avec mes outils émoussés.

– Qu'est-ce que tu veux encore ? s'est-il énervé. Tu me demandes d'aiguiser tes couteaux ? Tu penses que je n'ai que ça à faire ?

J'ai fait non de la tête et j'ai jeté un regard vers le coin de la pièce où signore Fidardo rangeait son fusil et sa pierre à aiguiser. Il a compris ce que je voulais dire.

– Aiguiser des outils est réservé aux professionnels, a-t-il fait remarquer, mais si tu veux, tu n'as qu'à essayer.

À bord du *Hudson Queen*, c'est moi qui étais chargée d'aiguiser les couteaux et les racloirs. Le Chef m'avait appris la technique. Il fallait surtout avoir la main ferme et faire attention aux angles.

Signore Fidardo a eu l'air surpris quand il m'a vue me servir de sa meule. J'ai ensuite utilisé le fusil et, pour finir, j'ai affilé mes outils sur le cuir. Quand j'ai eu terminé, il a attentivement examiné les couteaux, puis il a arraché un cheveu de sa tignasse blanche et l'a passé sur la lame.

Le cheveu s'est immédiatement coupé en deux.

Il m'a regardée par-dessus ses lunettes en disant :

– Pas mal. Pas mal du tout. Enfin, pour un singe en tout cas.

Au moment où j'entrais dans la réserve avec mes outils, je l'ai entendu marmonner :

– Pour un professionnel aussi, d'ailleurs…

Le lendemain matin, dès que je suis arrivée à l'atelier, signore Fidardo a demandé à me parler.

– J'ai réfléchi, a-t-il dit, et j'ai une proposition à te faire.

Il m'a proposé de l'aider dans son atelier. Deux fois par jour je devais balayer le sol. Et tous les soirs, il fallait enlever la poussière et la sciure des étagères et des tables puis sortir ce qui était à jeter. Je devais aussi veiller à ce que ses couteaux, ses racloirs et ses ciseaux à bois soient aiguisés comme des lames de rasoir. Cette dernière charge était à considérer comme une mission honorifique, a-t-il ajouté.

– En compensation, tu pourras utiliser mes outils pour remettre ton accordéon en état. Il te faudra un peu de tout, depuis des clous jusqu'à du noyer circassien. Tu l'as sans doute d'ailleurs déjà compris. Bon, est-ce qu'on est d'accord ?

Je m'apprêtais à lui serrer la main quand je me suis rappelé qu'il avait une peur bleue de la saleté. Je me suis alors contentée d'acquiescer d'un hochement de tête.

Une journée de travail dans l'atelier de signore Fidardo suivait des routines strictes, ce qui me convenait parfaitement. En mer, c'est la même chose.

Six jours par semaine, à six heures et demie pile, signore Fidardo sortait dans la rue vêtu de son costume blanc impeccable et contournait l'angle pour prendre son café du matin au Café Nova Goa dans la Rua do Salvador. Une demi-heure plus tard, il avait enfilé sa blouse et était installé dans son atelier. Généralement, je me trouvais déjà dans la réserve.

Nous travaillions jusqu'à neuf heures, signore Fidardo nous préparait alors du porridge dans la kitchenette derrière l'atelier. La pause du petit déjeuner durait vingt minutes. Puis nous nous remettions au travail jusqu'à une heure. Signore Fidardo renfilait son costume blanc et se rendait à pied à un des petits restaurants du quartier pour déjeuner. Moi, je restais sur place et je mangeais les tartines que j'avais préparées le matin chez Ana.

En revenant du restaurant, signore Fidardo s'arrêtait dans le parc pour fumer un *Partagas Aristocrat*. Puis c'était l'heure de sa sieste. Il la faisait sur sa couchette dans la petite cuisine. Au bout de quelque temps, je me suis rendu compte qu'il revêtait pour l'occasion un pyjama bleu clair dont le pantalon bien repassé avait des plis.

Pendant qu'il dormait, je nettoyais l'atelier et j'affûtais ses couteaux et ciseaux. À trois heures, il se réveillait et s'habillait en blouse de travail.

Cinq heures plus tard, signore Fidardo rangeait ses outils et attrapait une bouteille sur une étagère. Le mot *Campari* était écrit sur l'étiquette. Il se servait un verre qu'il buvait lentement et en silence devant sa table de travail. Moi, j'avais le droit à un verre de lait.

Puis nous éteignions et fermions l'atelier pour la nuit. Il était alors huit heures passées. Signore Fidardo allait dîner en ville. Moi je montais chez Ana et j'attendais son retour de l'usine. La journée de travail était terminée.

J'aimais bien travailler dans l'atelier de signore Fidardo. Les journées filaient à une vitesse incroyable.

Les nuits, en revanche, me paraissaient interminables. Je n'arrivais pas à trouver le sommeil, le Chef me manquait tellement. Quand le ciel était couvert et les nuits noires, il m'arrivait de sortir sur le toit pour dépenser mon trop-plein d'énergie et de tristesse en escaladant les toits du quartier de l'Alfama. Parfois ça marchait et je m'endormais ensuite, épuisée, sur la banquette. Mais la plupart du temps, je n'avais toujours pas fermé l'œil quand l'aube pointait et que le réveil d'Ana sonnait.

Je crois que c'est le travail sur mon accordéon rouge qui m'a sauvée et qui m'a empêchée de devenir folle de tristesse. Même si, en réalité, c'était le Chef que j'aurais voulu sauver.

Le dimanche était le seul jour libre de la semaine. Pendant longtemps, la manière dont signore Fidardo occupait ce jour-là m'a été inconnue. Mais j'ai fini par le savoir par Anna qui m'a raconté :

– Le dimanche, Luigi joue de l'orgue pour les morts, m'a-t-elle expliqué. Tous les dimanches à dix heures, il met son costume noir – oui, il en possède un – et il se rend en tram au cimetière à Prazeres. Il joue de l'orgue à pédalier aux services funèbres dans la chapelle du cimetière. Il le fait depuis de nombreuses années. Sinon, il ne joue jamais en public. Il a l'habitude de dire qu'un bon musicien fait toujours pleurer son auditoire. Son auditoire à lui pleure toujours.

Le dimanche soir, nous dînions avec signore Fidardo. Après le repas, il faisait de la musique avec Ana. C'était le moment de la soirée que je préférais.

Un dimanche, la soirée s'est pourtant mal terminée. Jorge avait passé la nuit précédente chez Ana qui avait un vilain bleu sous l'œil. La plupart du temps, elle parvenait à cacher les traces des poings de Jorge mais celle-ci était impossible à camoufler.

Ana était nerveuse avant l'arrivée de signore Fidardo. Elle n'arrêtait pas de se regarder dans la glace et de se repoudrer les joues. Quand signore Fidardo est entré dans la pièce et que la lumière de la lampe est tombée sur le visage d'Ana, je l'ai vu se raidir. Il a posé les fleurs, le vin et les gâteaux qu'il avait apportés. Ana a essayé de faire comme si de rien n'était et elle est partie à la recherche d'un vase tout en vantant le beau bouquet.

– C'est Jorge qui a fait ça ? a fini par demander signore Fidardo d'une voix sourde.

Ana s'est lentement retournée.

– C'était un accident, a-t-elle répondu. Il n'a pas fait exprès. Assieds-toi. J'ai fait du risotto et des saucisses.

Signore Fidardo s'est attablé. J'ai vu que ses mains tremblaient légèrement.

– Quel genre d'accident ? a-t-il demandé.

– Je t'en prie, Luigi, ne t'inquiète pas. Parlons d'autre chose.

J'entendais que ses larmes n'étaient pas loin.

– Ana, il faut que tu le quittes, a-t-il dit. Il te bat. On ne bat pas la personne qu'on aime. *Jorge è un maiale.* C'est un salaud.

Les larmes se sont mises à couler sur les joues d'Ana. Elle a demandé à signore Fidardo de s'en aller.

Avant de partir, il m'a jeté un regard rapide. Je ne sais pas si c'était une impression, mais il m'a semblé lire de la déception dans ses yeux. Peut-être trouvait-il que je devais protéger Ana contre Jorge. Moi qui habitais chez elle.

D'une certaine manière j'étais d'accord avec lui. J'avais parfois vraiment envie de frapper cet homme et de le chasser une bonne fois pour toutes. Mais je ne me bats jamais. Je n'ose pas. Je suis consciente de ma force.

CHAPITRE 17
Le loup-garou de la Rua de São Tomé

Les semaines ont passé. Le printemps est enfin arrivé à Lisbonne, ça se sentait dans l'air. Depuis la fenêtre dans la cage d'escalier, je voyais que les marronniers dans le petit parc étaient recouverts de minuscules feuilles vert tendre.

Ma réparation de l'accordéon rouge avait commencé. Je disposais maintenant de matériel et d'outils. Mes tâches quotidiennes dans l'atelier de signore Fidardo ne me demandaient pas beaucoup de temps si bien que je pouvais me consacrer à la remise en état de mon instrument.

Le matin, quand j'arrivais à l'atelier, mes affaires sur la table avaient généralement été légèrement déplacées. J'en ai conclu que signore Fidardo suivait mon travail. Il n'en parlait pas sauf s'il s'était rendu compte que j'avais un problème ou que j'étais en train de commettre une grave erreur.

– *Mio dio !* pouvait-il s'exclamer. Il faut que tu laisses la colle d'os tremper dans l'eau pendant au minimum trois semaines avant de passer de l'huile de lin sur la caisse. Même un singe devrait être capable de comprendre ça !

Plus j'avançais dans l'art de fabriquer un instrument, plus j'admirais le professionnalisme de signore Fidardo. C'était non seulement un excellent artisan, mais il savait aussi inventer et construire de nouveaux outils. Il avait une collection impressionnante de rabots et de ciseaux d'utilisations et de formes différentes, des serre-joints qui lui permettaient d'ajuster de façon minutieuse les différentes parties d'un instrument. Un de ses outils perçait, fraisait et vissait en un seul mouvement. Il me prêtait ses inventions chaque fois que j'en avais besoin. J'avais l'impression que ça l'amusait de m'expliquer comment m'en servir. Le seul outil que je n'avais pas le droit d'utiliser était sa perceuse à colonne électrique.

– Elle m'a coûté une fortune, m'a-t-il confié. Que dirait ma compagnie d'assurances, à ton avis, si je la prêtais à un singe ?

Un matin, sa précieuse perceuse à colonne s'est mise à cracher des étincelles dans une odeur de brûlé. Signore Fidardo était, certes, un brillant fabriquant d'instruments, mais il n'y connaissait rien en machines électriques. Il a téléphoné à un atelier mécanique qui se situait à proximité mais il était impossible d'avoir un dépanneur avant l'après-midi.

– Ne touche pas à mes outils pendant mon absence, m'a recommandé signore Fidardo avant de se rendre au port pour y voir une cargaison d'acajou du Honduras qui venait d'arriver de La Nouvelle-Orléans.

Dès qu'il a passé la porte, je suis allée regarder la perceuse de plus près. Impossible de résister à la tentation.

Au bout de quelques heures, signore Fidardo est revenu. Il était de très mauvaise humeur. Le bois n'avait pas la qualité escomptée et il était trop cher. De plus, le dépanneur était en retard, ce qui n'arrangeait pas son humeur. Quand le dépanneur, un certain Senhor Rosso, s'est enfin présenté, il était déjà cinq heures passées. Signore Fidardo n'avait donc pas pu se servir de sa perceuse de la journée et il était très agacé.

– À mon avis, la machine a surchauffé, a dit senhor Rosso quand signore Fidardo lui a parlé de l'odeur et des étincelles. Soit il y a un problème avec la ventilation soit avec le roulement à billes. Allons jeter un coup d'œil.

Après avoir examiné la perceuse, senhor Rosso a tourné le bouton électrique. Tout fonctionnait normalement.

– Voilà qui est étrange ! s'est exclamé signore Fidardo.

– Non, pas vraiment, a répliqué senhor Rosso, quelqu'un a déjà trouvé la solution. Le roulement a été graissé et la ventilation nettoyée. Vous m'avez appelé pour rien.

Après le départ de senhor Rosso, signore Fidardo est resté planté devant la perceuse à colonne. Il avait l'air intrigué. Soudain il a semblé comprendre et s'est tourné vers moi. Ses oreilles étaient rouges comme des lanternes bâbord. Il m'a sermonnée pendant un bon moment pour l'avoir ridiculisé aux yeux de senhor Rosso. Puis il s'est calmé.

– En punition, tu seras désormais chargée du bon fonctionnement de la perceuse. Si tu t'en occupes comme il faut, tu auras peut-être l'autorisation de t'en servir parfois.

Lorsque je suis montée chez Ana ce soir-là, j'étais d'excellente humeur. J'avais pris du plaisir à bricoler la perceuse électrique et j'avais passé la huitième et dernière couche de vernis sur la caisse de l'accordéon. À présent, elle brillait comme un miroir. Le lendemain, j'avais l'intention de commencer la fabrication d'un nouveau soufflet. Je m'en réjouissais d'avance.

Ana n'était pas encore rentrée de l'usine quand j'ai ouvert la porte. J'ai mis la table pour le dîner, je me suis ensuite enveloppée dans la couverture puis assise dans le canapé pour l'attendre. Je devais être très fatiguée puisque je me suis immédiatement endormie.

Quand je me suis réveillée, la pleine lune illuminait la pièce. L'horloge indiquait dix heures et quart. Ana avait plus d'une heure de retard. Je ne me suis pas vraiment inquiétée. Ils travaillaient en équipe à l'usine de chaussures Santo et il arrivait que la femme qui relayait Ana soit en retard. Ana n'allait certainement pas tarder.

Je me suis de nouveau assoupie. J'ai été brutalement sortie de mon sommeil par un bruit dans la cage d'escalier.

Quelqu'un montait lentement les marches d'un pas lourd.

Il m'a fallu quelques secondes pour comprendre que ce n'était pas Ana. En voyant la poignée s'abaisser je me suis rappelé que j'avais oublié de verrouiller la portc. J'ai voulu me sauver par la fenêtre mais il était trop tard. La porte s'est ouverte. Je me suis figée, la couverture remontée jusqu'au menton.

C'était Jorge. Il a claqué la porte derrière lui et il est entré dans la pièce en titubant, entouré d'un nuage acide de vapeur de vin. Il a écarquillé les yeux en cherchant à mieux voir dans l'obscurité.

– Tiens, bonsoir Ana, a-t-il dit quand il m'a aperçue. Tu es là à m'attendre ? Et tu as mis la table ? Mais où est le repas ? Et le vin ?

Dans la clarté de la lune, il ne distinguait que ma silhouette devant la fenêtre. Je n'ai pas bougé. Mes pensées étaient aussi immobiles que moi. Je ne savais pas quoi faire.

– Mais dis quelque chose, nom de Dieu ! a-t-il soudain rugi. Allez, du nerf ! Allume la lampe et active-toi !

En l'absence de réponse, Jorge s'est avancé vers moi en levant un poing menaçant. Puis il s'est raidi.

– Ana… ? a-t-il dit d'une voix hésitante.

Il a vu mon visage. Nos regards se sont croisés. J'ai retroussé les babines et lui ai montré les dents.

Jorge n'a pas crié. Il a eu le souffle coupé. Avec un gémissement étrange, il a reculé puis il s'est retourné et a quitté la pièce en courant. J'ai entendu ses pas résonner dans la cage d'escalier quand il dévalait les marches.

Il m'a fallu un petit moment pour reprendre mes esprits. En comprenant ce qui s'était passé, je me suis levée à toute vitesse et j'ai ouvert la fenêtre. Le courant d'air a chassé l'odeur désagréable de l'haleine de Jorge.

Une demi-heure plus tard, quand Ana est rentrée, la lampe au-dessus de la table était allumée et l'eau pour le riz avait commencé à bouillir. Moi, j'étais assise dans le canapé en train de faire une réussite.

– Excuse-moi de rentrer si tard, a dit Ana en posant le sac de courses sur le plan de travail. Tu ne t'es pas inquiétée ?

J'ai fait non de la tête.

Depuis cette nuit-là, Jorge n'est plus jamais revenu chez Ana. Elle n'a jamais compris pourquoi. Quand elle essayait de l'appeler du central téléphonique, il raccrochait. Quand elle se rendait à son domicile pour lui poser la question, il n'ouvrait pas. En contactant son travail, elle a appris qu'il était en congé de maladie. Quelque chose avec les nerfs, probablement. Il n'a pas répondu à une seule des centaines de lettres qu'elle lui a envoyées. Sans la moindre explication, il a disparu de sa vie. Entièrement et définitivement.

Le chagrin d'amour d'Ana l'a rendue malade. Je veillais sur elle de la même manière qu'elle avait veillé sur moi quand j'étais malheureuse. Tous les matins, je lui apportais son café au lit afin qu'elle se lève et se prépare pour aller travailler.

Ça me faisait mal de voir sa souffrance. J'avais terriblement mauvaise conscience. De nombreuses fois, j'ai pris mon élan pour lui écrire et raconter ce qui s'était passé. Pour qu'elle sache.

Mais je ne l'ai pas fait.

La seule personne qui connaissait la vérité était signore Fidardo. Il était par hasard tombé sur Jorge un jour dans le tram. Jorge était pâle et amaigri. Son regard, jadis si dur et plein d'assurance, était devenu inquiet et errant.

– Il faut que je vous mette en garde, signore Fidardo, lui avait-il chuchoté, il se peut que vous soyez en grand danger. Vous habitez le même immeuble qu'Ana Molina. Méfiez-vous d'elle ! Surtout quand la lune est pleine. Elle se transforme en… en *loup-garou* ! Je l'ai vu de mes propres yeux. C'était *épouvantable* ! Ne le dites à personne ! Les gens me prendraient pour un fou. Mais je ne le suis pas. Non, je ne le suis pas…

Jorge était ensuite descendu du tram à l'arrêt de la place Rossio et il s'était fondu dans la foule.

Signore Fidardo m'a adressé un grand sourire en me racontant sa rencontre avec Jorge. Il avait du mal à réprimer un fou rire.

– Je crois avoir compris comment les choses se sont déroulées, je ne suis pas plus bête que ça, a-t-il dit. Tu as très bien agi ! Je te remercie de tout cœur, Sally Jones !

C'est la première fois que je l'ai entendu prononcer mon nom.

CHAPITRE 18
Le cadeau

Dans le temps, j'étais amoureuse d'un orang-outang qui s'appelait Baba. Il m'a trahie. Je sais ce qu'est un chagrin d'amour. Je sais à quel point ça rend malheureux, je sais aussi qu'on a l'impression qu'on n'en guérira jamais. La plupart du temps, on le fait cependant. Ça a aussi été le cas d'Ana.

Mais cela lui a demandé des mois. Elle travaillait le jour et pleurait la nuit. Et elle ne chantait plus du tout.

Signore Fidardo ne semblait pas se soucier du chagrin

d'amour d'Ana. En revanche, le fait qu'elle ait cessé de chanter l'inquiétait beaucoup.

– C'est le bouquet ! disait-il l'air sombre. Elle est enfin débarrassée de Jorge qui détestait la musique et voilà qu'elle ne chante plus !

Mais signore Fidardo s'était inquiété inutilement. Quand le chagrin d'Ana s'est enfin calmé, elle a recommencé à chanter. Et à partir de ce moment-là, son chant a été encore plus beau qu'avant. Sa voix était devenue à la fois plus puissante et plus légère.

Signore Fidardo a aussitôt recommencé à insister pour qu'elle se produise sur scène. Ana continuait de refuser mais son refus n'était plus tout à fait pareil. Il était moins assuré.

L'accordéon rouge était presque prêt. J'avais fabriqué un nouveau soufflet, j'avais remplacé le sommier du côté des basses, de même que la plus grande partie de la mécanique des basses et des aigus, j'avais poncé, peint et verni le bois. Quand un rayon de soleil tombait sur la laque, l'accordéon brillait comme un rubis.

Tout ce qui me restait à faire était de découper une nouvelle grille dans une fine plaque de laiton. Signore Fidardo a attrapé un gros livre sur une étagère de l'atelier et l'a posé sur ma table de travail.

– Il y a longtemps, mon oncle m'a fait cadeau de ce livre, m'a-t-il expliqué. Je l'avais dans ma valise quand je suis arrivé d'Italie il y a près de cinquante ans. Tu y trouveras la plus belle collection de grilles jamais réunies. Choisis celle que tu préfères et reproduis-la sur la plaque de laiton à l'aide de papier carbone.

Trois jours plus tard, j'avais choisi la grille et je l'avais recopiée sur la plaque. Une semaine plus tard, je l'avais découpée avec la scie à métaux de signore Fidardo. Tard un soir, j'ai percé les trous pour les clous et j'ai fixé la grille sur la caisse avec de tout petits clous en laiton.

L'accordéon était prêt.

Mais pas tout à fait. Une chose manquait et je savais quoi.

Dans le livre, j'avais trouvé plusieurs pages de lettres joliment dessinées. J'ai copié celles dont j'avais besoin et je les ai découpées dans un bout de plaque qui restait. Après avoir poncé les lettres, je les ai délicatement incrustées sur le devant de la caisse à l'aide d'un ciseau bien affûté.

Le nom de KOSKELA en métal jaune brillait sur l'accordéon.

Ce soir-là, signore Fidardo a accordé mon accordéon. Il a limé chaque anche métallique pour obtenir un son parfaitement juste. Un accordéon comporte un grand nombre de notes et il n'a terminé que lorsque Ana est rentrée du travail. Il l'a alors invitée chez lui et a sorti sa bouteille de Campari.

– Il faut fêter ça, a-t-il dit. C'est ce qu'on fait quand un apprenti a terminé son premier travail important.

Ana et signore Fidardo ont longuement admiré mon accordéon. J'étais très fière.

– Je n'avais pas compris que tu avais l'intention d'offrir ton accordéon à Koskela, m'a souri Ana.

– Moi non plus, a dit signore Fidardo. Nous aurions pourtant dû le comprendre. Il n'y a pas de meilleur cadeau pour quelqu'un qui est incarcéré.

Il a essayé l'accordéon et Ana a chanté du fado. C'était merveilleux.

Le lendemain, signore Fidardo m'a emmenée dans l'appartement du deuxième étage où il stockait ses produits. De précieuses feuilles de bois de placage étaient appuyées contre un mur, sur des étagères était empilé du bois selon l'essence et la qualité. Les étagères d'en face étaient chargées d'instruments de musique. Certains rangés dans des boîtes aux angles renforcés et équipées d'une poignée, d'autres entourés d'un tissu souple. Dans un coin, il y avait des orgues à pédale et un tuba étincelant.

Signore Fidardo a descendu une des boîtes qui avait un fermoir chromé et une poignée en cuir. L'intérieur était doublé avec du velours bleu pour protéger l'instrument des rayures et de la poussière. Elle était vide et n'avait pas l'air d'avoir déjà servi.

– Elle sera parfaite pour l'accordéon de Koskela, a dit signore Fidardo. On ne peut pas offrir un instrument de cette qualité dans un carton ordinaire !

Le soir même, Ana a écrit une longue lettre au Chef. Elle a dit que l'accordéon était de ma part et elle lui a expliqué que je travaillais dans l'atelier de signore Fidardo. Nous avons placé la lettre dans la boîte avec l'accordéon. Le lendemain, le tout a été livré à la prison à Campolide par un porteur. J'aurais bien sûr préféré apporter le cadeau moi-même au Chef mais ce n'était pas possible. Seuls les avocats et la famille proche avaient le droit de rendre visite aux prisonniers condamnés pour assassinat.

Deux semaines ont passé. J'étais inquiète. Je me demandais si le Chef avait reçu l'accordéon ou si celui-ci avait été confisqué par les gardiens de la prison. Mais un jour, Ana a reçu une petite enveloppe grise par la poste. Nous avons immédiatement compris qui en était l'expéditeur. Ana l'a ouverte et a lu :

Chère Madame Ana Molina,

j'ai bien ressu le belle accordéon et votre aimable lettre que j'ai relu plusieurs fois. Vous avait un cœur en or pur. Maintenant je sais que ma mécanissienne Sally Jones est entre de bonne mains pendant que moi je suis en tôle. Cela rend mon propre malheur plus facile à suporter !

Saluez Sally Jones pour moi. L'accordéon est très beau. J'en ai jamais vu d'aussi beau et je vais apprendre à en jouer. Mais je dois dire qu'il y a un satané nombre de bouton à apprendre à manier ! Je vais m'entraîner tous les jours jusqu'à ce que je sorte de ce trou perdu.

Mes homages
H. Koskela

La lettre du Chef m'a rendue plus heureuse que je ne l'avais été depuis bien longtemps. Je le reconnaissais mieux que dans sa précédente lettre. Ana a aussi remarqué la différence.

– Ton ami ne semble pas avoir perdu espoir, a-t-elle dit.

Maintenant que l'accordéon du Chef était terminé, j'avais une impression de grand vide. Je n'avais plus rien pour occuper mes journées.

Mais signore Fidardo a tout de suite su comment y remédier.

– J'ai reçu deux accordéons pour réparation. Il faut revoir l'étanchéité du soufflet de l'un et l'autre a besoin de nouvelles bretelles. Tu veux te charger duquel ?

J'ai choisi les bretelles. Travailler le cuir m'amusait.

Le lendemain, signore Fidardo a commandé une nouvelle table de travail pour moi. Comme la sienne, elle avait des tiroirs et des casiers, un serre-joint intégré sur le côté, un endroit pour ranger les outils et un tabouret à hauteur réglable avec un siège rembourré en cuir. Il a déplacé les meubles pour que la nouvelle table puisse être installée devant une des grandes fenêtres de l'atelier.

– Et voilà, a-t-il dit. L'apprenti d'un facteur d'instruments ne peut pas être relégué dans la réserve pour faire son travail !

J'ai d'abord été un peu hésitante. Jusque-là, personne – en dehors du Chef – ne devait savoir que j'habitais l'immeuble. Si je quittais la réserve pour m'installer devant la fenêtre, le secret serait vite dévoilé. Que penseraient les gens qui m'avaient appelée *le singe de l'assassin* en apprenant que je travaillais chez signore Fidardo ? Et s'ils alertaient la police ! S'ils s'attaquaient à signore Fidardo lui-même !

Signore Fidardo a compris ce qui me tracassait.

– À l'Alfama, il suffit qu'une mouette chie sur la mitre d'un évêque pour qu'une émeute éclate, a-t-il dit. Ici, les gens adorent tout ce qui sort du quotidien. Ça va cancaner pendant quelques jours quand ils se rendront compte que tu travailles chez moi, c'est sûr et certain, mais ils vont rapidement se lasser et changer de sujet. Crois-moi.

J'ai fait confiance à signore Fidardo. Et ça s'est effectivement passé comme il l'avait prévu. La nouvelle que le luthier avait un singe comme apprenti s'est propagée dans le quartier de l'Alfama à la vitesse de l'éclair. Nombreux sont ceux qui se trouvaient une raison pour se rendre à l'atelier et vérifier que c'était vrai. Il y avait souvent une foule de gens amassée devant la fenêtre. Mais au bout de quelques semaines, plus personne ne s'arrêtait pour me regarder travailler.

Signore Fidardo a commencé à me donner des petites commissions à faire dans les quartiers alentour. J'allais à la poste chercher des paquets, j'allais acheter des cigares dans le bureau de tabac de la veuve Pereira. Parfois, signore Fidardo m'emmenait déjeuner au restaurant. Les gens me saluaient comme un des leurs. Plus personne ne semblait se souvenir du *singe de l'assassin*.

CHAPITRE 19
La tombe d'Élisa Gomes

L'été est arrivé avec une chaleur écrasante. Pendant l'heure du midi, l'Alfama était pratiquement immobile. Le soleil dardait ses rayons blancs d'un ciel constamment bleu et les gens s'abritaient dans leurs maisons derrière des volets fermés pour échapper à la chaleur. C'est seulement le soir que la ville reprenait vie. Les magasins ouvraient leurs portes et les marchands ambulants installaient leurs étals. Les voitures, les charrettes à cheval et les trams se frayaient un chemin dans les petites rues grouillant de monde.

Les bars et les restaurants se remplissaient quelques heures avant minuit. Le fado se propageait dans la nuit par les portes ouvertes. Même dans les petites gargotes on jouait de la guitare et on chantait des chansons mélancoliques sur l'amour, le chagrin et la nostalgie. Signore Fidardo insistait pour qu'Ana se produise devant un public et c'est la raison pour laquelle il l'invitait au restaurant quand il savait qu'une bonne *fadista* y chantait. En général, j'étais moi aussi invitée à les accompagner. Nous avons entendu de nombreuses très bonnes chanteuses mais aucune ne possédait une voix aussi vivante et intense qu'Ana. C'est sans doute justement ce que signore Fidardo voulait qu'elle découvre elle-même.

Ana a fini par céder et promettre d'aller à Prazeres avec lui un dimanche pour chanter à un enterrement quand il jouait de l'orgue. Elle a commencé à avoir le trac plusieurs jours avant. Mais elle n'avait aucune raison d'être inquiète. Tout le monde a été profondément touché par son chant. Même le fossoyeur a versé quelques larmes.

Le dimanche suivant, Ana a accompagné signore Fidardo pour chanter à un autre enterrement.

Tout comme le dimanche suivant.

La nouvelle de la beauté de sa voix s'est répandue comme une traînée de poudre à Lisbonne. Pour écouter Ana, les gens ont commencé à se rendre à Prazeres pour assister à des enterrements de personnes qu'ils ne connaissaient pas. Certains disaient même que ça valait le coup de s'y faire enterrer si c'était la seule possibilité d'entendre Ana Molina chanter.

Le dimanche, j'avais pris l'habitude d'aller à Prazeres avec eux. Mais je me tenais à distance de la cérémonie. Les singes en bleu de travail n'étaient pas bien vus à ce genre d'événement. J'en profitais pour me promener dans le cimetière. Bizarrement je m'y plaisais, bien que l'endroit soit étrange et assez effrayant. Des mausolées en marbre blanc étaient alignés le long des sentiers ratissés. On aurait dit des petits palais, ou des églises, surmontés d'une croix et entourés d'élégantes grilles en fer forgé. Toute une ville pour des gens disparus organisée en un labyrinthe d'allées.

Lors de ces promenades, il arrivait fréquemment que je me perde et c'est justement à une de ces occasions que j'ai trouvé la tombe d'Élisa Gomes dans un coin retiré du cimetière où je n'étais encore jamais allée. C'était visiblement l'endroit où on enterrait ceux qui n'avaient pas les moyens de se payer de grands monuments en marbre. Les tombes étaient marquées par une croix en fer ou par une simple pierre en granit. Je me suis arrêtée devant une tombe mal entretenue, envahie d'herbes sauvages et de feuilles mortes. Un portrait en émail peint était inséré dans la pierre recouverte de mousse. Il représentait une jeune femme. J'ai immédiatement eu la sensation de l'avoir déjà vue. Mais sans me rappeler où.

Comme j'étais déjà en retard et que je savais qu'Ana et signore Fidardo m'attendaient devant la chapelle, je n'y ai pas réfléchi davantage à ce moment-là. Mais tard le soir même, juste avant de m'endormir, le souvenir m'est revenu subitement. Je me suis levée sans faire de bruit et j'ai attrapé ma salopette. Dans la poche, j'ai retrouvé le médaillon en argent qu'Alphonse Morro avait perdu sur le quai avant de tomber dans le fleuve. Je l'ai ouvert et j'ai contemplé le portrait miniature de la fiancée de Morro. Il ressemblait terriblement à celui de la jeune fille sur la pierre tombale.

Le dimanche suivant, je suis retournée à la tombe et j'ai comparé les deux portraits.

Aucun doute possible. Il s'agissait bien de la même jeune fille.

D'après l'inscription sur la tombe, elle s'appelait Élisa Gomes. Morte depuis quatre ans, à l'âge de vingt-trois ans. Pourquoi était-elle morte si jeune ? La pierre tombale n'avait pas de réponse à me fournir. J'ai frissonné. Alphonse Morro l'avait peut-être assassinée ? C'était bien un bandit, non ? Le moment où il avait pointé son arme sur le Chef revenait encore dans mes cauchemars.

Je sentais que ma découverte était importante mais j'ignorais pourquoi. C'était juste une sensation.

J'ai débarrassé la pierre des feuilles et j'ai contemplé un bon moment le portrait de la jeune fille morte que plus personne ne semblait pleurer.

Tous les dimanches j'ai pris l'habitude d'aller sur la tombe d'Élisa Gomes. J'enlevais les feuilles et les branches, je grattais la mousse et le lichen. Petit à petit, j'ai fait la connaissance du gardien du cimetière qui s'appelait João. Un homme étrange mais pas désagréable. Bien au contraire.

Généralement, les gens que je rencontre pour la première fois me traitent comme un singe. Cela n'a rien d'étonnant en soi puisque j'en suis un. J'imagine qu'ils se disent que si je porte des vêtements c'est qu'on m'a dressée, comme les ours des cirques ont été dressés à marcher sur leurs pattes arrière et les perroquets à dire des gros mots. Rares sont ceux qui me pensent capable d'avoir mes propres réflexions et de comprendre la langue des humains.

João était différent. Il est venu me voir un jour où j'étais en train d'arracher les chardons du lopin de terre devant la tombe d'Élisa Gomes. Quand je me suis retournée et qu'il a vu mon visage, il n'a même pas sourcillé. Il s'est gentiment proposé de me prêter une binette et une bêche.

J'ai accepté d'un hochement de tête et il est allé me chercher les outils. Puis il a continué à me parler comme si j'étais une vieille connaissance. Il n'avait pas l'air de trouver étonnant ni étrange qu'un gorille s'occupe d'une tombe.

– Ça fait plaisir de voir quelqu'un soigner cet endroit, a-t-il dit. Je me suis souvent dit que je devrais le faire. Pour Élisa. Elle a été assassinée, la pauvre petite. D'une certaine manière c'était un accident. Mais tu connais cette histoire, bien sûr.

J'ai fait non de la tête.

– Ah non ? Dans ce cas, je vais te la raconter. Élisa Gomes travaillait comme employée de maison chez un riche banquier à Chiado. Je crois me rappeler qu'il s'appelait Carvalho… Bon, bref, un jour le banquier a reçu un paquet par la poste. C'est Élisa qui l'a réceptionné et elle s'apprêtait à aller le déposer dans le bureau du banquier quand le paquet a explosé. En fait c'était une bombe envoyée par des anarchistes. Le banquier s'en est sorti sans blessure mais Élisa est morte. Elle n'était encore qu'une enfant…

João avait l'air sincèrement désolé. Il a poussé un gros soupir avant de continuer :

– Élisa n'avait pas de famille. En tout cas, je n'ai jamais vu personne ici. À part son fiancé, bien sûr. Son nom était Morro. C'est lui qui a assuré les frais de l'enterrement bien qu'il soit aussi jeune et pauvre qu'elle. Il était effondré de chagrin. Ça me déchirait le cœur de le voir. Déchirait le cœur…

João s'est longuement mouché et en a profité pour s'essuyer les yeux avec son mouchoir.

– Pendant trois ans il est venu pratiquement tous les jours. Ce n'était pas un bavard et je n'ai jamais vraiment appris à le connaître. Mais grâce à lui, la tombe d'Élisa était la plus belle et la mieux soignée de tout le cimetière. Parfois il apportait des fleurs, toujours des œillets jaunes. Mais un beau jour, il n'est plus venu. Ça doit remonter à environ un an. Je ne l'ai jamais revu depuis. Il paraît qu'il aurait été assassiné dans le port par un marin ivre. On en a parlé dans les journaux. J'ignore si c'est vrai. En tout cas, Morro est mort, c'est certain, sinon il n'aurait pas laissé la tombe d'Élisa à l'abandon.

Une grosse larme coulait sur la joue de João.

– Excusez-moi, a-t-il dit en reniflant. Cette histoire est tellement triste…

Nous sommes restés un moment côte à côte sans rien dire. Puis João est parti après m'avoir expliqué où ranger la bêche et la binette quand j'aurais fini.

J'étais triste mais j'avais aussi mauvaise conscience. Jusque-là, j'avais vu Alphonse Morro comme un bandit et rien d'autre. À présent, la douleur dans son regard m'est revenue, celle que j'avais remarquée le soir à *O Pelicano* quand il s'était approché du Chef et de moi. Était-ce le chagrin causé par le destin tragique d'Élisa ?

Mes pensées ont fait un saut et je me suis rappelé une phrase que João avait prononcée concernant la mort d'Élisa. Il avait dit qu'elle avait été tuée par une bombe et que les responsables de l'attentat étaient des *anarchistes*. D'après le journal, le commissaire Garretta prenait le Chef pour un anarchiste…

Était-ce une coïncidence ?

Ou y avait-il un rapport ?

Et si oui, lequel ?

CHAPITRE 20
Les soirées au Tamarind

La chaleur a perduré. Mi-août, la première grosse pluie d'automne est arrivée, débarrassant la ville de la poussière de l'été. Les égouts ont débordé, les caniveaux étaient pleins de boue et le fleuve a pris des tons brunâtres.

Ce jour-là, j'ai réalisé qu'il y avait exactement un an, jour pour jour, que le *Hudson Queen* avait coulé et que le Chef avait été arrêté par la police. Ça me semblait si loin. Terriblement loin. Pourtant il ne s'était écoulé qu'un an. Vingt-cinq ans m'auraient paru plus vraisemblables.

L'idée m'a rendue tellement triste que je n'avais plus goût au travail. Signore Fidardo l'a remarqué, bien sûr. C'est la raison pour laquelle il m'a confié la réparation d'un accordéon musette que l'ambassadeur de France à Lisbonne lui avait apporté. L'ambassadeur était très attaché à son instrument et il avait fait promettre à signore Fidardo de s'en occuper personnellement.

– Ne trahis pas ma confiance, Sally Jones, m'a recommandé signore Fidardo. Ton travail doit être parfait, sinon j'aurai des problèmes.

Signore Fidardo savait ce qu'il faisait. Il fallait que je me prenne en charge et au bout de quelques jours, j'étais de nouveau en plein travail dans l'atelier. Petit à petit, ma mélancolie a lâché son emprise.

À la même période, Ana a commencé à se produire un soir par semaine au Tamarind, un restaurant de Fado dans la Rua de São Miguel. Le propriétaire l'avait engagée après l'avoir entendue chanter à Prazeres, à l'enterrement de sa tante.

Le restaurant lui avait réservé les samedis soir. Signore Fidardo et moi l'accompagnions toujours pour l'écouter. C'était la condition qu'elle avait posée pour oser monter sur scène. Notre présence dans la salle lui donnait l'impression de se trouver dans sa cuisine un soir ordinaire, nous avait-elle expliqué.

Progressivement Ana a pris de l'assurance. Confiante aussi bien envers elle-même qu'envers son public, elle n'a plus eu besoin de signore Fidardo et de moi pour se rassurer. Mais nous avons continué à l'accompagner au Tamarind puisque nous n'en avions jamais assez de l'écouter.

Grâce à Ana, on nous avait attribué une table près de la scène. Heureusement. Car la petite salle était toujours bondée lors de ses représentations. Toutes les tables étaient réservées des semaines à l'avance. Le propriétaire du Tamarind avait même commencé à laisser les fenêtres ouvertes et à placer des chaises sur le trottoir pour permettre à autant de gens que possible d'en profiter. Bientôt, il n'y a plus eu assez de chaises mais quelqu'un a eu la bonne idée d'apporter sa propre chaise. De plus en plus de gens s'installaient dans la rue. Il arrivait même que les gens du quartier sortent des fauteuils et des canapés. Pour finir, la petite Rua de São Miguel était tellement encombrée que la police a jugé bon de la fermer à la circulation tous les samedis soir. Ce qui a aussi donné la possibilité aux policiers d'en profiter.

Santos, le directeur de la fabrique de chaussures, aimait le fado. Il avait entendu Ana chanter en travaillant et voulait l'entendre davantage. À plusieurs reprises, il a essayé de réserver une table au Tamarind. En vain. Il a fini par convoquer Ana à son bureau :

– Mademoiselle Molina, a-t-il dit, à partir de maintenant vous toucherez votre salaire aussi le samedi, à condition que vous chantiez au Tamarind également le vendredi soir. Espérons que cela me permettra d'y avoir une table !

Le nom d'Ana s'est répandu non seulement dans le quartier de l'Alfama mais dans tout Lisbonne. Quand elle se promenait en ville, des gens qu'elle ne connaissait pas venaient lui serrer la main et lui dire des mots gentils. Elle avait même un admirateur anonyme qui lui écrivait plusieurs fois par semaine pour lui dire à quel point son chant était important pour lui. Ana l'appelait *Canson* d'après le papier sur lequel il écrivait. Elle ignorait son identité.

Signore Fidardo était très heureux du succès d'Ana. Plus d'une fois je l'ai entendu dire avec de la fierté dans la voix : « Je te l'avais bien dit ! » Ana, elle, restait calme et sereine. Elle ne changeait absolument rien à sa vie. Elle continuait à travailler le jour et à raccommoder des chaussettes le soir.

En fait, il y a quand même eu un petit changement. Grâce au directeur Santos, elle ne travaillait plus à l'usine le samedi. À la place, elle faisait des petites sorties avec moi à Lisbonne et dans les alentours. Parfois, nous prenions le train jusqu'à Cascais ou Estoril pour nous promener le long des plages. Parfois nous traversions le fleuve en bateau jusqu'à Barreiro. Souvent nous prenions le tram jusqu'à Jardim Botânico, le jardin des plantes de Lisbonne, que nous sillonnions sous le feuillage des grands arbres.

Ana ne disait pas grand-chose pendant nos excursions mais cela ne me dérangeait pas puisque son silence n'avait rien de triste. À mon avis, elle avait besoin de reposer sa voix.

CHAPITRE 21
La colline derrière la prison

Les jours ont commencé à raccourcir. Les feuilles du marron-
nier dans le square devant notre immeuble viraient au jaune, se
détachaient et, poussées par le vent froid, tourbillonnaient le long
des rails du tram Rua de São Tomé. Les zones de basse pression
venant de l'Atlantique se sont succédé, apportant une brume
froide et de la pluie qui s'est installée pour des semaines. Il fallait
que je fasse du feu dans le poêle de signore Fidardo plusieurs fois
par jour pour éviter que son stock de bois de placage précieux ne
soit déformé par l'humidité. L'hiver était de retour à Lisbonne.

Ma vie avec Ana et signore Fidardo était devenue une routine. Une excellente routine. J'avais commencé à me faire à l'idée que j'allais rester avec eux. Mais le Chef me manquait toujours beaucoup. Je souhaitais tant pouvoir lui rendre visite en prison.

Parfois je lui écrivais des lettres et il me répondait. Aucun de nous deux n'étant un bon écrivain, notre correspondance se réduisait à des messages relativement succincts.

Un jour j'ai reçu une lettre du Chef qui était différente des autres.

Cher Madame Ana Molina,

Je voudrait vous demandé un service bien que j'ai déjà une grosse dète de reconaissance envers vous.

De la fenêtre de ma cellule je vois une coline avec deux petit arbres sur un terrain inhabité. Si vous pouviez emmener Sally Jones sur cette coline, je pourrais lui montrer quelque chose qui devrai lui faire plaisir.

La coline se situe près du coin nord-ouest de la prison. Je guetterai votre arrivé tous les soirs après 7 heures.

Mes homages.

H. Koskela

J'ai relu la lettre plusieurs fois en me sentant de plus en plus mal à l'aise. L'idée de revoir le Chef aurait pourtant dû me combler de bonheur. J'étais contente, bien sûr, mais en même temps angoissée. J'avais même un peu peur. À quoi ressemblerait le Chef au bout d'un an d'emprisonnement ? Était-il malade ou donnerait-il l'impression de souffrir ? Et si je ne le reconnaissais pas !

Ana s'est aperçue de mon inquiétude.

– Bien sûr qu'on va y aller, a-t-elle dit. Dimanche soir. Les autres soirs je suis déjà prise. Je me renseignerai sur les horaires de train.

Elle a posé sa main sur la mienne en ajoutant :

– Ça va bien se passer, j'en suis certaine.

Nous étions mercredi. Les jours suivants m'ont paru terriblement longs. Sans parler des nuits. J'ai à peine réussi à fermer l'œil. Le dimanche, j'étais angoissée au point de ne rien pouvoir avaler.

Le matin, Ana et signore Fidardo ont joué et chanté dans la chapelle du cimetière de Prazeres, comme d'habitude. Pendant ce temps-là, je me suis rendue sur la tombe d'Élisa Gomes et j'ai donné un coup de main à João pour désherber et ratisser les sentiers. J'avais pris l'habitude de l'aider quand j'étais là. Ça me faisait passer le temps et João semblait apprécier ma compagnie. Il me parlait de la manière dont les gens dans les tombes étaient morts. C'étaient souvent des histoires d'assassinats épouvantables ou d'accidents terribles. Il lui arrivait lui-même d'avoir peur au point que sa voix tremblait. Il ne m'a cependant rien dit de plus sur Élisa Gomes.

Quand nous sommes revenus à la maison, il était grand temps pour Ana et moi de nous rendre à Campolide. Ana était un peu agacée parce que j'avais sali ma salopette en désherbant avec João. La veille, elle l'avait lavée et repassée.

– Je tiens à ce que ton ami Koskela se rende compte que je m'occupe bien de toi, a-t-elle expliqué.

Nous avons pris le tram jusqu'à la gare du Rossio d'où nous avons pris le train vers Cintra. Je n'étais encore jamais allée à la gare du Rossio. Elle était grande. Huit voies sous une voûte en verre et acier. Des porteurs et des voyageurs fourmillaient autour des quais. J'inspirais l'odeur de charbon et de fumée en écoutant les bruits sifflants et chuintants des énormes machines à vapeur noires. C'était rassurant. Ça a calmé mon angoisse pendant un petit moment.

Nous avons pris place dans un wagon. Le train a démarré et nous avons regardé la gare de triage passer devant la fenêtre. Nous sommes entrés dans un tunnel et pendant une bonne dizaine de minutes nous n'avons plus vu que nos propres reflets dans les vitres faiblement éclairées par la lumière clignotante d'une ampoule électrique au plafond.

Quand nous sommes sortis du tunnel, le contrôleur nous a annoncé que le prochain arrêt était Campolide. Nous sommes descendues du train et Ana a demandé au contrôleur le chemin de la prison.

Nous avons continué à pied. Ce n'était plus la ville mais pas encore la campagne. Des petites maisons basses, habitées par des gens pauvres, longeaient les chemins en terre poussiéreux. Des enfants aux yeux cernés nous regardaient des fenêtres sombres. Des chèvres décharnées paissaient par-ci par-là.

La prison est bientôt apparue dans le lointain. J'avais imaginé un bâtiment sombre et triste en brique entouré d'un mur surmonté de fil de fer barbelé. Ce n'était pas loin de la réalité.

Nous avons sans difficulté trouvé la colline dont le Chef avait parlé. Mais il nous a fallu un bon moment pour nous y rendre, étant donné qu'il fallait contourner toute l'enceinte de la prison. Quand nous y sommes arrivées, il était presque sept heures. Une bruine tombait d'un ciel sombre où défilaient des nuages nerveux. La prison paraissait vide. Seules quelques rares fenêtres au rez-de-chaussée étaient éclairées. Les cellules des prisonniers semblaient se situer aux deux étages supérieurs. Dépourvues de fenêtres, elles n'avaient que des petits trous noirs derrière des barreaux.

Un quart d'heure s'est écoulé. À présent, la pluie tombait dru. Soudain, j'ai deviné un visage derrière les barreaux d'un des trous à l'étage supérieur. Une main nous a fait un signe. Mon cœur a fait un bond et j'ai répondu au signe en agitant mes deux bras au-dessus de la tête. Ana a fait pareil.

La main s'est retirée. Au bout de quelques instants, j'ai vu quelque chose bouger dans l'obscurité derrière les barreaux.

Une musique s'est fait entendre.

Les notes frêles d'un petit accordéon.

C'était une mélodie simple. J'avais souvent entendu le Chef la fredonner. Elle était finlandaise et très mélancolique. Le Chef a joué plusieurs couplets. Pour commencer il a fait quelques fausses notes et il m'a semblé l'entendre pousser un juron dans l'obscurité. Puis ça a marché de mieux en mieux. Les derniers couplets, il les a joués de façon franche et intense. C'était beau. J'ai vu une larme briller sur la joue d'Ana.

L'accordéon s'est tu et des acclamations des cellules voisines ont montré que ses codétenus avaient apprécié.

Nos applaudissements à Ana et moi retentissaient sourdement contre la grande façade de la prison.

Puis Ana s'est mise à chanter.

Elle a chanté une chanson portugaise qui ressemblait beaucoup à l'air que le Chef venait de jouer. Elle était triste mais pourtant pleine d'une joie tranquille. De grosses mains serraient les barreaux. Les fenêtres du rez-de-chaussée s'ouvraient et les gardiens montraient leur tête. Toute la prison écoutait. L'imposant bâtiment lui-même semblait tendre l'oreille.

Quand la dernière note du chant d'Ana s'est évanouie, un silence total a suivi. Puis sont arrivés des applaudissements qui ne voulaient plus cesser.

Le Chef et moi nous sommes de nouveau fait des signes et nous avons continué jusqu'à ce qu'Ana pose délicatement sa main sur mon épaule. Il était temps de partir pour ne pas rater le dernier train.

Au cours de l'année qui a suivi, Ana et moi sommes allées à la colline derrière la prison un à deux dimanches par mois. Chaque fois, le Chef jouait un nouvel air qu'il avait appris. Chaque fois, Ana chantait une chanson pour lui et les autres prisonniers.

Nos visites étaient très importantes pour le Chef. Bien plus que je ne l'ai compris à l'époque. La vie en prison était dure et dangereuse. Les gardiens étaient des hommes brutaux et la plupart des codétenus étaient des criminels endurcis. Mais ils avaient beau être durs, ils voulaient entendre Ana

Molina chanter. C'est la raison pour laquelle ils tenaient à ce que le Chef ait une vie supportable et qu'il puisse garder son accordéon.

CHAPITRE 22
Un message de l'au-delà

Le printemps est arrivé apportant un temps clair et des vents secs. Fin mars, j'ai terminé la remise en état de l'accordéon musette de l'ambassadeur de France. Très satisfait, l'ambassadeur a félicité signore Fidardo pour son exceptionnelle compétence professionnelle.

– Ne prends pas la grosse tête pour autant, m'a conseillé signore Fidardo une fois l'ambassadeur parti. On ne peut pas dire que les Français brillent par leurs connaissances en la matière. Contenter un Italien aurait été une tout autre affaire.

L'ambassadeur a grassement payé la réparation de son accordéon. Après un moment de réflexion, signore Fidardo m'a donné une partie de la somme. Je n'avais encore jamais touché de salaire pour mon travail dans son atelier, il préférait remettre l'argent à Ana. Comme c'était elle qui me logeait et me nourrissait, cela me convenait. J'ai d'abord refusé l'argent, mais signore Fidardo a insisté :

– Tu mérites chaque centime, a-t-il dit. Et bien plus. Je suis certain que tu trouveras une manière agréable de dépenser cet argent.

Le lendemain, je suis allée dans le bureau de tabac de la veuve Pereira acheter deux boîtes de ses cigares les plus chers. J'en ai offert une à signore Fidardo et j'ai envoyé la deuxième au Chef par la poste. J'ai fait cadeau à Ana d'un très beau stylo qui lui servirait à écrire à sa sœur en Afrique.

Peu de temps après, l'argent qui me restait m'a aussi permis de faire une découverte. João m'avait suggéré de planter une jolie fleur à côté de la pierre tombale d'Élisa Gomes. Excellente idée. À présent, sa tombe était bien soignée, mais il est vrai qu'elle était nue et un peu triste. Ana m'a accompagnée au marché aux fleurs qui avait lieu tous les samedis sur la place de Figueira et m'a aidée à choisir une plante. Un hibiscus aux fleurs jaunes. J'avais cru comprendre que le jaune était la couleur préférée d'Élisa Gomes. João m'avait raconté qu'Alphonse Morro avait l'habitude de déposer des œillets jaunes sur sa tombe.

Le lendemain, quand nous sommes parties à Prazeres, j'ai pris l'hibiscus avec moi dans le tram. En arrivant, je me suis immédiatement rendue au bureau du cimetière. João était en train de boire son café, assis à sa petite table de travail. Il m'a servi un verre de lait en me parlant de tout et de rien. Nous nous apprêtions à aller chercher de la terre et une bêche quand on a frappé à la porte.

– Ohé ! Y a quelqu'un ?

L'homme qui est apparu sur le seuil était marin, je l'ai immédiatement vu. À en juger par son teint buriné et la légère odeur de moisissure qui émanait de son costume qui avait dû passer de nombreux mois enfermé dans un coffre humide, il revenait probablement d'un long voyage dans les pays chauds.

Sans se présenter, il a sorti de sa poche une enveloppe pliée qu'il a tendue à João.

– J'ai promis de déposer cette enveloppe ici. Tenez. Si elle est un peu froissée c'est que je l'ai sur moi depuis l'Extrême-Orient.

João a pris l'enveloppe en lui demandant ce qu'elle contenait.

– Aucune idée, a été la réponse. Elle m'a été confiée par un type qui devait savoir que mon bateau rentrait à Lisbonne. Il m'a demandé de donner l'enveloppe au gardien de ce cimetière. Pour me remercier, il m'a offert une bouteille de gin que je mérite maintenant que ma mission est accomplie. Il faut que j'y aille, je vais essayer d'attraper le prochain tram pour retourner en ville. Adieu !

Il a esquissé un vague salut militaire avant de repartir d'un pas rapide.

João a d'abord retourné l'enveloppe dans ses mains, puis il a attrapé un couteau sur sa table et l'a prudemment décachetée.

En découvrant le contenu, deux billets de cinq livres et une lettre, il a poussé un sifflement. Dix livres, c'était une somme importante. Puis il a ajusté ses lunettes sur son nez et il a commencé à lire.

Je l'ai vu froncer les sourcils comme si la lettre était écrite dans une langue étrangère. Puis il est devenu blême et ses yeux se sont écarquillés. À travers la fenêtre nous parvenait le bruit du tram qui venait de quitter l'arrêt.

Quand João a finalement levé les yeux, il y avait de la frayeur dans son regard. Sa main tremblait légèrement lorsqu'il me l'a tendue. J'ai lu :

Cet argent doit être utilisé, jusqu'au dernier centime, pour orner le lieu de repos éternel d'Élisa Gomes. Des œillets jaunes devront toujours fleurir sa tombe.

João croyait aux fantômes. Et il en avait peur. C'était d'ailleurs la raison pour laquelle il avait commencé à travailler comme gardien de cimetière. Il espérait que le travail quotidien parmi les tombes le guérirait de cette peur. Mais cela n'a pas été le cas.

Des gouttes de sueur froide perlaient sur son front et ses lèvres étaient blanches quand il m'a dit :

– C'est un message de *l'au-delà*. D'un fantôme ! Il n'arrive pas à trouver le repos…

Je ne comprenais pas ce qu'il voulait dire. Qui n'arrivait pas à trouver le repos ? Différentes explications se bousculaient dans ma tête. Puis, tout d'un coup, j'ai compris et j'ai été parcourue d'un frisson comme si je m'étais brûlée ou comme si j'avais reçu un courant électrique.

Alphonse Morro ! C'était forcément Alphonse Morro qui avait écrit la lettre !

Mon cœur s'est mis à battre vite et fort.

Morro était vivant !

La lettre en était la preuve !

Il fallait agir vite. C'était urgent !

Je suis partie en courant en direction de la chapelle.

Il fallait que je prévienne Ana et signore Fidardo !

J'ai collé l'oreille à la porte. Ils n'en étaient qu'à la confession des péchés. La cérémonie funèbre venait donc tout juste de commencer. J'ai posé ma main sur la poignée, bien décidée à interrompre la cérémonie. Mais la raison m'a rattrapée au dernier moment et je me suis assise sur un banc pour attendre.

Au bout d'une heure, la cérémonie était terminée. Quand le pasteur et les proches se sont enfin dirigés avec le cercueil vers la tombe fraîchement creusée, j'ai attiré Ana et signore Fidardo vers le bureau du cimetière.

La rencontre s'est faite dans la confusion. Ana et signore Fidardo avaient déjà vu João mais ils ne le connaissaient pas vraiment et ils ne comprenaient pas de quoi il était question. João était encore sous le choc et ne parlait que de fantômes.

Quand il s'est finalement calmé, nous sommes allés, tous les quatre, sur la tombe d'Élisa Gomes. J'ai montré le médaillon d'argent de Morro à Ana et à signore Fidardo.

Puis, João a patiemment raconté l'histoire, depuis la mort tragique d'Élisa Gomes jusqu'à la lettre et les billets que le marin avait apportés d'Extrême-Orient. Ana et signore Fidardo n'arrêtaient pas de poser des questions et João faisait de son mieux pour y répondre.

Quand l'après-midi est arrivé et que les cyprès du cimetière jetaient leurs longues ombres sur l'alignement de pierres tombales et de croix, nous avons dit au revoir à João et nous sommes partis prendre le tram.

À présent, Ana était aussi enthousiaste que moi.

– La police n'a jamais retrouvé le corps d'Alphonse Morro, a-t-elle dit. Je me souviens que c'était écrit dans le journal. Il peut très bien être en vie ! Dans ce cas, Koskela est innocent ! Il faut montrer la lettre à la police.

Signore Fidardo a poussé un soupir.

– On peut faire ça, bien sûr, a-t-il rétorqué, mais je crains qu'on soit déçus. La police ne nous prendra pas au sérieux.

Ana et moi nous sommes tournées vers lui.

– Pourquoi ? a-t-elle demandé.

– Premièrement, la police n'aime pas apprendre qu'elle a mis un innocent en prison, a-t-il expliqué. Deuxièmement, nous ne pouvons pas prouver que c'est bien Alphonse Morro qui a écrit cette lettre et envoyé l'argent. Nous n'en sommes pas certains nous-mêmes.

J'ai essayé de protester. Moi, je savais que c'était Morro qui avait écrit la lettre !

Signore Fidardo a compris ce que je pensais. Il s'est arrêté et m'a regardée.

– Je sais à quel point c'est important pour toi que Morro soit en vie, a-t-il dit. Et je ne dis pas que tu as tort. Je dis seulement qu'il faut que tu te prépares à ce que la police ne nous soit d'aucun secours. Bien au contraire, probablement.

Nous avons marché en silence.

– Et le marin ? a rappelé Ana quand nous sommes arrivés à l'arrêt du tram. Il pourrait certainement décrire la personne qui lui a confié l'enveloppe. Et expliquer où ils se sont rencontrés.

– Oui, tu as raison, a acquiescé signore Fidardo. Mais ça suppose qu'on le retrouve et je ne sais pas comment faire pour y arriver.

– Et si on demandait à la police de lancer un avis de recherche ? a suggéré Ana.

– Nous ignorons aussi bien son nom que celui du bateau sur lequel il travaille, a rappelé signore Fidardo. Il doit y avoir des dizaines de milliers de marins à Lisbonne. La plupart doivent correspondre à la description que nous a donnée João. Même si la police acceptait de lancer un avis de recherche, il ne nous serait d'aucune utilité.

Le tram est arrivé. Nous sommes montés et signore Fidardo a acheté nos tickets. Pendant le voyage vers le centre-ville, j'ai su ce qu'il fallait faire.

Il me tardait de voir la nuit s'installer.

CHAPITRE 23
L'Extrême-Orient

Ce soir-là, dès qu'Ana s'est endormie, j'ai ouvert la lucarne et je suis prudemment sortie sur le toit. Pendant trois nuits et trois jours j'ai cherché le marin du cimetière de Prazeres. J'ai vérifié chaque bar du port de Lisbonne, chaque bordel et chaque gargote entre Alcantara et Cais do Sodré, puis encore plus à l'est jusqu'à Santa Apolonia. Je suis entrée dans chaque foyer de marins et dans chaque église. J'avais des crampes aux jambes à force de marcher le long des quais.

Quand je suis enfin rentrée Rua de São Tomé, j'ai trouvé
Ana en larmes, folle d'inquiétude pour moi. Signore Fidardo,
lui, était furieux et m'a passé un savon mais il avait très bien
compris la raison de mon absence.

– Et alors, a-t-il dit une fois calmé, tu as retrouvé le marin ?
J'ai fait non de la tête.

Je me suis allongée sur la banquette et me suis endormie.

Le lendemain, Ana a pris un jour de congé pour se rendre
au commissariat à Largo de Graça avec la lettre de Morro. Elle
est revenue tremblante d'indignation.

– Ils se sont moqués de moi, a-t-elle dit. Il y en a même un
qui s'est fâché et qui m'a dit que la police n'avait pas le temps
de s'occuper de bêtises de ce genre.

– C'est bien ce que je redoutais, a commenté signore
Fidardo en secouant tristement la tête.

Je n'avais plus goût au travail. Je passais mon temps allongée sur la banquette d'Ana à réfléchir et à ressasser des idées
noires. Alphonse Morro était-il réellement en vie ? Ou n'était-
ce qu'un vœu pieux de ma part ? Mais s'il était vivant, comment faire pour le retrouver ? J'oscillais entre l'espoir et le
doute sans pour autant avancer dans mes réflexions.

Signore Fidardo a fini par monter me chercher en me disant
qu'il fallait que je retourne à l'atelier.

– Nous avons de nouvelles commandes, a-t-il insisté.
Maintenant il va falloir que tu réfléchisses et que tu travailles
en même temps ! Ça fait cinquante ans que moi-même je le
fais et je peux te garantir qu'on y arrive très bien !

Un accordéon m'attendait dans l'atelier. Il fallait identifier et corriger un bruit qui se produisait dès qu'on le bougeait. Comprenant rapidement qu'il s'agissait de quelques anches mal fixées, j'ai préparé un mélange de cire d'abeille et de résine pour les recoller.

Pendant quelques semaines, j'ai travaillé le jour et erré dans le port la nuit dans l'espoir de retrouver le marin de Prazeres.

Mais j'ai fini par abandonner mes recherches. En revanche, une idée a commencé à germer dans ma tête : j'allais embarquer clandestinement sur un des bateaux amarrés dans le port et me rendre en Extrême-Orient pour essayer de retrouver les traces d'Alphonse Morro. Le problème était l'immensité des lieux. Chercher un marin en Extrême-Orient serait aussi compliqué que de chercher un grain de poivre dans un coffre à charbon. Je savais aussi qu'il était dangereux de voyager en tant que passager clandestin. J'avais déjà expérimenté et ça avait failli très mal se terminer. Mais je n'avais pas de meilleure idée et j'étais prête à m'y risquer de nouveau.

Je n'ai pas trouvé de meilleure idée.

Mais Ana, elle, si.

Un matin, elle est venue me retrouver très tôt, avant même que le réveil sonne. À travers la fenêtre, je voyais l'aube naître. Le seul bruit qui nous parvenait de la ville était le lointain cliquetis de la charrette du laitier qui avançait sur les pavés d'une ruelle. Ana avait les cheveux ébouriffés et les yeux encore pleins de sommeil. Elle serrait sa robe de chambre autour d'elle.

– J'ai fait un rêve, a-t-elle dit en réprimant un bâillement. J'ai rêvé d'Alphonse Morro et d'Élisa Gomes. Ça m'a donné une bonne idée, je crois.

Elle a voulu que je lui montre le médaillon de Morro.

– Ça doit paraître un peu tiré par les cheveux, a-t-elle dit en ouvrant le médaillon, mais on ne sait jamais.

Puis elle a lu le petit poème inscrit sous le portrait d'Élisa Gomes tout en hochant la tête.

– Il est possible que ce médaillon soit le seul souvenir qu'Alphonse Morro ait gardé de son Élisa. S'il est encore en vie, il tient certainement à le récupérer. On pourrait essayer de lui donner envie de revenir le chercher ? Excuse-moi, a-t-elle ajouté en voyant ma déception. Finalement, ce n'est peut-être pas une très bonne idée. Elle me paraissait meilleure dans mon rêve.

Au cours de la journée, l'idée d'Ana m'est revenue à plusieurs reprises. Elle me paraissait impossible à réaliser, n'empêche que je ne cessais d'y penser. Comment attirer Alphonse Morro avec le médaillon, n'ayant pas la moindre idée de l'endroit où il se trouvait ?

Ce soir-là, Ana est rentrée de la fabrique de chaussures un peu plus tôt que d'habitude. Je n'avais pas encore mis l'eau à chauffer pour le riz.

– J'ai fait au plus vite, a-t-elle dit en posant sur la table un sac en papier qui sentait la sardine. J'ai une nouvelle idée.

Au lieu de commencer à préparer le poisson, elle s'est mise à me l'expliquer.

– Il faut envoyer un message, a-t-elle dit avec enthousiasme. Un texte très court. Juste le petit poème du médaillon et notre adresse. Et il faut trouver le moyen d'afficher ce message dans chaque port d'Extrême-Orient. Si Alphonse Morro le voit, il comprendra qu'il lui est adressé et que son médaillon se trouve chez nous !

Ana m'a regardée pleine de confiance et de satisfaction. J'ai repensé à ce qu'elle venait de me dire. Un message. Affiché dans les foyers de marins, dans les bureaux et les troquets de chaque grand port d'Extrême-Orient.

Oui, ça pourrait peut-être marcher. Mais comment y arriver ?

C'est moi qui ai trouvé la réponse. Presque tout de suite :

Senhor Baptista !

Vingt minutes plus tard, Ana et moi sommes entrées à *O Pelicano*. Comme d'habitude, c'étaient essentiellement des marins qui étaient accoudés aux tables devant un petit verre d'*aguardente*, la pipe à la bouche. En nous voyant, senhor Baptista a ouvert les bras dans un geste accueillant. Comme nous habitions le même quartier, on s'était vus de nombreuses fois, lui et moi, depuis le soir, dix-huit mois auparavant, où je m'étais adressée à lui pour demander de l'aide. Je voyais qu'il était toujours un peu honteux de m'avoir mise à la porte. J'espérais qu'il serait plus charitable cette fois-ci.

Senhor Baptista m'a offert un verre de lait et il a servi un verre de vin à Ana. Il a fallu un bon moment à Ana pour lui raconter toute l'histoire : Élisa Gomes, le médaillon, la lettre arrivée d'Extrême-Orient et son idée d'afficher un message. Senhor Baptista l'écoutait, l'air concentré. Quand Ana lui a finalement expliqué la raison de notre visite, son visage s'est éclairci.

– Bien sûr que vous pouvez compter sur moi ! a-t-il dit. Je vous aiderai avec grand plaisir ! Chaque marin qui viendra à *O Pelicano*, repartira avec un paquet de messages. Je leur dirai d'afficher au moins dix messages dans chaque port qu'ils visitent, de Djibouti à l'ouest à Yokohama à l'est. Et je peux vous promettre que ce sera fait ! Les marins sont toujours prêts à aider un camarade en difficulté. Votre message sera distribué dans tout l'Orient. Je vous en donne ma parole !

Le plafonnier de l'atelier était toujours allumé à notre retour. Signore Fidardo faisait un collage compliqué qu'il fallait terminer avant le soir.

Ana l'a mis au courant de notre projet. Signore Fidardo l'a écoutée, une ride sceptique sur le front. Quand Ana lui a demandé son avis, il a seulement répondu :

– Cela me semble très romantique.

Ana a eu l'air déçue.

– À ton avis, ça ne va pas marcher ?

Signore Fidardo a marqué une pause avant de me lancer un regard soucieux et de répondre :

– Honnêtement, non, je ne crois pas. Si Alphonse Morro s'est enfui au bout du monde, je ne pense pas qu'il prendra le risque de revenir ici pour récupérer un bijou perdu. En plus, je crains que la chance qu'il tombe sur un de vos messages soit très mince. Si toutefois il est encore en vie.

Nous avons gardé le silence un moment. À contrecœur j'ai dû admettre que signore Fidardo avait probablement raison. Et Ana semblait bien découragée.

– Mais il faut quand même tenter le coup. Nous n'avons rien à perdre, a-t-elle fini par dire.

Signore Fidardo a acquiescé.

– Je suis d'accord. Et je connais quelqu'un qui pourra sans doute nous aider. Je lui en parlerai demain.

Puis il s'est tourné vers moi :

– Promets-moi seulement de ne pas te faire trop d'illusions sur les possibilités de faire sortir ton ami Koskela de prison. Avoir de fausses illusions est pire que de ne pas en avoir du tout.

Déjà la semaine suivante, une petite imprimerie à Bairro Alto est venue livrer des cartons contenant deux mille messages. L'imprimeur a fait un prix à signore Fidardo qui accordait son vieux piano tous les automnes depuis vingt ans.

Au milieu de chaque feuille était écrit le poème du médaillon et en dessous, en lettres plus petites, l'adresse de notre immeuble Rua de São Tomé. C'était tout.

J'ai déposé les cartons à *O Pelicano* et senhor Baptista s'est tout de suite mis à distribuer les messages aux clients qui partaient vers l'est.

Il n'y avait plus qu'à attendre et à espérer. Et je savais que l'attente serait longue. Ça pouvait demander une année entière, voire plusieurs, avant qu'Alphonse Morro ne trouve notre message.

Si jamais il le trouvait.

La vie dans Rua de São Tomé a rapidement repris son cours. Les journées étaient remplies des joies et des soucis quotidiens.

Je pensais souvent à Alphonse Morro en me demandant ce que je pourrais faire de plus pour avoir la preuve qu'il était en vie. Mais j'avais beau me creuser la tête, je n'avais pas d'autres idées. Finalement j'ai dû me résigner en me disant que j'avais fait tout ce qui était en mon pouvoir et, d'une certaine manière, cela m'a rassurée. Je pensais de moins en moins à Morro et de plus en plus à ce qui se passait autour de moi.

Mais au fond de moi, je comptais quand même les jours en imaginant l'arrivée des premiers messages en Extrême-Orient.

CHAPITRE 24
Fabulous Forzini

Fin mai, une grande vedette du monde de la musique s'est produite à Lisbonne. Un certain Giuseppe Forzini. Il avait fait tout le chemin de Californie, en Amérique, jusqu'ici. Là-bas, on l'appelait *Fabulous Forzini*.

Fabulous Forzini était un virtuose de l'accordéon. Personne ne savait jouer un ragtime ou une polka aussi rapidement que lui. Il était demandé partout et, d'après les journaux, ses tournées lui rapportaient des sommes incroyables allant jusqu'à six cents dollars par semaine. Un argent qu'il dépensait en voitures, en belles femmes, à la roulette et en costumes sur mesure. Toujours d'après les journaux.

Fabulous Forzini était américain et italien, originaire, d'ailleurs, du même coin du sud de l'Italie que signore Fidardo : la Calabre. Un détail qui n'intéressait nullement signore Fidardo. En apprenant que les billets du concert de Fabulous Forzini au Teatro Maria Vitória avaient été vendus en moins d'une heure, signore Fidardo n'avait fait qu'un commentaire :

– Les gens d'aujourd'hui n'ont pas de goût. Fabulous Forzini n'est pas un vrai musicien. Il fait de la technique dépourvue de tout sentiment. Et il joue de l'*accordéon-piano* !

Il a littéralement craché le dernier mot. Un accordéon avec un clavier et non des touches. C'était une nouveauté qu'il méprisait. Signore Fidardo supportait mal tout ce qui était moderne.

Le concert de Fabulous Forzini à Lisbonne avait lieu un samedi. Tard dans l'après-midi du vendredi, une Chevrolet Superior rouge s'est arrêtée dans la rue devant l'atelier de signore Fidardo. Je l'ai immédiatement remarquée, les voitures de cette catégorie n'étant pas fréquentes dans nos quartiers. Un homme costaud en costume trois pièces à rayures, une cape doublée de fourrure posée sur les épaules, est descendu par la portière arrière. Il avait un Stetson aux larges bords sur la tête et portait des chaussures noires pointues avec des guêtres couleur crème. Avant même qu'il ait sonné à la porte de l'atelier et qu'il se soit présenté, j'ai compris qui il était.

Signore Fidardo a fait semblant de ne pas le reconnaître, bien qu'il ait vu, lui aussi, la photo de Fabulous Forzini dans les journaux.

– Bonjour, monsieur, que puis-je pour vous ? lui a-t-il demandé.

Fabulous Forzini a ouvert les bras, un large sourire aux lèvres. Une bague en or sertie d'une pierre précieuse brillait sur son annulaire droit.

– Signore Fidardo ! s'est-il exclamé. C'est moi, Fabulous Forzini, votre compatriote ! Nous allons enfin pouvoir faire connaissance ! Je suis un grand admirateur de vos instruments.

– Ça fait plaisir à entendre, a répondu signore Fidardo avec froideur tout en s'inclinant.

Fabulous Forzini a jeté un regard circulaire dans le petit atelier. Quand il m'a découverte en train de travailler devant ma table, il a soulevé ses sourcils noirs bien épilés.

– Un gorille qui répare des instruments de musique ! Je n'avais encore jamais vu ça ! Je croyais pourtant avoir tout vu au cours de mes années en tant qu'artiste de vaudeville, a-t-il dit d'une voix amusée.

– Elle s'appelle Sally Jones et elle n'a rien d'une attraction de cirque, a grommelé signore Fidardo. Bon, qu'est-ce qui vous amène ici, mister Forzini ?

– Je viens vous faire une proposition, signore Fidardo ! *An offer you can't refuse*, comme on dit en Amérique. J'ai l'intention de me faire fabriquer un nouvel accordéon, le plus bel accordéon-piano avec le meilleur son jamais créé ! Je ne veux que ce qu'il y a de mieux ! Un seul facteur d'instruments de musique est à la hauteur de ma commande et c'est vous, signore Fidardo. *Well, what do you say ?*

Signore Fidardo n'a pas eu besoin de temps pour réfléchir.

– Je suis extrêmement flatté, mister Forzini, a-t-il répondu, mais je ne peux malheureusement pas accepter votre proposition.

Le sourire de Fabulous Forzini s'est éteint et il a regardé signore Fidardo d'un air désemparé. Puis son sourire est revenu, encore plus large qu'avant, et ses yeux se sont étrécis.

– Aha, vous êtes un *businessman*, signore Fidardo. *I like that !* Mais question argent, vous n'avez pas à vous inquiéter. Je serai très généreux. Et je vous paierai à l'avance.

– Ce n'est pas une question d'argent, mister Forzini, a répliqué sèchement signore Fidardo. Le fait est que je ne fabrique pas d'accordéon-piano, tout simplement. Ni pour vous, ni pour quelqu'un d'autre.

Une ride profonde s'est creusée entre les yeux sombres de Fabulous Forzini. Son sourire a de nouveau disparu.

– *Ma perché ? Why not ?* Pourquoi ?

Signore Fidardo s'est légèrement redressé après s'être passé le doigt sur sa moustache.

– L'accordéon-piano est un instrument vulgaire qui ne convient qu'à de la musique ordinaire et populaire. Ce n'est pas pour moi. Je regrette, mais vous allez devoir vous adresser à quelqu'un d'autre, mister Forzini.

Fabulous Forzini a blêmi. Il avait visiblement du mal à comprendre ce qu'il venait d'entendre. Ses joues se sont ensuite empourprées et ses yeux sont devenus noirs comme du charbon.

– *Lei mi insulta !* Vous m'insultez ! a-t-il grommelé.

– *Mi scusi*, a répondu signore Fidardo. Ce n'était pas mon intention d'être insultant mais votre proposition ne m'intéresse pas, tout simplement.

L'espace d'un instant, les deux hommes se sont jaugés du regard.

– Vous allez regretter ce que vous venez de me dire, signore Fidardo ! a sifflé Fabulous Forzini entre ses dents. Vous ne savez pas à qui vous avez affaire ! Ce n'est pas la dernière fois que vous me voyez.

Puis il a tourné les talons et quitté l'atelier d'un pas rapide, sa cape ondulant derrière lui.

Au cours de l'heure qui a suivi, signore Fidardo a semblé légèrement déstabilisé. Les paroles menaçantes de Fabulous Forzini restaient suspendues dans l'air. Quand le jour a commencé à décliner, signore Fidardo a, à plusieurs reprises, jeté un regard furtif par la fenêtre.

Peu avant sept heures, la Chevrolet rouge est réapparue. Elle s'est garée sous nos fenêtres, deux roues sur le trottoir. Quelques secondes plus tard, la porte de l'atelier s'est brutalement ouverte et Fabulous Forzini est entré.

Son regard noir brillait d'une ardeur cruelle sous le rebord de son chapeau. Il s'est avancé de quelques pas, un gros sac dans une main.

Sans prononcer une parole, Fabulous Forzini s'est débarrassé de sa cape, de son chapeau et de sa veste, puis il a remonté les manches de sa chemise sans quitter signore Fidardo du regard. Lui, effrayé, a reculé de quelques pas. Fabulous Forzini a violemment saisi une chaise qu'il a placée au milieu de la pièce, puis il a sorti un accordéon-piano couleur crème de son sac. Il a enfilé les bretelles de l'instrument, s'est installé sur la chaise, les jambes écartées, et il s'est mis à jouer.

C'était une tarentelle, un air folklorique calabrais que je connaissais. J'avais déjà entendu signore Fidardo la jouer de nombreuses fois. Mais jamais de cette manière. Fabulous Forzini a pris possession de son accordéon avec une frénésie sauvage. Une mèche de ses cheveux pommadés lui est tombée sur le visage tandis que les notes crépitaient contre les murs de l'atelier. Signore Fidardo s'est cramponné à sa table de travail comme si une tempête s'était engouffrée dans la pièce. Fabulous Forzini a soudain changé de tempo et son visage s'est mis à exprimer de la douleur. Les notes s'égrenaient avec lenteur, vibrantes de souffrance et de mélancolie.

Fabulous Forzini a joué sans interruption pendant plus d'une demi-heure. Pour commencer, signore Fidardo semblait surtout surpris mais vers la fin, il écoutait la musique, les yeux clos et un sourire heureux aux lèvres.

La dernière note s'étant évanouie, Fabulous Forzini est resté un moment assis, la joue appuyée contre l'accordéon. Sa chemise était trempée de sueur et son élégante coiffure en bataille.

– Eh bien, signore Fidardo, a-t-il dit tout essoufflé, vous pensez toujours que les accordéons-pianos ne sont bons que pour de la vulgaire musique populaire ?

– Non, a admis signore Fidardo d'une voix légèrement tremblante, il va falloir que je change d'opinion à ce sujet.

Le visage de Fabulous Forzini s'est illuminé.

– Cela signifie donc que vous êtes d'accord pour me construire un instrument ? a-t-il demandé.

– *Con piacere*. Avec plaisir, a répondu signore Fidardo en s'inclinant légèrement. Si vous maintenez votre proposition.

À neuf heures du soir, lorsque Ana est rentrée du travail, Fabulous Forzini était toujours là. Signore Fidardo avait sorti sa guitare et ils s'étaient mis à jouer ensemble des chants calabrais en buvant du vin et en parlant de leur pays. Je les écoutais, pelotonnée sur ma chaise.

Quand Ana a reconnu l'artiste mondialement célèbre, elle a écarquillé les yeux de surprise. Signore Fidardo s'est chargé des présentations. Fabulous Forzini s'est levé précipitamment et s'est incliné en faisant un baisemain à Ana tout en lui décochant un sourire étincelant, les yeux mi-clos.

– Prends donc un verre de vin avec nous, Ana, a proposé signore Fidardo, et chante-nous du fado.

Après une petite hésitation, Ana est allée chercher une chaise et elle s'est assise. Signore Fidardo a joué les premières notes d'une des chansons préférées d'Ana et elle s'est mise à chanter. Le sourire charmeur et l'attitude présomptueuse de Fabulous Forzini ont immédiatement cédé la place à une expression grave et rêveuse. Avec douceur et retenue, il a tissé une guirlande de notes subtiles autour du thème musical.

Après la dernière mesure, Fabulous Forzini s'est exclamé avec détermination :

– Si le public me demande un rappel demain au concert, j'aimerais jouer cette chanson. Et vous, signoreina Molina, vous serez mon artiste invitée !

Fabulous Forzini était un accordéoniste extraordinaire. Et il était au moins aussi extraordinaire dans l'art de convaincre. D'abord il a réussi à obtenir la promesse de signore Fidardo de lui fabriquer un instrument, ce qui était déjà un exploit en soi. Puis il est parvenu à obtenir l'accord d'Ana de participer à son concert en tant qu'artiste invitée. Un exploit encore plus grand.

Teatro Maria Vitória était un des grands établissements du quartier des théâtres *Parque Mayer*. Ana s'y est rendue dès le lendemain matin pour répéter avec Fabulous Forzini. Elle était très pâle en rentrant dans l'après-midi, regrettant amèrement d'avoir accepté sa proposition. La salle contenait plusieurs centaines de places. Se produire sur cette scène n'avait rien à voir avec les soirées où elle chantait devant son public fidèle au Tamarind.

Signore Fidardo et moi avons eu des places pour le concert. J'avais autant le trac qu'Ana alors que le problème essentiel de signore Fidardo était son choix de costume : le blanc ivoire ou le blanc crème.

Le concert de Fabulous Forzini a eu un énorme succès. Comme toujours. Ce n'est pourtant pas lui qui a obtenu les applaudissements les plus longs. C'est Ana. Dans la lumière des projecteurs, elle paraissait si petite sur la grande scène à côté de Fabulous Forzini. Mais sa voix a rempli aussi bien la salle que le cœur de chaque spectateur.

Bien qu'Ana n'ait chanté qu'une seule chanson, elle a été mentionnée dans les journaux dès le lendemain.

Le directeur du Teatro Maria Vitória lui a aussitôt proposé un petit rôle dans une future comédie musicale. Mais Ana a refusé.

– Tu as tout à fait raison, a commenté signore Fidardo avec gravité. Ta voix est destinée à des événements bien plus importants.

Ana a éclaté de rire. C'était sa manière de réagir quand elle trouvait son ami pompeux et grandiloquent.

CHAPITRE 25
Farol do Bugio

L'été est arrivé avec une chaleur qui rendait pratiquement impossible tout travail dans l'atelier. L'air était brûlant et immobile dans les étroites ruelles du quartier de l'Alfama. Une odeur de putréfaction émanait des poubelles et des bouches d'égout.

Signore Fidardo a fait un dessin de l'accordéon qu'il voulait construire pour Fabulous Forzini et celui-ci l'a accepté sans la moindre remarque. Il lui a même envoyé une lettre pour lui dire de créer l'instrument selon ses idées en ajoutant :

« Je suis ainsi certain que mon accordéon sera un chef-d'œuvre ». L'enveloppe contenait aussi un chèque d'une importante somme d'argent, correspondant au premier versement.

Signore Fidardo a immédiatement utilisé une partie de l'argent pour louer une maison dans le village de pêcheurs Oeiras, situé à quelques dizaines de kilomètres à l'ouest de la ville.

– On va prendre des vacances ! a-t-il annoncé à Ana. On l'a bien mérité !

Signore Fidardo, Ana et moi avons passé une semaine dans la maison. Ana se baignait dans la mer et faisait de grandes promenades sur la plage tandis que Signore Fidardo restait à l'ombre sur la véranda à fumer et à boire du vin.

Quant à moi, je m'efforçais de redonner vie au moteur d'une vieille chaloupe à vapeur qui appartenait à la maison et qui était amarrée au ponton. Il s'agissait d'un vieux Mumford à un cylindre. C'était la première fois que j'avais affaire à une machine de ce genre. Ça m'amusait beaucoup.

L'avant-dernier matin de notre séjour, le bateau était prêt à être mis à l'eau. J'ai allumé la chaudière à vapeur et nous sommes partis après le déjeuner. Le temps était merveilleux avec un soleil éclatant et une brise fraîche qui venait de la mer. J'ai mis le cap vers le sud en contournant Farol do Bugio, le phare situé au milieu de la large embouchure du Tage. Ana était assise à la proue, les cheveux au vent et le nez tourné vers le soleil. Signore Fidardo était silencieux et un peu pâle. Je crois qu'il n'était pas très à l'aise à cause de la houle.

Moi non plus, je n'ai pas pu profiter pleinement de notre tour en bateau. Être en mer sans le Chef me paraissait un peu bizarre.

La grosse chaleur s'atténuait progressivement. Une belle lune de septembre se détachait sur le ciel nocturne qui veillait sur la ville. Quatre mois s'étaient écoulés depuis que senhor Baptista avait commencé à distribuer nos messages à *O Pelicano*. Il n'en restait plus que quelques centaines. Le reste était éparpillé dans les différents ports en Extrême-Orient.

Tous les soirs depuis deux ou trois mois, je sortais dans la cage d'escalier quand Ana était endormie pour regarder la Rua de São Tomé. J'espérais apercevoir Alphonse Morro guettant notre maison à l'ombre des réverbères.

C'était plus un rêve qu'une possibilité réelle.

CHAPITRE 26
Le vicomte

Le vicomte d'Oliveira était un des aristocrates les plus riches de Lisbonne. C'était aussi un grand connaisseur de musique et le directeur du plus grand et du plus beau théâtre du Portugal, l'Opéra Teatro Nacional de São Carlos à Lisbonne.

Mais le vicomte était surtout connu pour porter les plus gros favoris de la presqu'île ibérique. C'est aussi pour cette raison qu'ils ont été nombreux à le reconnaître quand il est apparu de façon tout à fait inattendue au Tamarind un samedi soir d'octobre. C'était bien entendu la voix d'Ana qui l'avait fait venir. On voit rarement des gens de cette position dans les misérables restaurants de fado de l'Alfama.

Le vicomte a été subjugué par le chant d'Ana au point de lui proposer au pied levé d'organiser un concert pour elle à São Carlos. Croyant à une blague, Ana a répondu en riant :

– Volontiers. Ce serait avec plaisir.

Mais le vicomte était tout ce qu'il y a de plus sérieux. Ana l'a compris quelques jours plus tard quand elle a été invitée à une audition dans le grand auditorium de São Carlos.

Elle a blêmi en lisant la lettre.

– Comment je vais faire pour me sortir de cette histoire ? s'est-elle exclamée toute malheureuse.

Signore Fidardo l'a regardée avec gravité.

– L'acoustique de São Carlos est parmi les meilleures du monde, lui a-t-il expliqué. Vous n'êtes pas nombreux à avoir la chance d'y être invités pour une audition. Je te conseille de la saisir, cette chance. Tu pourras toujours refuser le concert si tu n'en as pas envie.

Le vicomte est venu en personne chercher Ana. Déjà le lendemain matin, sa voiture attendait devant notre immeuble. En partant, Ana avait le visage fermé et très pâle. En revenant, plusieurs heures plus tard, ses joues étaient rouges et ses yeux pétillants.

– Quel dommage que tu ne sois pas venue avec nous ! m'a-t-elle dit. Il y avait une acoustique incroyable. Chaque note s'élevait comme portée par des ailes d'ange ! Je crois que j'ai bien fait d'accepter ce concert…

Le vicomte d'Oliveira voulait qu'Ana soit accompagnée par des musiciens sélectionnés de l'orchestre symphonique de l'opéra mais elle a préféré les trois guitaristes du Tamarind. Étant donné que c'était sa seule exigence pour faire ce concert, le vicomte a accepté sans difficulté.

Le concert aurait lieu fin novembre. Les journaux ont commencé à en parler plusieurs semaines avant. Une chanteuse de fado n'avait encore jamais été invitée à chanter sur la scène la plus élégante du Portugal. Dans le quartier de l'Alfama, tout le monde était fier d'Ana. Quand elle rentrait du travail le soir, les gosses du quartier l'attendaient devant notre immeuble en lui demandant de leur chanter un morceau. Ce qu'elle faisait, bien entendu.

Même le directeur Santos de l'usine de chaussures était fier. Quelle satisfaction d'avoir une employée qui se produise à São Carlos ! Il a proposé à Ana de disposer de ses matinées pour ses répétitions jusqu'à la représentation. Une offre qu'Ana a déclinée. Elle a continué à se rendre à son travail comme avant, prétendant qu'elle aurait le trac si elle restait chez elle à ne rien faire. Elle connaissait ses chansons et n'avait pas besoin de répéter.

Celui qui était le plus fier était signore Fidardo, même s'il ne le montrait pas. Mais il était plus calme et plus joyeux que d'habitude.

– J'ai toujours su que cela finirait par arriver, m'a-t-il expliqué. Il n'y a pas de quoi en faire tout un fromage.

Les billets du concert d'Ana ont été vendus en deux jours. Tous les habitants de l'Alfama auraient voulu y aller mais, les places les moins chères, celles au poulailler, étaient peu nombreuses et sont parties sur-le-champ. Les gens ordinaires ne pouvaient pas se payer l'orchestre ou la baignoire. Par chance, le vicomte a donné une poignée d'invitations à Ana et elle a réservé les meilleures pour signore Fidardo et moi.

Signore Fidardo a gardé son calme jusqu'à la semaine qui précédait le concert. Il a soudain trouvé que son vieil habit était démodé. De toute urgence il en a commandé un nouveau chez le tailleur du quartier. Il faut savoir que le frac est obligatoire pour les hommes à São Carlos. Signore Fidardo passait chez le tailleur tous les jours pour suivre la progression du travail et pour vérifier que l'homme était consciencieux et soigné.

La manière dont j'allais m'habiller le jour du concert était moins évidente. Ma salopette n'était pas à la hauteur et je ne possédais pas d'autres vêtements. Ana a résolu le problème. Quelques jours avant le concert, elle a pu choisir sa robe dans les ateliers de costumes de l'opéra. Elle a ramené une belle robe turquoise pour elle et un drôle de costume bariolé pour moi.

– Il suffit de raccourcir un peu les jambes pour qu'il t'aille, m'a-t-elle dit.

Ravie, elle m'a raconté que mon costume avait été porté dans *l'Enlèvement au Sérail* de Mozart.

Je me sentais franchement ridicule dans cet accoutrement aux manches bouffantes et au col brodé de perles. Mais n'ayant pas le choix, je me suis efforcée de faire bonne figure.

Le grand jour a fini par arriver. Dans l'après-midi, une voiture est venue chercher Ana pour la conduire à São Carlos afin qu'elle fasse une dernière répétition avec ses guitaristes avant le concert. Quelques heures plus tard, signore Fidardo et moi avons pris le tram jusqu'à Baixa, puis l'ascenseur de Santa Justa pour nous rendre dans le beau quartier du Chiado. Le crépuscule était doux et sans nuages. Nous sommes arrivés à São Carlos au moment où les réverbères s'allumaient. Une foule attendait devant le théâtre. Les taxis se succédaient sans relâche.

Les spectateurs en habit noir et robe de soirée qui scintillaient de mille feux montaient l'imposant escalier du théâtre. Des hommes en uniforme rouge nous ouvraient les portes en s'inclinant. C'était encore plus beau que je ne l'avais imaginé. Signore Fidardo, qui a dû sentir que j'étais un peu nerveuse, m'a prise par la main quand ça a été à nous de monter les marches.

On servait du champagne dans le foyer. L'odeur capiteuse de parfums précieux flottait entre les colonnes de marbre, des volutes de fumée montaient vers les lustres en cristal et les stucs dorés du plafond. Signore Fidardo tenait élégamment sa coupe de champagne entre le pouce et l'index. Il avait l'air à l'aise, contrairement à moi. Mon costume me serrait et me grattait. Tout ce faste me semblait un peu menaçant. Je me demandais comment Ana se sentait juste avant le concert.

À travers le brouhaha, j'ai soudain remarqué un rire tonitruant. Un rire qui m'était familier et qui m'a inquiétée. Qui pouvais-je connaître ici ? J'ai tendu le cou pour voir d'où il venait.

J'ai immédiatement vu l'homme. Il portait une soutane noire avec un col blanc. Une ceinture pourpre était nouée autour de son ventre et une calotte ronde de la même couleur était posée sur sa tête. La dernière fois que j'avais vu cet homme, il n'était pas habillé en ecclésiastique. Mais je l'ai quand même reconnu. J'ai eu l'impression de recevoir un coup violent dans la poitrine. J'en ai eu le souffle coupé.

C'était l'homme d'Agiere.

L'homme qui disait s'appeler Papa Monforte.

Il était là, à quelques mètres de moi, en conversation avec quelqu'un dont je ne me souviens plus du visage. Ce quelqu'un a dit quelque chose et Papa Monforte a ri de nouveau, de façon forte et tonitruante. Au même moment, il a tourné la tête et m'a aperçue. Nos regards se sont croisés. Le sourire sur son visage s'est figé et j'ai perçu une lueur de crainte dans ses yeux. Je me suis rapidement détournée. Mon cœur cognait dans ma poitrine.

Les hommes en livrée ont agité des petites cloches en cuivre. Il fallait maintenant se diriger vers la salle. Le concert allait commencer. Signore Fidardo a pris ma main et nous avons rejoint la queue devant l'une des portes de la salle.

CHAPITRE 27
Pourpre

Le concert d'Ana à l'Opéra Teatro de São Carlos a été un triomphe. Le public l'a rappelée à sept reprises avant de la laisser quitter la scène.

Je n'ai que de très vagues souvenirs du concert, mes pensées étant entièrement occupées par la présence inattendue de Papa Monforte. Je me souviens bien sûr de la taille vertigineuse de la salle et des applaudissements qui grondaient comme le tonnerre après chaque chanson. Mais je garde surtout le souvenir du sentiment cinglant, désagréable que j'ai ressenti en entendant le rire de Papa Monforte résonner dans mes oreilles. La peur durant notre nuit malheureuse sur le fleuve m'est revenue.

Après la représentation, on est venu chercher Ana devant l'entrée des artistes pour la conduire au château du vicomte Oliveira où l'attendait un dîner de gala. Signore Fidardo n'a pas pu lui offrir les fleurs qu'il lui avait apportées.

Lorsque nous sommes revenus Rua de São Tomé, signore Fidardo était trop exalté pour vouloir aller se coucher. Il a ouvert une bouteille de vin et m'a servi un verre de lait. En attendant le retour d'Ana, nous nous sommes installés dans l'atelier. Elle est rentrée en taxi peu après minuit. Elle nous a parlé du magnifique dîner et des gens illustres et importants qui étaient venus lui rendre hommage. Le directeur d'une grande maison de disques lui avait proposé d'enregistrer un disque.

– Ana, ce n'est que le début, a dit signore Fidardo trop ému pour pouvoir maîtriser sa voix. Je peux te le garantir. Crois-moi.

Il était déjà très tard quand nous nous sommes finalement souhaité bonne nuit. Avant de me glisser sous la couverture de la banquette, j'ai fait mon petit tour habituel dans la cage d'escalier pour regarder par la rue.

Cette nuit non plus, il n'y avait pas d'Alphonse Morro sous le lampadaire devant notre immeuble. En revanche, une voiture était garée un peu plus loin. La vitre côté chauffeur était baissée et je devinais la silhouette d'un homme qui fumait une cigarette. J'avais la sensation de voir deux yeux qui brillaient dans le noir. Dirigés vers moi.

Après quelques minutes, les phares se sont allumés. La voiture s'est lentement éloignée du trottoir et est passée devant notre immeuble. La rue était de nouveau vide et silencieuse.

Je suis retournée à la banquette mais je n'ai pas réussi à m'endormir avant l'aube.

Le lendemain il régnait une grande agitation dans l'immeuble Rua de São Tomé. Les coursiers se succédaient pour apporter des fleurs et des télégrammes de félicitation. Un des bouquets venait de l'admirateur secret d'Ana, le mystérieux Canson.

Des collègues d'Ana de l'usine de chaussures et des musiciens de l'Alfama et de Mouraria sont venus la féliciter et boire une tasse de café accompagnée d'un verre d'aguardente. Le vicomte d'Oliveira a apporté du champagne et le directeur Santos du chocolat. On a joué de la guitare, on a chanté. Ana était très émue. Et je n'avais jamais vu signore Fidardo aussi heureux. Il a même enfilé son accordéon pour jouer quelques chansons italiennes à la gloire d'Ana.

J'ai passé la journée avec eux, mais malgré mes efforts je n'ai pas réussi à partager leur joie. La présence de Papa Monforte au concert ne me rappelait pas seulement le drame sur le fleuve, j'avais aussi l'impression que c'était un pressentiment de malheurs à venir. J'ai du mal à expliquer exactement ce que je ressentais. J'étais traversée par un vent glacial.

La fête a duré toute la fin de semaine. Avant d'aller au lit le dimanche soir, Ana a préparé une tasse de thé pour elle et un verre de lait chaud pour moi. Elle était heureuse mais fatiguée.

– Demain on sera lundi, a-t-elle dit, je suis contente de retrouver une journée ordinaire après tout ce remue-ménage.

Mais le lundi non plus n'a pas été un jour ordinaire. À peine nous sommes-nous mis au travail, signore Fidardo et moi, que quelqu'un a frappé à la porte de l'atelier. Signore Fidardo était occupé devant son établi et c'est moi qui suis allée ouvrir. De l'autre côté se trouvait un coursier avec une lettre adressée à signore Fidardo. L'enveloppe était en papier de lin et scellée avec une cire à cacheter pourpre en forme de la croix du Christ.

Mon regard est resté figé sur le sceau.

Pourpre.

Cette couleur m'évoquait quelque chose. Mais quoi ?

J'ai donné la lettre à signore Fidardo qui, lui aussi, a examiné le sceau avant de décacheter l'enveloppe.

– Pourpre, c'est la couleur de l'évêque, s'est-il étonné. De quoi peut-il bien être question ?

Signore Fidardo a déplié la lettre. En la lisant, sa mine d'abord intriguée est passée par la surprise pour finir par exprimer une grande joie. La lettre venait de quelqu'un d'aussi important que Rodrigo de Sousa, le diacre qui assistait l'évêque de Lisbonne. Ce n'était pas un secrétaire qui l'avait écrite mais l'évêque en personne. Il était question du grand orgue de l'église São Vicente de Fora. Il avait besoin d'être restauré et l'évêque avait décidé de confier ce travail à signore Fidardo.

Après m'avoir lu la lettre à voix haute, Signore Fidardo m'a regardée avec satisfaction par-dessus ses lunettes.

– Un facteur d'instruments à Lisbonne peut difficilement recevoir une commande plus noble, a-t-il commenté avec fierté.

L'évêque de Sousa demandait à ce que signore Fidardo lui rende visite l'après-midi même pour discuter du travail à faire. Signore Fidardo s'est mis sur son trente et un. Après avoir changé de costume, il est parti, le dos droit et les moustaches cirées. Il avait l'air impatient et enthousiaste.

Par la fenêtre, je l'ai vu monter dans le tram un peu plus bas dans la rue.

C'est à ce moment-là que je me suis rappelé pourquoi j'avais reconnu la couleur pourpre du sceau. Une boule glaciale s'est mise à grossir dans mon ventre.

C'était la même couleur que celle de la ceinture et de la calotte que Papa Monforte portait le soir du concert à l'Opéra.

CHAPITRE 28
Les conditions de l'évêque

Cet après-midi-là, je n'ai pas réussi à me concentrer sur mon travail. Je tournais en rond dans l'atelier pour essayer de mettre de l'ordre dans mes pensées. Mon inquiétude grandissait au fur et à mesure que les heures passaient.

Signore Fidardo avait dit que le pourpre était « la couleur de l'évêque ». Cela signifiait-il que l'évêque de Sousa et Papa Monforte étaient une seule et même personne ? Ça me paraissait vraisemblable. Seulement deux jours auparavant, on s'était reconnus à l'opéra teatro São Carlos, Papa Monforte et moi, et voilà que l'évêque avait demandé à voir signore Fidardo. Il pouvait difficilement s'agir d'une coïncidence.

Mon ventre s'est noué, j'avais de mauvais pressentiments. Quelque chose de terrible allait se produire, je le sentais.

À moins que ça ne soit déjà fait ? Pourquoi signore Fidardo n'était-il toujours pas revenu ?

En rentrant, Ana a immédiatement compris qu'il y avait un problème. Signore Fidardo n'était pas dans l'atelier et moi, je ne parvenais pas à rester en place. Elle m'a demandé de monter avec elle dans son appartement pour qu'elle essaie de comprendre ce qui se passait. À l'aide de grimaces et de mouvements de tête, je me suis efforcée de lui expliquer mais ça ne marchait pas bien. Il faut dire que tout était tellement compliqué dans ma tête que je n'étais pas certaine moi-même d'avoir compris.

Peu avant neuf heures, nous avons enfin entendu les pas de signore Fidardo dans l'escalier. Ils étaient plus lourds que d'habitude. En le voyant apparaître dans l'embrasure de la porte, nous avons eu l'impression qu'il avait vieilli de plusieurs années en l'espace de quelques heures.

– Mon Dieu, Luigi… qu'est-ce qu'il y a ? s'est exclamée Ana.

Signore Fidardo est resté sur le seuil d'où il a fait un résumé de ce qui s'était passé dans la journée. Il a d'abord parlé de la lettre qu'il avait reçue de l'évêque, puis de leur rencontre dans l'après-midi.

– Monseigneur de Sousa m'a proposé de restaurer l'orgue de l'église São Vicente de Fora, a-t-il expliqué. Mais j'ai dû refuser, car la rémunération était trop mauvaise. Nous avons discuté pendant des heures sans parvenir à nous entendre. C'est pourquoi je rentre si tard.

Je voyais bien que signore Fidardo mentait. Ou du moins qu'il ne disait pas toute la vérité. J'ai vu qu'Ana s'en rendait compte elle aussi.

– Et voilà, a conclu signore Fidardo. Maintenant je redescends chez moi. Il est grand temps d'aller au lit.

Il a posé sa main sur la poignée de la porte en lançant un regard insistant à Ana. Celui-ci était facile à interpréter. Il voulait qu'elle le rejoigne seule dans la cage d'escalier. Ils y ont passé un bon moment à se parler tout bas. Ce qui ne m'a pas empêchée d'entendre chaque mot. Les hommes semblent ignorer que nous, les gorilles, avons une ouïe extrêmement fine.

– Que s'est-il réellement passé ? a demandé Ana dès qu'elle avait fermé la porte derrière elle.

– Pour commencer, l'évêque a été très aimable, a répondu signore Fidardo d'une voix sourde. Il m'a fait des compliments sur ma manière de travailler et m'a proposé une rémunération extrêmement généreuse pour la restauration de l'orgue. Mais au bout d'un moment, il m'a fait comprendre qu'il y avait une condition…

Signore Fidardo a fait une pause avant de poursuivre. Son indignation était perceptible.

– Pour qu'il me confie ce travail, il fallait que je livre Sally Jones à la police. Ou au jardin zoologique.

Ana a poussé un cri étouffé.

– Que dis-tu ? Et pourquoi ?

– L'évêque m'a dit que c'était contraire à l'ordre sacré de

Dieu de permettre à un animal de vivre et de travailler comme un être humain.

Ana est restée silencieuse, probablement abasourdie.

– Je me suis mis en colère, a poursuivi signore Fidardo, et j'ai dit à l'évêque qu'il n'avait qu'à restaurer son vieil orgue lui-même. J'ai eu tort, bien entendu. Il ne faut pas se disputer avec un évêque mais je n'ai pas pu m'en empêcher. Quand je suis reparti, j'étais tellement en colère qu'il a fallu que j'aille boire quelques verres dans un bar pour me calmer. Je n'ai même pas pensé que vous pouviez être inquiètes.

La conversation d'Ana et de signore Fidardo a duré encore un petit moment mais je n'entendais plus ce qu'ils disaient. Les pensées angoissées qui tournaient dans ma tête couvraient leurs voix.

Cette nuit-là, je n'ai pas réussi à fermer l'œil. Dès que j'ai entendu qu'Ana dormait, je suis sortie dans la cage d'escalier pour regarder par la fenêtre. J'y suis restée jusqu'au matin, à chaque instant prête à m'enfuir au cas où Papa Monforte viendrait me capturer.

Papa Monforte et monseigneur de Sousa étaient bien la même personne. À présent j'en avais la certitude. L'évêque était puissant. Et il voulait ma peau. Mon séjour Rua de São Tomé n'allait pas tarder à prendre fin. L'idée me serrait le cœur et les larmes me piquaient les yeux.

Il fallait que je m'en aille au plus vite pour qu'Ana et signore Fidardo ne se trouvent pas en difficulté à cause de moi.

Mais pour aller où ?

Le lendemain matin, Ana est partie comme d'habitude travailler dans l'usine de chaussures. Je suis descendue à l'atelier et, après avoir bu le café avec signore Fidardo, j'ai repris le travail que j'avais laissé la veille sur la table.

L'ambiance dans l'atelier était calme et agréable, comme toujours. Les événements de la veille me paraissaient lointains. J'avais l'impression que ce n'était qu'un mauvais rêve. Est-ce que je m'étais laissé emporter par l'inquiétude ? Ce sont des choses qui arrivent quand on est fatigué et choqué.

Mais le calme n'a pas duré. Seulement quelques heures plus tard, une voiture noire s'est arrêtée devant l'atelier de signore Fidardo. La même voiture que j'avais aperçue un soir quelques jours plus tôt à travers la fenêtre de la cage d'escalier. Quatre hommes sont descendus dans la rue. Je les voyais de ma table de travail.

La porte s'est brutalement ouverte et les hommes se sont engouffrés dans l'atelier. J'ai immédiatement reconnu le premier bien que je ne l'aie vu qu'une seule fois. C'était l'homme en manteau de laine, celui qui avait arrêté le Chef sur le quai deux ans auparavant quand Morro était tombé dans le fleuve.

– Je suis le commissaire Garretta, s'est-il présenté à signore Fidardo en sortant une feuille de la poche intérieure de son manteau. Voici la décision du Service d'hygiène et de salubrité de la ville de Lisbonne. Un singe est une nuisance sanitaire. Nous sommes venus pour…

Je n'ai pas eu besoin d'écouter la suite. À toute vitesse j'ai quitté l'atelier, grimpé les marches et je me suis réfugiée dans l'appartement d'Ana. J'entendais des voix furieuses et des pas rapides derrière moi. J'ai verrouillé la porte avant d'ouvrir la fenêtre et de sortir sur le toit.

CHAPITRE 29
Cochin

J'ai retrouvé mon ancienne cachette parmi les pigeons dans le grenier. Beaucoup de temps s'était écoulé depuis ma dernière visite mais rien n'avait changé. Comme avant, les pigeons entraient et resortaient à leur guise à travers un trou dans la charpente. Et comme avant, j'étais angoissée et stressée.

J'y ai passé la journée et la soirée. Mon cœur tourmenté s'est progressivement apaisé et j'ai fini par me sentir étonnamment calme.

Il n'y a rien de pire que d'attendre un malheur inévitable. L'attente est plus angoissante encore que le malheur lui-même. Dès l'instant où mon regard avait croisé celui de Papa Monforte dans le foyer de l'opéra, j'avais su qu'il s'en prendrait à moi. Et voilà, c'était fait.

Je m'efforçais de ne pas regarder en arrière. Après avoir réfléchi un moment, mon plan était prêt. Je ne pouvais pas rester à Lisbonne. L'évêque de Sousa voulait m'enfermer dans le jardin zoologique, aidé par l'horrible commissaire Garretta. Signore Fidardo et Ana ne pouvaient pas me protéger contre des ennemis de leur calibre.

Il fallait donc que je m'en aille. Mais pour aller où ? Il n'y avait qu'une seule réponse : en Extrême-Orient. Pour essayer de retrouver Alphonse Morro. Mes chances de réussite étaient minimes, je le savais. Mais tant pis, il fallait essayer. Que pouvais-je faire d'autre ?

Il m'était impossible de quitter Lisbonne sans dire au revoir à Ana et signore Fidardo. À minuit passé, je suis sortie du grenier et j'ai rampé sur les toits jusqu'à ce que je voie la fenêtre d'Ana. La lampe dans la cuisine était allumée mais la fenêtre était fermée. J'ai d'abord pensé aller frapper mais je me suis ravisée. Si rien ne l'en avait empêchée, Ana aurait laissé la fenêtre ouverte. Peut-être avait-elle la visite de la police.

Je suis retournée dans le grenier pour essayer de dormir un peu.

Le lendemain soir, j'ai trouvé la fenêtre ouverte. J'ai vu Ana qui me cherchait visiblement du regard tout en chantonnant. En m'approchant, je me suis aperçue qu'elle avait pleuré. Elle m'a prise dans ses bras et serrée très fort contre elle.

– Signore Fidardo connaît quelqu'un qui travaille au Service de l'hygiène, m'a-t-elle dit à l'oreille. Il nous a aidés à faire appel. Dans quelques semaines, nous aurons le résultat. D'ici là, il faut que tu te caches. Nous en avons parlé avec senhor Baptista et il nous a promis de t'abriter à *O Pelicano*. La police ne te cherchera pas chez lui. Maintenant, va-t'en avant que les voisins ne te voient !

Ana a détaché ses bras de moi et je suis partie.

J'ai donc changé mes projets. Ana et signore Fidardo pourraient peut-être me protéger malgré tout. En tout cas, il fallait que je leur fasse confiance.

J'ai escaladé les toits, traversé les arrière-cours et je me suis faufilée dans les venelles sombres pour me rendre à *O Pelicano*. En chemin, j'ai vu des avis de recherche sur les murs avec mon portrait dessiné. Il n'était pas du tout ressemblant. Aux yeux des hommes, les gorilles se ressemblent tous.

Senhor Baptista m'a fait entrer par la porte de service qui donnait sur la cour. J'ai tout de suite vu qu'il n'était pas content de m'avoir avec lui. Ce qui n'avait rien d'étonnant. Cacher un fugitif était un acte criminel qui pouvait lui valoir plusieurs années de prison.

La porte de la cave était ouverte. Senhor Baptista a allumé une lanterne et m'a indiqué un étroit escalier. Ça sentait l'humidité et les crottes de rat. Le long des murs en briques qui s'effritaient étaient négligemment empilés des meubles cassés, des cruches de vin poussiéreuses, des caisses d'emballage et un tas d'autres objets disparates. Nous avons marché dans les passages sombres sous l'immeuble jusqu'à un petit réduit situé derrière une cloison en bois. Personne ne semblait y avoir mis les pieds depuis des années. Il y avait une porte fermée avec un cadenas. Senhor Baptista l'a ouverte et m'a fait signe d'entrer.

– Ce n'est pas très chaleureux, s'est-il excusé, mais ici, au moins, tu seras en sécurité. Je suis le seul à avoir la clé. Personne ne saura que tu es là. Même pas senhora Marta.

Senhor Baptista avait dégagé une petite place au milieu du réduit où il avait posé un matelas. Je m'y suis installée, senhor Baptista a fermé la porte et il est parti. À part un filet de lumière grise qui entrait par un soupirail sale venant d'un lampadaire vacillant dans la rue, l'obscurité était totale.

J'espérais ne pas avoir à y rester trop longtemps.

J'ai passé cinq jours enfermée dans la cave d'*O Pelicano*. Senhor Baptista m'apportait à manger et m'autorisait à aller aux toilettes deux fois par jour. La première fois à l'aube, avant l'arrivée des clients, la deuxième fois à minuit quand ils étaient tous repartis.

Le reste du temps, j'étais seule avec mes pensées. Parfois j'ai cru devenir folle. Senhor Baptista a dû se rendre compte que j'allais mal parce qu'il a commencé à m'apporter des livres et des journaux pour m'occuper.

Ana et signore Fidardo ne sont pas venus me voir. Je comprenais pourquoi. S'ils se rendaient à *O Pelicano* à des heures inhabituelles, la police aurait rapidement des soupçons.

Dans les journaux apportés par senhor Baptista, j'ai lu que j'étais toujours recherchée. Une récompense avait même été promise à celui ou celle qui aiderait la police à me retrouver.

Tard dans la soirée du cinquième jour, signore Fidardo est enfin venu à *O Pelicano*. Il avait fait un grand détour pour être sûr qu'il n'était pas suivi par la police. Il a eu l'air effrayé en me voyant. Je suppose que je n'étais pas belle à voir au bout de quasiment une semaine de solitude dans l'obscurité.

– Nous avons fait appel mais nous n'avons toujours pas de réponse, a-t-il dit. La situation semble pourtant prometteuse. Tu ne seras pas obligée de rester ici pendant encore bien longtemps.

Je sentais qu'il s'efforçait de paraître plus optimiste qu'il ne l'était en réalité et mon cœur s'est serré dans ma poitrine. Signore Fidardo m'a jeté un regard inquiet avant d'ajouter :

– Il s'est aussi passé autre chose. Une lettre est arrivée par la poste au cimetière de Prazere la semaine dernière, a-t-il poursuivi en sortant une enveloppe de la poche de sa veste. João me l'a confiée pour que je te la montre.

L'enveloppe était déjà décachetée. À l'intérieur il y avait une feuille pliée et un billet de cinq livres. J'ai lu :

Cet argent est destiné à l'entretien de la tombe d'Élisa Gomes. J'espère que la somme que vous avez déjà reçue a couvert les besoins jusqu'à présent. Je vous enverrai un autre billet d'ici quelques mois.

Je tenais l'enveloppe jaunie au papier d'une qualité médiocre entre mes mains tremblantes. L'adresse et la lettre étaient écrites avec la même écriture nette et soignée. L'expéditeur n'était pas mentionné. Le cachet de la poste était flou mais lisible :

Cochin

Princely State of Cochin

India

J'ai rendu l'enveloppe à signore Fidardo avant de le serrer dans mes bras. Il n'a pas reculé, bien qu'il ne supporte pas d'avoir des poils de singe sur son beau costume blanc. Il a même posé sa joue contre ma tête.

– Ne sois pas inquiète, mon amie, a-t-il dit. On se reverra bientôt.

Je savais que ce ne serait pas le cas.

Car c'est à cet instant-là que j'ai pris ma décision.

Mon plan était simple et je savais que senhor Baptista m'aiderait à le réaliser. Aussitôt signore Fidardo parti, j'ai expliqué à senhor Baptista ce que j'avais l'intention de faire. Ce n'était pas bien difficile. Il m'a suffi d'emprunter le stylo qu'il avait dans la poche de sa chemise et d'écrire *Cochin* sur un bout de papier. J'ai d'abord pointé mon doigt sur le papier, puis sur moi.

– Cochin ? a dit senhor Baptista. C'est un port dans le sud de l'Inde... tu veux y aller ?

J'ai acquiescé en hochant la tête.

Senhor Baptista a agi rapidement, sans doute encouragé par la possibilité de vite se débarrasser de moi. Déjà le lendemain soir, tout était organisé.

– Nous avons de la chance, a-t-il dit. Ce matin, je suis allé au bureau du port où je me suis entretenu avec un vieil ami qui y travaille. Dans quelques heures, un cargo quittera le port. C'est un navire irlandais qui s'appelle *Song of Limerick*. Il part pour Bombay avec une cargaison de pièces détachées. J'ai parlé avec le skipper et il peut t'embarquer en tant que graisseur. Tu n'auras pas de salaire mais tu seras logée et nourrie gratuitement pendant le voyage. Je ne pense pas qu'il soit possible de trouver mieux que ça. Bombay est un port important. Tu y trouveras certainement des possibilités pour te rendre à Cochin.

J'aurais tant aimé pouvoir prévenir Ana et signore Fidardo de mon départ précipité. Mais il n'y avait pas de temps pour ça. Senhor Baptista se chargerait de les informer de ma destination. Et Ana s'arrangerait pour expliquer au Chef pourquoi je n'irais plus sur la colline l'écouter jouer de l'accordéon. Tous les trois s'inquiéteraient, mais je ne pouvais rien y faire. J'avais la possibilité de retrouver Alphonse Morro. Je n'en aurais sans doute pas d'autres.

CHAPITRE 30
Song of Limerick

Quelques heures avant l'aube, j'ai quitté *O Pelicano* et, d'un pas rapide, je me suis rendue jusqu'au fleuve à travers les venelles sombres. Les rares noctambules que j'ai croisés étaient soit trop fatigués soit trop ivres pour faire attention à moi.

Les quais du port étaient vides. Quelques mouettes criaillaient dans l'obscurité et des bruits sourds me parvenaient des machines auxiliaires des navires. Ça sentait les eaux croupies et le charbon.

Le *Song of Limerick* paraissait avoir beaucoup navigué et donnait l'impression d'avoir été piloté sans ménagement. Il était en appareillage, une fumée noire sortait de sa cheminée.

Ne voyant personne, j'avais commencé à monter à bord, quand j'ai entendu crier :

– Sally Jones ?

Un homme coiffé d'une casquette blanche me regardait depuis l'aileron de la passerelle.

J'ai levé la main en signe de confirmation.

L'homme est descendu me retrouver. C'était quelqu'un de particulièrement laid avec une barbe broussailleuse et un sourire désagréable. Ses dents jaunies par le tabac se chevauchaient. On aurait dit qu'elles s'appuyaient les unes contre les autres pour ne pas tomber.

– Mon nom est Anderson, s'est-il présenté. Le capitaine Anderson. *Welcome on board.* Montons dans la timonerie pour que je t'inscrive sur la liste de l'équipage. Il y a aussi quelqu'un qui veut te rencontrer.

J'ai suivi le capitaine. Qui pouvait bien vouloir me rencontrer ? Quelqu'un de l'équipage que je connaissais ? À moins qu'Ana et signore Fidardo soient venus me dire au revoir ? Senhor Baptista les avait peut-être prévenus de mon départ…

Au moment où je passais le seuil de la timonerie mal éclairée, deux policiers sont arrivés de deux directions différentes. Ils m'ont attrapée par les bras tout en me donnant un coup de pied dans les tibias pour me faire tomber en avant. L'un des deux me maintenait contre le plancher pendant que l'autre me menottait et m'attachait les pieds avec du fil de fer. Tout s'est passé extrêmement vite.

J'ai tourné la tête et j'ai vu quelqu'un appuyé contre la table de navigation de l'autre côté de la timonerie.

C'était le commissaire Garretta.

– Et voilà, a-t-il dit en étirant ses lèvres fines en un large sourire de satisfaction. La chasse est finie. Tu as presque réussi à t'échapper, je dois l'admettre. Une chance pour moi que quelqu'un à bord de ce cargo ait voulu empocher la récompense que j'avais promise.

J'ai vu le capitaine Anderson sourire en attrapant du tabac dans sa tabatière. Puis il s'est assis sur sa chaise, a glissé une chique entre sa lèvre et ses dents avant de se mettre à curer une vieille pipe en maïs usée.

– Bon. On y va, a dit Garretta en faisant signe aux policiers de me sortir sur l'aileron de la passerelle. Il nous reste encore beaucoup à faire avant de pouvoir nous adonner au sommeil du juste. D'abord il va falloir aller voir le vétérinaire pour qu'il nous fasse une attestation prouvant que le singe est malade. Comme ça on pourra le faire piquer, puis il faudra se débarrasser du cadavre. On n'a pas de temps à perdre. Bonsoir, capitaine, et merci de votre aide.

D'un geste flegmatique, Anderson a posé deux doigts contre sa visière en signe d'au revoir.

Je ne me souviens pas de façon détaillée de ce qui s'est passé par la suite. Prise de panique, je me suis débattue pour essayer de me libérer. Le policier qui me tenait a été obligé d'user de toutes ses forces pour me maîtriser. Je crois avoir réussi à lui mordre la jambe. En tout cas, il a poussé un hurlement et m'a lâchée par terre, la tête la première.

– Tout ça me semble bien compliqué, a dit le capitaine Anderson sur un ton malicieux. Pourquoi ne pas vous rendre les choses plus faciles, monsieur le commissaire ?

Garretta lui a jeté un regard nonchalant.

– Puisque vous avez l'intention de supprimer le singe, a poursuivi Anderson avec quelque chose d'avide dans le regard, autant le laisser ici. Pour cinquante escudos, je le balancerai dans la flotte dès que nous serons au large.

Garretta a réfléchi un moment tout en dévisageant le vilain commandant avec dégoût.

– Bon, a fini par dire Garretta. Échapper à une demi-nuit de travail pour cinquante escudos, ce n'est pas cher payé, c'est vrai… Mais qu'est-ce qui me garantit que vous noierez réellement le singe ?

Le capitaine Anderson a esquissé un sourire, les dents noires de tabac.

– Quel serait pour moi l'intérêt de ne pas le faire ?

Garretta lui a rendu son sourire.

– Un point pour vous, a-t-il admis en sortant un billet de son portefeuille. C'est maintenant à vous que revient la responsabilité de tuer ce singe. Mais attendez d'être loin des côtes pour le jeter par-dessus bord. Il ne faudrait pas risquer que le corps se fasse emporter par les vagues et se retrouve sur les plages à Cascais. Ça ferait mauvais genre.

Deux matelots sont venus prêter main forte aux policiers pour me porter sous le pont. Quelqu'un m'a mis un sac sur la tête afin de m'empêcher de mordre de nouveau. Puis j'ai senti des mains puissantes me soulever. J'ai essayé de résister mais sans succès. Mes jambes et mes bras étaient bloqués comme dans un étau. À travers le sac, j'entendais des respirations essoufflées et des pas lourds contre le métal du pont.

Finalement on m'a brutalement lâchée sur une surface dure et froide. Puis j'ai entendu le claquement d'une porte et le grincement d'un loquet. Je suis restée immobile à tendre l'oreille. Quand j'ai été certaine qu'il n'y avait plus personne, j'ai essayé de libérer mes mains des menottes. Impossible. Désespérée, je me suis traînée sur le sol sans savoir ce que cela allait m'apporter. Au bout d'un moment, je me suis arrêtée, résignée et épuisée. J'entendais des voix depuis le pont m'indiquant qu'on larguait les amarres. La vieille coque en acier a été parcourue de secousses quand la machine a commencé à faire tourner l'arbre d'hélice.

J'ignore combien de temps je suis restée comme ça. Après ce qui m'a semblé une éternité, j'ai entendu des bruits de pas qui s'approchaient. Et le faible murmure de plusieurs voix. Le loquet a été retiré et la porte s'est ouverte. Quelques instants plus tard, j'ai senti que quelqu'un était agenouillé près de moi. La personne a glissé un objet entre ma nuque et la corde qui maintenait le sac sur ma tête. J'avais l'impression que c'était une lame de couteau.

La corde a été tranchée et le sac retiré de ma tête. La lumière d'une lampe à pétrole m'a fait cligner des yeux. Au-dessus de moi, se tenait le capitaine Anderson. À côté de lui se trouvait un homme vêtu d'une salopette de mécanicien. J'ai pris appui sur mes pieds et j'ai reculé en montrant les dents, prête à lutter pour ma vie.

– Du calme, a dit Anderson en retournant une caisse en bois pour s'asseoir. La police est partie et nous avons quitté le quai. Il n'y a plus de danger.

J'étais tellement stressée que j'avais du mal à comprendre ce qu'il disait.

Le capitaine Anderson a fait un signe de tête vers l'homme en salopette.

– Ça c'est Geoff Gerrard, m'a-t-il dit. Vous allez travailler ensemble, tous les deux, pendant le mois qui vient. Alors, arrange-toi pour faire bonne impression.

L'homme qui s'appelait Geoff Gerrard m'a fait un gentil signe de la tête. Il avait des rides d'expression aux coins des yeux. Il a sorti une scie à métaux de sa ceinture et s'est agenouillé à côté de moi.

– Bouge pas, mon amie, a-t-il dit. Il ne faut pas que je te fasse mal.

Il s'est mis à scier une des menottes.

Un peu plus tard, j'étais debout sur l'aileron bâbord à l'abri du vent et j'inspirais profondément la brise fraîche de la mer. J'avais encore un peu la nausée après les événements qui venaient de se produire mais le stress me lâchait progressivement. La porte de la passerelle s'est ouverte et le capitaine Anderson est venu m'apporter une tasse de lait chaud.

– Tu veux une goutte de rhum dedans ? m'a-t-il demandé. Histoire de calmer tes nerfs.

J'ai fait non de la tête.

– OK. Je n'insiste pas, a dit gentiment le capitaine en me tendant la tasse.

Il s'est appuyé contre le bastingage et s'est mis à bourrer sa pipe de tabac noir. Je l'ai observé. Il avait vraiment une sale tête. Mais les apparences étaient trompeuses. Le capitaine Anderson venait de duper le commissaire Garreta. Il m'avait sauvé la vie.

– Heureux de t'avoir à bord, Sally Jones, a-t-il dit. Tu as navigué avec Henry Koskela, celui qu'on nomme le Chef, n'est-ce pas ? Moi aussi. Mais ça remonte à un moment maintenant. Un gars sympathique, ce Koskela. Et bon marin. C'est d'ailleurs ce qu'on dit de toi aussi. Il paraît que tu es une sacrée mécanicienne !

Anderson a sorti une allumette. Puis il m'a fait un clin d'œil malicieux en ajoutant :

– Et on ne balance pas un bon mécanicien dans la flotte, n'est-ce pas ? Il aurait dû y penser, cet imbécile de commissaire. Qu'est-ce que tu as fait, d'ailleurs, pour être poursuivie par un type comme ça ?

Il ne semblait pas s'attendre à ce que je réponde. À la place, il a allumé sa pipe et a tiré quelques bouffées avant de retourner dans la timonerie. Une odeur âcre de tabac bon marché est restée dans l'air après son départ. Le vent l'a vite effacée mais elle s'est accrochée à mes narines.

J'ai bu le lait chaud à petites gorgées en m'appliquant pour ne pas le renverser. Mes mains n'arrêtaient pas de trembler.

Les millions de points lumineux de Lisbonne étincelaient dans la nuit derrière moi.

Devant moi s'étendait l'Atlantique.

Et le long chemin qui m'attendait jusqu'en Inde.

DEUXIÈME
PARTIE

CHAPITRE 31
Une encoche dans la lame

Je suis restée sur l'aileron de passerelle à regarder les lumières de la côte portugaise disparaître les unes après les autres jusqu'à ce qu'elle soit entièrement hors de ma vue. Il n'y avait maintenant plus que la mer noire autour de nous. L'obscurité était compacte à part quelques éclats blancs par-ci par-là dans l'écume d'une vague qui se brisait avec fracas.

Mon voyage avait commencé. Il n'y avait plus de retour possible.

J'ai vu la porte de la passerelle s'ouvrir et la tête du capitaine Anderson apparaître.

– Minuit moins dix, a-t-il lancé, sa pipe puante au coin de la bouche. C'est l'heure du changement de quart. Tu te sens prête à passer quelques heures dans la salle des machines ?

La nausée après la rencontre avec le commissaire Garreta n'avait pas cessé mais, au moins, mes mains ne tremblaient plus. J'ai acquiescé d'un signe de tête.

– Tu n'as qu'à passer par le carré des chauffeurs en descendant. Le cuistot a dû préparer de quoi manger pour la nuit.

À bord des grands navires, l'équipage est généralement divisé en deux afin d'assurer les gardes. Une partie se repose pendant que l'autre travaille. Et on se relaie toutes les quatre heures. C'était aussi le cas sur le *Song of Limerick*. Nous étions quatre dans la salle des machines. Le second mécanicien, Geoff Gerrard, deux chauffeurs-mécaniciens et moi, le graisseur.

Le mécanicien est le responsable de la salle des machines et on peut dire que le graisseur est son auxiliaire. Le boulot des chauffeurs est d'enfourner du charbon dans les foyers des chaudières de manière que le débit de la vapeur soit toujours parfait. C'est un travail dur et sale. La chaleur dans la chaufferie est insupportable, l'air est chargé de poussière de charbon. La tâche du graisseur est plus confortable, en revanche elle est plus exigeante en ce qui concerne la connaissance des moteurs et de la mécanique.

J'étais contente que le capitaine Anderson m'ait embarquée en tant que graisseur et non chauffeur. À moi de prouver qu'il avait eu raison de le faire.

J'ai retrouvé mes trois camarades de quart dans le carré des chauffeurs. C'était une cabine exiguë avec au milieu une table sale et tachée et des bancs en bois fixés aux murs. C'était là que l'équipe des machines prenait ses repas et jouait aux cartes pendant ses moments libres. Une lampe à pétrole au verre jauni répandait une faible lumière dans l'espace étroit. Elle se balançait au-dessus de la table au rythme des mouvements du cargo.

Je me suis assise et Geoff a versé une ration de soupe aux patates dans un récipient en fer-blanc qu'il m'a tendu.

Les deux mécaniciens-chauffeurs m'ont lancé un regard indolent. L'un des deux était un homme costaud aux épaules larges. Il avait une tignasse blonde et des taches de rousseur sous la couche de charbon noir qui recouvrait son visage. Il était en train de se curer les ongles avec un énorme canif. L'autre était plus âgé, maigre et noueux. Il avait une grosse moustache noire et une pipe en terre au coin de la bouche. Geoff me les a présentés. Le blond s'appelait Paddy O'Connor et le noueux Johnny Doyle. Tous les deux étaient des Irlandais de Dublin.

– Et voici Sally Jones, a ajouté Geoff avec enthousiasme en me donnant une tape sur l'épaule. La fameuse Sally Jones ! La mécanicienne du *Hudson Queen* ! Vous avez entendu parler d'elle, n'est-ce pas ? Elle va partager le quart avec nous. Quel honneur !

Paddy O'Connor m'a saluée d'un rapide signe de la tête. Johnny Doyle a retiré la pipe de sa bouche et m'a fait un sourire gentil sous sa moustache.

– Ravi de t'avoir à bord, a-t-il dit. Dis-moi, tu es un chimpanzé ou un gorille ?

Paddy a levé les yeux au ciel puis a refermé son canif et s'est levé.

– Tu es vraiment un abruti, Johnny, a-t-il dit. Les singes ne peuvent pas répondre aux questions, voyons. Ils ne savent pas parler ! À tout à l'heure. On se retrouve en bas.

Paddy a ouvert la porte et s'est fait engloutir par l'obscurité. Une fois la porte refermée, Johnny s'est penché vers moi et m'a regardée droit dans les yeux.

– Moi, je pense quand même que tu sais parler.

J'ai fait non de la tête.

Johnny m'a de nouveau souri. Il y avait beaucoup d'espaces vides entre ses dents marron.

– T'en fais pas, mon amie, a-t-il dit en me faisant un clin d'œil. Ça n'a pas d'importance, Geoff parle pour deux.

Johnny Doyle avait raison. Pendant mon premier quart dans la salle des machines du *Song of Limerick*, Geoff a parlé pratiquement sans interruption. Je ne pense pas avoir déjà rencontré quelqu'un d'aussi bavard et d'aussi joyeux que lui. Mais il ne m'a pas quittée des yeux. Sans doute pour s'assurer que je faisais bien mon boulot. Ce qui n'avait rien d'étonnant. J'étais nouvelle dans l'équipe.

La chaudière à vapeur du *Song of Limerick* était une machine à triple expansion anglaise de chez *Wigham Richardson & Co*. Un modèle que je connaissais bien. Je savais où trouver les boîtes à graisse et les joints, je savais où poser ma main pour vérifier que les paliers ne chauffaient pas.

Geoff était satisfait de mon travail. C'était du moins ce qu'il disait à tous les curieux qui descendaient dans la salle des machines pour me regarder avant le changement de quart. Plusieurs d'entre eux m'ont donné une tape amicale sur la tête ou sur l'épaule en me souhaitant la bienvenue à bord. Certains m'ont même serré la main.

J'ai tout d'un coup trouvé très agréable d'avoir commencé mon voyage et je n'avais plus du tout mal au cœur.

Le matin, nous avons contourné Cabo de São Vicente et sommes entrés dans la baie de Cádiz. La mer était calme et le soleil étincelant. Je n'ai pourtant pas vu grand-chose du beau temps. Le mécanicien du deuxième quart, mister Bullworth, m'a donné du travail pendant mes heures de repos.

– Tu sais travailler le métal ? m'a-t-il demandé.

J'ai acquiescé.

– Nous sommes en manque de clés de serrage, sais-tu en fabriquer ?

Oui, j'en avais déjà fait. Ces clés servent à serrer et à desserrer des boulons et des écrous. C'est l'outil le plus important d'un mécanicien. Toutes les clés de serrage du *Hudson Queen* avaient été fabriquées par le Chef et moi.

– Parfait, a dit mister Bullworth. Tu trouveras une enclume, un marteau et du feu dans la chaufferie. Il y a des bouts de ferraille dans le débarras. Tu n'as plus qu'à t'y mettre.

Le soir, j'étais épuisée. C'est amusant de forger mais assez dur. En plus, ça faisait pratiquement deux jours et deux nuits que je n'avais pas fermé l'œil. Toutes les couchettes du poste des chauffeurs étant occupées, je me suis installée dans le débarras des mécaniciens près de la salle des machines, là où on stockait les outils. Il y avait tout juste la place pour accrocher un hamac.

Dès le quart terminé, je m'y suis réfugiée et j'ai aussitôt sombré dans un sommeil profond. J'ignore depuis combien de temps je dormais quand ça s'est produit. Je me rappelle seulement que j'ai rêvé que je tombais. Un violent coup sur la tête m'a réveillée.

L'espace d'un instant, j'ai été totalement déboussolée, ne sachant où j'étais ni ce qui s'était passé. La porte était légèrement entrebâillée et un filet de lumière s'était immiscé dans la salle des machines. J'ai vu que j'étais couchée par terre, sur les plaques d'acier qui constituaient le sol. Sous moi, il y avait le hamac. Il était donc tombé et m'avait emportée dans sa chute. Que s'était-il passé ?

Je me suis prudemment relevée. Du sang coulait de ma nuque et j'avais mal au dos. La veille, j'avais accroché le hamac à un crochet près de la porte, le nœud y était toujours mais la corde avait cassé.

En examinant les deux bouts à la lumière, j'ai senti un frissonnement me parcourir. Quelqu'un avait tranché la corde avec un couteau. Un couteau bien aiguisé.

J'ai noué les deux bouts, j'ai raccroché le hamac et je me suis recouchée. Mais je n'ai pas réussi à me rendormir. J'avais mal à la tête et mes pensées tournaient en rond.

J'étais tendue. Tous mes sens étaient aux aguets au cas où celui qui avait tranché la corde reviendrait.

Pouvoir faire confiance à ses coéquipiers est une chose essentielle quand on est en mer. Chaque marin le sait. Quelqu'un sur le *Song of Limerick* me voulait du mal, c'était évident, mais je n'avais pas la moindre idée de qui ça pouvait être. C'était très désagréable.

Ça n'aurait pourtant pas dû me surprendre puisque je savais qu'un membre de l'équipage m'avait dénoncée à la police de Lisbonne. Le commissaire Garretta lui-même me l'avait affirmé. *Une chance pour moi que quelqu'un sur ce cargo ait voulu gagner les quelques sous que j'avais promis en échange d'une certaine information.* Voilà, ce qu'il avait dit.

Était-ce la même personne qui avait saboté mon hamac et qui m'avait vendue à Garretta ? Ou avais-je plus d'un ennemi à bord ? Ces questions me faisaient encore plus mal que la blessure sur ma tête.

Dorénavant, il fallait que je sois prudente et attentive. Pour commencer, il fallait que l'incident de mon hamac ne se reproduise pas. Ma première idée a été de bloquer la porte du débarras, puis je me suis rappelé que sur un bateau il est interdit de verrouiller les portes de l'intérieur. À cause du risque d'incendie. À la place, j'ai remplacé les cordes du hamac par un câble métallique rouillé que j'avais trouvé dans le débarras. Il était impossible de trancher le câble autrement qu'avec une scie à métaux ou un coupe-boulons. Si quelqu'un s'y essayait avec un couteau, sa lame serait abîmée.

Plus tard ce jour-là, nous sommes passés par le détroit de Gibraltar. En attendant le changement de quart, Geoff et moi en avons profité pour respirer l'air frais sur le pont. Appuyés contre le bastingage, nous devinions, à travers la brume de chaleur, le rocher fortifié qui surveillait le détroit côté nord.

– J'ai entendu dire que des singes vivent sur ce rocher, a dit Geoff.

J'avais entendu ça moi aussi. Il me semble qu'il s'agissait d'une sorte de macaques.

– Vous êtes de la même famille ? Tu veux qu'on accoste pour que tu puisses aller les saluer ?

Je me suis tournée vers Geoff. À force de rire et de plaisanter, il avait plein de rides autour des yeux et de la bouche. Il m'a donné un coup de coude pour montrer que c'était une blague, ce que j'avais bien sûr déjà compris. Geoff n'arrêtait pas de plaisanter. À propos de tout et de rien. Il taquinait le capitaine et le second, il se chamaillait avec les chauffeurs et les matelots, il se moquait du cuisinier et du renfrogné mister Bullworth. Personne ne le prenait mal. Geoff était apprécié par tout le monde à bord. Par moi aussi. C'était une chance de l'avoir comme chef.

Je voulais montrer à Geoff ce qui était arrivé à mon hamac. Comme il était généralement bien renseigné sur la plupart des choses qui se passaient à bord, il saurait certainement m'aider à trouver le coupable.

Mais je ne l'ai pas fait. Dénoncer un camarade n'est pas bien vu sur un bateau. Il valait mieux que je résolve moi-même mes problèmes.

Cette nuit-là, j'étais de repos entre minuit et quatre heures. Lorsque mister Bullworth a passé sa tête en criant qu'il ne restait plus que dix minutes avant le changement de quart, je dormais profondément. Je me suis levée et, en décrochant mon hamac, j'ai regardé le câble.

Je l'ai tout de suite remarqué. Juste en dessous de la boucle il n'y avait plus de rouille. Et quelques fils métalliques étaient coupés.

Quelqu'un avait donc de nouveau essayé de me faire du mal pendant mon sommeil. Dans l'obscurité, il n'avait pas remarqué que j'avais remplacé la corde par un câble. J'imaginais qu'il avait entrebâillé la porte, tout juste assez pour pouvoir passer la main et trancher la corde avec son couteau. J'ai rangé le hamac derrière la table de travail et je me suis dépêchée de me rendre au carré des chauffeurs pour avoir le temps d'avaler un morceau avant ma garde. J'avais déjoué les plans de mon ennemi inconnu mais cela ne me procurait aucune satisfaction. Seulement de l'inquiétude. Quelqu'un avait encore une fois cherché à me blesser.

Qui ça pouvait bien être ?

J'ai eu la réponse plus tôt que je ne l'aurais pensé.

Dans le carré des chauffeurs, j'ai trouvé Geoff en train de manger du porridge. Les yeux encore pleins de sommeil, il m'a servi une ration. C'était du gruau d'avoine tiède qui collait au fond de la casserole. Le cuisinier avait généralement du mal à se réveiller et les petits déjeuners étaient souvent assez mauvais.

Johnny Doyle et Paddy O'Connor avaient déjà terminé. Johnny tirait sur sa pipe tandis que Paddy se curait les dents avec son gros canif, comme d'habitude. La lame brillait à la lumière oscillante de la lampe à pétrole. Soudain j'ai vu quelque chose qui m'a glacée. Je suis restée la main levée entre l'assiette et la bouche, les yeux rivés sur le couteau de Paddy.

Il y avait une encoche dans la lame bien aiguisée ! Et autour de celle-ci, une substance rougeâtre. On aurait dit de la rouille.

– Qu'est-ce que tu regardes comme ça, sale singe ? a demandé Paddy d'une voix sombre.

Nos yeux se sont croisés. Les siens, petits et bleu clair, étaient pleins de colère. À ce moment précis, nous avons su, lui et moi, ce qui se passait dans la tête de l'autre.

Johnny a laissé échapper un petit rire.

– Quelle question stupide, Paddy ! a-t-il dit après avoir ôté la pipe de sa bouche. Il ne peut pas répondre, voyons. Les singes ne savent pas parler. Tu ne l'as toujours pas compris ?

– Bah, ta gueule ! a sifflé Paddy.

Puis il s'est levé et a quitté le carré.

– Qu'est-ce qu'il a ? s'est étonné Geoff en le regardant partir.

– J'en sais rien, a répondu Johnny en haussant les épaules. Il a dû se lever du pied gauche.

CHAPITRE 32
Des bourrasques du Sahara

En fait, j'ai surtout eu un sentiment de soulagement. Mieux valait un ennemi connu qu'un ennemi inconnu. Dans le fond, je croyais savoir pourquoi Paddy O'Connor ne pouvait pas me sentir. De nombreux chauffeurs espèrent être promus graisseurs pour échapper au pénible travail dans la soute à charbon et devant le foyer des chaudières. Paddy O'Connor était sans doute furieux que ce soit moi, un singe, et pas lui qui ait eu le poste qu'il convoitait.

Les deux nuits suivantes se sont passées sans incident.

Quand je croisais Paddy dans le carré des chauffeurs il faisait semblant de ne pas me voir. Je me suis demandé si je ne devais pas faire preuve de bonne volonté et lui donner un coup de main ainsi qu'à Johnny pour enfourner du charbon dans les chaudières. Mais j'ai finalement décidé de ne pas le faire. Ça risquait d'être mal interprété et de rendre la situation encore plus compliquée. Je ferais sans doute mieux de suivre l'exemple de Paddy et de faire comme si de rien n'était.

Les jours se sont succédé. Les quarts également. Pour éviter de me trouver avec Paddy, je m'abstenais d'aller dans le carré des chauffeurs quand j'étais de repos. Il m'arrivait de rester dans la salle des machines pour fabriquer des clés ou autre chose. Parfois, quand le temps le permettait, je me reposais à l'abri du vent à l'arrière du bateau.

Un jour, Geoff est venu me retrouver. De sa poche il a sorti un jeu d'échecs pliables.

– Tu sais ce que c'est ? m'a-t-il demandé.

Un magicien qui s'appelait Silvio m'avait appris à jouer aux échecs. Il m'avait d'ailleurs appris un tas d'autres choses aussi. Comme lire et écrire. Ça remontait à loin mais je n'avais rien oublié. J'ai donc hoché la tête.

– C'est bien ce que je pensais ! a ri Geoff. J'étais triste de n'avoir personne avec qui jouer aux échecs à bord du *Limerick*. Faisons une partie ensemble, je veux voir ce que tu vaux !

À partir de ce jour-là, Geoff et moi avons joué aux échecs pratiquement tous les jours entre deux quarts. Au début, il gagnait très facilement mais j'ai vite compris sa stratégie et ses ruses. Et bientôt je n'ai plus jamais perdu.

Au sud de la Sardaigne, nous avons fait face à du mauvais temps. Une tempête s'est levée. Un vent dur et sec venu du Sahara soufflait sur la Méditerranée. Du sable fin s'incrustait dans les coins et les recoins du pont et je souffrais de démangeaisons dès que je sortais en plein air. Pendant quelques jours, nous avons avancé en direction du sud-est à vitesse réduite pour résister aux vagues.

J'étais chargée de la valve régulatrice. Celle-ci sert à réguler la distribution de la vapeur. Plus il y a de vapeur, plus la vitesse augmente. Mon travail était d'étrangler le débit vers le moteur chaque fois que la poupe du bateau sortait des vagues. C'est une tâche très importante. Quand l'arrière d'un bateau s'élève, l'hélice peut se retrouver hors de l'eau, le moteur ne rencontre alors pas de résistance et risque de chauffer. Si on ne diminue pas rapidement la pression de la vapeur, le moteur s'emballe de façon incontrôlée. Un moteur qui s'emballe est quelque chose de terrifiant. Rien que le bruit vous secoue jusqu'au plus profond de vos entrailles. Aussi bien le moteur que la coque peuvent subir des dommages importants. Au pire, le bateau coule.

Mister Bullworth n'a pas apprécié que Geoff m'ait confié la valve régulatrice.

– Vous trouvez sage de mettre nos vies entre les mains d'un singe ? a-t-il grommelé.

– S'occuper de la valve est généralement la tâche du graisseur, a répondu Geoff qui, pour une fois, avait l'air grave. Et Sally Jones n'est pas moins bonne que les graisseurs à qui j'ai eu affaire jusqu'à maintenant.

Quant à moi, je n'étais pas inquiète. La fonction était importante mais pas difficile.

Et pourtant…, ce qui ne doit absolument pas arriver a failli se produire le matin du deuxième jour de tempête.

Cette nuit-là, nous assurions le quart entre minuit et quatre heures. Peu avant la fin de notre quart, Geoff est monté sur la passerelle pour graisser la machine. Je suis restée seule dans la salle des machines, entièrement concentrée sur mon travail.

Soudain – au moment où le bateau plongeait dans le creux entre deux vagues – des bras puissants m'ont attrapée par derrière. J'ai d'abord cru que c'était Geoff qui me faisait une blague. Mais ce n'était pas le cas. Les bras qui me tenaient étaient gros et noirs de suie.

La poupe du bateau remontait lentement et le moment où je devais étrangler le débit de la vapeur approchait. Mais prise dans un étau, j'étais incapable de bouger. Presque de respirer.

– Tu vas voir ce que tu vas voir ! m'a sifflé Paddy O'Connor à l'oreille. Je vais leur montrer ce que ça donne de confier la machine à un singe !

J'ai essayé d'échapper à l'étreinte de Paddy en prenant appui sur mes jambes. Au même moment, j'ai senti que l'inclinaison du navire augmentait. À tout instant, l'hélice risquait de se trouver au-dessus de la surface de l'eau. Mais les bras de Paddy ne me lâchaient pas. Paniquée, j'ai balancé ma tête d'un côté à l'autre et j'ai senti ma joue effleurer l'épaule de Paddy. J'ai tendu le cou autant que j'ai pu pour réussir à planter mes dents dans son bras.

Paddy a poussé un hurlement et a enfin lâché prise. Au même instant, le moteur a commencé à tourner plus vite. Je me suis jetée sur la vanne et j'ai étranglé le débit. Ouf ! Il s'en était fallu de peu !

Quand je me suis retournée, j'ai vu Paddy qui se tenait le bras. Le blanc de ses yeux brillait dans son visage strié de suie.

– Tu m'as mordu, sale bête ! a-t-il sifflé.

Puis il s'est sauvé dans le passage qui menait à la chaudière et s'est rapidement trouvé hors de ma vue.

Quelques secondes plus tard, Geoff est revenu. Il m'a souri, comme d'habitude, mais cette fois son regard était scrutateur.

– J'ai bien entendu que le moteur a failli s'emballer, a-t-il dit. Tu ne t'étais pas endormie par hasard ?

J'ai fait non de la tête.

Mon cœur cognait toujours très fort dans ma poitrine.

À partir de ce moment-là, j'ai toujours veillé à ne jamais me retrouver seule avec Paddy O'Connor. Et bien que ce soit interdit, j'ai toujours mis le loquet de la porte du débarras avant de m'endormir.

CHAPITRE 33
Rue des Sœurs

Après trois jours et trois nuits, la tempête a commencé à mollir. Nous cinglions vers l'est et avions pour objectif d'atteindre le canal de Suez quelques jours plus tard.

Mais il a subitement fallu changer de cap. La compagnie de navigation a télégraphié l'ordre au capitaine Anderson d'aller d'urgence en Égypte où une cargaison importante nous attendait dans le port d'Alexandrie.

Le lendemain matin, alors que j'étais accoudée au bastingage avec Geoff, le *Song of Limerick* a pénétré entre les brise-lames dans le port. Une centaine de navires mouillaient dans la rade. Parmi eux se bousculaient des remorqueurs, des péniches et des felouques, des bateaux égyptiens aux voiles latines triangulaires. La brise de la côte était saturée d'odeurs merveilleuses de la grande ville mais aussi de sa puanteur.

Nous avons accosté dans le bassin inférieur. À peine étions-nous amarrés au quai que des camelots se sont agglutinés autour de la passerelle de débarquement. Le capitaine Anderson a donné l'ordre de veiller à ce que personne ne monte à bord. Dans les ports, les voleurs sont un véritable fléau pour les navires.

Le capitaine Anderson s'est rendu au bureau du port en calèche pour se renseigner sur la cargaison. Apprenant que rien ne se passerait avant trois jours, il a décidé qu'en attendant, nous en profiterions pour nous ravitailler en charbon.

Quelques heures plus tard, une péniche chargée de charbon nous a abordés et il a fallu s'attaquer au travail éreintant et sale de remplissage des cales du *Song of Limerick* à l'aide de pelles, de sacs et d'une grue de chargement. À part le capitaine, le second et le cuisinier, tout l'équipage s'y est mis. Cela nous a demandé trois jours. Personnellement ça ne me dérangeait pas puisque, tant que nous étions tous ensemble, Paddy O'Connor ne pouvait pas me faire de mal.

Une fois les cales remplies, le second nous a appris que la cargaison avait du retard et qu'il faudrait rester à quai quelques jours supplémentaires. Il ne nous a cependant rien dit au sujet de son contenu. Le capitaine Anderson non plus.

Pour une raison mystérieuse, la nature de la cargaison restait un secret bien gardé.

Ceux qui assuraient le quart devaient rester à bord mais tous les autres ont eu l'autorisation de quitter le bateau. Tenant à se débarrasser de la poussière de charbon avant de se rendre en ville, tout le monde s'est bousculé autour du tuyau de nettoyage. C'était une joyeuse bande rasée de près et vêtue de ses plus beaux habits qui est descendue à terre. Paddy O'Connor, qui était particulièrement enjoué, riait et vociférait comme s'il possédait toute la ville d'Alexandrie.

– Ils ont intérêt à bien tenir leurs chapeaux, les Arabes ! Ou plutôt leurs turbans – enfin, ce qu'ils ont sur la tête quoi – car ce soir il va y avoir du grabuge ! braillait-il. Les hommes du Nord ont l'intention de s'amuser !

Sur le quai étaient alignées des calèches prêtes à conduire les marins en ville. Les hommes se sont entassés à plusieurs dans chacune pour faire des économies. Tous sauf Paddy O'Connor qui, lui, est monté seul sur la banquette arrière d'un taxi, un large sourire aux lèvres.

– Conduisez-moi au bar le plus chic ! Et vite ! a-t-il lancé au chauffeur, suffisamment fort pour que tout le monde l'entende.

– Tiens donc, Paddy a les moyens de se payer un taxi ! a grommelé un des matelots. Quand je pense que j'ai dû payer sa note à *O Pelicano*. Il n'avait plus un sous dans son portefeuille. Il avait tout dépensé au bar.

Je suis restée sur le bateau. J'aurais pu partir, moi aussi, mais j'avais envie d'avoir un petit moment pour moi toute seule.

Quelques camelots sont montés à bord. Ils ont eu l'autorisation de le faire pour permettre à l'équipe de quart d'acheter des cigarettes et des cartes postales. Moi, je n'avais pas d'argent mais le second m'a gentiment donné cinq piastres égyptiennes. J'ai ainsi pu m'acheter une carte postale, un timbre et des oranges.

La carte postale représentait une grande place d'Alexandrie. Au verso, j'ai écrit l'adresse d'Ana et de signore Fidardo, Rua de São Tomé à Lisbonne. Et un bref message :

Le voyage se déroule bien. Ne vous inquiétez pas pour moi.
Sally Jones

Maintenant que j'étais seule et que j'avais le temps de réfléchir, je me suis rendu compte à quel point Ana et signore Fidardo me manquaient. À l'heure qu'il était, ils devaient être très inquiets à cause de moi, ce qui me donnait mauvaise conscience. J'espérais que la carte postale les rassurerait.

J'ai déposé ma carte dans la cabine de télégraphie puis je me suis installée au soleil où j'ai mangé mes oranges en regardant les bateaux dans la rade.

Après le souper, je suis descendue m'allonger dans mon hamac et me suis aussitôt endormie. Ça faisait plus d'une semaine que je n'avais pas dormi une nuit entière.

Le lendemain matin j'ai été réveillée par le boucan des fêtards qui revenaient pour le changement de quart.

Paddy O'Connor est arrivé le dernier, porté par Johnny Doyle et un matelot breveté. Ils l'avaient trouvé dans une maison close dans la rue des Sœurs où il chantait des chansons irlandaises grivoises tout en faisant une partie de bras de fer avec la tenancière. La rue des Sœurs est la rue principale du quartier chaud, et tristement célèbre, d'Alexandrie. Ceux qui ont beaucoup voyagé savent de quoi je parle.

Paddy dormait la bouche ouverte. Une poignée de cigares cubains dépassait de la poche de sa chemise et il tenait fermement une bouteille de gin cinq étoiles. Quand ses camarades l'ont déposé sur le pont, des billets et des pièces de monnaie sont tombés de sa poche.

Le capitaine Anderson est descendu de la passerelle pour regarder la scène. Voyant l'argent, les cigares et la marque du gin, ses yeux se sont assombris.

– Depuis quand Paddy O'Connor est-il un homme riche ? a-t-il demandé.

Personne n'a répondu. Tout le monde se posait la même question.

Le capitaine Anderson a ensuite attrapé le tuyau de nettoyage, a ouvert le robinet et copieusement arrosé le visage du noceur. O'Connor s'est réveillé en sursaut en crachotant et pestant.

– Présente-toi à la passerelle dans dix minutes, O'Connor, lui a-t-il ordonné avant de tourner les talons.

Johnny Doyle a aidé Paddy à mettre des vêtements secs et le cuistot lui a préparé du café noir comme du goudron. Mais Paddy a eu beau en avaler deux tasses, ça n'a pas fait beaucoup d'effet. La sueur perlait sur son front d'une pâleur cadavérique et il dégageait une forte odeur d'alcool.

La conversation entre le capitaine et Paddy O'Connor n'a duré qu'une demi-heure. Quand Paddy est revenu, il avait dessoûlé mais il paraissait encore plus misérable qu'avant. Sans un mot il s'est rendu au poste d'équipage où il a ramassé le peu d'affaires qu'il possédait. Même Johnny Doyle n'a pas réussi à lui faire dire de quoi ils avaient parlé et ce qui allait se passer.

Livide et d'un pas chancelant, Paddy O'Connor a quitté le *Song of Limerick*. Il s'est éloigné sur le quai, le sac à l'épaule et son livret de marin dans la poche arrière. Puis il a disparu entre deux entrepôts.

Nous ne l'avons plus jamais revu.

Tout le monde se posait des questions à propos de son départ.

C'est bien entendu Geoff qui a réussi à connaître la vérité. Geoff, l'ami de tous, nous a appris ce qui s'était passé.

Le second lui avait expliqué que le capitaine Anderson n'aimait pas les mouchards. Depuis que nous avions quitté Lisbonne, celui-ci n'avait pas cessé de se demander qui parmi les hommes de son équipage avait prévenu la police que j'allais embarquer sur le *Song of Limerick*. Il savait que le commissaire Garretta avait promis dix livres en récompense au dénonciateur. Une somme très importante pour un marin. Le capitaine Anderson avait bien compris que le coupable se dévoilerait à la première occasion en dépensant cet argent.

Et c'est justement ce qui s'était passé.

Paddy n'avait cependant pas voulu reconnaître que c'était lui. Il prétendait avoir trouvé les billets dans une boîte en fer-blanc cachée derrière les tuyaux dans la salle des machines.

Le capitaine Anderson ne l'avait pas cru, évidemment. Bien qu'incapable de prouver que c'était un mensonge, il avait demandé à Paddy de démissionner. Ce qui, d'ailleurs, ferait mieux dans son livret de marin qu'un licenciement.

L'histoire de Paddy et de son argent a été longuement discutée à bord du *Song of Limerick*. Tout le monde semblait d'accord pour dire que le capitaine Anderson avait bien agi. Trahir un camarade pour de l'argent était un crime grave, même si le camarade en question n'était qu'un singe. Malheureusement Paddy était capable d'une telle chose. Même Johnny Doyle avait dû l'admettre.

CHAPITRE 34
Un animal rare

Nous avons passé encore quelques jours à Alexandrie. L'équipage de pont a utilisé ce temps pour nettoyer la cheminée, gratter la rouille et rafraîchir la peinture de la coque. Nous, dans la salle des machines, en avons profité pour vérifier les paliers et changer des joints de soupapes.

Tout le monde commençait à se lasser de la vie dans le port et attendait impatiemment de pouvoir larguer les amarres et repartir.

Enfin, tard un soir, est arrivée la cargaison tant attendue.

Nous avons vu une petite caravane de véhicules se diriger vers le quai du *Song of Limerick*. Une voiture décapotable, avec deux douaniers en uniforme à bord, était en tête. Deux camions suivaient, l'un transportant des balles de foin, l'autre une grande cage métallique. Les côtés étant recouverts de contreplaqué, il était impossible de voir ce qu'il y avait dedans.

La quatrième voiture était une Daimler noire rutilante dont les vitres arrière étaient occultées par des rideaux de velours. Le chauffeur est descendu et a ouvert les portières des passagers. Un grand homme maigre vêtu d'une veste croisée et coiffé d'un panama est apparu en premier. Il a jeté un regard contrarié sur le *Song of Limerick*. Derrière lui suivait un homme plus jeune et plus petit en chemise kaki froissée et casque colonial.

– Elle est bien vétuste cette vieille carcasse, a dit le grand en costume. Tu n'aurais pas pu trouver quelque chose de mieux, Wilkins ?

L'homme jeune, qui s'appelait apparemment Wilkins, s'est essuyé le front avec son mouchoir.

– Non, malheureusement, Monsieur le directeur, a-t-il répondu en remontant ses lunettes sur son nez. Pas avec un délai aussi court. Mais la compagnie de navigation garantit que…

– Oui, oui, s'est impatienté l'homme en costume. Fais donc venir le capitaine. On ne va pas passer la nuit ici.

Peu après, le pont grouillait d'activité. Quelques matelots ont ouvert la trappe de chargement et ont tourné le mât de charge vers le quai. Le second, aidé par des hommes d'équipage, a réorganisé la cale de manière à ce qu'il y ait de la place pour les balles de foin et la cage.

L'homme en costume, qui se nommait Thursgood, mister Wilkins et les douaniers sont montés sur la passerelle, accompagnés du capitaine Anderson pour préparer les papiers. Une fois tout vérifié, le second a fait signe à ses hommes de commencer le chargement et ceux-ci ont soulevé la cage du quai en prenant beaucoup de précaution. Le directeur Thursgood et mister Wilkins, tous les deux visiblement préoccupés, suivaient le travail depuis l'aileron. Mister Wilkins en s'essuyant sans cesse le front.

De drôles de bruits provenaient de la cage. Les matelots ont échangé des regards inquiets en entendant des mugissements plaintifs et des grognements menaçants. Qu'est-ce qui pouvait bien se cacher derrière les panneaux de contre-plaqué ?

Dès que la cage a été installée dans la cale, l'ensemble de l'équipage s'est rassemblé autour de la trappe pour chercher à voir ce que contenait cette cargaison étrange. Le sol de la cage était recouvert de foin et sur celui-ci était couché un chameau. Il ruminait tranquillement en poussant de temps en temps un blatèrement rauque.

Quand j'ai vu le chameau, j'ai trouvé qu'il avait un truc bizarre mais j'étais incapable de comprendre ce que c'était. Il a fallu que Geoff se mette à rire pour que je m'en rende compte.

– Regardez-moi cet animal ! s'est-il exclamé. Il a une bosse en trop !

Et c'était vrai. Le chameau n'avait pas une, ni deux mais trois bosses. J'ignorais qu'il existait des chameaux à trois bosses.

La cage a été solidement attachée et les panneaux de contre-plaqué enlevés. Une lampe électrique a été installée pour que le chameau n'ait pas à vivre dans le noir. Quand le directeur Thursgood – apparemment le propriétaire de l'animal – a décrété que le chameau était bien, il a quitté le bateau et est parti dans sa Daimler noire. Mister Wilkins, qui était chargé de s'occuper du chameau pendant le voyage jusqu'en Inde, est resté à bord.

Avant que le directeur Thursgood s'en aille, je l'ai entendu dire à mister Wilkins :

– À présent, c'est à toi de veiller à ce que mon chameau arrive à Bombay en bon état. Tu sais ce qui est en jeu, Wilkins. Ne l'oublie pas.

– Bien sûr que non, Monsieur le directeur, lui a répondu Wilkins.

Le *Song of Limerick* a quitté Alexandrie le dix-huit décembre. Nous avons cinglé vers l'est, lentement balancés par la houle sur une mer d'huile. Le lendemain matin, au large de Port Saïd, un pilote côtier est monté à bord et on nous a donné le feu vert pour commencer la traversée du canal de Suez. Nous faisions partie d'un convoi d'une dizaine de navires. Des rives sans vie, brûlées par le soleil, glissaient lentement de part et d'autre de notre cargo. Seuls quelques rares camps de bédouins rompaient l'uniformité et la tristesse du paysage.

À peine vingt-quatre heures plus tard, le pilote côtier a débarqué à Port Tawfiq et nous avons pénétré dans la mer Rouge. D'un horizon à l'autre, le ciel était intensément bleu et l'eau d'un vert étincelant. Comme il faisait très beau, la trappe de la cale est restée ouverte pour que le chameau ait de la lumière et de l'air. Il semblait content dans sa cage. De temps en temps, il se levait, tendait ses pattes, se tournait vers le soleil et lâchait impudemment un tas de crottes par terre.

Notre deuxième passager, mister Wilkins, était moins à l'aise en mer. Il avait en permanence une profonde ride d'inquiétude creusée entre les sourcils. Il se plaignait sans cesse et n'arrêtait pas de poser des questions angoissées, ce qui agaçait beaucoup l'équipage. Il avait peur que la cage du chameau ne soit pas suffisamment bien fixée, que son eau soit croupie. Il trouvait aussi étonnant qu'il n'y ait pas de gilet de sauvetage prévu pour le chameau.

Au bout de quelques jours, il s'est cependant calmé. En grande partie grâce à Geoff qui a pris le temps de répondre à ses questions et de lui expliquer calmement comment les choses fonctionnaient à bord d'un cargo. C'est seulement à partir de ce moment-là que mister Wilkins s'est senti rassuré quant à la sécurité du chameau.

Geoff était comme ça. Il s'arrangeait toujours pour devenir l'ami de ceux qu'il rencontrait.

De plus en plus souvent, mister Wilkins venait nous rejoindre, Geoff et moi, pour jouer aux échecs. Il était lui-même un joueur convenable. C'est lors d'une de ces parties

qu'il nous a expliqué pourquoi il partait en Inde avec un chameau à trois bosses.

– C'est assez curieux quand on y pense, a dit mister Wilkins.
Jamais dans mes rêves les plus fous je n'aurais pu imaginer que
je vivrais un jour une aventure pareille. J'habitais à Londres
où je travaillais comme zoologue à l'Académie des Sciences,
the Royal Society. Ma spécialité était d'inventorier des espèces
animales rares et disparues. C'était un travail tranquille qui
m'occupait depuis de nombreuses années. Un beau jour,
j'ai reçu une lettre d'une compagnie minière, *Thursgood &
Thursgood Mining Co. Ltd*. Le directeur, un certain Charles
Allen Thursgood, me donnait rendez-vous dans son bureau.

– Thursgood ? a répété Geoff. Tu veux parler de l'homme
qui était présent quand nous avons chargé le chameau ?

Mister Wilkins a confirmé d'un signe de tête avant de poursuivre :

– J'ai pensé qu'il y avait un malentendu. Pour quelle raison
le directeur d'une mine souhaitait-il rencontrer un zoologue
comme moi ? Par curiosité, j'ai quand même décidé de me
rendre à ce rendez-vous. Le directeur Thursgood m'a offert
un whisky soda et s'est montré extrêmement aimable. Il m'a
demandé quel était mon salaire au *Royal Society*. Quand il a
appris le montant, il a semblé étonné et m'a dit qu'en tant qu'expert en animaux rares et disparus, je méritais un salaire bien
plus élevé. Bien entendu, j'étais d'accord avec lui. Il m'a proposé un emploi qui consistait à trouver un animal rare et *vivant*.
Par rare, il entendait *unique*. Le directeur Thursgood tenait
à posséder un animal qui n'existe qu'en un seul exemplaire.

Si je parvenais à le lui trouver, il me donnerait une somme vertigineuse.

Mister Wilkins nous a expliqué qu'il n'avait pas immédiatement accepté la proposition. Mais il ne l'avait pas non plus refusée. Il avait demandé un temps de réflexion. Trois jours plus tard, sa décision était prise. L'idée de toucher une « somme vertigineuse » avait soudain fait apparaître la classification d'animaux rares et disparus comme une tâche particulièrement futile.

– J'ai donc dit oui, a poursuivi mister Wilkins.

– J'aurais fait comme vous ! a ri Geoff. Mais à quoi cet animal rare allait-il lui servir ? Le directeur te l'a dit ?

– Oui. Il avait l'intention de l'offrir à quelqu'un. À un maharadja indien.

– À un maharadja ? Pourquoi ?

– C'est également la question que je lui ai posée. Le directeur Thursgood m'a appris qu'il dirigeait une compagnie d'exploitation de diamants. Les géologues de la compagnie venaient de découvrir un gisement dans une petite principauté indienne qui s'appelle Bhapur. C'était un gisement très prometteur mais pour pouvoir commencer l'extraction il fallait d'abord obtenir l'accord du souverain absolu de Bhapur, le maharadja.

Le maharadja de Bhapur était connu pour sa fortune colossale et sa vie dissolue. Et également pour ses caprices et ses sautes d'humeur. Le fait que ses projets miniers dépendent d'une personne aussi lunatique inquiétait le directeur Thursgood. C'est la raison pour laquelle il avait décidé de se rendre auprès du maharadja pour présenter lui-même les projets de sa compagnie. Rien ne serait laissé au hasard dans la préparation de cette rencontre. Il fallait lui démontrer qu'il s'agissait d'un projet grandiose. Des géologues de grande renommée feraient des conférences convaincantes et des calculs séduisants sur les énormes sommes d'argent qui reviendraient au maharadja si le projet était réalisé.

Il fallait en plus lui offrir un cadeau. C'était plus important que tout le reste. Le directeur Thursgood devait trouver quelque chose d'extrêmement rare à apporter au maharadja avant d'aborder la question de l'exploitation du gisement.

Mais comment faire plaisir à un maharadja qui possédait des palais, des voitures de luxe et des bijoux pour des millions et des millions de livres ?

Thursgood s'était adressé à une agence de détectives qui discrètement s'était renseignée sur la vie et les goûts du maharadja. Les détectives avaient fait savoir à Thursgood que le maharadja avait un zoo dans l'énorme jardin de son palais. Ce n'était pas un zoo ordinaire, bien entendu, mais une collection d'animaux rares et précieux. Il y avait, entre autres, le dernier exemplaire vivant du loup marsupial de Tasmanie.

Le directeur Thursgood savait maintenant quoi offrir au maharadja : un animal unique pour son jardin zoologique ! Un cadeau aussi magnifique serait parfait pour obtenir son accord d'exploitation du gisement.

– Et c'est pour cette raison que le directeur Thursgood m'a embauché, a conclu mister Wilkins. Au cours de ces dernières années, j'ai fait le tour du monde à la recherche d'un animal suffisamment rare pour être digne du zoo du maharadja. J'ai correspondu avec des zoologues de tous les continents, j'ai visité des centaines de parcs animaliers. J'ai essayé de retrouver le Yéti, l'abominable homme des neiges, dans l'Himalaya, j'ai cherché à attraper le monstre du lac Storsjön à Östersund en Suède, toujours sans résultat. Le directeur Thursgood a perdu patience à force d'attendre et il y a un mois il a failli me virer. Mais juste à ce moment-là, j'ai reçu une lettre d'Égypte.

– Aha ! a ri Geoff. Et dans cette lettre il était question d'un chameau, c'est ça ?

Mister Wilkins a hoché la tête.

– Exactement. Un de mes collègues au Caire avait entendu parler d'un chameau à trois bosses dans un petit village près du Sahara. Les chameaux à trois bosses sont extrêmement rares et je me suis immédiatement rendu en Égypte. J'ai retrouvé le chameau et l'ai acheté avec l'argent du directeur Thursgood. Le vendeur était un puissant cheik bédouin qui comprenait la valeur des animaux rares. Le prix était très élevé.

– Combien ? a demandé Geoff, curieux.

– Plus élevé que tu ne pourrais l'imaginer, a répondu mister Wilkins d'une mine légèrement hautaine.

– Ça alors ! a ri Geoff. Alors je comprends pourquoi tu t'inquiètes autant pour le chameau.

– Oui, ça serait terrible si quelque chose lui arrivait, a consenti mister Wiklins avec gravité. Surtout maintenant que nous sommes si près du but. S'il reste en forme jusqu'à Bhapur, ma mission sera terminée.

– Et tu recevras une somme vertigineuse de la part du directeur Thursgood ! a dit Geoff.

– C'est ça, a souri mister Wilkins l'air rêveur.

– Portons un toast à ta réussite ! a proposé Geoff joyeusement en levant sa tasse de café.

Quant à moi, je me suis fait la réflexion que mister Wilkins s'intéressait beaucoup à l'argent. Ce qui ne m'était pas très sympathique.

CHAPITRE 35
Le naufrage du navire *Minsk*

Le beau temps s'est maintenu jusqu'à ce que nous arrivions dans le golfe d'Aden où nous avons subi un fort vent contraire. La mer était agitée et le navire cognait contre les vagues. Le vent forcissait d'heure en heure pour souffler en tempête quand nous avons passé la pointe de la corne d'Afrique. Toute la mer d'Arabie était démontée avec des vagues hautes comme des maisons de deux étages. Le *Song of Limerick* avançait le nez au vent à une vitesse qui ne dépassait pas les cinq nœuds. De temps en temps, l'avant du bateau disparaissait littéralement dans les masses d'eau écumantes dans un bruit d'enfer.

Mister Wilkins a été pris d'un méchant mal de mer. Je suis bien placée pour savoir que ça n'a rien de drôle. Au début, j'avais beaucoup de mal à supporter les mouvements de la mer, moi aussi, mais ça s'est amélioré avec le temps et aujourd'hui ça me rend juste un peu somnolente.

Mais mister Wilkins, lui, a carrément perdu le goût de vivre. Il s'est enfermé dans sa cabine et n'est réapparu que plusieurs jours plus tard. Pendant son absence, ça a été à nous, les membres de l'équipage, de nous occuper du chameau. Nous l'avons fait à tour de rôle et, rapidement, nous nous sommes rendu compte qu'il y avait un problème. Le chameau refusait de boire et de manger. Il restait couché dans sa cage sans bouger, le regard plongé dans l'obscurité. Quand le bateau tanguait, il glissait et se cognait contre le grillage de la cage. Parfois il poussait un cri malheureux mais c'était à peu près les seuls signes de vie qu'il donnait.

Nous avons fini par comprendre la nature de son problème : lui aussi souffrait de mal de mer. En le regardant de près, nous avons pu constater que son museau avait pris une teinte verdâtre.

Geoff et moi avons tapissé sa cage de balles de foin pour éviter qu'il se blesse. Nous avons veillé à ce qu'il ait à boire et à manger mais c'était tout ce que nous pouvions faire pour lui. En réalité il n'y avait pas de raisons de s'inquiéter. Les chameaux sont capables de vivre longtemps sans eau et sans nourriture. Les bosses sur leur dos sont des réserves de graisse qui leur permettent de résister pendant de nombreux mois.

– Et en plus, ce chameau-là a une bosse supplémentaire ! a ri Geoff.

La tempête ne donnait aucun signe de vouloir s'atténuer. Pour économiser les forces de l'équipage et le stock de charbon, le capitaine Anderson a changé de cap et nous nous sommes dirigés vers Socotra, une île rocheuse et solitaire située à cent vingt milles nautiques à l'est de la côte africaine. Douze heures plus tard, nous avons jeté l'ancre dans une baie à l'abri du vent et des vagues.

Après une tempête, il y a toujours beaucoup de travail à bord d'un bateau. Les vêtements et les coffres sont trempés. Le matériel dans les réserves et les ateliers est dans un désordre total. Partout on trouve des objets endommagés qui ont besoin d'être réparés. Mais avant de nous mettre au travail, le capitaine Anderson nous a permis de nous reposer. C'était un bon capitaine.

Une fois le calme revenu, mister Wilkins est ressorti de sa cabine. Il avait une tête épouvantable. Son teint était blafard et il avait des cernes noirs autour des yeux. Après le repas, ses joues mal rasées ont repris quelques couleurs mais elles les ont vite perdues quand Geoff lui a parlé du chameau.

– Oh Seigneur ! Faites que ce ne soit pas vrai ! s'est écrié mister Wilkins en se précipitant dans la cale. Ça ne peut pas être vrai !

Au cours des quarante-huit heures que nous avons passées dans la baie, mister Wilkins a fait tout son possible pour que le chameau reprenne des forces. Il lui a donné de l'eau sucrée et de la bouillie mais le chameau vomissait aussitôt le peu qu'il avait avalé. Mister Wilkins était fou d'inquiétude. La réserve de graisse du chameau avait commencé à diminuer. Ça se voyait à l'œil nu. La bosse du milieu avait perdu du volume.

Petit à petit le vent a molli et le mercure du baromètre a commencé à monter. Nous avons levé l'ancre et repris notre voyage vers l'est. Le vent était toujours fort et la mer agitée mais nous pouvions quand même maintenir une vitesse de huit nœuds. Sauf imprévu, nous devrions atteindre Bombay dans les dix jours. Mister Wilkins, lui, comptait les heures.

L'île de Socotra avait à peine disparu derrière l'horizon quand « l'imprévu » s'est malheureusement produit. Tard dans l'après-midi, notre radiotélégraphiste a capté un appel de détresse d'un navire russe du nom de *Minsk*. Sa position était à cinquante milles nautiques au sud de la nôtre. Le capitaine Anderson a immédiatement changé de cap pour partir à son secours.

Quand le *Song of Limerick* s'est mis à rouler sous l'effet des vagues latérales, mister Wilkins a dû comprendre que quelque chose se tramait. Il est monté à la passerelle pour obtenir des explications du capitaine Anderson. Je n'y étais pas, bien entendu, mais Geoff m'a fait part de l'échange de mots entre les deux hommes. Geoff, de son côté, l'avait appris par un des matelots qui se trouvait là par hasard.

Le capitaine Anderson avait expliqué à mister Wilkins que nous avions reçu un appel de détresse et que nous avions mis le cap vers le sud pour secourir le navire *Minsk*. Mister Wilkins avait alors totalement perdu le contrôle.

« On ne peut pas agir de la sorte ! s'était-il exclamé. Votre responsabilité de capitaine est de veiller à ce que la cargaison soit transportée en sécurité vers sa destination. Le chameau du directeur Thursgood est sérieusement malade, il a besoin de soins au plus vite ! J'exige que nous allions directement à Bombay ! »

« Mister Wilkins, avait répliqué le capitaine Anderson, mesurez vos paroles. Des vies humaines sont en danger ! »

« Mais la vie du chameau peut également être en danger ! avait poursuivi mister Wilkins sans voir que les yeux du capitaine s'assombrissaient. Vous ignorez la valeur de ce chameau ? Nous n'avons pas de temps à perdre en expéditions de secours ! »

Dans un accès de colère, le capitaine avait serré les dents au point de casser sa pipe de maïs qu'il avait toujours dans la bouche.

« Hors d'ici ! avait-il rugi en postillonnant des gouttes de salive chargée de tabac. S'il reste une once de bon sens dans votre pauvre tête, mister Wilkins, vous éviterez dorénavant de vous trouver sur mon chemin ! »

À partir de ce jour-là, mister Wilkins n'a plus osé se montrer sur la passerelle ni dans le carré des officiers. Il a dû comprendre qu'il s'était couvert de honte. Pour un marin, il n'y a rien de plus sacré que d'apporter de l'aide à celui qui se trouve en difficulté. On peut tous un jour être dans la situation où notre vie dépend des autres.

Au crépuscule, nous avons atteint la position que le *Minsk* nous avait indiquée dans son appel de détresse. Toute la nuit et toute la journée suivante nous avons tourné autour du lieu. Les heures de repos ont été supprimées et nous avons tous scruté la mer à la recherche de traces du *Minsk*. Comme je suis une bonne grimpeuse, on m'a hissée au grand mât avec des jumelles autour du cou. Pendant deux jours je suis restée accrochée en haut pour observer la mer. À part une baleine et un banc de dauphins, je n'ai rien vu d'autre que de grosses vagues grises qui se brisaient dans une écume fracassante. Toutes les deux heures, on me faisait descendre afin que je boive une tasse de thé pour me réchauffer.

Le matin du troisième jour, le capitaine a décidé de mettre fin aux recherches. Un autre navire avait repéré des débris, des traces de pétrole et peu après un canot de sauvetage avec sept marins russes à bord. Les naufragés étaient trempés et gelés mais en vie. Une deuxième embarcation de sauvetage a été retrouvée plus tard, quille en l'air. Il est possible qu'elle se soit retournée déjà au moment où elle avait été mise à l'eau depuis le navire en train de couler. Le capitaine du *Minsk* et cinq membres de son équipage avaient disparu. Leurs corps n'ont jamais été retrouvés. Il faut dire que les requins sont nombreux dans les eaux au large de l'Afrique de l'Est.

Avant de reprendre la route vers Bombay, le capitaine Anderson a réuni l'équipage du *Song of Limerick* sur le pont pour lire un chapitre de la Bible. Puis il a sorti une bouteille de whisky et a offert à tout le monde un café arrosé en mémoire des noyés.

Le *Song of Limerick* était maintenant bien retardé. Il nous restait au minimum douze jours pour atteindre Bombay. Dans la cale, le chameau apathique continuait à glisser dans sa cage au gré des mouvements du bateau. Il n'avait toujours pas d'appétit mais à part ça, il ne semblait pas particulièrement malade. Peut-être s'ennuyait-il. Ce qui n'aurait rien eu d'étonnant.

Pour mister Wilkins, l'affaire avait pris des proportions importantes. Il usait de tous les moyens pour nourrir le chameau. Quand Geoff lui a rappelé que le chameau avait tout ce dont il avait besoin dans ses bosses, mister Wilkins a ouvert ses bras dans un geste de désespoir.

– C'est justement ça le problème, a-t-il dit en pointant l'animal de son doigt. Regarde toi-même !

Et en effet, à présent il était manifeste que le chameau puisait dans ses réserves. Essentiellement dans la bosse du milieu. Après douze jours en mer, le chameau à trois bosses s'était transformé en un chameau à deux bosses et demie.

Au fur et à mesure que nous approchions de l'Inde, le temps s'améliorait. Des vents doux de la mousson soufflaient du nord-est. Le *Song of Limerick* cinglait vers Bombay à une vitesse de quatorze nœuds. Les dauphins jouaient dans les vagues autour de la proue.

L'ambiance à bord s'était également améliorée, comme toujours après une période éprouvante de mauvais temps. Seul mister Wilkins restait morose. Bien que les conditions de voyage soient devenues clémentes, le chameau refusait toujours de s'alimenter. L'équipage du pont a alors eu l'idée d'ouvrir la trappe de la cale, ce qui lui a fait beaucoup de bien. Il a tendu sa tête vers le soleil et il a fait l'effort de se mettre debout pendant quelques instants.

Mais il refusait toujours de manger. Même lorsque mister Wilkins lui a servi des légumes qu'il avait réussi à faire préparer par le cuisinier.

Le soir du cinq janvier, nous avons enfin aperçu la terre et déjà le lendemain matin, nous avons jeté l'ancre dans la rade de Bombay. Quelques jours plus tard, nous avons accosté pour décharger.

Un navire constitue un petit monde à lui tout seul. Il a ses propres lois et sa propre manière de calculer le temps. Quand on assure le quart jour après jour, nuit après nuit, il est facile d'oublier qu'il existe un monde aussi en dehors du bateau. Depuis notre départ de Lisbonne, je n'avais pas vraiment pensé à ce que j'allais faire une fois arrivée à Bombay. À présent, ce moment était très proche.

Quand j'ai vu la gigantesque ville grouillante qui semblait suspendue entre mer et terre dans la brume de chaleur, une boule de peur s'est mise à grossir dans mon ventre. Comment pourrais-je retrouver Alphonse Morro parmi les millions de gens dans ce monde inconnu ? Comment pourrais-je tout simplement me rendre de Bombay à Cochin ? Sans quelqu'un pour me protéger et me guider ? Je n'étais qu'un singe sans maître.

Soudain je me suis rendu compte que mon voyage en Inde était une terrible erreur.

CHAPITRE 36
Bombay

Je n'étais pas la seule à m'inquiéter de notre arrivée à Bombay. Mister Wilkins, lui, frôlait la crise de nerfs. Le chameau avait recommencé à s'alimenter mais la bosse du milieu n'était pas revenue pour autant.

Désespéré, mister Wilkins essayait de nourrir le malheureux animal de force avec de la couenne de porc et de gros bouts de saindoux mais le chameau a fini par se mettre en colère et a tenté de lui mordre la main.

Seul Geoff avait pitié de mister Wilkins. À plusieurs reprises je les ai vus adossés au bastingage en train de discuter avec gravité. J'ignore de quoi ils parlaient mais je voyais bien que mister Wilkins paraissait toujours un peu rassuré après leurs conversations.

Des douaniers et des policiers de l'immigration en uniformes stricts sont arrivés dans leurs chaloupes à vapeur et nous nous sommes acquittés de nos droits d'entrée dans l'Inde britannique. Puis est arrivé le pilote du port. Nous avons levé l'ancre et nous nous sommes rendus à notre point d'amarrage dans le *Queen Victoria Dock*.

Sur le quai attendait le directeur Charles Allen Thursgood en costume de lin trois-pièces et coiffé d'un casque colonial. Il avait dû prendre un bateau de passagers d'Alexandrie puisqu'il était arrivé à Bombay avant nous. Sa Daimler était apparemment restée en Égypte. Il nous attendait appuyé contre une Cadillac couleur crème. Deux Indiens en livrée étaient occupés à lui fournir de l'ombre et de la fraîcheur à l'aide d'énormes éventails.

Dès que la passerelle a été installée, mister Wilkins a débarqué, la transpiration perlant sur son front. Ses lèvres étaient blanches et ses jambes avaient visiblement du mal à le porter. Nous étions nombreux accoudés au bastingage à attendre avec curiosité la réaction du directeur Thursgood lorsqu'il apprendrait la mauvaise nouvelle au sujet de son chameau.

Mister Wilkins n'a pas eu le temps de dire grand-chose avant que le directeur Thursgood ne l'attrape par le col de sa chemise en hurlant :

– Que dites-vous ? Seulement deux bosses ? *Deux* bosses ? Espèce d'imbécile, vous me voyez offrir un chameau ordinaire au maharadja ?

Je n'ai pas réussi à entendre la réponse de mister Wilkins. Il parlait vite et bas tout en se penchant en avant comme s'il craignait de se faire taper dessus. C'est vrai que le directeur Thursgood semblait prêt à administrer une bonne claque à son zoologue. Mais il ne l'a pas fait. Sa colère s'est progressivement calmée et il a commencé à écouter mister Wilkins avec un intérêt grandissant. Finalement, il lui a donné une tape amicale sur l'épaule et l'a invité à monter dans sa voiture. Mister Wilkins était soulagé, ça se voyait de loin.

Comment avait-il fait pour apaiser la colère du directeur Thursgood ? Nous n'avons jamais eu la réponse à cette question. Le directeur est monté à l'arrière à côté de mister Wilkins et la Cadillac couleur crème a démarré sur les chapeaux de roue. Voilà la fin de cette histoire. Mister Wilkins n'allait pas me manquer et, à mon avis, il ne manquerait à personne d'autre de l'équipage.

Quelques heures plus tard, deux chameliers sont venus présenter un reçu. Ils avaient acheté le chameau du directeur Thursgood pour une somme ridicule. La cage a été remontée de la cale, déposée sur le quai et le chameau a été libéré. Je l'ai vu s'éloigner sur le quai de sa démarche oscillante entre ses nouveaux propriétaires. Il était visiblement content. En signe d'adieu, il a blatéré avec force et vigueur.

J'étais heureuse pour le chameau dont la vie serait sans doute meilleure chez les chameliers que dans une cage au zoo. Les chameaux aiment travailler et apprécient la compagnie. Exactement comme les hommes.

Le voyage à bord du *Song of Limerick* s'est bien terminé pour moi aussi. Plus tard le même jour, j'ai été appelée à la passerelle de commandement. Le capitaine Anderson souhaitait me parler. Il m'a emmenée sur l'aileron d'où nous avons contemplé la cohue sur le quai. La pipe du capitaine a émis un gargouillement désagréable quand il a essayé de faire repartir le feu.

– Bon, bon, Sally Jones, a-t-il commencé. Je t'aurais bien gardée à bord du *Song of Limerick*. C'est triste de devoir se séparer d'un bon mécanicien-graisseur mais tu veux débarquer ici à Bombay, n'est-ce pas ? Senhor Baptista m'a expliqué que tu as l'intention de continuer jusqu'à Cochin.

J'ai acquiescé d'un signe de tête.

– Cochin se trouve à mille kilomètres plus au sud, a-t-il poursuivi. Il est possible de s'y rendre en train mais le mieux pour toi serait que je te trouve une place sur un bateau. Cochin est le premier port d'Inde pour l'exportation du poivre et il ne devrait pas être difficile de trouver un bateau pour cette destination. Geoff s'est déjà proposé de faire un tour dans le port afin de se renseigner.

Le capitaine Anderson a tiré sur sa pipe l'air réfléchi. Puis il s'est tourné vers moi.

– Senhor Baptista m'a aussi expliqué pourquoi tu veux aller à Cochin. Il paraît que tu cherches un homme qui saurait prouver que Koskela n'est pas un assassin. C'est bien ça ?

J'ai de nouveau hoché la tête.

– Koskela est un homme bien, comme toi, bien que toi tu sois un gorille, a-t-il poursuivi. J'aurais voulu pouvoir faire plus pour t'aider, mais je n'ai rien trouvé de mieux, m'a-t-il dit en sortant de sa poche une enveloppe et un porte-monnaie usé qu'il m'a tendus.

J'ai ouvert le porte-monnaie. Il contenait quinze livres en billets.

– J'ai pris l'argent dans la caisse du bateau, a expliqué le capitaine Anderson. La somme correspond à ce que la compagnie de navigation aurait dû te payer pour ton travail au cours de ce voyage. Mais je te conseille de ne pas tout dépenser en bananes quand tu seras à terre ! Ça te donnerait seulement mal au ventre.

Le capitaine m'a fait un clin d'œil en souriant de sa propre blague. Puis il m'a fait signe de décacheter l'enveloppe.

– Si quelqu'un te cherche des ennuis, a-t-il dit, ce papier pourra t'être utile.

L'enveloppe contenait un certificat de travail rédigé sur une feuille à en-tête de la compagnie de navigation. Le texte disait que j'avais quitté mon emploi de mécanicien-graisseur à bord du *Song of Limerick* à ma demande et avec les meilleures appréciations de mon employeur. Le certificat se terminait ainsi :

Sally Jones travaille pour la Marine marchande britannique. Quiconque se permettrait de mal la traiter, de quelque manière que ce soit, sera sévèrement puni selon la législation maritime britannique.

– La dernière partie n'est pas tout à fait vraie, bien entendu, a ajouté le capitaine Anderson. Mais je ne pense pas que les gens sur le plancher des vaches soient au courant de la législation.

Le certificat était signé par le capitaine Anderson en personne et orné d'une dizaine de cachets différents. Il avait un aspect solennel et important.

– Les gens d'ici prennent les tampons très au sérieux, a-t-il expliqué. Si on a un papier avec beaucoup de tampons on peut aller loin en Inde.

J'aurais voulu embrasser le capitaine Anderson mais je ne l'ai pas fait. Nous nous sommes serré la main et je suis descendue dans la soute pour participer au déchargement des pièces détachées de machines. L'inquiétude qui m'avait taraudée durant ces derniers jours avait totalement disparu. L'argent et le certificat me faisaient plaisir, bien sûr, mais j'étais surtout heureuse de savoir que le capitaine Anderson était au courant de ma destination et de la raison de mon voyage. Je ne me sentais plus tout à fait seule face à ma mission difficile.

Tôt le lendemain matin, Geoff est descendu du bateau. À midi, il est revenu avec de bonnes nouvelles. Il avait trouvé un caboteur à vapeur qui naviguait sous pavillon britannique, le *Malabar Star*, et qui appareillait le lendemain pour charger des épices à Cochin.

– Superbe bateau, a-t-il expliqué. Il est ancré dans le bassin nord, à seulement deux ou trois kilomètres d'ici. Le second mécanicien s'est cassé le bras, tu pourras prendre sa place. L'équipage m'a paru sympathique.

La séparation avec les camarades du *Song of Limerick* n'a pas été particulièrement triste. Les marins ont l'habitude de se quitter et n'en font pas une grande affaire. Tout le monde m'a embrassée et m'a souhaité bonne chance.

Geoff m'a accompagnée au *Malabar Star*. Nous nous sommes frayé un chemin à travers l'agitation matinale dans le port de Bombay. Des marins, des mendiants, des soldats britanniques, des commerçants arabes, des pickpockets, des marchandes et des hordes d'enfants sales se bousculaient parmi les voitures, les vaches, les rickshaw, les cyclistes, les cages d'oiseau et les étals du marché.

J'avais le nez irrité par toutes les odeurs et les yeux aveuglés par les couleurs. Le bruit qui résonnait dans les rues et les venelles aurait pu couvrir celui d'une tempête sur l'Atlantique. J'étais reconnaissante envers Geoff qui me montrait le chemin. J'aurais souhaité qu'il m'accompagne jusqu'à Cochin.

Au bout d'une demi-heure, nous sommes arrivés. Le *Malabar Star* était prêt à partir. Le pont était pourtant vide, à l'exception d'un matelot indien qui enlevait de la rouille sur le bastingage. Sans tenir compte de sa présence, Geoff est monté à la passerelle de navigation.

– Tu vas voir ce que tu vas voir, a-t-il dit sur un ton enjoué. Tu auras ta propre cabine.

Il a ouvert la porte d'une cabine qui portait une plaque en cuivre. *Second Engineer* était inscrit dessus.

– Entre, je t'en prie, a-t-il ri.

J'aurais dû me méfier. Geoff était trop à l'aise. Pour quelle raison pouvait-il se déplacer sur un bateau étranger et ouvrir les portes comme bon lui semblait ?

Après coup, la réponse est simple mais sur le moment je n'ai pas compris ce qui était en train de se tramer.

J'avais à peine franchi le seuil que la porte a claqué derrière moi et qu'elle a été verrouillée de l'extérieur.

– Franchement désolé, a dit la voix de Geoff de l'autre côté de la porte. La proposition qu'on m'a faite était bien trop alléchante. Les très grosses sommes d'argent sont difficiles à refuser. Et je suis certain que tu te débrouilleras très bien toute seule ! *So long.*

J'ai d'abord cru que Geoff plaisantait, persuadée qu'il n'allait pas tarder à ouvrir la porte. Mais j'ai entendu ses pas s'éloigner.

Une demi-heure plus tard, quand le *Malabar Star* a largué les amarres, j'étais toujours enfermée dans la cabine du second mécanicien. J'avais beau cogner à la porte, rien n'y faisait. Personne ne venait m'ouvrir.

À travers le hublot, j'ai vu que nous passions lentement devant des alignements de bateaux à vapeur et de voiliers arabes aux grands mâts. Pour finir, nous avons contourné la jetée et sommes sortis sur l'océan Indien.

J'ai immédiatement remarqué que le *Malabar Star* mettait le cap vers le nord.

Cochin se situe au sud de Bombay !

Nous partions dans la direction opposée !

J'ai donné des coups de pied dans les murs et je me suis jetée contre la porte jusqu'à épuisement. Désespérée, je me suis blottie dans un coin de la cabine. C'était un vrai cauchemar. Je n'y comprenais rien.

Au bout d'un moment, j'ai entendu la clé tourner dans la serrure. La porte s'est ouverte. Je n'ai même pas eu le temps de me lever que j'ai vu un revolver pointé sur moi.

– Reste calme, a dit mister Wilkins. Le directeur Thursgood ne serait pas content si je te tuais.

CHAPITRE 37
Malabar Star

Geoff m'avait vendue.

Il avait aidé mister Wilkins à me tendre un piège pour de l'argent.

Tout en gardant le revolver pointé sur ma poitrine, mister Wilkins m'a raconté ce qui s'était passé :

– Tu n'as donc rien compris ? Quand le chameau a perdu sa troisième bosse, il n'avait plus aucune valeur. C'était une catastrophe ! En revanche, il y avait toi ! Un singe joueur d'échecs. Presque trop beau pour être vrai ! Un cadeau parfait pour le maharadja de Bhapur !

Son visage transpirant s'est fendu en un large sourire de satisfaction. Mister Wilkins a poursuivi son histoire d'une voix enjouée mais je ne l'écoutais plus. Je me suis effondrée sur le sol de la cabine, les bras autour de ma tête. Mister Wilkins a alors cessé de rire.

– Je t'apporterai à manger dans quelques heures, a-t-il dit d'une voix sévère. À condition que tu sois calme et gentille.

Il est sorti de la cabine à reculons et il a verrouillé la porte.

Le voyage à bord du *Malabar Star* a duré à peine trois jours. J'ai passé la première journée allongée par terre. Il y avait une couchette dans la cabine mais je n'ai même pas eu l'idée de m'en servir. Plus rien n'avait d'importance. J'avais la sensation de m'enfoncer dans un trou noir. Ma tête était vide et bourdonnante, je n'arrivais plus à réfléchir.

Mister Wilkins est venu me voir à plusieurs reprises. Au début, il était énervé parce que je n'avais pas touché à la nourriture qu'il m'avait apportée.

– Je te trouve ingrate, m'a-t-il lancé d'un ton vexé. Seuls les animaux les plus rares et les plus précieux sont acceptés dans le zoo du maharadja. Tu devrais être fière et honorée au lieu de faire la tête.

Dans l'après-midi, comme je n'avais toujours pas bougé, il a commencé à s'inquiéter mais n'a pas osé s'approcher de moi. Il est resté dans l'embrasure de la porte. Je l'ai entendu parler tout seul :

– C'est pas possible ! D'abord des problèmes avec le chameau et maintenant avec le singe ! C'est une malédiction !

Pourquoi j'ai une telle poisse ? Et que va dire le directeur… ?

Le soir, le bourdonnement dans ma tête a cessé. Je me suis redressée pour réfléchir. Il fallait que je me ressaisisse. J'ai d'abord pensé à Geoff et à ce qu'il m'avait fait. Je n'arrivais pas à y croire.

Puis j'ai pensé au Chef. Je savais à quel point il devait être inquiet depuis qu'Ana lui avait appris que j'étais partie toute seule en Inde. J'imaginais qu'il lui écrivait toutes les semaines pour lui demander si elle avait eu de mes nouvelles. Et qu'elle était obligée de lui répondre qu'elle n'avait eu aucun signe de vie de moi. Que j'avais disparu. Mes amis finiraient par me croire morte. Le Chef devait être malade de chagrin. Comment pourraient-ils deviner que je n'allais pas tarder à être enfermée dans le zoo d'un maharadja ?

Un grand désespoir m'a submergée. Je me suis de nouveau effondrée par terre.

Tard dans la soirée, mister Wilkins est revenu. Sa patience avait atteint ses limites.

– Allez, singe, ressaisis-toi ! a-t-il crié d'une voix étranglée de colère. Si tu veux qu'on t'offre au maharadja, il faut que tu sois en bonne santé, joyeuse et coopérative. Sinon… (Ses yeux ont noirci derrière ses lunettes.) …sinon ça va mal se passer. Très mal.

Mister Wilkins a mis son doigt sur la gâchette de son revolver et m'a visée. Il avait certainement envie d'appuyer mais il ne l'a pas fait. Il a glissé l'arme dans sa ceinture avant de quitter la cabine en claquant la porte.

J'ai dû m'endormir dans la nuit. Quand je me suis réveillée, le jour commençait à poindre. Le bateau se balançait tranquillement au gré des vagues. Le bruit sourd et familier de la machine à vapeur me rassurait. J'avais rêvé que je dormais sur ma couchette dans le *Hudson Queen* et que le Chef était à la barre. C'était un rêve merveilleux. J'ai fermé les yeux pour essayer de le retrouver.

Impossible. J'étais là, par terre dans cette cabine horrible, les yeux plongés dans la pénombre du jour naissant. Mon corps était endolori à force d'être couché sur ce sol dur. Au bout d'un moment, je me suis levée pour m'allonger sur la couchette.

Soudain, une idée m'a frappée : Ana et signore Fidardo allaient certainement tenter de savoir ce qui m'était arrivé. Ils savaient que j'étais partie en Inde à bord du *Song of Limerick*. Tôt ou tard, ils contacteraient le capitaine Anderson qui leur apprendrait que j'avais l'intention de prendre un autre bateau pour continuer mon voyage de Bombay à Cochin. Mais mes traces s'arrêteraient là.

Je me suis redressée sur la couchette. Dans la poche intérieure de ma salopette, j'ai attrapé mon certificat de travail et les quinze billets qu'il m'avait donnés. Quelle chance que mister Wilkins n'ait pas eu l'idée de me fouiller ! Ce certificat serait peut-être mon salut. Il y était écrit en toutes lettres que personne n'avait le droit de me faire du mal !

Mais à qui le montrer ?

À mister Wilkins ?

Il le jetterait dans la mer en se moquant de moi. Le directeur

Thursgood se ficherait, lui aussi, de ce qu'avait écrit le capitaine Anderson.

Mon espoir s'est évanoui. Mais quelques secondes plus tard, une autre idée m'est venue. Ce certificat allait peut-être quand même m'être utile. De ma poche arrière, j'ai sorti le crayon que j'avais sur moi en permanence avec un chiffon et une petite clé à molette.

Au verso du certificat j'ai tracé avec de grosses lettres :

Je suis arrivée à Bombay à bord du Song of Limerick. *Un homme d'équipage qui s'appelle Geoff Gerrard m'a entraînée dans un piège. Il m'a vendue à un directeur anglais. Le directeur se nomme Thursgood. Il va m'offrir en cadeau au maharadja de Bhapur qui me mettra dans son zoo. Je serai enfermée dans une cage. Aidez-moi ! S. J.*

Sur l'enveloppe j'ai écrit les noms et l'adresse d'Ana et de Signore Fidardo. J'ai remis le certificat dedans et l'ai glissée avec les billets dans la doublure de ma casquette.

Mister Wilkins allait continuer à me surveiller de près. Jamais je n'aurais la possibilité de m'enfuir au cours du voyage pour Bhapur, j'en étais à peu près certaine. Mais je trouverais peut-être l'occasion de confier l'enveloppe à quelqu'un qui pourrait la mettre à la poste. Quinze livres devraient largement suffire pour acheter un timbre et récompenser celui qui accepterait de m'aider.

Maintenant que j'avais un plan, un petit espoir a commencé à poindre dans ma poitrine. J'avais soudain faim et je suis allée chercher les sandwichs et la bouteille de lait que mister Wilkins avait déposés devant ma porte la veille.

Un peu plus tard, quand mister Wilkins est venu m'apporter mon déjeuner, il a été fou de joie en voyant que j'avais mangé et que j'étais debout.

– Je savais que tu finirais par entendre raison ! Geoff m'a bien dit que tu étais un singe intelligent !

La journée avançait avec une lenteur insupportable. De l'autre côté du petit hublot de la cabine, je ne voyais que la mer. Nous étions donc loin de la côte mais grâce au mouvement du soleil dans le ciel, j'ai pu en conclure que nous nous dirigions vers le nord-ouest en suivant la côte indienne à distance.

À part manger ce que mister Wilkins m'apportait, je n'avais rien à faire. Il est difficile de garder courage quand on est seul. Je m'efforçais d'écarter Geoff de ma tête, mais je ne pouvais pas m'empêcher de le revoir adossé au bastingage avec mister Wilkins quelques jours avant notre arrivée à Bombay. C'était sans doute à ce moment-là qu'ils s'étaient mis d'accord sur la manière dont ils allaient m'entraîner dans ce piège. À présent, je comprenais aussi comment mister Wilkins avait réussi à calmer le directeur Thursgood sur le quai. Il lui avait parlé de moi, bien sûr, le singe joueur d'échecs.

Si j'avais su !

Être dupé n'est pas drôle, mais être trahi par quelqu'un qu'on considère comme un ami est affreux. J'ai compris que je ne connaissais pas Geoff. Il est d'ailleurs possible que personne à bord du *Song of Limerick* ne le connaisse vraiment, bien que tout le monde le prenne pour un ami. C'était à la fois terrifiant et triste.

J'ai aussi repensé à Paddy O'Connor. Tout compte fait, ce n'était peut-être pas lui qui m'avait vendue au commissaire Garretta à Lisbonne. Paddy avait assuré qu'il avait trouvé les dix livres dans une boîte cachée dans la salle des machines. C'était peut-être vrai. La boîte pouvait très bien appartenir à Geoff. Ce même Geoff qui m'avait vendue à Bombay. Il se peut que ce soit lui qui m'ait aussi vendue à Lisbonne.

Je ne connaîtrais probablement jamais la vérité.

CHAPITRE 38
Karachi

Le matin du troisième jour, j'ai vu la terre à tribord. Une côte basse en pente douce. La couleur de l'eau tirait sur le marron, comme dans le delta d'un fleuve. Où allions-nous ?

Quand mister Wilkins m'a apporté le pain de mon petit déjeuner, il avait un morceau de tissu coloré pendu à son bras. Il a posé l'assiette avec le pain par terre et a ensuite lancé le tissu sur la couchette tout en me visant avec son revolver.

Le tissu s'est révélé être une sorte de chemise. Il y avait aussi un petit chapeau rond cylindrique agrémenté d'un pompon.

275

– Maintenant change-toi, m'a ordonné mister Wilkins. Je vais m'occuper de ta salopette et de ta casquette. Ces loques ne te serviront plus.

Toujours assise sur la couchette, j'ai lentement fait non de la tête. Dans la casquette il y avait la lettre et l'argent. Il était exclu que je la lui donne.

– Allez, ne complique pas les choses, s'est énervé mister Wilkins. On ira bientôt voir le directeur Thursgood et je tiens à ce que tu sois présentable. Allez, dépêche-toi, change de vêtements ! Tout de suite !

J'ai de nouveau fait non de la tête.

Des taches rouges ont éclaté sur les joues pâles de mister Wilkins. Il était stressé, ça se voyait. Il craignait probablement que je ne fasse pas bonne impression auprès du directeur Thursgood.

– Qu'est-ce que tu as ? a-t-il sifflé entre ses dents. Tu ne veux pas te changer en ma présence ? C'est ça ton problème ?

J'ai réfléchi un instant, puis j'ai hoché la tête.

Mister Wilkins a éclaté d'un rire rauque et sans joie.

– Doux Jésus, a-t-il dit. Je suis zoologue ! J'ai déjà vu des singes nus. Mais à la bonne heure, comme tu voudras. Je reviens dans dix minutes et alors il faudra que tu te sois changée. Compris ?

Dès que mister Wilkins est sorti de la cabine, j'ai regardé mes nouveaux vêtements de près. J'avais de la chance. Le chapeau cylindrique était fait de deux bouts de tissu amidonné montés autour d'une structure en carton. En retournant le chapeau, j'ai pu glisser l'enveloppe et les billets entre le carton et la doublure. Le chapeau s'est légèrement déformé mais j'ai eu le temps de le lisser et aussi d'enfiler la chemise, avant le retour de mister Wilkins.

Dans l'après-midi, quand le *Malabar Star* a accosté, j'ignorais toujours où nous nous trouvions. Il n'y avait pas la moindre trace d'une ville, je ne voyais qu'un port avec des grues, des rails de chemin de fer, des entrepôts et de larges quais recouverts de planches.

Des heures se sont écoulées sans que rien ne se passe. Ce n'est qu'après la tombée de la nuit que mister Wilkins est venu me chercher. Il m'a mis des menottes et m'a conduite jusqu'à une voiture qui attendait sur le quai. Nous sommes montés sur la banquette arrière. Mister Wilkins exhalait une forte odeur de transpiration et ne cessait de remonter ses lunettes sur son nez.

La voiture roulait sur une large route qui longeait les rails du chemin de fer. Un air chaud et humide s'engouffrait par les vitres baissées. Au bout d'un moment, des maisons sont apparues par-ci par-là le long de la route. Elles devenaient progressivement de plus en plus grandes et de plus en plus nombreuses. Des feux étaient allumés aux croisements des rues. Des promeneurs nocturnes se devinaient dans la pénombre. Nos phares se reflétaient parfois dans leurs yeux.

La voiture s'est arrêtée devant une gare. Deux porteurs se sont aussitôt précipités pour se charger du bagage de mister Wilkins. Sur le mur au-dessus de l'entrée j'ai lu *Karachi Cantonment Railway Station*. Nous étions donc toujours en Inde. Dans la ville de Karachi.

Il y avait un train à quai. Un jeune homme avec une moustache rousse et un casque colonial sur la tête nous a salués de loin en nous voyant. Il a ensuite serré la main de mister Wilkins et m'a jeté un regard amusé et hautain.

– Tiens, tiens, voici le cadeau du maharadja. Celui dont dépend le projet de diamants, a-t-il dit. Le directeur Thursgood vous attend. Pourvu que le singe corresponde à tes promesses, Wilkins. Je l'espère sincèrement, surtout pour toi, *old boy*.

Plus tard j'ai appris que l'homme à la moustache rousse se nommait Slycombe et était le secrétaire du directeur Thursgood.

– Le directeur a réservé trois wagons entiers, a expliqué Slycombe avec satisfaction. Un pour lui et pour moi, un pour le staff et un où se tiendront nos réunions. Toi, tu disposeras d'un compartiment pour toi et le singe, Wilkins. Sympathique, non ?

Mister Wilkins ne semblait plus l'écouter. Il tremblait d'inquiétude et a murmuré une réponse inaudible.

Mister Slycombe nous a précédés vers un des wagons dont il a ouvert la portière. Il nous a invités à monter les premiers.

Le wagon était meublé de gros fauteuils en cuir posés sur des tapis d'Orient. Le directeur Thursgood était assis dans un des fauteuils. Il portait une élégante veste d'intérieur en soie et des chaussures de soirée avec des pompons. Dans une main il tenait un verre de cognac et dans l'autre un cigare. Une volute de fumée montait vers les ventilateurs qui tournaient lentement au plafond. Le directeur ne faisait pas attention à mister Wilkins, en revanche il ne me lâchait pas des yeux. Nos regards se sont croisés. Il y avait du scepticisme dans les siens.

– Je dois avouer que jusqu'à présent je ne suis pas particulièrement impressionné, Wilkins, a-t-il dit. Je ne vois qu'un singe ordinaire. Et ridiculement accoutré de surcroît.

– Je suis désolé, sir, je n'ai rien trouvé d'autre à lui mettre. Nous étions un peu pressés à Bombay, comme vous le…

Le directeur l'a fait taire d'un geste de la main.

– Slycombe ! a-t-il appelé. La table d'échecs !

Mister Slycombe a disparu derrière une porte au bout du wagon pour revenir avec une petite table qui avait un échiquier intégré à sa surface. Il l'a posée devant le fauteuil du directeur Thursgood et a ensuite installé les pièces dans leur position de départ.

– Et voilà, Wilkins, a dit Thursgood. Le moment est venu !

Avec des mains moites et maladroites, mister Wilkins a défait mes menottes avant de me conduire vers la table. En même temps il m'a soufflé à l'oreille :

– Je te conseille de faire de ton mieux.

Le directeur Thursgood m'a fait signe de commencer. J'avais très envie de faire semblant de ne pas comprendre mais ça aurait probablement signifié la fin pour moi. J'ai donc ouvert le jeu en déplaçant un pion. Le directeur a répondu en avançant un cavalier.

Quand nous avions fait une dizaine de coups chacun, le directeur Thursgood s'est levé. Il m'a regardée avec satisfaction en tirant sur son cigare. Puis il s'est tourné vers mister Wilkins.

– Ça suffit comme ça. Je suis satisfait. Le singe est un animal étonnant. Le maharadja sera enchanté. Bon travail, mister Wilkins ! *Well done !*

Les yeux de mister Wilkins étaient embués d'émotion. J'avais peur qu'il s'écroule de soulagement.

CHAPITRE 39
L'employé de la gare de Jodhpur

Une heure plus tard, quand le train a quitté la gare, j'étais enchaînée aux barreaux de la fenêtre dans le petit compartiment que je partageais avec mister Wilkins qui, lui, était parti dîner dans le wagon-restaurant.

Sur le mur à côté de la porte était accrochée une grande affiche publicitaire pour la compagnie des chemins de fer *Great Indian Peninsula Railway Company*. Elle était belle et représentait une carte très détaillée de l'Inde britannique. En cherchant Bhapur du regard, j'ai fini par la retrouver.

La petite principauté se situait tout en haut de la carte, au pied de la chaîne de montagnes de l'Himalaya dans la partie de l'Inde qu'on nomme le Pendjab.

Entre Karachi et Bhapur il devait y avoir environ 1 200 kilomètres. J'ai fait un calcul rapide. Si le train roulait à une vitesse de cinquante kilomètres à l'heure, nous arriverions à destination dans vingt-quatre heures… Dans ce cas, il me restait seulement une journée pour trouver quelqu'un qui pourrait mettre à la poste la lettre que j'avais écrite à Ana et signore Fidardo. Mais comment faire ? J'étais enchaînée et enfermée. Le peu d'espoir que j'avais réussi à rassembler s'est vite envolé.

À l'approche de la nuit, un employé vêtu de l'uniforme jaune de la compagnie des chemins de fer est venu abaisser deux couchettes au-dessus des banquettes du compartiment. Avant de se coucher, mister Wilkins a raccourci la chaîne entre mes menottes et les barreaux. Je n'ai d'abord pas compris pourquoi. Plus tard si. Il voulait être certain que je n'arrive pas à atteindre sa couchette, sans doute par crainte de se faire attaquer pendant son sommeil. C'était probablement aussi la raison pour laquelle il a glissé son revolver sous son oreiller.

Cette nuit-là, je n'ai pas réussi à fermer l'œil. Le désespoir qui rongeait ma poitrine m'empêchait de dormir. En plus, mister Wilkins ronflait terriblement. Pire qu'un hippopotame. J'ai déjà entendu des hippopotames dormir dans la jungle et je sais de quoi je parle.

Le train avançait moins vite que je ne l'avais prévu. Au petit matin, il s'est immobilisé un long moment. En fin de matinée on était seulement arrivés à la ville de Hyderabad. J'ai alors compris que le voyage pour Bhapur durerait bien plus longtemps que vingt-quatre heures. Une semaine paraissait plus probable.

C'était bien. J'avais besoin de temps.

La gare de Hyderabad était bondée, les gens criaient et se bousculaient. À peine notre train s'était-il arrêté que toutes sortes de vendeurs ambulants se sont précipités sous nos fenêtres pour montrer leurs marchandises : des tissus, des fruits, des gobelets de thé brûlant, des oiseaux en cage, des fleurs, des images de divinités et toutes sortes de friandises.

Les marchands et les voyageurs s'échangeaient des produits et des billets de banque à travers les barreaux des fenêtres. Mister Wilkins a acheté cinq gâteaux dégoulinants de graisse, saupoudrés de sucre et fourrés d'une pâte collante. Il en a mangé trois d'un coup. En même temps, il me regardait avec une expression que je n'arrivais pas à interpréter. Elle n'était pas hostile. Plutôt un peu honteuse.

Après avoir léché le sucre sur ses doigts, il m'a dit :

– Je retourne au wagon-restaurant. Ça ne te gêne pas ?

Je n'ai pas compris ce qu'il voulait dire.

– Je ne veux pas que tu te sentes seule, a-t-il expliqué d'une voix douceâtre. Tu te sentirais seule si j'allais passer un moment dans le wagon-restaurant ?

J'ai fait non de la tête. Moins je l'avais devant moi, mieux je me portais.

Il m'a adressé un sourire affecté en poussant les deux gâteaux restants vers moi.

– Tiens, c'est pour toi. Je les ai gardés pour toi. Je ne veux pas que tu me prennes pour quelqu'un de méchant. Car je ne le suis pas, tu comprends ? Je sais que tu seras très bien à Bhapur. Sinon je n'aurais jamais accepté que le directeur Thursgood t'offre au maharadja. Tu me crois, n'est-ce pas ?

Je n'ai pas bougé.

Mister Wilkins m'a de nouveau souri.

– Je ne nie pas que le directeur Thursgood va très bien me payer. Il faut bien vivre. Tu n'es pas d'accord ? Mais sache que ce n'est pas seulement pour l'argent que je le fais. Non ! C'est aussi pour toi ! Tu seras bien à Bhapur. Je sais que c'est un milieu qui te conviendra beaucoup mieux que les salles des machines crasseuses !

Mister Wilkins a poussé les gâteaux encore plus près de moi.

– Prends-en un ! Ils sont bons. Assez chers aussi. Ce n'est pas à tous les singes qu'on offre des délices pareilles.

Je n'ai toujours pas bougé.

Les yeux de mister Wilkins se sont étrécis.

– Ne sois pas ridicule. Prends un gâteau. Montre-moi qu'on est amis.

J'aurais dû prendre un gâteau pour que mister Wilkins garde sa bonne humeur. Mais j'en étais incapable. Je me suis tournée vers la fenêtre. Ce qu'il n'a pas supporté. Il a brutalement attrapé les gâteaux et les a balancés dehors.

– Je suis bien trop gentil, a-t-il sifflé. C'est mon problème. Stupide aussi. Comment ai-je pu imaginer que tu comprendrais pourquoi j'ai fait ce que j'ai fait ? Tu n'es qu'un singe !

Il a couru vers le wagon-restaurant.

Mister Wilkins n'a pas regagné le compartiment de la journée. Ça m'arrangeait. J'avais besoin d'être seule pour réfléchir. L'arrêt à Hyderabad m'avait donné une idée :

Il serait peut-être possible de profiter d'un moment où le train était arrêté à une gare pour confier la lettre et l'argent à quelqu'un sur le quai !

J'ai regardé la carte. La prochaine grande ville sur la ligne était Jodhpur au Rajasthan. Suivaient Jaipur, Alwar, Delhi et Ambala. Et entre chaque grande ville, il y en avait probablement aussi des petites. À un moment ou un autre, je trouverais bien une occasion pour passer la lettre par la fenêtre à une personne qui m'inspirait confiance. À condition que mister Wilkins ne se trouve pas dans les parages à ce moment-là. Pour moi c'était une chance qu'il se plaise autant dans le wagon-restaurant.

Un petit espoir est revenu.

Le paysage de l'autre côté de la fenêtre était plat et sec. Plus nous avancions vers l'est, plus il devenait désertique. Du sable, des cailloux, des petits buissons épineux à perte de vue. De temps en temps, j'apercevais des caravanes de chameaux au loin.

Tard dans l'après-midi, nous sommes arrivés dans une petite ville qui s'appelait Barmer. Quand le train a commencé à ralentir, j'ai senti mon pouls se mettre à battre plus vite. J'ai enlevé mon chapeau et je l'ai mis sur mes genoux, prête à attraper l'enveloppe et l'argent.

L'occasion allait peut-être se présenter !

Mais au moment où le train entrait en gare, la porte du compartiment s'est brutalement ouverte. J'ai sursauté de frayeur. Mister Wilkins était de retour ! J'avais la sensation d'être prise en flagrant délit et j'ai retenu mon souffle. S'était-il douté de quelque chose ?

Non. Il n'en donnait pas l'impression. Je me suis remise à respirer normalement. Si mister Wilkins était revenu dans le compartiment c'était uniquement pour s'acheter d'autres friandises. J'imagine qu'il ne pouvait pas se permettre de faire commerce avec les marchands sur le quai à travers la fenêtre du wagon-restaurant.

Cette fois-ci, mister Wilkins s'est acheté un sachet de prunes et un gros morceau de pâte de fruits confits avec de la crème et saupoudré de sucre brun. Dès que le train est reparti, il a commencé à manger. Ce n'était pas beau à voir. La pâte de fruits était d'un vert cru et tremblait comme un bout de graisse lubrifiante. La crème était rance, des mouches s'y sont immédiatement agglutinées. Mister Wilkins les a chassées et a planté ses dents dans la friandise avec délectation. Il mâchait et soupirait de satisfaction. Des bouts de pâte verte se collaient dans sa barbe. Quand il a terminé la friandise, il s'est attaqué aux prunes qu'il avalait à un rythme effréné en crachant les noyaux directement dans le sac en papier. Au bout d'un moment, il a quand même montré quelques signes de saturation.

– La dernière est pour toi, a-t-il dit en tendant le sac vers moi avec un sourire. Tu l'as bien méritée !

Il s'est ensuite levé puis il est retourné au wagon-restaurant.

J'ai jeté un œil dans le sac. Parmi les noyaux poisseux, il restait une petite prune solitaire. J'ai lancé le tout par la fenêtre.

Le fait que mister Wilkins aime tant les sucreries vendues sur le quai m'inquiétait beaucoup. S'il continuait à s'approvisionner à chaque gare, mes projets seraient fichus.

Mais je me suis inquiétée pour rien. Dans la nuit qui a suivi, mister Wilkins a été pris de violentes nausées. Je l'ai entendu gémir avant de se précipiter aux toilettes dans le couloir.

C'est un mal que nous ne connaissons pas, nous les gorilles. Il est possible que nous soyons moins sensibles aux bactéries que les humains. Il est possible aussi que nous ne soyons pas suffisamment stupides pour manger des sucreries avariées vendues par des camelots indiens. Pendant toute la matinée, mister Wilkins n'a pas cessé de faires des allers-retours entre son lit et les toilettes qui jouxtaient notre cabine. Pour une fois j'ai regretté d'avoir l'ouïe aussi fine.

Vers neuf heures, le train s'est arrêté à Jodphur. Mister Wilkins se trouvait alors aux toilettes. Moi, je me tenais prête avec l'argent et la lettre sur les genoux. J'avais mis un drap autour de ma tête, seuls mes yeux étaient visibles. Au cours du voyage, j'avais vu des femmes vêtues comme ça.

Les vendeurs se bousculaient en vociférant sur le quai. Ils soulevaient leurs produits jusqu'à ma fenêtre. Mais je ne voyais personne parmi eux qui m'inspire suffisamment confiance pour que je lui confie ma lettre. Soudain j'ai vu passer un employé de la gare. Il s'est arrêté en me tournant le dos. Je lui ai donné une tape rapide sur l'épaule puis j'ai aussitôt retiré ma main. L'homme s'est retourné. Il avait un visage rond, des yeux gentils et il était rasé de près.

– Oui, Madame ? a-t-il dit en plissant les yeux pour parvenir à me voir dans la pénombre du compartiment.

Je lui ai tendu l'enveloppe à travers les barreaux, il l'a prise l'air hésitant.

– Bien…, a-t-il dit en lisant l'adresse sur l'enveloppe. Vous voulez que je la mette à la poste ?

J'ai hoché la tête.

– Mais elle n'est pas affranchie et je vois qu'elle est pour l'Europe. Ça risque de coûter cher.

Je lui ai vite tendu les billets tout en m'efforçant de ne pas lui montrer mes doigts poilus.

Il a jeté un regard étonné sur l'argent.

– C'est beaucoup trop, Madame. Un seul billet est largement suffisant.

Au même moment, une secousse a parcouru le wagon et le train a démarré. L'employé de la gare a voulu me rendre quelques billets mais j'ai refusé de les prendre d'un signe de tête. Quelques secondes plus tard, nous nous sommes perdus de vue.

Et voilà. C'était fait. Quand la tension a lâché, je tremblais de tous mes membres. Ma poitrine s'est gonflée de bonheur. J'avais réussi !

Un petit moment plus tard, mister Wilkins est revenu dans le compartiment d'un pas chancelant. La sueur perlait sur son front et son visage était plus blanc que le drap avec lequel j'avais entouré ma tête tout à l'heure. À peine était-il entré dans le compartiment qu'il s'est arrêté, les yeux écarquillés. Puis il a fait marche arrière et s'est de nouveau précipité vers les toilettes.

Maintenant, après coup, je sais qu'Ana et signore Fidardo n'ont jamais reçu ma lettre. J'ignore pourquoi. La distance est grande entre le Rajasthan et le Portugal. Bien des choses peuvent se produire.

Mais même si elle n'est jamais arrivée à destination, c'est quand même elle qui m'a sauvée. À ce moment-là, j'avais confiance. J'étais convaincue qu'Ana et signore Fidardo la recevraient et feraient leur possible pour m'aider. Cette conviction m'a emplie d'espoir.

Sans cet espoir je n'aurais jamais pu survivre aux mois qui ont suivi.

CHAPITRE 40
Les empêchements du maharadja

Quand le directeur Thursgood a appris que mister Wilkins était malade, il a immédiatement veillé à ce que j'aie un compartiment pour moi toute seule. Il ne voulait pas risquer que je sois contaminée. Un singe qui souffre d'une gastro ne serait pas un très bon cadeau.

Pour pouvoir me surveiller, le directeur Thursgood a demandé qu'on m'attache à une des tables du wagon où il travaillait avec son staff de *Thursgood & Thursgood Mining Company*. Celui-ci se composait de spécialistes dans différents domaines. Tous avec un titre prestigieux tel qu'ingénieur en chef, directeur financier ou professeur. Leur rôle était de persuader le maharadja qu'il avait tout intérêt à accepter la proposition du directeur Thursgood. Du matin au soir, ils s'entraînaient pour acquérir une attitude convaincante et développer des arguments pertinents. C'était fatiguant de les écouter.

Les jours ont passé. Nous avons laissé les déserts du Rajasthan derrière nous pour entrer dans le Pendjab. Le long du fleuve, il y avait des plantations d'arbres fruitiers et des rizières immergées.

Le sixième jour, nous avons franchi la frontière de Bhapur et seulement une heure plus tard, nous avons atteint la capitale de la principauté dont le nom était également Bhapur. Elle ressemblait à toutes les autres villes par lesquelles nous étions passés : des bâtiments de deux étages serrés les uns contre les autres le long de rues poussiéreuses. Et partout des gens et des animaux.

Le train s'est ensuite dirigé vers le nord. La gare suivante était *Sunahiri Bagh Palace*, le palais royal de Bhapur. C'est là que nous devions descendre. Le train s'est arrêté devant un palais somptueux construit dans une pierre rose étincelante. Je n'étais pas la seule à supposer qu'il s'agissait du palais du maharadja. Mais j'avais tort. Le château rose était en réalité sa gare personnelle. Sur le quai, recouvert d'une mosaïque orientale, attendait une fanfare composée d'une cinquantaine d'hommes en uniformes blancs et turbans rouges qui jouaient une marche de bienvenue dissonante. Le directeur Thursgood semblait ravi de l'accueil.

Six voitures dorées de la marque Rolls-Royce nous ont conduits de la gare au Grand Hôtel où nous allions passer la nuit. J'y avais ma propre chambre, tellement belle que j'osais à peine y entrer. Ma tête bourdonnait de toutes ces nouvelles impressions.

Mes fenêtres donnaient sur un énorme jardin à la française avec des haies, des roseraies et des jets d'eau à perte de vue. Je voyais des centaines de flamants roses au bord d'un grand étang et des employés accroupis dans les allées et devant les plates-bandes en train de tailler l'herbe avec des petits ciseaux argentés.

Au loin, *Sunahiri Bagh Palace* s'élevait majestueusement dans une brume de chaleur. Impossible de compter le nombre de tours, de voûtes, de balcons et de fenêtres.

J'ai dû m'asseoir. Tout ce luxe m'étourdissait. D'une certaine manière, il me paraissait même menaçant. Soudain j'ai été saisie d'une telle tristesse d'être éloignée du Chef que les larmes me sont montées aux yeux. Ana me manquait, elle aussi. Et signore Fidardo.

Mais en repensant à la lettre que j'avais envoyée, je me suis sentie rassurée.

Le soir, le directeur Thursgood et son staff ont fait une répétition générale dans une des nombreuses salles de l'hôtel.

– Demain ça sera l'heure de vérité, a rappelé le directeur. Voilà maintenant un an que nous nous y préparons. Si tout se déroule comme prévu, nous réussirons ! Et nous accéderons à des richesses dont d'autres ne peuvent même pas rêver !

Tout le monde l'a acclamé. Sauf moi, bien entendu.

Je n'ai jamais dormi dans un lit aussi moelleux que cette nuit-là. Le matin, j'ai dû m'aider du montant pour m'en extraire. Un domestique en pyjama de soie et turban m'a apporté un plateau gigantesque de fruits frais pour mon petit déjeuner. Je ne me rappelle pas avoir déjà mangé quelque chose d'aussi délicieux.

Quand c'était le moment de partir, mister Wilkins est venu me chercher dans ma chambre. Les six Rolls Royce qui nous attendaient devant l'hôtel nous ont conduits à travers le parc jusqu'à *Sunahiri Bagh Palace*. Vu de près, le palais était vraiment imposant.

Les voitures ont à peine eu le temps de s'arrêter que des serviteurs se sont précipités pour nous ouvrir les portières. Un homme d'un certain âge, pas très grand, aux yeux mélancoliques et à la barbe grise, descendait les marches du palais.

Il était vêtu d'un élégant costume et coiffé d'un haut-de-forme. Il s'est dirigé vers le directeur Thursgood en s'appuyant sur une canne dorée.

– Mon nom est Sardar Bahadur, a-t-il dit en s'inclinant. Je suis le premier ministre et le premier conseiller du maharadja. Son Altesse Sérénissime le maharadja m'a chargé de vous souhaiter la bienvenue à Bhapur, Monsieur le directeur Thursgood. Il se réjouit à l'idée de faire bientôt votre connaissance.

– Je me réjouis également à l'idée de faire la connaissance de Son Altesse Sérénissime ! a répliqué le directeur Thursgood en lui tendant la main. C'est un grand honneur pour moi !

Le dîwân a serré la main du directeur Thursgood en ajoutant :

– Malheureusement il ne lui sera pas possible de vous recevoir aujourd'hui. Hier, Son Altesse Sérénissime a joué au cricket et il souffre d'affreuses courbatures. J'ai réservé un rendez-vous pour vous à quatre heures et quart demain après-midi.

Le directeur Thursgood a ouvert et fermé la bouche plusieurs fois à la recherche d'une réponse.

– Au plaisir, a dit le dîwân en s'inclinant de nouveau avant de retourner dans le palais.

L'air penaud, le directeur est resté planté là. Puis il s'est ressaisi et a dit sur un ton qu'il voulait léger :

– Très bien. Nous aurons ainsi un jour de plus pour nous préparer. Ça ne nous fera pas de mal !

La caravane de Rolls-Royce dorées a fait demi-tour pour retourner au Bhapur Grand Hôtel.

Le soir, il y a eu une nouvelle répétition générale. L'ambiance était plutôt morose.

Le lendemain, nous avons refait le bref voyage en voiture jusqu'au palais du maharadja. Le directeur Thursgood a de nouveau été accueilli par le dîwân Sardar Bahadur en bas des marches du palais. Une profonde ride d'inquiétude creusait le front du vieil homme.

– Le maharadja se voit hélas de nouveau empêché de vous recevoir, a-t-il dit en s'inclinant. Les astrologues de la cour ont déconseillé à Son Altesse Sérénissime de participer à des réunions, quelles qu'elles soient aujourd'hui. J'ai réservé un nouveau rendez-vous pour vous demain à midi.

Le directeur Thursgood a failli protester mais s'en est abstenu. À la place, il s'est incliné avec raideur en disant :

– Je comprends. Cela nous permettra de profiter de l'extraordinaire générosité du maharadja un jour de plus.

À onze heures et demie le lendemain, nous sommes retournés au palais. Cette fois, le directeur Thursgood n'a plus réussi à cacher son irritation lorsque le dîwân a expliqué que le maharadja était malheureusement occupé et dans l'impossibilité de recevoir de la visite. Le maharadja souffrait d'une céphalée après les festivités organisées la veille pour l'anniversaire d'une de ses épouses préférées.

– Son Altesse Sérénissime vous recevra demain à trois heures, Monsieur le directeur Thursgood, a été l'unique réponse du dîwân Sardar Bahadur aux questions furieuses du directeur.

Deux semaines plus tard, le directeur Thursgood et son staff d'experts n'avaient toujours pas été reçus par le maharadja. En revanche, ils avaient eu toutes sortes d'explications possibles et imaginables au report du rendez-vous.

Le maharadja se préparait tantôt pour une chasse aux tigres, était tantôt occupé par une partie de bridge particulièrement palpitante avec une de ses épouses. Tantôt il était constipé pour avoir trop mangé, tantôt il se sentait faible pour ne pas avoir assez mangé. Certains jours, il était de mauvaise humeur à cause du temps ou parce qu'un de ses vêtements lui écorchait la peau, d'autres jours, il était indisposé de façon générale.

L'ambiance autour du directeur Thursgood n'était pourtant pas si mauvaise. Les ingénieurs, les professeurs et les autres membres de son staff ne voyaient pas d'un si mauvais œil que leur séjour à l'élégant hôtel se prolonge. Quant à moi, je passais mes journées enchaînée sous un parasol sur la terrasse en marbre avec vue sur le parc du maharadja.

Sur cette terrasse, les clients de l'hôtel avaient à leur disposition un buffet débordant de choses délicieuses. Le staff du directeur Thursgood s'appliquait à avaler tout ce qu'il pouvait. Le pire goinfre était bien évidemment mister Wilkins qui avait déjà repris le quintuple du poids qu'il avait perdu lors de sa gastro. Les rares fois où il faisait une brève promenade dans le parc, il était suivi par un serviteur qui poussait une table roulante chargée de whisky-soda.

Le seul à souffrir véritablement de l'attente prolongée du maharadja était le directeur Thursgood.

Il dépérissait littéralement de colère et d'humiliation.

Vingt et un jours de suite, nous nous sommes présentés devant le palais du maharadja pour revenir bredouilles à chaque fois. Le vingt-deuxième jour, un mardi fin février, le dîwân Sardar Bahadur nous a fait la surprise de nous annoncer que le maharadja était prêt à recevoir le directeur Thursgood et son staff.

CHAPITRE 41
Audience dans la salle Durbar

Le dîwân nous a précédés pour nous montrer le chemin.
Le faste du palais était incroyable. Où que nous tournions le
regard, nous voyions de l'or, de l'argent et du marbre blanc.
J'entendais les hommes du directeur Thursgood commen-
ter à voix basse les statues et les tableaux anciens dans les
salles que nous traversions. Chaque objet devait valoir une
fortune.

Nous avons fini par nous trouver devant une grande porte
à deux battants surveillée par deux soldats à l'air sévère et

armés de sabres. Ils ont ouvert les deux battants et nous ont fait entrer dans une énorme salle voûtée très haute de plafond. Plus tard, j'ai appris qu'il s'agissait de la salle Durbar. C'était ici que le maharadja recevait ses visiteurs et célébrait les différentes fêtes. Huit lustres en cristal, chacun faisant le double de la taille de la timonerie du *Hudson Queen*, inondaient la salle de lumière. Environ deux cents peaux de tigre étaient posées par terre, en cercle, les têtes tournées vers un trône en or sur lequel était assis le maharadja de Bhapur. Un vêtement en soie lui descendait jusqu'aux pieds et son turban était incrusté de pierres précieuses de toutes les couleurs.

Le maharadja nous regardait avec des yeux indolents derrière des paupières lourdes et sombres tout en tournant entre ses doigts les bouts de sa moustache taillée avec soin.

– Soyez le bienvenu, mister Thursgood, a-t-il dit d'une voix traînante sans se lever. Je suis désolé de vous avoir fait attendre. En tant que chef d'État, j'ai de nombreuses obligations, ce que vous comprenez, j'en suis certain. Le temps dont je dispose n'est pas suffisant, tout simplement.

J'ai vu un sourire furtif se dessiner au coin de la bouche du dîwân Sardar Bahadur. Celui-ci nous a fait signe de prendre place sur les chaises installées devant le trône du maharadja.

Le directeur Thursgood, lui, est resté debout.

– Votre Altesse Sérénissime n'a pas à être désolée, a-t-il dit en s'inclinant tellement que j'ai eu peur qu'il perde l'équilibre et tombe en avant. Je vous serai éternellement reconnaissant du merveilleux accueil que vous nous avez réservé ici à Bhapur. C'est pour moi un grand honneur de vous rencontrer ! Il est notoire que vous êtes le premier des princes d'Inde…

C'est ainsi que le directeur Thursgood a commencé le discours qu'il avait soigneusement préparé pour le maharadja et qui a duré une vingtaine de minutes. Le directeur a conclu en faisant une rapide description de l'accord commercial qu'il était venu proposer.

Pour finir il a dit :

– Je vais maintenant laisser la parole à mes collaborateurs qui vous présenteront en détail le projet de diamant. Mais avant cela, permettez-moi de vous offrir un modeste cadeau.

Thursgood m'a désignée du doigt.

– Voici Sally Jones, Votre Altesse Sérénissime, le gorille joueur d'échecs. J'ose prétendre qu'il s'agit d'un animal tout à fait exceptionnel. Avec votre permission je vous ferai une petite démonstration de ce dont cet étonnant singe est capable.

– Avec plaisir, Monsieur le directeur, a répondu le maharadja en étouffant un bâillement.

Tout avait été soigneusement répété. Mister Wilkins a installé deux chaises pliantes et une petite table d'échecs devant le trône du maharadja. Le directeur Thursgood s'est assis sur une des chaises et moi sur l'autre. Puis nous avons commencé la partie.

Le maharadja qui avait eu l'air de s'ennuyer mortellement au cours du discours long et servile de Thursgood s'est soudain réveillé. Il s'est penché pour suivre le jeu avec curiosité.

Après une dizaine de coups, le directeur Thursgood s'est levé, un sourire satisfait aux lèvres :

– Vous avez pu constater vous-même, Votre Altesse Sérénissime, que ce singe est absolument exceptionnel. Il est à vous ! Je vous en prie !

Thursgood s'est incliné et a ensuite fait signe à mister Wilkins d'enlever le jeu d'échecs pour laisser la place au discours des géologues concernant l'extraction des diamants. Le maharadja l'en a empêché :

– Mais que faites-vous, mister Thursgood ? Rasseyez-vous. La partie n'est pas encore terminée.

Le directeur Thursgood s'est tu et a laissé échapper un petit rire hésitant.

– Je ne vois pas ce que vous voulez dire, Votre Altesse Séré…

– Terminez la partie, a ordonné le maharadja. Je tiens à savoir qui va gagner.

Le directeur Thursgood a de nouveau ri, cette fois d'un rire forcé.

– Votre Altesse, je voulais seulement vous montrer les compétences du singe. À présent, vous savez de quoi il est capable. Ne jugez-vous pas bon de permettre à mes géologues de s'exprimer…

– Mister Thursgood, l'a interrompu le maharadja, je pense que vous ne voulez pas me voir contrarié, si ? Faites ce que je vous demande. Terminez la partie d'échecs !

Des tressaillements sur le visage du directeur Thursgood témoignaient de sa lutte intérieure. Il a finalement fait une grimace qui devait sans doute être une tentative de sourire.

– Cela va de soi, Votre Altesse Sérénissime ! Avec un très grand plaisir !

La stratégie du directeur Thursgood était facile à deviner. Son jeu, qui était plein d'assurance en vue d'une victoire rapide, n'était pas mauvais. J'avais beaucoup de mal à me sortir des pièges qu'il me tendait.

J'ai pourtant réussi à déjouer ses attaques, les unes après les autres. Il a commencé à transpirer et à se mordiller nerveusement la lèvre inférieure. Soudain c'était moi qui avais le dessus. Derrière moi j'entendais mister Wilkins respirer avec difficulté.

Sans me presser, j'ai petit à petit mis le roi blanc du directeur Thursgood en difficulté. Entre chaque déplacement, le directeur me jetait un regard à la fois furieux et implorant. Ses mains tremblaient quand il a dû sacrifier la reine.

À part la respiration de mister Wilkins, le silence était total dans la grande salle. Quand, finalement, j'ai mis le directeur Thursgood échec et mat, un murmure effrayé s'est fait entendre parmi les membres de son équipe.

Le maharadja s'est levé pour signifier que l'audience était terminée. Le directeur Thursgood s'est alors redressé en disant d'une voix épaisse :

– Mais Votre Altesse Sérénissime… Nous n'avons pas encore évoqué les diamants ! Le gisement ! Il faut que vous écoutiez ce que mes géologues ont à vous dire…

– Pas la peine, a répondu le maharadja. Je suis très honoré par votre visite et accepte avec reconnaissance votre cadeau généreux. En revanche, je n'ai pas l'intention de participer à vos projets miniers.

Le maharadja a marqué une petite pause avant d'ajouter en souriant :

– Vous comprenez bien que je ne peux pas faire affaire avec un homme qui se fait battre aux échecs par un singe !

CHAPITRE 42
Une promesse de fidélité

Un grand tumulte a éclaté quand le dîwân Sardar Bahadur
s'est approché du directeur Thursgood pour le reconduire. Le
directeur a totalement perdu les pédales. Il écumait de rage
et nous menaçait du poing, le maharadja et moi. Il a même
donné un coup de pied dans le tibia de mister Wilkins qui a
poussé un cri strident. Des gardiens accouraient de partout
mais le maharadja restait sur son trône à regarder tranquillement le spectacle. Ses lèvres voluptueuses esquissaient un
sourire qui avait quelque chose de cruel.

Quand les portes se sont refermées derrière le directeur Thursgood et son équipe, le maharadja a laissé entendre un rire long et sonore. Le dîwân semblait mal à l'aise et choqué par la situation mais il a rejoint le maharadja dans son rire.

– Votre Altesse Sérénissime, a-t-il dit quand le maharadja s'est enfin tu. Que voulez-vous que je fasse du singe ? Dois-je l'emmener à votre zoo ?

Le maharadja s'est levé. Son corps avait la forme d'un tonneau de bière. D'un pas lent, il a fait un tour autour de moi, les mains dans le dos.

– Un singe joueur d'échecs est un bon complément à ma collection d'animaux rares, s'est-il dit à lui-même. Mais je me demande si…

Il s'est posté devant moi.

– Est-ce que tu comprends ce qu'on te dit ? m'a-t-il demandé.

J'ai acquiescé en hochant la tête.

Il s'est lentement passé la main sur le menton.

– C'est vrai ? À moins que tu aies l'habitude de hocher la tête dès qu'on t'adresse la parole ?

J'ai fait non de la tête.

Le maharadja a souri mais sans paraître totalement convaincu.

– Que font quatre plus trois ? m'a-t-il demandé.

– Votre Altesse Sérénissime, est intervenu le dîwân. Je ne pense pas que l'animal sache parler…

D'un geste de la main, le maharadja a fait taire le dîwân sans me quitter du regard.

Je lui ai montré sept doigts.

Le maharadja a applaudi de satisfaction.

– C'est parfait ! Ce singe me sera d'une grande utilité ! Il sera mon nouveau valet de chambre.

Le dîwân a haussé les sourcils de surprise.

– Votre valet de chambre… ? Votre Altesse Sérénissime, un singe… Mais ce n'est pas convenable !

– Ah non ? a fait le maharadja l'air sombre. Dans ce cas, il sera le dîwân. Cela conviendrait mieux, à votre avis ?

Le dîwân a blêmi.

– Bien sûr que non, Votre Altesse Sérénissime, a-t-il balbutié. Je vous demande pardon, Votre Altesse Sérénissime. Je vais immédiatement m'occuper du côté pratique.

Le maharadja est sorti de la salle Durbar tout en sifflotant joyeusement.

Le dîwân Sardar Bahadur s'est assis sur une chaise en poussant un profond soupir. Il m'a regardée l'air soucieux en secouant lentement la tête.

– Ô juste ciel ! a-t-il marmonné. Juste ciel…

Puis il a sorti une petite clochette en argent de sa poche intérieure.

Dès qu'il l'a fait retentir, une porte s'est ouverte à l'autre bout de la salle et un serviteur en chemise bleue et turban rouge s'est précipité vers nous. Le dîwân a rapidement écrit quelques mots sur une feuille de papier qu'il a tendue au serviteur. Après avoir parcouru la feuille du regard, celui-ci s'est incliné et m'a fait signe de le suivre. Quand je me suis levée, ma tête tournait et mes jambes tremblaient au point de pouvoir à peine me porter. Tout est ensuite allé très vite.

Le serviteur m'a précédée à travers un labyrinthe de couloirs, de passages, d'escaliers, de balcons, de vérandas et de petits ponts qui enjambaient des bassins avec des carpes et des poissons rouges. Nous sommes passés par des salles à manger, des bibliothèques, des fumoirs, des galeries ouvertes sur des cours pavées avec des fontaines murmurantes et des plates-bandes luxuriantes. Partout je voyais des hommes distingués ventripotents avec des barbes fournies. Certains étaient en uniforme et portaient un tas de médailles sur la poitrine, d'autres étaient habillés pour la chasse ou le sport. Certains jouaient au billard en buvant un verre, d'autres dormaient confortablement installés dans un fauteuil.

J'étais frappée par le fait qu'il y avait exclusivement des hommes. Je ne voyais pas une seule femme.

Nous avons descendu un large escalier en colimaçon et sommes arrivés dans une salle en sous-sol où une cinquantaine d'hommes, assis par terre le dos voûté, étaient en train de coudre à la lumière de plafonniers électriques. Des tissus de toutes les couleurs possibles et imaginables étaient stockés sur des étagères qui tapissaient les murs du sol au plafond. Il s'agissait sans doute de l'atelier des tailleurs du maharadja.

Le serviteur a tendu la feuille de papier du dîwân à un des tailleurs qui a immédiatement commencé à prendre mes mesures, ce qui lui a demandé un bon moment. À plusieurs reprises, il s'est arrêté pour se gratter la tête, l'air pensif. Quand il a finalement terminé, le serviteur et moi avons repris notre promenade à travers le palais.

En arrivant à la cave, nous sommes passés par une porte en bois pour entrer dans une salle voûtée en marbre. L'air y était saturé d'une épaisse vapeur d'eau. Le domestique m'a indiqué une petite cabine et m'a fait signe de me déshabiller. Au bout de quelques minutes, deux hommes costauds, presque aussi poilus que moi et vêtus seulement de pagnes, sont venus me chercher. Ils parlaient le turc entre eux.

J'ai passé deux heures dans un bassin en pierre pendant lesquelles les deux Turcs m'ont frottée avec de l'eau tantôt brûlante tantôt glaciale. Après m'avoir lavée, ils m'ont peigné le corps entier et m'ont parfumée avec des huiles qui sentaient le jasmin et les chrysanthèmes. Tout cela était très désagréable. Jamais je n'aurais accepté ça si je n'avais pas compris que ma vie en dépendait.

À mon retour dans la cabine, j'ai vu que la chemise et le chapeau que mister Wilkins m'avait donnés avaient disparu. À la place, un pantalon vert et une longue chemise jaune, avec un petit col droit, étaient suspendus à un cintre. Les deux vêtements étaient en soie étincelante brodée de fil d'or. Des chaussons aux bouts pointus avec des boucles d'argent étaient posés par terre.

J'ai enfilé les vêtements et le serviteur m'a mis un bonnet très serré sur la tête. Autour du bonnet il a tressé un ruban de soie qui devait faire au moins cinq mètres de long. Quand il a terminé, il m'a tendu un miroir. J'ai vu mon visage surmonté d'un gigantesque turban d'un bleu chatoyant. Le serviteur m'a adressé un rapide sourire.

Le dîwân Sardar Bahadur nous attendait sur un banc dans une des nombreuses cours intérieures du palais. Il fumait un narguilé et des volutes de fumée blanche montaient lentement vers le ciel étoilé. Il était tard le soir.

D'un geste de la main il m'a demandé de m'asseoir à côté de lui. Le serviteur qui m'avait accompagnée tout l'après-midi attendait dans la pénombre sous un figuier.

Le dîwân a posé une feuille de papier entre nous. C'était une promesse de fidélité envers le maharadja.

– Tous les employés du palais doivent signer ce genre de promesse, m'a-t-il expliqué.

Il avait apporté un tampon encreur pour que je puisse déposer l'empreinte de mon pouce en guise de signature. Mais j'ai pointé du doigt le stylo qu'il avait dans la poche de sa chemise. Il me l'a tendu et j'ai signé en bas de la feuille.

– Tu es décidément un singe étonnant, Sally Jones, m'a-t-il dit l'air grave. Je te souhaite bonne chance dans ce palais.

Il a tiré sur le narguilé et j'ai vu le bout de charbon rougir dans l'obscurité. Après avoir laissé s'échapper la fumée par ses narines, il a ajouté :

– Tu en auras vraiment besoin.

Le dîwân a fait signe au serviteur d'approcher et lui a ordonné de me donner à manger et de me conduire ensuite à ma chambre.

J'étais alors tellement fatiguée que je n'ai même pas essayé de mémoriser le parcours à travers le palais. Le serviteur m'a conduite dans une salle à manger et on m'a immédiatement apporté du pain, de l'eau et un panier de fruits.

Nous avons ensuite continué jusqu'à ma chambre qui était gigantesque. Le lit était plus grand que ma cabine à bord du *Hudson Queen*. Dès que le serviteur est reparti, je me suis allongée sur l'édredon moelleux. Un lézard au plafond au-dessus de moi faisait des petits bruits. Tuk-tuk-tuk. J'ai fermé les yeux et l'ai écouté. Persuadée que ce qui s'était passé dans la journée était un rêve, je me suis endormie.

CHAPITRE 43
Le maréchal de la cour

Mes premières journées dans le palais du maharadja ont été déroutantes. Je ne savais pas ce qu'on attendait de moi et j'osais à peine quitter ma chambre de peur de me perdre dans les dédales du palais. Je passais le plus clair de mon temps à me demander si je ne ferais pas mieux de fuguer.

En soi, ça ne serait pas difficile. Il suffirait de sortir par la fenêtre la nuit et de disparaître dans le parc à l'abri de l'obscurité. Il n'y avait ni murs ni gardiens autour.

Mais quoi faire par la suite ? Cochin se situait à plus de

2 000 kilomètres au sud. Je n'avais aucune possibilité de m'y rendre seule. Et l'unique aide que je pouvais espérer était celle d'Ana et de signore Fidardo. Dans ma lettre je leur avais dit que je me trouvais chez le maharadja de Bhapur. Si je partais d'ici, ils ne pourraient pas me retrouver.

J'ai donc décidé de rester. Mais cette décision n'était pas sans risques. Je l'ai compris quelques jours plus tard, quand j'ai été appelée au bureau du maréchal de la cour.

Le maréchal de la cour était le patron des valets de chambre. Il m'a reçue assis derrière un grand bureau vide. Ses sourcils étaient plus épais que la moustache d'un homme normal. Et sa moustache rappelait la queue de deux ratons laveurs anormalement grands.

J'ai dû attendre au moins dix minutes devant lui, le temps qu'il frotte soigneusement quelques médailles accrochées à la poitrine de son uniforme. Finalement il a levé le regard et m'a observée. Il n'aimait pas ce qu'il voyait et n'a rien fait pour le cacher.

– Le maharadja t'a nommée valet de chambre, a-t-il dit. C'est une fonction importante et prestigieuse. Habituellement, les valets de chambre du maharadja sont recrutés parmi les familles les plus illustres de la principauté. Nombreux sont ceux qui font la queue pendant des années avant d'obtenir un entretien d'embauche. Cela explique la raison pour laquelle certains dans le palais sont… disons… surpris par sa décision de te confier cette charge. Cela ne signifie pas que nous – moi y compris – remettions en question la décision du maharadja. Bien sûr que non ! Le maharadja est un souverain éclairé et sage !

Le maréchal a serré les poings et les a posés sur le plateau du bureau.

– Bon, a-t-il repris, on ne sait pas encore quelles seront tes tâches. Le maharadja part aujourd'hui dans le royaume voisin, à Kapurthala, pour participer à un match important de son équipe de cricket. Il sera absent pendant quelques semaines. Il a demandé que tu en profites pour te promener dans le palais et que tu apprennes à t'y repérer. Tu prendras tes repas dans la salle à manger réservée aux valets de chambre. Des questions ? Non, c'est vrai, tu es un singe. Tu n'es pas capable de poser des questions…

Il s'est brusquement penché en avant et m'a fixée droit dans les yeux. Comme s'il avait peur d'être entendu par quelqu'un d'autre que moi, il a baissé la voix et a sifflé entre les dents :

– Ne te crois pas en sécurité pour autant, singe ! Le maharadja se lasse de ses lubies aussi vite qu'il les a eues. Et quand il en aura marre de toi, tu te retrouveras dans une cage au zoo. À moins que tu deviennes un appât pour les tigres ! En ce qui me concerne, je préférerais la deuxième variante ! Et je ne suis pas le seul. Ici tu n'as pas d'amis. Pas un seul !

Je n'ai pas bougé. J'ai fait de mon mieux pour ne pas montrer ma peur. Le maréchal de la cour a appelé un domestique qui m'a aidée à regagner ma chambre. Une fois seule, je me suis assise sur le large rebord de la fenêtre et j'ai contemplé les nuages qui passaient dans le ciel. Je m'efforçais de penser à des choses agréables. À n'importe quoi sauf à ce que m'avait dit le maréchal et à la lueur de haine que j'avais vue briller dans ses petits yeux gris.

Au bout d'un moment, j'ai senti les larmes me brûler les yeux. Je me suis blottie dans mon lit et j'ai enfoncé ma tête dans l'oreiller. Le Chef, Ana et signore Fidardo me manquaient à un tel point que j'ai cru que ma poitrine allait éclater.

Au cours des semaines qui ont suivi, j'ai passé tout mon temps à me balader dans le palais. Petit à petit, je me suis rendu compte que le *Sunahiri Bagh Palace* se composait d'un grand nombre de petits bâtiments réunis entre eux par un enchevêtrement de tunnels, de ponts, de terrasses et de balcons. En réalité, c'était une ville entière avec des secteurs et des quartiers.

Au centre du palais se situait la salle Durbar et, juste à côté, les appartements privés du maharadja. Ils étaient surveillés par des gardes du corps qui vérifiaient que personne n'y pénètre sans l'autorisation du maharadja.

Au nord des appartements se trouvaient les bureaux du gouvernement. Derrière des pupitres alignés dans de grandes salles hautes de plafond travaillaient des secrétaires et des fonctionnaires. Les ministres disposaient de leurs propres bureaux. Ils étaient tous gras, avaient des yeux inquiets ainsi que de grosses barbes et étaient coiffés de hauts-de-forme.

La partie nord du palais, celle qui donnait sur les écuries des éléphants et les garages des voitures, était réservée aux domestiques. C'était là que logeaient les cuisiniers, les serviteurs, les agents d'entretien, les musiciens, les jardiniers, les artisans, les soigneurs animaliers, les chauffeurs et le personnel de service. Je me sentais plus à l'aise parmi eux que dans les parties plus élégantes du palais.

Je m'y rendais tous les jours jusqu'à ce qu'un chauffeur bienveillant m'explique que je ferais mieux de m'abstenir. Le maréchal de la cour me punirait s'il apprenait que je fréquentais les domestiques. En tant que valet de chambre, j'appartenais aux gens de la Cour et je ne devais pas me mêler aux gens de maison. Ce n'était pas convenable.

J'ai alors compris que les gens de la Cour étaient justement ces hommes paresseux et désœuvrés qui fréquentaient les salles à manger, les bars et les salles de billard du palais. Leur rôle était de tenir compagnie au maharadja quand celui-ci avait envie de s'amuser. La plupart d'entre eux avaient aussi une tâche plus simple à accomplir. Un des valets de chambre était chargé de se tenir au courant du nombre de chaussures que possédait le maharadja. Un autre de veiller à ce que ses ciseaux à ongle soient toujours bien affûtés. Un troisième devait remonter les oreillers du maharadja avant que celui-ci se mette au lit. Et un quatrième enlevait les pépins des dix grains de raisins que le maharadja mangeait à la fin de son déjeuner. Il y avait en tout trente-deux valets de chambre, aussi orgueilleux et arrogants les uns que les autres. Ils se disputaient en permanence, prétendant que leur charge était la plus importante.

La seule chose qui faisait l'unanimité était que je n'avais pas ma place dans le palais. Surtout pas parmi eux, les valets de chambre. Je les évitais autant que je pouvais.

Au cours de mes promenades, j'ai découvert qu'il y avait une aile entière dans la partie orientale du palais qui était fermée et inaccessible. On l'appelait le *zenana*. Contrairement aux autres parties du palais, le zenana était entouré d'un grand mur. Dix soldats armés de lances, d'épées et de fusils surveillaient nuit et jour l'unique porte. Personne ne pouvait y entrer ni en sortir. J'ai d'abord cru que « zenana » signifiait trésor, ce qui aurait expliqué le mur et les gardiens. Mais je m'étais trompée.

C'est en écoutant à la dérobée que j'ai appris la vérité sur l'aile orientale. Je passais une grande partie de mes journées dans des recoins à suivre les conversations des gens qui passaient. C'était pour moi la seule manière d'apprendre le fonctionnement du palais vu que j'étais incapable de poser des questions et que personne ne se donnait la peine de m'expliquer.

Le zenana était la partie du palais réservée aux femmes. C'était là que vivaient les épouses du maharadja, ses maîtresses et les femmes de sa famille. Les épouses étaient appelées *maharanis* et étaient au nombre de dix-huit. Les maîtresses, les *concubines*, étaient, d'après les rumeurs, trois à quatre fois plus nombreuses.

J'ai ainsi compris pourquoi on ne voyait jamais de femmes dans le palais. Elles n'étaient autorisées à quitter le zenana que lors de certaines grandes occasions. Aucun homme, à l'exception du maharadja, n'avait le droit de pénétrer dans le zenana. La peine qu'encourait celui qui s'y aventurerait était la plus sévère du code pénal de Bhapur et remontait à la nuit des temps : il aurait la tête écrasée sous la patte d'un éléphant.

Je me suis demandé si cette loi était aussi valable pour moi. Ça m'a fait frissonner.

J'ai eu la réponse à cette question plus tôt que je ne l'aurais cru.

CHAPITRE 44
Le recrutement d'un espion

Le maharadja est revenu de son voyage triomphalement. Lui et son équipe de cricket avaient gagné le match contre l'équipe du maharadja de Kapurthala, qui jouait donc à domicile. Les deux maharadjas étaient cousins et se considéraient tous les deux comme le meilleur capitaine de cricket d'Inde. Par conséquent, le résultat du match était d'une importance capitale.

Une fête nationale de trois jours a été instaurée à Bhapur. Les habitants de la capitale ont reçu l'ordre de sortir dans les rues et de laisser éclater leur joie. On distribuait du pain aux pauvres et on amnistiait des prisonniers. Dans le palais, on faisait la fête du matin au soir.

Personnellement, je n'ai pas vu grand-chose de toutes ces festivités. J'en ai seulement entendu parler après coup. Dès le retour de Kapurthala du maharadja, le maréchal de la cour m'a donné l'ordre de m'enfermer dans ma chambre et de ne pas en sortir.

– Si le maharadja a besoin de te voir, il faut qu'il sache où te trouver, m'a-t-il expliqué.

Je n'ai pas quitté ma chambre pendant cinq jours. Le soir du cinquième jour, un serviteur est venu me faire signe de le suivre. Nous nous sommes rendus à la salle Durbar. Derrière une des nombreuses statues de marbre de la salle était dissimulé un passage voûté dans lequel nous avons pénétré. Nous nous sommes arrêtés devant une porte surveillée par deux soldats qui se sont écartés et nous sommes entrés dans les appartements privés du maharadja.

Le serviteur est reparti après m'avoir accompagnée dans une bibliothèque aux boiseries joliment sculptées et aux murs tapissés de livres anciens. Le maharadja, vêtu d'une robe de chambre en soie, était allongé sur un sofa moelleux. Sur son gros ventre était posé un coussin chauffant. Il était en train de lire. Pas un des beaux livres anciens mais un magazine au papier glacé avec une moto sur la couverture.

– Tiens, te voilà enfin, a-t-il dit en lâchant le magazine par terre. Conduis-moi à la salle de musique.

L'espace de quelques secondes, je n'ai pas compris ce qu'il voulait dire. Puis je me suis aperçue que le sofa avait des poignées et était équipé de deux roues.

La salle de musique jouxtait la bibliothèque. Sur les nombreuses étagères il n'y avait pas de livres mais des milliers de disques.

– Je suis un grand amateur de musique ! m'a expliqué le maharadja avec fierté. Chaque mois, je fais venir les derniers enregistrements d'Europe et d'Amérique. Personne au monde ne possède autant de disques que moi.

Sur une table au milieu de la pièce trônait un gramophone. À côté étaient soigneusement empilées des pochettes pas encore ouvertes. Le maharadja m'a ordonné de garer le canapé à côté de la table puis il a attrapé un des disques et l'a posé sur le plateau. Du pavillon a commencé à se diffuser un chant accompagné par un orchestre.

– Ferme la porte et va te chercher une chaise, m'a dit le maharadja.

J'ai fait ce qu'il me demandait. Quand j'ai été installée, le maharadja a augmenté le volume et il a fallu que je me penche vers lui pour entendre ce qu'il me disait.

– Il faut faire marcher le gramophone pendant que nous parlons, m'a-t-il chuchoté avec gravité. J'ai une ennemie très puissante ici ! *Maji Sahiba !* Elle a des yeux et des oreilles partout.

J'ai appris que Maji Sahiba était la mère du maharadja. En tant que doyenne du zenana, c'était elle qui avait autorité sur les autres femmes. De plus, elle était la seule personne de tout Bhapur qui ne craignait pas le maharadja et qui se fichait royalement de ses opinions et de ses désirs.

– J'ai dix-huit merveilleuses maharanis, a dit le maharadja avec sincérité et gravité. Et quarante-six délicieuses concubines. Je les aime toutes. Et elles m'aiment aussi, bien sûr. Du fond du cœur ! Mais chaque fois que je vais au zenana rendre visite à l'une d'elles, Maji Sahiba me guette. Elle éprouve toujours le besoin de me faire des reproches et a toujours une raison de se plaindre ! Et elle ne me lâche pas d'une semelle avant que je m'en aille, chassé par ses plaintes et ses critiques. Son esprit autoritaire est sans limites !

Le maharadja a poussé un soupir amer puis m'a demandé d'aller lui chercher un verre et une carafe en cristal avec du whisky. Après avoir avalé quelques gorgées, il a repris courage et m'a raconté comment il avait cherché à duper Maji Sahiba de différentes manières. Pendant une période, il avait en toute discrétion fait sortir ses maharanis et ses concubines du zenana lorsqu'il voulait les voir. Cela avait marché pendant quelques semaines jusqu'à ce que Maji Sahiba se rende compte de sa ruse et y mette fin. Elle avait des informateurs partout dans le palais.

Le maharadja avait alors commencé à se rendre au zenana quand Maji Sahiba dormait ou était occupée. Par exemple, lorsqu'elle se promenait dans le parc ou se faisait épiler la moustache dans un des salons de beauté du zenana. Mais Maji Sahiba avait rapidement dévoilé sa stratégie et elle avait ensuite changé les horaires de ses occupations. Actuellement le maharadja ne savait plus à quel moment elle dormait, se promenait ou l'attendait pour lui faire part de son ennui et de ses critiques.

– Ce dont j'ai besoin, a expliqué le maharadja, c'est d'un informateur dans le zenana. Un espion ! Quelqu'un qui puisse me tenir au courant des occupations de Maji Sahiba ! Il faut que je sache à quel moment je peux y aller sans risquer de me faire coincer.

Le maharadja a bu encore une gorgée de whisky.

– Mais la question est *qui* pourrait me rendre ce service, a-t-il poursuivi. Mon informateur ne peut pas être un homme vu que je suis le seul homme à avoir accès au zenana. Ça ne peut pas non plus être une femme vu qu'aucune femme ne peut sortir du zenana…

Il a fermé les paupières l'air satisfait.

– Toi tu n'es ni un homme ni une femme mais un singe ! À part moi, tu es donc l'unique être à pouvoir évoluer librement aussi bien à l'intérieur qu'à l'extérieur du zenana ! *C'est toi qui seras mon espion !* Mon arme secrète contre Maji Sahiba.

Je m'étais souvent demandé pour quelle raison le maharadja m'avait nommée valet de chambre au lieu de m'enfermer dans une cage au zoo. J'avais enfin la réponse.

Je suis restée dans les appartements du maharadja jusqu'au lendemain matin. Avec enthousiasme il m'a expliqué tout ce dont j'aurais besoin pour assurer ma tâche en tant qu'espion. Il m'a raconté comment se rendre au zenana et qui était qui parmi ses épouses et ses concubines. Je faisais de mon mieux pour retenir ce qu'il me disait. Ça n'était pas facile. Le fait que le maharadja parle vite et saute d'un sujet à un autre au gré de ses pensées ne facilitait pas les choses.

Quand j'ai quitté les appartements du maharadja, la lumière rose de l'aube se reflétait dans les fenêtres du palais. Les domestiques, les agents d'entretien et les serviteurs se déplaçaient silencieusement dans les couloirs pour préparer le réveil de la cour. Il y avait une odeur de fleurs fraîchement coupées et de pain sortant du four. Étourdie par ce que le maharadja m'avait raconté, j'avais l'impression d'être déjà en train de tout oublier.

CHAPITRE 45
Maji Sahiba

Déjà dans l'après-midi, j'ai reçu ma première mission d'espionnage. J'étais censée transmettre une carte de félicitations de la part du maharadja à une des maharanis dont c'était la fête. En même temps, je devais discrètement me renseigner sur l'endroit où se trouvait Maji Sahiba et sur ce qu'elle faisait.

En venant des quartiers réservés aux hommes, il n'existait qu'une seule possibilité d'entrer dans le zenana : un tunnel qui commençait derrière une porte dérobée dans la chambre du maharadja. À l'exception du maharadja lui-même et des gardes du corps chargés de la surveiller, personne avant moi n'avait utilisé cette porte. L'étroit passage, éclairé par des torches fixées aux murs, serpentait comme les galeries d'un ver de terre. C'était un peu effrayant d'avancer toute seule. Au bout d'un moment, je suis arrivée devant une porte recouverte de cuir rouge, je l'ai ouverte et j'ai pénétré dans le zenana.

Comme partout ailleurs dans le palais, le zenana abondait de luxe et de richesses. Quelques femmes m'ont regardée avec des yeux interrogateurs. D'autres se sont mises à rire et m'ont donné des caresses comme si j'étais un animal domestique déguisé. J'espérais qu'elles s'habitueraient rapidement à ma présence. Un espion ne doit pas se faire trop remarquer.

Il fallait que je trouve Sharmistha, la maharani dont le maharadja voulait célébrer la fête. D'après ce qu'il m'avait dit, je n'aurais pas de mal à la reconnaître. La plupart de ses reines et concubines étaient des Indiennes à la belle peau sombre et aux cheveux noirs et brillants. Sharmistha Devi, en revanche, était blonde aux yeux bleus. Avant d'épouser le maharadja et de s'installer à *Sunahiri Bagh Palace*, elle s'était appelée Lorraine Thompson et avait été une star de music hall à Broadway.

Sharmistha Devi n'était pas la seule de ses épouses à venir de l'étranger. Le maharadja avait l'habitude de lire des journaux populaires européens et américains et il tombait régulièrement amoureux d'actrices, de danseuses et de chanteuses qu'il voyait. Il invitait les plus belles à son palais et les couvrait de bijoux, d'argent et de vêtements magnifiques, puis, lors d'une promenade dans le parc au clair de lune, il leur déclarait sa flamme et leur proposait de l'épouser. La plupart du temps, elles déclinaient sa proposition et rentraient chez elle avec leurs cadeaux. Mais quelques-unes étaient restées. Dans le zenana il y avait, entre autres, une chanteuse d'opéra de Milan, une danseuse de Paris et quelques actrices de cinéma de Los Angeles en Amérique.

J'ai trouvé Sharmistha Devi dans un transat au bord d'une piscine turquoise. La carte n'a pas semblé lui faire particulièrement plaisir. Elle se demandait probablement pourquoi le maharadja avait envoyé un singe au lieu de venir en personne. Je me suis vite éclipsée pour ma deuxième mission qui était bien plus compliquée : me renseigner sur l'emploi du temps que Maji Sahiba avait prévu pour l'après-midi.

Le maharadja m'avait expliqué que Maji Sahiba se trouvait généralement dans ses appartements privés ou alors dans un des jardins du zenana. Il lui arrivait aussi d'être dans la partie réservée aux soins de beauté qui se situait près de la piscine. C'était donc là que j'allais commencer mes recherches.

Je suis rapidement passée devant les salons de manucure, de pédicure, de coiffure et de soins de la peau mais sans trouver Maji Sahiba. J'ai poursuivi mon chemin vers la roseraie où j'ai très rapidement repéré une femme d'un certain âge et de grande taille assise dans un transat à l'ombre d'un figuier. Elle ronflait bruyamment, un livre posé sur les genoux.

Elle était vêtue d'un sari violet. Un « sari » est une sorte de robe composée d'un seul morceau de tissu. Presque toutes les femmes du zenana en portaient un. Mais une seule avait le droit de porter le sari violet : Maji Sahiba.

Je me suis dépêchée de reprendre le tunnel souterrain pour aller prévenir le maharadja. Dès que je suis entrée dans son fumoir, il s'est levé et est venu à ma rencontre.

– Alors, tu as vu Maji Sahiba ?

J'ai acquiescé.

– Où ? Dans un des salons ?

J'ai fait non de la tête.

– Dans le jardin ?

J'ai hoché la tête.

– Qu'est-ce qu'elle faisait ? Elle s'occupait de ses roses ?

J'ai penché la tête sur le côté en posant ma joue sur le dos de ma main.

Le visage du maharadja s'est éclairci.

– Elle dort ! C'est parfait ! Il faut que j'en profite.

Moins d'une demi-heure plus tard, le maharadja s'était engouffré dans le tunnel du zenana.

Les semaines suivantes, je suis allée espionner Maji Sahiba pratiquement tous les jours. Le maharadja était ravi. Ravi au point de donner l'ordre au maréchal de la cour de me préparer une chambre plus grande et plus belle juste à côté de ses appartements privés. Cela m'a valu une haine intense de la part des autres valets de chambre. Leur but à tous était de devenir le favori du maharadja et ils supportaient difficilement que cette place soit occupée par un singe.

Personne n'arrivait à comprendre pourquoi le maharadja m'accordait autant d'estime. Dans leur esprit, je faisais juste des petites courses pour lui dans le zenana. Ils ne se doutaient évidemment pas de mon rôle d'espion. C'était un secret bien gardé entre le maharadja et moi.

Mais combien de temps cela allait-il durer ?

Tôt ou tard, Maji Sahiba découvrirait le pot aux roses. Elle finirait forcément par s'étonner que le maharadja parvienne toujours à l'éviter. Ce n'était qu'une question de temps avant qu'elle comprenne. Ou que quelqu'un d'autre le fasse et lui apprenne que j'étais l'espionne du maharadja.

Que se passerait-il quand ma présence ne serait plus utile au maharadja ? Je serais probablement enfermée dans son zoo. Je m'efforçais de ne pas y penser. À la place, je faisais tout pour que mon activité clandestine ne soit pas dévoilée.

Mais je n'y suis pas arrivée. Duper Maji Sahiba s'est révélé trop compliqué.

Un matin, alors que je me trouvais derrière une colonne en marbre à guetter la fenêtre de la chambre de Maji Sahiba, la porte d'un balcon s'est soudain ouverte et j'ai entendu sa voix grave m'appeler :

– Eh, toi derrière la colonne, viens ici immédiatement !

J'étais pétrifiée. Il fallait que je me sauve ! Mais pour aller où ?

Le temps que j'essaie de mettre de l'ordre dans mes idées, elle est sortie de sa chambre. De près, elle était terrifiante avec ses gros sourcils noirs comme du charbon et une peau qui faisait penser à un vieux fauteuil en cuir.

– Eh bien, mon cher singe, a-t-elle commencé sur un ton sévère. Tu ferais mieux de venir avec moi, nous avons des choses à tirer au clair, toi et moi. Allez, dépêche-toi avant que quelqu'un nous voie !

D'une main ferme, elle m'a saisie par le coude et m'a conduite chez elle.

Son appartement était simple et désuet, pas du tout tape-à-l'œil et luxueux comme partout ailleurs dans le palais.

Dès que la porte s'est refermée derrière nous, elle m'a dit sans tourner autour du pot :

– Tu m'espionnes. Ça explique pourquoi depuis quelque temps je ne vois plus jamais mon vaurien de fils dans le zenana. J'ai raison ?

J'ai tout de suite compris que je commettrais une grosse erreur si j'essayais de mentir à cette femme. Faire l'innocente ne marcherait pas non plus. J'ai donc acquiescé.

Maji Sahiba m'a fixée droit dans les yeux. Je n'ai pas détourné le regard. Son expression autoritaire s'est légèrement adoucie.

– J'ai entendu dire que tu es un animal étonnant, a-t-elle dit. J'ai bien l'impression que c'est vrai.

Elle s'est lourdement assise sur une chaise. Moi, je suis restée là où j'étais, le cœur cognant dans ma poitrine. Qu'est-ce qui allait se passer ?

Maji Sahiba semblait plongée dans ses pensées.

– Mon fils est un tyran, a-t-elle dit au bout d'un moment. C'est un despote imbécile et un libertin incurable. Comme son père et son grand-père. Au lieu de tenir compte des intérêts de son peuple, il ne pense qu'à son plaisir personnel et à sa vie de débauche. Le peuple de Bhapur est pauvre. Les écoles et les hôpitaux sont délabrés. Les routes s'écroulent. Cela ne le préoccupe pas le moins du monde. En revanche, il dépense des millions de roupies en voitures de sport et en fêtes pour tous les incompétents qu'il engraisse dans son palais. C'est une honte ! Et c'est ce que j'essaie de lui dire depuis des années.

Maji Sahiba a soudain eu l'air très fatiguée.

– Mon fils ne m'a jamais écoutée, a-t-elle poursuivi. Et il ne le fera pas davantage dans l'avenir, malgré mes mises en garde. C'est pourquoi je ne ferai plus semblant de ne pas avoir compris que tu m'espionnes. Ça ne servirait à rien. Mon fils trouvera toujours d'autres moyens pour m'éviter. Et toi, si tu ne lui es plus d'aucune utilité, tu te retrouveras bientôt dans une cage au zoo. Ou alors tu deviendras de la nourriture pour les tigres. Et je ne veux pas avoir ça sur ma conscience.

Maji Sahiba s'est levée. Elle semblait avoir retrouvé ses forces. Elle a croisé ses bras sur sa poitrine et m'a dit :

– Mais je veux que tu arrêtes de fouiner et de guetter sous mes fenêtres. Je n'accepterai pas ça. Désormais j'attacherai un ruban rouge sur la balustrade de mon balcon quand j'estimerai que mon fils peut venir dans le zenana. Le reste du temps, je tiens à ce qu'il en soit éloigné. Mais c'est un secret entre toi et moi. Sommes-nous d'accord ?

J'ai hoché la tête.

Maji Sahiba m'a caressé la joue en me disant que je pouvais m'en aller.

C'est la seule et unique fois où elle m'a adressé la parole et même montré qu'elle connaissait mon existence. Je n'ai jamais eu l'occasion de lui témoigner ma reconnaissance.

J'espère qu'elle l'a quand même comprise.

Les semaines ont passé. La vie dans le palais a pris un rythme plus calme au fur et à mesure que l'été approchait. La chaleur arrêtait toute activité pendant plusieurs heures chaque après-midi.

Mes journées étaient monotones et ennuyeuses. L'espionnage était devenu une simple routine. Je n'avais plus qu'à guetter le ruban rouge sur le balcon de Maji Sahiba pour savoir si le maharadja pouvait pénétrer dans le zenana.

Le reste du temps, il fallait que j'attende dans ma chambre, prête à intervenir au cas où le maharadja aurait besoin de moi. Généralement j'étais accroupie sur le rebord de ma fenêtre à regarder le parc. Une fois par jour, je traçais un petit trait dans le châssis de la fenêtre. Chaque trait m'approchait du moment où Ana et signore Fidardo viendraient me chercher. Puis nous irions ensemble à Cochin retrouver Alphonse Morro et nous pourrions ensuite libérer le Chef.

Au fond de moi j'entendais une voix chuchoter que c'était une illusion. Mais je m'efforçais de ne pas l'écouter.

CHAPITRE 46
Échec et mat

Plus j'apprenais à connaître le maharadja, plus je comprenais que Maji Sahiba avait raison. Il consacrait tout son temps aux plaisirs. Au cricket, au polo, à la chasse, à la nourriture et aux fêtes. Gouverner son pays ne l'intéressait pas. C'était les ministres du gouvernement de Bhapur qui s'en occupaient. L'action la plus importante du maharadja était de les recevoir dans ses appartements une fois par semaine pour écouter ce qu'ils avaient à dire.

Une salle spéciale était prévue pour ces réunions qui avaient toujours lieu le lundi matin. Le maharadja était installé sur un trône à un bout de la salle alors que les ministres étaient assis sur des chaises ordinaires à l'autre bout. Le maharadja portait une chemise légère et avait une couverture posée sur les jambes. De cette manière, on ne voyait pas que son trône était en réalité une construction spécialement conçue pour l'occasion : des toilettes luxueuses. Après les excès du week-end, le maharadja était toujours constipé et avait besoin de passer au moins deux ou trois heures aux toilettes. Et pour que ce temps ne soit pas gaspillé, il en profitait pour rencontrer ses ministres.

L'unique contribution du maharadja au gouvernement du pays était de nommer et de destituer les ministres. Ce qu'il faisait quand ça lui chantait.

Un jour il m'a dit :

– Mes ministres m'ennuient. Je vais réorganiser un peu mon gouvernement. Tu me donneras un coup de main. On va s'amuser ! Autant que lorsque tu as battu l'ennuyeux directeur aux échecs !

Je craignais le pire.

À mes yeux, l'idée du maharadja n'avait rien d'amusant, elle était seulement cruelle. Il avait l'intention de demander à chacun de ses ministres de jouer aux échecs avec moi. Seuls ceux qui gagnaient garderaient leur poste. Le résultat de chaque partie serait ensuite annoncé dans tout le pays. Ceux qui perdaient contre moi ne perdraient pas seulement leur poste de ministre mais également leur honneur et leur renommée. Se faire battre aux échecs par un singe était évidemment une grande honte.

J'ai tout de suite décidé que je laisserais tous les ministres gagner.

Quelques jours plus tard, le maharadja a réuni ses ministres dans une des nombreuses salles du palais. Ils avaient tous été informés de l'enjeu. Certains semblaient calmes et confiants, d'autres tendus. Quelques-uns paraissaient effrayés devant ce qui les attendait.

Mon premier adversaire était le ministre de l'Intérieur. C'était un joueur d'échecs habile et je n'ai pas eu besoin de faire beaucoup d'efforts pour le laisser gagner.

Avec le ministre suivant, le ministre de l'Agriculture, ça a été plus difficile. J'ai immédiatement vu que c'était un débutant. La transpiration coulait à flots sur ses joues grasses et ses mains tremblaient chaque fois qu'il déplaçait une pièce. Il a fallu que je fasse quelques très grosses erreurs pour qu'il en sorte vainqueur.

Après avoir perdu ma troisième partie contre le ministre de la Défense, le maharadja a subitement interrompu l'étrange tournoi et a chassé tous les ministres de la salle. Puis il s'est tourné vers moi et m'a regardée avec des yeux noirs de colère.

– Tu fais exprès de les laisser gagner, m'a-t-il sifflé. Pourquoi ?

J'avais sous-estimé le maharadja. J'avais cru qu'il n'était pas un joueur d'échecs suffisamment bon pour se rendre compte que je trichais pour perdre. Ça m'a donné des sueurs froides.

– J'ai compris, a-t-il ajouté lentement. Ils t'ont graissé la patte.

J'ai secoué la tête.

– Ne mens pas ! a-t-il hurlé. Pour quelle raison tu les aiderais sinon ? Ils t'ont forcément promis quelque chose ! C'est quoi ? Réponds-moi, traître.

J'ai penché la tête en avant.

Le maharadja m'a fixée du regard. Puis il s'est mis à tourner nerveusement en rond dans la salle.

– Il y a forcément quelque chose qui cloche, a-t-il grommelé pour lui-même. Ils ne peuvent pas avoir versé un pot-de-vin au singe. Ils n'auraient pas osé faire ça…

Il s'est de nouveau posté devant moi.

– Demain matin à neuf heures, on reprendra le jeu, a-t-il déclaré. Si je m'aperçois encore que tu laisses mes ministres gagner, je donnerai l'ordre à mes gardes du corps de s'entraîner à tirer et c'est toi qui seras la cible. Compris ?

J'ai hoché la tête.

– Et ne crois surtout pas que tu pourras me duper, a-t-il poursuivi. L'origine des échecs est indienne. L'éducation de chaque maharadja comprend une maîtrise parfaite de ce jeu. J'ai commencé à jouer avant de savoir marcher. Emanuel Lasker, le champion du monde allemand, a vécu pendant quatre ans dans ce palais pour me donner des cours particuliers.

Le maharadja a quitté la salle d'un pas décidé.

Je l'ai entendu grommeler :

– Je ne comprends pas. Pour quelle raison le singe a-t-il fait exprès de perdre ? Pourquoi… ?

Je suis restée seule, tremblant de tous mes membres. C'est seulement quand je fus certaine que mes jambes pouvaient me porter que je me suis levée et j'ai regagné ma chambre. Les dernières paroles du maharadja résonnaient dans mes oreilles.

J'ai repensé à ce que m'avait dit Maji Sahiba à son sujet. Elle connaissait bien son fils. Le maharadja ne pensait réellement qu'à lui-même. Se préoccuper du malheur des autres lui était totalement étranger. C'est pourquoi il n'arrivait pas à comprendre pourquoi j'avais laissé gagner ses ministres.

Le lendemain matin à neuf heures sonnantes, nous nous sommes de nouveau réunis dans la grande salle pour continuer à jouer, moi et les ministres du maharadja. En réfléchissant au cours de la nuit, j'avais compris qu'il fallait que je fasse de mon mieux pour gagner les parties restantes. J'avais de la peine pour les ministres mais je n'avais pas le choix. Pour moi c'était une question de vie ou de mort.

Nous attendions depuis une demi-heure quand le dîwân a annoncé que le maharadja venait de partir à la chasse aux tigres. Le tournoi d'échecs était momentanément interrompu.

Trois jours plus tard, le maharadja est rentré de la chasse. Je m'attendais à ce que le tournoi reprenne mais ça n'a pas été le cas. Le maharadja semblait avoir oublié. Les ministres ont poussé un soupir de soulagement. Moi aussi.

Or, le maharadja n'avait pas oublié. Le lendemain, le maréchal de la cour m'a fait savoir que je devais quitter ma belle chambre près des appartements du maharadja pour me réinstaller dans mon ancienne. Sur l'ordre du maharadja, bien entendu. Ça devait être sa manière de me punir pour ma désobéissance. Je n'étais plus son favori parmi les valets de chambre. Le maréchal de la cour avait du mal à dissimuler sa joie.

Quant à moi, je savourais le plaisir de ne plus avoir à jouer aux échecs avec les ministres. Mais je n'arrivais pas à comprendre ce qui avait poussé le maharadja à interrompre le tournoi. Avait-il réellement eu une envie soudaine de chasser le tigre ? Était-ce aussi simple que ça ?

À moins que ce ne soit parce qu'il avait eu peur ? Peur que je continue de perdre délibérément contre ses ministres et qu'il soit obligé de m'exposer à ses tireurs d'élite ? Il n'avait peut-être pas envie de me voir morte ? Un maharadja ne peut pas se permettre de faire des menaces en l'air.

GIPSY MOTH
DH.60G
DE HAVILLAND
AIRCRAFT·COMPANY

CHAPITRE 47
Le maharadja volant

Fin avril, la chaleur est devenue insupportable. L'après-midi, il faisait souvent plus de quarante degrés à l'ombre. Le maharadja a alors décidé de partir dans sa résidence d'été à Simla avec une partie de la cour.

J'ai appris que Simla est une ville dans les contrées montagneuses fraîches au pied de l'Himalaya. C'est là que se retirent les Indiens riches et puissants au cours des mois d'été les plus chauds. Les gens de la cour du maharadja parlaient de Simla comme du paradis où la vie se résumait au luxe, aux fêtes et aux ragots palpitants. Pour moi ça paraissait horrible.

Pendant les semaines qui ont précédé le départ, la nervosité était tangible à *Sunahiri Bagh Palace*. C'est à ce moment-là que le maharadja triait ses courtisans. Il faisait deux groupes : ceux qu'il emmènerait à Simla et ceux qui resteraient ici. Personne n'avait envie de rater ce voyage amusant. Ils faisaient tout ce qu'ils pouvaient pour flatter le maharadja encore plus que d'habitude tout en répandant des mensonges méchants et des rumeurs épouvantables sur les uns et les autres. L'ambiance dans le palais était devenue délétère au point de rendre l'air irrespirable.

Une fois les camions de déménagement partis, le calme et le silence se sont installés à *Sunahiri Bagh Palace*. Le maharadja ne m'avait pas choisie pour aller à Simla et j'en étais bien contente.

Pendant son absence, je n'étais plus obligée de me cantonner dans ma chambre. À la place, j'ai commencé à passer mes journées dans le garage du palais. C'était là que se trouvaient tous les véhicules du maharadja. Il possédait cinquante-huit voitures des marques les plus prestigieuses telles que Rolls-Royce, Duisenberg et Lanchester. Les motos étaient deux fois plus nombreuses. Dans le port de Bombay il y avait en plus un yacht de luxe, toujours prêt à appareiller au cas où le maharadja serait pris d'une envie de naviguer.

Je pouvais passer des heures à regarder les belles voitures et à soulever les capots pour étudier les moteurs. Les mécaniciens du garage faisaient semblant de ne pas me voir. Tous les jours, j'espérais que l'un d'entre eux me passe un outil et me demande de lui donner un coup de main. Mais ce n'est pas arrivé.

Au bout de trois semaines, le maharadja est revenu de Simla de façon inattendue. Normalement il aurait dû y rester un mois de plus. Tout le monde au palais se demandait ce qui se passait.

L'explication était que le roi britannique George V s'était acheté un avion privé. Le maharadja avait appris la nouvelle à Simla. Il fallait absolument qu'il en ait un, lui aussi. Sur-le-champ. Il avait déjà commandé un DH 60G *Gipsy Moth* à *De Havilland Aircraft Company* près de Londres. Le même modèle que celui du roi George.

Il a fallu construire de toute urgence une piste d'atterrissage avec un hangar dans le parc du palais. Sur l'ordre du maharadja, des ouvriers sont venus en bus de tout Bhapur. Le terrain d'aviation et le hangar ont été terminés en moins d'un mois.

La passion soudaine du maharadja pour l'aviation a contaminé toute la cour. Tout le monde parlait d'avions et de vol. À *Sunahiri Bagh Palace*, c'était devenu l'unique sujet de conversation. Le maharadja s'est fait faire une combinaison très élégante en peau de cerf dans laquelle il s'exhibait du matin au soir.

L'avion a été livré directement d'Angleterre par un pilote de la *Royal Air Force*. Il a fait le trajet en un peu plus d'une semaine avec des escales à Paris, Rome, Le Caire, Bagdad et Karachi. Il était accompagné par un mécanicien de la *De Havilland Aircraft Company*.

L'accueil à Bhapur a été grandiose. La cour dans sa totalité et tout le personnel du palais longeaient la piste d'atterrissage et agitaient des drapeaux britanniques. Le hangar était décoré de plusieurs kilomètres de guirlandes de fleurs. Le maharadja était, bien entendu, vêtu de sa nouvelle combinaison et la fanfare jouait une marche que le maharadja avait composée spécialement pour l'occasion.

Les spectateurs ont poussé des cris d'allégresse assourdissants quand l'avion jaune et rouge est descendu du ciel et s'est posé. Je me trouvais tout près de la piste d'atterrissage et j'agitais mon drapeau avec autant d'enthousiasme que les autres. Une question m'a traversé l'esprit :

Combien de temps fallait-il pour voler de Bhapur à Cochin ?

Dès que l'avion a atterri, le maharadja a voulu faire un tour d'essai, mais à sa grande déception il n'a pas eu le droit. Le pilote a expliqué que conformément à la loi britannique, tous les pilotes devaient avoir un brevet de pilote. Tant que le maharadja ne l'avait pas passé, il devait se contenter du rôle de passager.

Dès le lendemain matin, le pilote de la *Royal Air Force* a commencé à enseigner l'art de voler au maharadja. Trouvant que ça n'allait pas assez vite, celui-ci a, à force de menaces et de pots-de-vin, réussi à faire accepter que les parties ennuyeuses de la formation soient supprimées. Et il a ainsi obtenu le brevet en moins d'une semaine.

Le jour du premier vol du maharadja, tout le palais a de nouveau reçu l'ordre de se rendre sur le terrain d'aviation et de montrer sa joie. La journée était belle. Le soleil était étincelant et une légère brise soufflait des montagnes à l'est. Des fanions de toutes les couleurs flottaient dans le ciel bleu.

Le maharadja a réussi à s'élever dans les airs sans problèmes. Il a ensuite fait un virage serré, probablement pour passer au-dessus du zenana. Mais l'avion a soudain perdu de l'altitude et s'est crashé dans le *pilkhana*, l'écurie des éléphants. Les cris d'allégresse du public se sont mués en cris de terreur.

Les cinquante éléphants s'en sont sortis indemnes. Et également le maharadja. Le seul blessé était le pilote de la *Royal Air Force* qui se trouvait dans le cockpit du passager. Il s'est cassé le pouce. Dès le lendemain, il a quitté le palais pour rentrer à Londres. Il a utilisé son pouce cassé comme prétexte pour partir mais tout le monde a compris qu'il avait une peur bleue d'être obligé de monter de nouveau en avion avec le maharadja.

Le mécanicien de la *De Havilland Aircraft Company* a pu réparer l'avion. Il a ensuite voulu retourner en Angleterre, lui aussi. Sur l'insistance du maharadja, il a cependant accepté de rester mais seulement après avoir signé un contrat d'embauche stipulant qu'il n'avait pas à voler avec le maharadja aux commandes. Sous aucun prétexte.

L'accident n'a pas découragé le maharadja pour autant. D'après lui, c'étaient les cinq astrologues qui en étaient responsables puisqu'ils ne lui avaient pas déconseillé de voler ce jour de malheur. Les astrologues ont été licenciés et remplacés par d'autres. Après avoir soigneusement étudié les étoiles,

les nouveaux astrologues ont proclamé que le samedi suivant serait un jour favorable pour un nouvel essai de vol.

Le maharadja était très satisfait. Pour les récompenser, il a promis à chacun d'eux de faire un tour avec lui. Le lendemain, les astrologues ont annoncé qu'ils avaient mal interprété les étoiles et qu'aucun jour de l'année à suivre ne serait propice aux vols.

Pris de colère, le maharadja a aussi licencié les nouveaux astrologues. Il a ensuite donné l'ordre au mécanicien de préparer immédiatement son avion pour le décollage. Un des officiers de la Garde Royale a eu la mission honorifique de l'accompagner en tant que passager.

Le deuxième tour de vol du maharadja s'est passé sans incident. Il a réussi aussi bien à décoller et à monter dans les airs qu'à atterrir sans abîmer l'avion. Rien d'autre non plus, d'ailleurs. Il a cependant été à deux doigts de terminer le vol dans l'étang des flamants roses plutôt que sur la piste d'atterrissage.

Lorsque le maharadja se préparait à voler le lendemain, l'officier de la Garde Royale lui a fait savoir qu'il était malade et ne se sentait pas en état de l'accompagner. Le maharadja a alors demandé au dîwân Sardar Bahadur de monter dans les airs avec lui. Le dîwân a fait des pieds et des mains pour y échapper, arguant de son grand âge mais le maharadja n'en a pas tenu compte.

Pour une raison que j'ignore, le maharadja ne voulait pas voler seul. Au cours des semaines suivantes, il a obligé tous les courtisans à l'accompagner, à tour de rôle, lors de ses voyages périlleux au-dessus du palais et de ses environs.

Celui qui était déjà monté une fois était prêt à tout pour y échapper la deuxième fois. Les consultations du médecin du palais ont été prises d'assaut par les ministres et les officiers qui souffraient subitement de maux de tête, de fièvre et de maux d'estomac dès que le maharadja revêtait sa combinaison en peau de cerf.

Le maharadja avait de plus en plus de mal à supporter ses sujets trouillards. Un jour, il a réuni tous les employés de la Cour dans la salle Durbar.

– Vous n'êtes qu'une bande de lâches, tous autant que vous êtes ! s'est-il écrié. Aucun de vous n'accepterait volontairement et joyeusement de faire un tour en avion avec moi cet après-midi ?

Un silence lourd s'est abattu sur la salle.

Un faible murmure s'est fait entendre lorsque je me suis avancée en levant la main.

CHAPITRE 48
Atterrissages d'urgence et champagne

Le *Gipsy Moth* est un biplan deux places avec un moteur à essence quatre cylindres à refroidissement par air de 98 chevaux. Je connaissais déjà le modèle puisque le Chef s'intéresse aux avions. À l'époque, je découpais des articles sur les aviateurs et les avions dans les quotidiens et je les lisais quand nous étions amarrés dans un port. Le Chef n'est pas un grand lecteur mais il gardait ces articles dans une boîte dans sa cabine sur le *Hudson Queen*. Ils ont bien sûr tous disparu lors du naufrage dans le Zêzere.

En ce qui me concerne, je n'avais jamais rêvé de voler. À ma grande surprise, j'ai pourtant pris beaucoup de plaisir la première fois que j'ai volé avec le maharadja. Dès que nous nous sommes engagés sur la piste, je n'ai plus ressenti aucune inquiétude. Bien au contraire. J'aimais le bruit régulier et rassurant du moteur et j'appréciais la qualité de tous les détails de l'avion. Quand l'avion s'est élevé dans les airs, j'ai eu des chatouillements agréables au creux du ventre.

Au bout d'à peine quelques minutes, nous nous sommes retrouvés à plusieurs centaines de mètres au-dessus du sol et j'ai senti le vent frais contre mon visage. De ma place dans le cockpit, j'avais vue dans toutes les directions. J'ai regardé la plaine d'en dessous disparaître dans la brume. Les bosquets d'arbres ressemblaient à des touffes d'herbe et les maisons à des morceaux de sucre marron. J'avais la sensation d'avoir laissé mes problèmes en bas parmi toutes ces choses petites et futiles.

Mais un instant plus tard, mon plaisir s'est brutalement évaporé. Sans préavis, le moteur s'est subitement mis à tousser et à hoqueter. Nous avancions alors à grande vitesse et à basse altitude. Le maharadja a entamé un large virage pour revenir en arrière mais à ce moment-là, le moteur s'est tout bonnement arrêté.

Par chance, l'avion ne s'est pas écrasé. Pour être tout à fait honnête, il faut quand même ajouter que le maharadja s'est très bien débrouillé. Il a pris un peu d'altitude pour ensuite laisser l'avion planer en direction d'un chemin en terre qui croisait un grand champ. L'avion a rebondi et tangué en touchant le sol mais le maharadja a réussi à l'immobiliser sans qu'il se retourne, qu'il pique du nez ou qu'il se retrouve dans un fossé.

Malgré la réussite de l'atterrissage forcé, le maharadja était d'une humeur exécrable. Il a traité l'avion de machine de merde et a donné des coups de pied dans le train d'atterrissage. Puis il a sorti une fusée de détresse de l'équipement de sécurité et l'a envoyée. À une centaine de mètres d'altitude, la fusée a explosé dans une lumière aveuglante qui était facilement visible depuis le palais.

En attendant l'équipe de sauvetage, le maharadja a sorti les vivres de survie : une glacière contenant du caviar de Géorgie et deux bouteilles de champagne *Dom Pérignon*. Il s'est ensuite installé à l'ombre d'un arbre solitaire un peu plus loin dans le champ pour les déguster.

Les paysans du coin sont apparus avec leur famille, leurs vaches, leurs chèvres et leurs chiens. Ils se sont arrêtés à l'orée de la forêt qui bordait le champ pour contempler le maharadja et sa machine étonnante.

Pendant que le maharadja se régalait, j'ai repéré sous le siège de pilotage une boîte à outils et une explication technique du fonctionnement du moteur. J'ai soulevé le capot pour y jeter un œil. Je n'avais encore jamais bricolé un avion mais les moteurs se ressemblent tous et la panne n'a pas été difficile à trouver. Un câble du régulateur d'altitude du carburateur était défectueux ce qui fait que le mélange du carburant était insuffisant à basse altitude. Le problème a été vite résolu.

Le maharadja s'était endormi sous l'arbre mais quand j'ai fait démarrer le moteur en actionnant l'hélice, il s'est réveillé. Il est venu en courant, une bouteille de champagne entamée dans la main.

– Qu'est-ce que tu fabriques avec mon avion, singe ? s'est-il écrié.

Il a mis un certain temps à comprendre que j'avais réparé le moteur et que l'avion pouvait de nouveau voler. Tout enjoué, il a alors donné l'ordre de repartir immédiatement.

Au moment même où trois Rolls-Royce dorées s'approchaient sur le chemin de terre, le maharadja a réussi à décoller. Nous avons évité de justesse la cime des arbres. Le maharadja poussait des cris de joie.

Les courtisans et l'équipe de sauvetage nous suivaient du regard, l'air penaud.

À la Cour, tout le monde était persuadé que la passion subite du maharadja pour l'aviation n'était qu'un caprice qui lui passerait rapidement. D'après ce que j'ai compris en écoutant les gens parler dans les couloirs, c'était généralement ce qui arrivait. Pendant quelque temps, il s'était intéressé à la chasse aux antilopes avec des guépards dressés. Puis il avait organisé des combats sanglants entre des éléphants mâles en fureur dans une arène devant le pilkhana. Ensuite, il s'était pris de passion pour la roulette et avait installé un casino entier dans le palais. Mais déjà le jour de l'inauguration, il s'était lassé des jeux de hasard pour se consacrer au polo. Et ainsi de suite.

Or son intérêt pour l'aviation s'est révélé être d'un tout autre calibre. Il a perduré. Au bout de deux mois, le maharadja faisait des tours quotidiens avec son *Gipsy Moth* et, chaque fois, je l'accompagnais.

Au début, il m'emmenait parce que personne d'autre n'osait y aller. Il n'était pas seulement un danger pour lui-même mais aussi pour tous ceux qui se trouvaient à proximité. C'est en forgeant qu'on devient forgeron, c'est bien connu. Le maharadja est progressivement devenu de plus en plus habile. Au bout d'un certain temps, il était possible de faire un tour avec lui sans risquer sa peau. Les courtisans ont alors commencé à tourner autour du hangar et à lui faire comprendre à demi mots qu'ils seraient enchantés de monter avec lui dans son avion.

Mais il était trop tard.

Le maharadja ne voulait être accompagné que par moi et personne d'autre. Non seulement je savais m'occuper du moteur mais j'étais également douée pour me repérer dans les airs. Personne à la Cour ne possédait ce genre de connaissances.

Le Chef m'avait appris à naviguer en mer. Se repérer dans les airs était à peu près la même chose. En plus d'une carte, on a besoin d'une boussole, d'un chronomètre, d'un indicateur de vitesse, d'un compas et d'une règle pour mesurer des angles. Le pilote de la *Royal Air Force* avait laissé un sac qui contenait tous ces instruments.

Chaque voyage commençait par une séance de travail dans *The Royal Aviation Lounge*, une grande salle que le maharadja avait fait aménager à l'étage supérieur du hangar. Les murs étaient tapissés de photos encadrées de lui-même et de son

Gipsy Moth. Au milieu de la salle, il y avait une table bien éclairée. C'est là que le maharadja étalait une carte de Bhapur et me montrait le trajet qu'il avait l'intention de suivre. De mon côté, je dessinais le trajet à l'aide de la boussole, je mesurais les distances et je calculais le temps du vol. Une fois dans les airs, c'est moi qui vérifiais que nous suivions bien le plan et qui indiquais au maharadja quand il fallait changer de cap.

Nous avons survolé Bhapur dans tous les sens. Nous partions souvent tôt le matin pour ne rentrer que dans la soirée. Bientôt toute la population avait vu son avion passer au moins une fois dans le ciel. Quand nous atterrissions pour déjeuner dans un champ ou dans un pré, il arrivait qu'une foule s'assemble autour de nous. La plupart du temps, le maharadja faisait semblant de ne pas les voir. Mais je remarquais qu'il était mal à l'aise en découvrant les enfants sales, les femmes maigres au dos voûté et les hommes épuisés. Je crois qu'au fond de lui, il les craignait un peu.

Chaque tour en avion apportait son lot d'aventures. Une fois, nous avons heurté un vautour et avons dû faire un atterrissage d'urgence dans une cour caillouteuse. Cela s'est passé à proximité d'un petit village près de la frontière qui nous séparait de la principauté de Patiala. En touchant le sol, un support métallique du train d'atterrissage s'est cassé mais nous étions trop loin du palais pour pouvoir appeler à l'aide avec une fusée de détresse. Le maharadja était hors de lui. Il a poussé des cris en maudissant sa malchance et la mauvaise qualité de l'avion. Puis il s'est assis dans le cockpit pour boire du champagne tout en faisant la tête.

Entretemps, les habitants du village ont osé s'approcher de l'avion. Les hommes se sont mis à examiner le train d'atterrissage cassé tout en discutant entre eux. Finalement ils se sont armés de courage et avec leurs forces réunies, ils ont étayé l'avion pour pouvoir vérifier la partie endommagée. Quelques minutes plus tard, le support métallique était remplacé par une pièce en bambou et des cordes solides de fibres de noix de coco. Le résultat était tout à fait satisfaisant.

Mais il était alors trop tard pour repartir et nous avons été obligés de passer la nuit dans le village. Après beaucoup d'hésitation, le maharadja a accepté de pénétrer dans une des masures. Les femmes lui ont proposé de la nourriture mais il a même refusé de regarder le pain et la soupe de poulet qu'elles lui avaient apportés. Je me demande s'il avait compris que les villageois lui offraient ce qu'ils avaient de mieux.

Tôt le lendemain matin, après un petit déjeuner composé de pain sec et de lait de chèvre, nous avons décollé. Le train d'atterrissage a tenu le coup et nous nous sommes élevés dans les airs sans encombre.

Dès notre retour à *Sunahiri Bagh Palace*, le maharadja a fait venir son ministre des Affaires intérieures et lui a demandé de se rendre dans ce petit village où nous avions passé la nuit.

– Je veux qu'on les aide à creuser un puits pour pouvoir arroser leurs champs et cultiver de quoi se nourrir. Et il faut qu'ils remplacent leurs masures par des maisons décentes. Je prends tous les frais en charge.

Le ministre avait l'air déconcerté et a eu du mal à cacher son étonnement. Jamais auparavant le maharadja n'avait montré un quelconque intérêt pour la condition de vie des habitants de la campagne.

En voyant sa surprise, le maharadja s'est énervé.

– Tu ne comprends donc pas que la prochaine fois que j'aurai à atterrir d'urgence dans ce petit village, j'aimerais avoir un peu de confort !

CHAPITRE 49
Une trahison planifiée

Je dois admettre que le maharadja a changé au cours des mois que nous avons passés ensemble à voler. Du moins son comportement envers moi. Je m'en rendais surtout compte quand nous atterrissions pour la pause-déjeuner.

Au début, le maharadja apportait toujours son propre pique-nique avec lequel il s'installait sur une couverture à une certaine distance de l'avion. Puis un jour, il m'a proposé une pomme dont il ne voulait plus et le lendemain il avait apporté un panier repas aussi pour moi. Quelques jours plus tard, il ne s'est plus mis à l'écart pour prendre son déjeuner. Il m'a même autorisée à m'asseoir sur la couverture à côté de lui. Quand nous étions là, l'un à côté de l'autre, il me parlait du vol, de la manière dont l'avion s'était comporté au cours du voyage et de ce que nous avions vu de là-haut. La plupart du temps il était vif et enjoué. Mais pas toujours. Il arrivait parfois que son visage prenne une expression mélancolique, oui, même chagrine. Dans ces moments-là, il restait immobile, le regard vide.

Le maharadja ne m'a jamais fait part de ce qui l'attristait autant. Mais il ne m'a pas non plus chassée pour être tranquille. Je me suis demandé s'il y avait d'autres personnes parmi celles qui l'entouraient avec lesquelles il pouvait rester aussi silencieux. Il n'est pas impossible que je sois la seule.

Le mécanicien de la *Havilland Aircraft Company* a été viré. Le maharadja ne l'aimait pas et m'a confié son boulot. Cela me convenait parfaitement. Entre les vols, je m'occupais du moteur et vérifiais que les câbles de direction et les réglages étaient bien graissés. Les seules fois où je devais quitter le hangar c'était lorsque le maharadja m'appelait pour que j'aille espionner Maji Sahiba dans le zenana.

Le maharadja venait assez souvent dans le hangar sans véritable raison. J'avais l'impression qu'il avait seulement envie de me regarder travailler. Il me posait des questions sur des choses techniques et je répondais aussi bien que je pouvais en lui donnant des indications avec le doigt. Il arrivait même, sans que j'y pense, que je lui demande de tenir une

clé à molette ou un tournevis en attendant de m'en servir.
Après avoir eu un outil plein de graisse dans ses mains, il en
inspirait l'odeur l'air absent et rêveur. Peut-être avait-il envie
de faire de la mécanique, lui aussi. Mais ça n'aurait pas été
convenable.

Grâce à l'avion, ma vie chez le maharadja a pris une tour-
nure inattendue. Il a fallu que j'admette que ma nouvelle existence était plutôt agréable. J'aimais bien m'occuper de l'avion
et j'attendais le vol suivant avec impatience. Les jours défilaient à toute vitesse.

En revanche, les nuits étaient longues. J'avais souvent des
insomnies et je pensais à mes amis à Lisbonne. Je savais qu'ils
s'inquiétaient beaucoup pour moi. Le fait que je m'amuse avec
le maharadja et son avion me mettait mal à l'aise. Si j'étais
partie en Inde c'était pour essayer de retrouver Alphonse
Morro et sauver le Chef. Pas pour m'amuser.

D'un autre côté, je n'y pouvais pas grand-chose. Je comptais
toujours sur l'aide qu'Ana et signore Fidardo m'apporteraient
en recevant ma lettre. Je ne pouvais qu'attendre. Attendre et
m'arranger pour rester en vie. C'était mon plan. Il fallait que
je m'y tienne.

Mais les mois ont passé sans que j'aie de nouvelles d'Ana
et signore Fidardo. La mousson avec une température plus
clémente et des jours pluvieux a succédé à la chaleur brûlante
de l'été. En septembre, quand les pluies ont cessé, plus de
six mois s'étaient écoulés depuis que j'avais confié ma lettre
à l'employé de la gare à Jodphur. Elle devrait être arrivée

à Lisbonne depuis longtemps déjà. J'ai commencé à me demander si elle ne s'était pas égarée en chemin. Si c'était le cas, j'attendais en vain que mes amis viennent me sauver.

Dans ma tête, un plan B a commencé à prendre forme : *M'emparer du Gipsy Moth et voler seule pour Cochin.*

La pensée m'avait effleuré l'esprit dès la première fois que j'avais vu l'avion. À ce moment-là, j'avais joué avec l'idée mais sans imaginer qu'elle puisse un jour se réaliser. À présent, la situation n'était plus la même. En tant que mécanicienne je pouvais me déplacer dans le hangar comme bon me semblait. Même la nuit. Si je préparais l'avion pour un départ un soir de fête, personne ne s'en rendrait compte. Avec un peu de chance, je devrais pouvoir faire démarrer le moteur et aller sur la piste de décollage avant que quelqu'un ne se doute de quelque chose. Et une fois dans les airs, personne ne pourrait plus m'arrêter. À condition que l'avion ne s'écrase pas, bien entendu. Ce que je pourrais sans doute éviter. Il est vrai que le maharadja ne m'avait jamais autorisée à piloter mais au bout de toutes ces heures de vol, je savais relativement bien comment faire.

Non, m'emparer de l'avion ne poserait certainement pas de problèmes. Le vol jusqu'à Cochin ne m'inquiétait pas non plus. Les vrais problèmes commenceraient après l'atterrissage. Où aller à Cochin ? Comment éviter de me faire arrêter par la police ? Et comment faire pour retrouver Alphonse Morro ?

Je n'avais de réponse à aucune de ces questions. Mais j'ai pourtant pris une décision : si je n'avais pas de nouvelles d'Ana et de signore Fidardo avant deux mois, je prendrais quand même l'avion et je m'envolerais pour Cochin.

La décision prise, j'ai mieux dormi la nuit même s'il m'arrivait encore de me tourner dans mon lit à la recherche du sommeil. Surtout quand j'avais volé toute une journée avec le maharadja. J'essayais d'imaginer sa réaction en apprenant que j'avais disparu avec son avion. Il serait fou de colère, c'était certain, et il mettrait ma tête à prix. Il serait sans doute aussi très triste.

J'étais en train de préparer une trahison. Mais je n'avais pas le choix.

CHAPITRE 50
Sabotage

Le maharadja était connu pour ses fêtes. Généralement il en organisait au minimum deux par semaine. C'étaient des réjouissances somptueuses avec des centaines de plats, une profusion de vins prestigieux, des orchestres et des divertissements avec des filles plantureuses de Lahore.

Les courtisans adoraient les fêtes du maharadja. C'est pourquoi ils s'inquiétaient tous de voir que le maharadja semblait avoir perdu le goût de ce genre de distractions. Il n'y avait plus qu'une grande soirée par semaine. Parfois moins.

Les hommes de la cour y voyaient le signe que le maharadja avait un problème. Celui-ci se rendait de moins en moins souvent dans la salle de billard et dans les bars. Il n'organisait plus de parties de poker suivies de bains de vapeur et de buffets de boissons alcoolisées. Le maharadja avait tout simplement changé.

L'explication était simple. Après une longue journée passée derrière le levier de commande de l'avion, il n'avait plus la force de faire la fête ni de jouer au billard, même si les deux lui plaisaient toujours autant.

J'étais apparemment la seule à l'avoir compris. Les autres semblaient penser que l'avion lui avait tourné la tête. Je ne pouvais m'empêcher d'entendre les rumeurs qui couraient. Certains disaient que les vibrations de l'avion avaient ramolli le cerveau du maharadja. D'autres que c'étaient les vapeurs du kérosène qui avaient provoqué son changement de personnalité. Quoi qu'il en soit, tous considéraient que c'était très grave.

Le fait que le maharadja passe autant de temps avec un singe n'arrangeait rien. Tous les courtisans étaient d'accord là-dessus. Le maréchal de la cour et les valets de chambre me détestaient plus que jamais.

Début octobre, le maharadja a proposé à son cousin, le maharadja de Kapurthala, de venir faire une visite d'État. En réalité, l'idée venait du dîwân Sardar Bahadur. Depuis le match de cricket quelques mois auparavant, les relations entre les deux cousins étaient plus que tendues. Le dîwân estimait qu'il était important qu'ils se retrouvent pour les améliorer.

Le maharadja de Kapurthala a été reçu en grande pompe. Pendant que les ministres des deux États étaient en réunion, les maharadjas se sont consacrés à leurs occupations préférées : manger, boire, chasser le paon, jouer au polo, au billard et au tennis. Chacun se battant pour gagner. C'était apparemment le cas chaque fois qu'ils se voyaient.

Pour le dernier jour de la visite d'État, notre maharadja avait prévu une surprise. Il espérait rendre le maharadja de Kapurthala jaloux et l'impressionner : il avait l'intention de lui faire faire un tour en *Gipsy Moth*.

Comme je maintenais l'avion en parfait état, je n'avais pas besoin de prendre de précautions particulières avant leur décollage. Mais je me suis quand même rendue au hangar le matin de bonne heure. J'ai retiré la bâche du poste de pilotage pour astiquer les parties en chrome et en cuivre. J'ai ciré l'hélice jusqu'à ce qu'elle brille de mille feux. Puis j'ai fait un pas en arrière pour contempler mon travail. Je me suis dit qu'il n'existait probablement pas un *Gipsy Moth* plus soigné et plus magnifique au monde. Je comprenais pourquoi le maharadja avait envie de montrer son avion à son cousin.

À travers une fente entre les deux portes du hangar, j'ai vu que le public commençait à s'aligner le long de la piste d'envol. L'heure du départ était proche. Je suis montée dans l'avion et me suis assise à la place du pilote pour une dernière vérification.

C'est à ce moment-là que je me suis aperçue qu'il y avait un problème.

Les gouvernails de profondeur ne répondaient pas quand je tirais le levier vers moi.

En un clin d'œil, je suis descendue à terre pour examiner les ailerons de queue. Les câbles des gouvernails étaient détendus !

Comment était-ce possible ?

Je suis vite remontée dans le cockpit et me suis glissée derrière le dossier du siège. Dans la partie arrière de l'avion, les câbles couraient le long des côtés. Malgré la faible lumière, j'ai repéré les ridoirs qui servaient à tendre les câbles.

Ils étaient presque entièrement dévissés.

Mon cœur s'est mis à cogner dans ma poitrine.

Quelqu'un avait saboté l'avion !

Les mains tremblantes, j'ai tendu les câbles tout en me disant qu'il fallait que j'arrive à reporter le voyage des maharadjas. Il était tout à fait possible que le saboteur ne se soit pas contenté de détériorer uniquement les gouvernails de profondeur. Il existait bien d'autres manières de transformer un avion en un piège mortel.

Mais comment me faire comprendre ? Comment attirer l'attention du maharadja sur le danger ? Ce n'est pas parce que je lui paraîtrais inquiète qu'il annulerait le vol. Surtout pas celui-ci.

Je suis rapidement descendue de l'avion et j'ai ouvert le capot. Il fallait faire vite. Après avoir enlevé le bouchon du carburateur, j'ai extrait un peu de kérosène pour sentir l'odeur et y tremper le bout de la langue. Il m'a semblé normal. Puis j'ai enlevé et vérifié le filtre à huile, qui m'a aussi semblé normal. Pas de limaille de fer ou autres corps étrangers.

J'ai fait démarrer le moteur et l'ai laissé tourner pendant que je vérifiais les réglages, les instruments et les câbles. Puis j'ai examiné le train d'atterrissage et les pneus. Quand j'ai eu terminé, le moteur tournait toujours de façon régulière. Autant que je pouvais le constater, l'avion était en bon état.

Les trente minutes qui ont suivi ont été les plus angoissantes de ma vie. Les portes du hangar se sont ouvertes et une petite troupe de soldats du corps de garde ont uni leurs forces pour faire rouler l'avion jusqu'à la piste de décollage. L'orchestre jouait et le public jubilait. Je suis allée me mettre à ma place parmi les valets de chambre près de la piste d'atterrissage. Mentalement, j'ai passé en revue mes différentes vérifications afin de m'assurer que je n'avais rien oublié.

Sous les acclamations et les applaudissements du public, le maharadja de Kapurthala s'est installé sur le siège passager dans le cockpit. Les acclamations se sont intensifiées quand notre maharadja a fait démarrer le moteur en tournant l'hélice et qu'il s'est assis derrière le levier de commande.

L'avion était prêt.

Le maharadja a lâché le frein et l'avion s'est mis à rouler sur la piste. C'est alors que j'ai entendu une voix rauque tout près de mon oreille :

– Dans dix secondes c'en sera fini de toi, singe. Les tigres t'attendent !

Je me suis retournée.

C'était le maréchal de la cour. Il ricanait et montrait deux rangées de dents jaunes entre des lèvres fines et pâles. Ses yeux brillaient.

L'avion qui accélérait s'approchait du bout de la piste. Je le suivais du regard, terrifiée. Que voulait-il dire ? Qu'allait-il se passer ?

La seconde suivante, l'avion a décollé et s'est élevé dans les airs en dessinant un arc élégant. Tout se passait normalement.

– Mais, quoi… ? a haleté le maréchal de la cour derrière moi.

Il regardait l'avion les yeux écarquillés et la bouche ouverte.

Il m'a fallu quelques instants pour comprendre ce qu'il avait voulu faire en sabotant les gouvernails de profondeur.

S'ils n'avaient pas fonctionné, l'avion n'aurait pas pu décoller ! Il aurait continué de rouler jusqu'au bout de la piste, vers la pelouse, pour ensuite foncer droit dans l'étang des flamants roses.

Un scandale de première classe. Et j'en aurais porté le chapeau, puisque c'est moi qui m'occupais de l'entretien de l'avion. J'aurais été condamnée à une peine très lourde.

Ce qui était évidemment le but de la manœuvre.

Je me suis de nouveau retournée et j'ai vu le maréchal de la cour s'éloigner de l'attroupement des spectateurs. Mais plusieurs valets de chambre ont continué à regarder l'avion, l'air dépité.

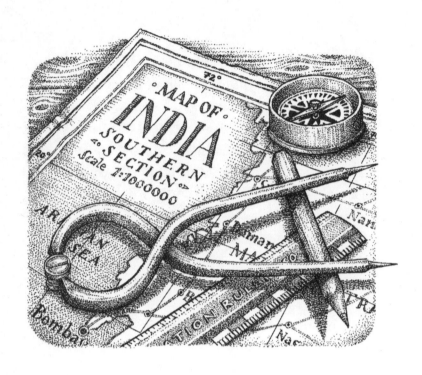

CHAPITRE 51
Saudade

Si le maréchal de la cour avait saboté l'avion du maharadja c'était pour m'atteindre moi. Il me vouait apparemment une haine sans limites. Sinon il n'aurait pas osé prendre un tel risque. J'ai compris qu'il ne lâcherait pas l'affaire avant que je sois enfermée au zoo ou transformée en nourriture pour tigres.

Il fallait donc que je change mes plans. C'était devenu trop dangereux de rester dans le palais. J'ai décidé de m'enfuir dès que possible. Mes préparatifs étaient pour ainsi dire au point.

J'avais arraché une dizaine de cartes de l'Inde d'un grand atlas dans la salle de lecture. Cela n'avait pas été difficile. Les courtisans ne s'intéressaient pas beaucoup aux livres et la salle de lecture était vide la plupart du temps. Sur les feuillets, j'avais dessiné l'itinéraire et pris des notes sur le temps du vol. Mon projet était de mettre d'abord le cap sur le sud-ouest. Arrivée au-dessus de l'océan Indien, je n'aurais plus qu'à suivre la côte jusqu'à Cochin. Il y avait du kérosène pour trente-six heures de vol. Ça devrait me suffire pour aller jusqu'au bout.

Mon évasion devrait se faire le quatorze octobre. Dans dix jours. C'était l'anniversaire du maharadja. Lui subtiliser son avion ce jour-là était bien sûr terrible, mais je savais que personne ne s'apercevrait de ce que je ferais dans le hangar un soir de fête. Avec un peu de chance, on ne se rendrait pas compte de mon départ avant le lendemain matin.

La seule chose dont je ne m'étais pas encore occupée était le déguisement que je devrais enfiler après mon atterrissage à Cochin. J'avais décidé de me faire passer pour une petite vieille au dos courbé et au visage voilé. Ça avait déjà bien marché à la gare de Jodhpur. J'avais prévu de voler les vêtements dans le zenana.

Une fois la visite d'État de Kapurthala terminée, le calme est revenu dans le palais. Je n'ai pas vu le maharadja pendant plusieurs jours. Il était sans doute alité après les festivités. Mais un matin, il est venu me retrouver dans le hangar pour me demander de me préparer pour un tour en avion. Comme il se sentait toujours un peu faible, ça ne serait qu'un petit voyage rapide avant le déjeuner.

Quand nous avons atterri, le maharadja m'a demandé de me rendre dans ses appartements. Il avait l'intention de faire une visite dans le zenana et voulait, comme d'habitude, que je vérifie que rien ne s'y oppose.

Voilà l'occasion pour moi de me procurer le déguisement. Ça ne serait pas bien difficile. Les femmes du zenana avaient des robes et des voiles en abondance. Il y en avait toujours qui traînaient un peu partout dans les jardins et autour de la piscine.

Quand je me suis présentée dans les appartements du maharadja, on m'a demandé d'attendre dans la salle de musique. Le maharadja était victime d'une crise de coliques et était pour le moment indisponible.

Mes projets m'angoissaient un peu et j'avais du mal à rester en place. Pour m'occuper, je me suis promenée dans la salle. À côté du gramophone, il y avait une pile des derniers disques que le maharadja avait reçus d'Europe. Presque toutes les pochettes étaient intactes. Le maharadja n'écoutait jamais qu'une infime partie de tous les disques qu'il achetait. La plupart étaient rangés sur les étagères sans même avoir été ouverts.

Pour commencer, mon cerveau n'a pas réagi. Je n'ai pas compris ce que je voyais. Soudain une vague chaude m'a submergée et mes mains se sont mises à trembler quand j'ai attrapé un des disques.

Le titre était écrit en bas de la pochette en tout petits caractères. *Saudade*. J'avais déjà entendu ce mot. À Lisbonne. Je crois que saudade signifie à peu près mélancolie en portugais.

Le nom de l'artiste était marqué en haut de la pochette :
Ana Molina.

Il y avait une photo d'Ana. Elle était assise dans l'ombre mais son visage était éclairé et son regard fixait un point dans le lointain. Elle était exactement telle que je l'avais vue la première fois que je l'avais entendue chanter devant la fenêtre ouverte de la mansarde.

J'avais la tête qui tournait. Sans réfléchir j'ai décacheté la pochette et j'ai sorti le disque. *Il faut que j'entende sa voix,* était ma seule pensée.

J'avais déjà vu le maharadja poser un disque sur le plateau et je savais comment faire. Bientôt j'ai entendu le son d'une guitare qui jouait quelques notes toutes simples. Puis le chant est venu les rejoindre. J'ai immédiatement reconnu la mélodie que j'avais entendue tant de fois.

À ce moment-là, j'aurais pu donner n'importe quoi pour être de retour dans la maison Rua de São Tomé.

Il a fallu que je m'assoie. Je suis restée longtemps blottie dans un des fauteuils du maharadja à écouter Ana, les yeux clos. J'ai oublié le temps et je n'ai même pas entendu le maharadja entrer dans la pièce. Soudain, sa voix cassante a couvert la musique :

– Comment peux-tu te permettre de prendre de telles libertés ? m'a-t-il demandé. Je ne t'ai jamais autorisée à utiliser mon gramophone.

J'ai bondi sur mes pieds. C'était une sensation irréelle de me trouver devant le maharadja tout en écoutant Ana chanter une de ses plus belles chansons. C'était absolument incompatible.

Le maharadja a dû se rendre compte que j'étais perturbée.

– Tu n'es pas malade ? m'a-t-il demandé l'air inquiet.

J'ai fait non de la tête.

Nous sommes restés un moment sans rien dire. J'ai vu qu'il se passait quelque chose dans le regard du maharadja. Tout d'un coup, j'ai eu l'impression qu'il me regardait sans me voir. Puis il s'est tourné vers le gramophone.

– Qu'est-ce que c'est, cette musique ? a-t-il demandé. Quelle voix merveilleuse. Qui peut bien être la personne qui chante comme ça ?

J'avais toujours la pochette du disque dans la main, je l'ai tendue vers le maharadja. Il l'a prise et a regardé la photo d'Ana.

– Elle est aussi belle à regarder…, a-t-il murmuré. Très belle…

Il s'est assis dans un fauteuil et a écouté le disque jusqu'à la fin sans détacher son regard de la pochette. Il semblait avoir oublié ma présence.

Après la dernière chanson, il a levé vers moi des yeux embués, comme s'il avait dormi.

– Remets le disque, a-t-il dit. Puis tu peux t'en aller. Au hangar, je veux dire. J'ai changé d'avis. Je n'ai plus envie d'aller dans le zenana.

J'ai fait ce que le maharadja m'a demandé. En sortant de la salle de musique, je me suis retournée et j'ai vu qu'il avait toujours le regard rivé sur la photo d'Ana.

Le chant d'Ana emplissait la salle.

La possibilité de chaparder des vêtements m'a ainsi échappé mais j'étais quand même heureuse. Heureuse d'avoir entendu Ana chanter. Heureuse de savoir qu'elle avait enregistré son disque comme on le lui avait promis après le concert à l'Opéra Teatro Nacional de São Carlos. À présent, les gens du monde entier pouvaient l'écouter. Même ici, dans la lointaine Inde.

Les trois jours suivants, j'ai attendu avec une impatience grandissante que le maharadja me convoque de nouveau dans ses appartements. Mais il ne l'a pas fait. En fait, je ne l'ai pas revu.

À présent, ça devenait urgent. Son anniversaire était dans six jours. Il fallait que j'aie l'occasion d'aller dans le zenana d'ici là. Sinon je serais obligée de repousser mon départ ou alors de m'en aller sans déguisement.

Finalement je n'ai pas eu besoin de déguisement. Mon évasion est tombée à l'eau.

Des rumeurs circulaient dans le palais. On disait que le maharadja s'était enfermé dans la salle de musique. Sans manger ni boire. Jour et nuit, il écoutait le même disque en boucle.

Un disque avec une chanteuse portugaise.

D'après ce qu'on disait dans le palais, cela ne pouvait signifier qu'une seule chose. Le maharadja était amoureux. C'était exactement ce comportement qu'il avait eu quand il s'était amouraché, quelque temps plus tôt, d'une artiste européenne belle et talentueuse.

Je ne savais pas quoi penser. Était-ce possible que ce soit vrai ?

J'ai eu la réponse deux jours avant l'anniversaire du maharadja. Il est arrivé un matin au hangar sans préavis. Il s'est assis lourdement sur la chaise d'où il avait l'habitude de me regarder m'occuper de l'avion. Il avait une mine terrible. Son teint était blême et ses yeux injectés de sang par manque de sommeil.

Il est resté sans rien dire pendant un bon moment, le regard dans le vide. De temps en temps, il poussait un profond soupir. Puis il a déclaré d'une voix cassée :

– Je n'ai pas envie de voler aujourd'hui. En fait, je n'ai plus envie de rien.

J'ai lentement hoché la tête. Le maharadja m'a regardée.

– C'est ta faute, a-t-il dit. C'est toi qui as mis le disque. Il faudrait trouver un moyen pour te punir... ou pour te récompenser, peut-être... ça dépend...

Sa voix s'est éteinte et son regard s'est tourné vers le lointain.

Je ne savais pas bien quoi faire. Continuer à m'occuper du moteur de l'avion ne me paraissait pas convenable. Le maharadja n'allait pas bien. J'ai donc attrapé un tabouret et je me suis installée à côté de lui. Nous sommes ainsi restés côte à côte comme nous l'avions souvent fait lors de nos nombreuses sorties avec le *Gipsy Moth*.

Le maharadja a fini par se lever pour retourner dans le palais, mais avant de s'en aller, il m'a posé une question. Chose qui n'arrivait jamais, sauf s'il s'agissait de l'avion.

– As-tu déjà été amoureuse ? m'a-t-il demandé.

J'ai hoché la tête.

Il a semblé réfléchir puis il a poussé un nouveau soupir.

– Dans ce cas, tu sais ce que c'est, a-t-il poursuivi. Je l'ai invitée à venir ici. Je te parle d'Ana Molina. Pourvu qu'elle accepte. Sinon je mourrai de chagrin.

CHAPITRE 52
Une invitation inattendue

Et si elle refusait ?

C'est la première pensée qui m'a traversé l'esprit quand le
maharadja m'a appris qu'il avait invité Ana Molina à Bhapur.
Au lieu de me réjouir, j'ai été saisie de peur. J'avais peur que
cette chance incroyable m'échappe.

J'ai passé plusieurs nuits blanches à essayer d'imaginer la
réaction d'Ana. Quelles seraient ses pensées et ses réflexions,
les questions qu'elle poserait à signore Fidardo pour avoir son
avis et, finalement, la réponse qu'elle donnerait au maharadja ?

Je suis ici, Ana ! Ne refuse pas ! je murmurais encore et encore. Je t'en prie, ne refuse pas...

Finalement je m'étais inquiétée pour rien. Je le sais maintenant. Je sais aussi comment ça s'est passé quand Ana a reçu l'invitation du maharadja. C'est elle qui me l'a raconté plus tard.

Ça a commencé par une carte-lettre de l'ambassade britannique à Lisbonne. L'ambassadeur en personne, sir Colville Barclay, demandait à voir Ana pour une affaire importante et urgente.

Ana est immédiatement descendue à l'atelier montrer la carte-lettre à signore Fidardo.

– Il doit forcément être question de Sally Jones ! a-t-elle dit essoufflée. Tu ne penses pas ?

Signore Fidardo a enlevé ses lunettes. Ana a vu que sa main tremblait.

– Oui, probablement, a-t-il répondu. Espérons seulement que ce sont de bonnes nouvelles.

Le lendemain matin, Ana a pris le tram pour se rendre à l'ambassade britannique. Elle a été conduite au bureau de sir Colville. Ils se connaissaient déjà pour s'être rencontrés à la fête qui avait suivi le concert d'Ana à São Carlos. L'ambassadeur a commencé par raconter qu'il avait acheté le disque d'Ana.

– Il est merveilleux ! *Quite lovely*, a dit sir Colville. Mais ce n'est pas la raison pour laquelle je vous ai demandé de venir me voir, mademoiselle Molina. J'ai reçu un message dont je dois m'entretenir avec vous personnellement.

– Il s'agit de Sally Jones ? n'a-t-elle pu s'empêcher de demander.

Sir Colville lui a jeté un regard intrigué.

– Non, a-t-il dit. Je ne comprends pas… Qui est-ce ?

Ana avait du mal à cacher sa déception.

– Une amie, a-t-elle répondu. Une amie qui a disparu en Inde et j'espérais que… que vous aviez éventuellement des nouvelles à son sujet.

– En Inde ? a répété l'ambassadeur. Voilà une coïncidence étonnante. Je ne connais pas Sally Jones. En revanche, je connais bien l'Inde. Et c'est justement pour vous parler de ce pays que je voulais vous voir. Par courrier diplomatique vous avez reçu une invitation de la part d'un maharadja indien. Le maharadja de Bhapur, pour être précis.

D'un tiroir de son bureau, l'ambassadeur a sorti une grande enveloppe dorée et une petite boîte en ivoire taillé. L'enveloppe contenait une lettre adressée à Ana du maharadja et un billet première classe sur le bateau à vapeur RMS *Mongolia* de Marseille à Bombay. Dans la boîte, il y avait un bracelet composé de rubis rouges.

Ana était sidérée, bien évidemment. Quelle pouvait être la valeur d'un tel bracelet ? Elle a lu la lettre du maharadja deux fois de suite. Jamais personne ne lui avait fait des compliments pareils. Même pas Canson, son admirateur anonyme.

Hautement estimée et profondément idolâtrée Ana Molina !

Vous avez transformé ma vie. Je suis un grand connaisseur et amateur de musique mais ce n'est que lorsque j'ai entendu votre voix enchanteresse sur mon gramophone que mes oreilles se sont ouvertes aux sphères les plus élevées de la beauté de cet art. En voyant votre photo sur la pochette du disque, j'ai compris qu'un talent incomparable et une beauté exceptionnelle réunis en une seule et même personne font de vous un être parfait.

Si je ne peux pas vous voir et entendre votre merveilleuse voix dans la réalité, mon pauvre cœur se flétrira et dépérira ! Faites-moi l'infini honneur d'accepter mon invitation à mon palais à Bhapur. Je ferai tout mon possible pour que vous soyez accueillie à la hauteur de ce que mérite une Déesse de l'art et de la beauté.

Votre humble et éternellement fidèle serviteur,
Le maharadja de Bhapur

Sir Colleville a émis un petit rire en voyant la mine d'Ana.

– Le maharadja de Bhapur est un romantique, a-t-il commenté. Mais la rumeur dit qu'il a une petite équipe de poètes qui l'aide à composer ses lettres d'amour. Quoi qu'il en soit, il tient visiblement à ce que vous alliez le voir. Vous êtes bien évidemment libre d'accepter ou de refuser. Je tiens seulement à vous informer de ce qui vous attend si vous décidez d'y aller. Le maharadja vous couvrira de cadeaux précieux. Puis il vous demandera de l'épouser. C'est ce qu'il a l'habitude de faire quand il invite des artistes réputées et belles dont il est tombé amoureux. Il en a déjà cinq ou six dans son harem. Je vous conseille donc de bien réfléchir.

– Que se passera-t-il s'il me demande en mariage et que je refuse ? a dit Ana après un petit moment de réflexion.

Sir Colville a souri en allumant sa pipe.

– Vous ne serez pas enfermée dans un cachot sous le palais, si c'est ce qui vous inquiète, mademoiselle Molina. Si vous refusez, le maharadja vous donnera un magnifique cadeau d'adieu avant de vous laisser rentrer chez vous. On dira ce qu'on voudra du maharadja de Bhapur mais il sait se comporter en gentleman quand il le faut.

Ana était troublée en quittant l'ambassade. Avant le rendez-vous, elle était persuadée que sir Colville l'avait convoquée pour lui parler de moi. Ce qui n'avait rien d'étonnant. Depuis mon départ de Lisbonne à bord du *Song of Limerick* à peine un an plus tôt, Ana et signore Fidardo avaient tout fait pour savoir ce qui m'était arrivé. Puisque l'Inde était placée sous l'administration britannique, ils avaient souvent eu affaire aux autorités britanniques.

Ils s'étaient d'abord adressés à une compagnie de navigation à Southampton qui les avait aidés à entrer en contact avec le capitaine du *Song of Limerick*. Le cargo se trouvait alors en Afrique de Sud pour décharger une cargaison de coton. Dans un télégramme du Cap, le capitaine Anderson les avait informés que j'avais quitté son navire à Bombay un mois plus tôt et que j'avais l'intention de partir à Cochin à bord d'un autre cargo, le *Malabar Star*. Le capitaine Anderson ignorait ce qui m'était arrivé depuis mais il avait promis d'essayer de se renseigner lors du prochain voyage du *Song of Limerick* en Inde.

La démarche suivante d'Ana et de signore Fidardo avait été d'écrire au consul britannique à Cochin. Savait-il éventuellement si un gorille était récemment venu à Cochin à bord d'un navire du nom de *Malabar Star* ? Au bout de deux longs mois, ils avaient reçu une réponse brève d'une secrétaire du consulat.

Il est hélas impossible de répondre à votre question. Cochin est un grand port par lequel passent tous les jours d'importantes quantités de produits, même des animaux exotiques. D'autre part, Malabar Star n'est pas un nom très rare pour un navire sur la côte est de l'Inde.

Ana et signore Fidardo ne s'étaient cependant pas laissé décourager. Ils avaient écrit plusieurs lettres à différents consulats et compagnies de navigation en Inde britannique. La plupart n'avaient pas répondu. Parmi les rares qui l'avaient fait, aucun n'avait entendu parler d'un gorille à la dérive. Ana et signore Fidardo avaient sérieusement commencé à craindre que j'aie disparu en Inde pour de bon.

Ana s'était sentie obligée d'en informer le Chef. Elle avait eu du mal à lui écrire la vérité mais elle ne pouvait pas lui mentir. La réponse du Chef était arrivée seulement quelques jours plus tard. Après l'avoir lue, Ana s'était quand même sentie un peu rassurée.

Cher mademoiselle Molina,
Merci pour votre lettre atentionné. Et merci pour tout ce que vous avez fait pour vous ranseigner sur notre Sally Jones. Remerciez aussi votre ami monsieur Fidardo pour moi. Vous êtes tous les deux des persones belles et bones !

Je vou mentirais si je vou disais que votre lettre ne ma pas attristé. Vous avez dû avoir du mal à l'écrire. Mais je veut que vous sachiez qu'il est déjà arrivé à Sally Jones de disparaitre. Un jour au Congo elle a disparu dans la jungle et j'étais persuadé que je l'avais perdu pour toujour. Mais elle est revenue !

Je nai pas bien compris pourquoi Sally Jones a embarqué sur un cargo pour l'Inde et vous n'en dite rien dans votre lettre. Peut-être avait-elle envi de sentir encore une fois l'odeur de la mer. C'est une chose que je pourrais comprendre car au fond d'elle, elle est plus atachée à la mer que la plupart des gens avec lesquels j'ai navigué au cours de ma vie. Ne soyez pas triste, s'il vous plait. Je suis certain qu'elle reviendra cette fois aussi. Elle est capable de tout pour ne pas rendre triste ceux qui l'aiment.

Mes sentiment respectueux

Votre Henry

P.S. : Dans votre lettre vous parlez du capitaine Anderson. Je le connais. C'est un homme bien. Vous pouvez être sûre qu'il a fait de son mieux pour aider Sally Jones.

De nombreux mois s'étaient écoulés depuis. Il était arrivé à Ana d'envisager d'aller elle-même en Inde pour me rechercher. Mais, d'une part, le voyage était beaucoup trop cher et, d'autre part, signore Fidardo le lui déconseillait fermement.

– Tu risquerais de disparaître à ton tour. Et alors je serais obligé d'aller en Inde, moi aussi, pour essayer de vous retrouver, toutes les deux. Compte tenu de mon âge, je préférerais éviter ça.

En revenant de l'ambassade, Ana s'est rendu compte que les données avaient maintenant changé. Dans la poche de son manteau, elle avait un billet pour Bombay ! Le voyage ne lui coûterait pas un sou. Par-dessus le marché, elle était invitée par un maharadja qui devait être non seulement riche mais aussi très puissant.

Il saura certainement m'aider à retrouver Sally Jones, a songé Ana.

Quand elle est revenue chez elle Rua de São Tomé, sa décision était prise. Elle allait accepter l'invitation du maharadja et partir pour Bhapur.

CHAPITRE 53
Sept cents perles de Bahreïn

Une semaine plus tard, signore Fidardo a accompagné Ana à la gare de Rossio d'où elle a pris le train de nuit pour Madrid. Il ne s'est pas opposé à son voyage. Il avait bien compris qu'elle partirait quoi qu'il dise. La seule chose qu'il a exigée était qu'elle promette de ne pas se laisser enfermer dans le harem du maharadja. Elle lui a promis.

De Madrid, elle a pris un autre train pour Marseille où elle a embarqué sur le navire à vapeur RMS *Mongolia*. Pour Ana, qui avait toujours vécu à Lisbonne et qui n'avait jamais dépassé les frontières portugaises, cette partie du voyage était déjà une grande aventure.

À bord du *Mongolia*, un navire récent, tout était beau et luxueux. Ana ne possédait pas les vêtements qu'il fallait, même pour faire une promenade sur le pont. Ni les bijoux. Mais le maharadja avait tout prévu. Selon ses ordres, la compagnie maritime avait rempli les penderies de sa cabine de tailleurs et de robes de soirée.

Après douze jours en mer, Ana est arrivée à Bombay. Une Rolls-Royce l'attendait sur le quai pour la conduire à la gare où deux wagons première classe lui étaient réservés. Sa rencontre avec le maharadja l'inquiétait de plus en plus. Elle se demandait comment était une personne qui disposait d'autant de moyens. Et comment elle allait pouvoir un jour lui rendre ce qu'il lui offrait.

L'accueil à la gare privée du maharadja a dépassé tout ce qu'Ana avait pu imaginer.

Un feu d'artifice lançait des éclairs, une fanfare jouait un pot-pourri pompeux des mélodies du disque d'Ana. Des milliers de pétales de roses rouges pleuvaient d'un ballon qui planait au-dessus de la gare. La garde royale du maharadja tirait des salves de canon et trente éléphants en ornements de fête poussaient une salutation avec leur trompe. Le maharadja, vêtu d'un costume en brocart doré et coiffé d'un turban incrusté de sept cents perles de Bahreïn, était assis sur le plus grand des éléphants.

– C'était terrifiant, m'a confié Ana plus tard quand elle m'a raconté son arrivée à Bhapur. J'avais l'impression d'être la personne la plus insignifiante au monde et c'était pourtant moi que tout le monde regardait.

J'ai d'autant mieux compris ce qu'elle voulait dire que j'avais assisté à la scène. Nous, les gens de la cour, étions placés en cinq rangées sur le quai, et avions pour ordre d'agiter des fanions et de lancer des confettis. Ana semblait effectivement toute petite et apeurée quand elle est descendue du train. Comme si elle craignait que les soldats, les musiciens et les énormes éléphants soient tous venus pour l'attaquer.

Je me trouvais dans la dernière rangée et je luttais contre mon envie de me précipiter sur elle pour me jeter dans ses bras. Un mois s'était écoulé depuis que j'avais appris qu'elle avait accepté l'invitation du maharadja. Bien que j'aie pensé en permanence à cet instant, je n'étais pas préparée à être submergée par un sentiment aussi intense de bonheur. Jamais auparavant je n'avais ressenti une telle joie.

Mais il fallait que je reste en retrait. Ana était l'invitée du maharadja. Il tenait à ce qu'elle ait une excellente première impression et avait répété cette cérémonie de bienvenue durant toute une semaine. Si Ana m'apercevait, elle risquerait d'oublier le maharadja qui se pavanait sur son éléphant. Pour paraître encore plus élégant, il avait serré son gros ventre dans un corset étroit. Si jamais je lui volais cet instant, il ne me le pardonnerait pas de si tôt.

Au cours des jours qui ont suivi, je n'ai pas vu Ana. Le maharadja s'efforçait de la divertir du matin au soir. Il lui a fait visiter le palais et lui a organisé des excursions dans les environs. Ana a eu droit à une balade à dos d'éléphant et à la chasse aux tigres dans l'enclos des animaux sauvages.

Un après-midi, il l'a emmenée faire une sortie en bateau sur un lac artificiel bordé de fontaines murmurantes et de cytises en fleur. Le maharadja avait fait creuser ce lac uniquement pour disposer d'un endroit où il pouvait utiliser son yacht royal. Vingt jeunes hommes en uniforme copié sur celui de la *Royal Navy* manœuvraient les rames. Le bateau et les rameurs constituaient la flotte royale de Bhapur dont le maharadja était bien entendu l'amiral.

Le maharadja était très fier de sa fortune et il tenait à montrer tout ce qu'il possédait à Ana. J'avais compris qu'il gardait pour la fin ce qu'il avait de mieux. C'est pourquoi durant ces jours-là, je ne me suis pas éloignée une seconde du hangar et de l'avion.

Le quatrième jour de la visite d'Ana, un serviteur m'a apporté le message que j'attendais. Je devais immédiatement préparer l'avion pour un décollage. Le maharadja avait l'intention d'emmener son invitée faire un tour.

Quand Ana et le maharadja ont traversé la pelouse pour se rendre à la piste de décollage, j'attendais au pied de l'avion. C'est un de ces moments impossibles à oublier et en même temps dont il est difficile de se souvenir en détail. Ma vue était brouillée. J'étais à la fois impatiente et enthousiaste.

Ana s'est aperçue de ma présence assez tard. Elle a alors ralenti le pas, puis elle s'est arrêtée et m'a regardée bouche bée. Le maharadja était probablement en train de lui raconter quelque chose parce qu'il a continué à avancer en faisant de grandes gestes. Se rendant compte qu'Ana n'était plus à ses côtés, il s'est retourné avec surprise. À ce moment-là, Ana courait déjà vers moi. Et moi vers elle.

Je me suis précipitée dans ses bras et elle m'a serrée tellement fort que j'avais du mal à respirer. Quand elle m'a finalement lâchée et m'a regardée, j'ai vu que des larmes coulaient sur ses joues. Elle n'avait toujours pas réussi à prononcer un seul mot.

C'est le maharadja qui a rompu le silence.

– Mais que… qu'est-ce qui se passe ? a-t-il murmuré comme pour lui-même.

Ana s'est alors retournée et l'a pris dans ses bras, lui aussi. Il a d'abord eu l'air déconcerté, puis il a soulevé les sourcils avec un sourire étonné.

– Merci ! a sangloté Ana. Merci Votre Altesse Sérénissime ! C'est la plus belle surprise que vous pouviez me faire !

La phrase d'Ana était due à un petit malentendu. Le maharadja lui avait annoncé le matin même qu'il lui avait préparé une surprise. Il s'agissait de l'avion, bien entendu, mais Ana a cru que c'était moi.

CHAPITRE 54
Larmes de joie et amuse-gueules

Un moment plus tard, nous étions tous les trois assis autour de la grande table dans le *Royal Aviation Lounge*. Ana était encore très émue. De temps en temps elle avait besoin d'un mouchoir pour essuyer ses larmes au coin des yeux. Le maharadja a commandé des petits « amuse-gueules » qui ont été livrés du palais sur cinq chariots surchargés. Il n'aimait pas discuter s'il n'avait pas en même temps de bonnes choses à boire et à manger.

Quand Ana s'est calmée, elle a tenu à ce que le maharadja sache pourquoi on se connaissait, elle et moi. Elle lui a expliqué comment on avait fait connaissance à Lisbonne et pourquoi je m'étais installée chez elle après que mon ami le Chef avait été accusé du meurtre d'Alphonse Morro et jeté en prison. Elle lui a parlé de mon travail dans l'atelier de signore Fidardo, de ma découverte de la tombe d'Élisa Gomes et de l'enveloppe mystérieuse de Cochin avec la lettre et l'argent. Et, pour finir, de mon départ précipité pour l'Inde à bord du *Song of Limerick*.

Le maharadja donnait l'impression d'écouter intensément, mais je le connaissais assez pour ne pas être dupe. J'ai bien vu qu'il s'est très rapidement désintéressé de la longue histoire compliquée pour se perdre avec volupté dans les yeux marron d'Ana.

Quand Ana a eu terminé son récit, le maharadja a demandé à ses serviteurs d'aller chercher du café, des liqueurs et un chariot de pralines au chocolat spécialement importées de Belgique. Puis c'est lui qui a raconté notre histoire. Ana a d'abord eu droit au récit de la rencontre avec le directeur Thursgood et de la partie d'échecs grâce à laquelle je suis devenue son valet de chambre. Il est ensuite passé directement aux nombreux et passionnants vols que nous avions accomplis ensemble. Surtout à ses propres exploits en tant que pilote. En revanche, il n'a pas évoqué ma mission dans le zenana qu'il considérait comme un secret d'État.

Avec élégance il a ensuite changé de sujet.

– En parlant de l'avion, a-t-il dit, à mon avis il est grand temps que j'invite mademoiselle Molina à faire un tour dans les airs. Je me suis permis de vous faire confectionner un petit cadeau.

Il a fait signe à un des serviteurs d'aller chercher un paquet enveloppé dans du papier de soie. Dedans il y avait une combinaison de pilote, du même modèle que la sienne mais plus petite et respectant les formes féminines. Ana l'a remercié pour le beau cadeau.

Estimant qu'ils n'avaient pas assez parlé des retrouvailles entre elle et moi, elle a demandé :

– Ce serait donc un pur hasard que Sally Jones et moi nous trouvions ensemble chez vous à Bhapur, Votre Altesse Sérénissime ?

Le maharadja a fait une petite grimace agacée. Il était impatient de voir Ana revêtir l'élégante combinaison ajustée en peau de cerf.

– Non, a-t-il répondu. Ici à Bhapur le hasard n'a pas sa place. C'est moi qui décide de tout et qui pilote ce pays ! Comme j'aimerais à présent piloter cet avion et monter dans les nuages avec vous, mademoiselle Molina. Vous vous sentez prête pour cela ?

Ce n'est qu'à ce moment-là qu'Ana a réalisé ce qui l'attendait.

– Je ne suis encore jamais montée dans un avion, a-t-elle dit prudemment. Je crois bien que je n'en aurai pas le courage…

Le maharadja a écarquillé les yeux.

– Mais bien sûr que si ! Ce n'est pas du tout dangereux ! Seulement amusant ! N'est-ce pas ? Tu es d'accord ? a-t-il dit en s'adressant à moi pour avoir mon soutien.

J'ai hoché la tête.

– Dans ce cas, j'accepte, a dit Ana avec un sourire forcé. Où puis-je me changer pour mettre ma belle combinaison ?

Le visage du maharadja s'est éclairé et il m'a lancé un regard reconnaissant.

Ana avait espéré passer un petit moment seule avec moi après le vol, mais ça n'a pas été possible. Le maharadja avait réservé un des hammams du palais pour elle. Il était grand temps qu'elle se prépare pour le dîner du soir.

Il m'a fallu attendre près d'une semaine avant de la revoir. Le maharadja avait un programme prévu pour pratiquement chaque minute de son séjour. Un matin, elle a cependant eu l'autorisation de faire une promenade seule et elle s'est précipitée au hangar. Elle portait un sari magnifique et avait plusieurs rangées de perles autour du cou. Je me suis dit que le collier devait être aussi long que l'écoute de foc d'un petit voilier.

Ana m'a prise dans ses bras avant de me raconter que la veille, elle avait eu une discussion sérieuse avec le maharadja. Elle lui avait expliqué qu'elle avait l'intention de se rendre bientôt à Cochin avec moi pour essayer de retrouver Alphonse Morro.

Le maharadja n'avait pas du tout apprécié cette information. Il a demandé qui était cet Alphonse Morro et pourquoi Ana se donnait tant de mal pour lui. Elle lui a de nouveau raconté ce qui s'était passé en insistant bien sur le fait que Morro était la seule personne qui pourrait innocenter Koskela du meurtre pour lequel il était incarcéré. Les yeux du maharadja étaient devenus plus noirs encore. Il avait du mal à comprendre pourquoi c'était aussi important pour elle que ce Koskela soit libéré. Ana lui a alors fait comprendre qu'elle le connaissait à peine et que c'était pour moi.

– J'ai l'impression que le maharadja est quelqu'un de très jaloux, a chuchoté Ana.

J'ai acquiescé. Oui, elle avait sans doute raison. Ana a poursuivi son récit.

– Quand le maharadja a compris que je n'étais amoureuse ni de Koskela ni de Morro, il a retrouvé sa bonne humeur et m'a dit que Cochin était un excellent but de promenade. Il a son propre paquebot de luxe à Bombay et il nous accompagnera à Cochin dans dix jours ! C'est décidé !

N'étant pas sûre de ce qu'elle entendait par « nous », j'ai pointé un doigt interrogateur vers moi.

– Mais évidemment, m'a rassurée Ana en me prenant de nouveau dans ses bras. J'ai posé spécialement la question au maharadja et tu viendras avec nous, bien sûr.

Puis Ana a dû se dépêcher de retourner au palais. Le maharadja l'attendait dans la gloriette de la roseraie avec un petit déjeuner au champagne.

Cinq jours plus tard, Ana a donné un concert dans le parc du palais. Elle était accompagnée par un célèbre joueur de sitar, Enayat Khan, que le maharadja avait fait venir de Calcutta. Quatre cents personnes avaient reçu des invitations et elles étaient toutes venues. Parmi elles, les maharadjas de Patiala, de Kapurthala et de Ravhajpouthala. Et aussi le gouverneur général britannique. Les trois maharadjas étaient accompagnés par une horde de serviteurs et de courtisans si bien qu'il a fallu dresser trois grandes tentes avec dépendances dans le parc du palais. L'ensemble formait une véritable ville. En fait, il s'agissait plutôt de palais en toile avec des tableaux aux murs et des lustres en cristal au plafond.

Je n'ai pu assister qu'à une partie du concert d'Ana puisqu'il a fallu que je prépare le *Gipsy Moth* pour la démonstration que le maharadja proposait avant le grand banquet en l'honneur d'Ana.

Avant de monter dans l'avion, le maharadja m'a appris que son cousin, le maharadja de Kapurthala, venait de s'acheter un avion, lui aussi. D'un modèle plus récent que le sien.

– Il veut à tout prix me surpasser, cet imbécile. Il faut que la démonstration que nous allons faire soit extraordinaire. Quelque chose qui épatera mon cousin. Que penses-tu d'un looping ? Ça ne doit pas être si compliqué que ça ?

J'ai tourné le pouce vers le bas pour montrer mon désaccord tout en espérant que c'était une blague. Mais pas du tout, le maharadja était on ne peut plus sérieux. Et, finalement, voler la tête en bas a très bien marché.

Les festivités qui ont suivi le concert ont duré sept jours. Les gens ont mangé et bu sans interruption. Une fois tous ces invités illustres partis, le maharadja a eu besoin de trois jours de massage ayurvédique à cause de ballonnements. C'est seulement après qu'il a été en état de partir à Cochin.

CHAPITRE 55
HMS *Rana*

C'est par une belle matinée claire que nous sommes montés
dans le train privé du maharadja. Après cinq jours de voyage,
nous sommes arrivés à Bombay d'où nous avons été conduits
en cortège au *Royal Bombay Yacht Club* puis en chaloupe à
vapeur jusqu'au HMS *Rana*, le yacht du maharadja, qui attendait dans la rade.

Le HMS *Rana* était un navire sublime. Magnifiquement
dessiné. Son intérieur était aussi luxueux que celui du palais
du maharadja. Parmi les quatre-vingts hommes de l'équipage,

seuls vingt étaient des marins. Les autres étaient au service des passagers.

D'après mes calculs, nous devrions mettre deux jours, au maximum, pour arriver à Cochin. J'ai pourtant assez vite compris que ce serait bien plus long que ça. Le maharadja n'était pas pressé. Il avait envie de siroter tranquillement du champagne sous un parasol en compagnie d'Ana sans avoir à subir un désagréable vent de face. Avec une lenteur extrême, nous avons longé la côte de Malabar vers le sud. La plupart du temps, nous étions tellement près de la terre que nous voyions les plages de sable blanc à travers les jumelles et les palmiers qui bougeaient doucement sous la légère brise du sud-ouest. Tous les soirs, nous jetions l'ancre pour permettre au maharadja de faire une promenade romantique au coucher du soleil avec Ana.

Je m'armais de patience. L'essentiel était que nous soyons en route, bien évidemment, même si ça n'allait pas vite. Ça me paraissait étrange d'être en mer sans avoir rien de sensé à faire. En plus, je voyais Ana seulement lorsque le maharadja m'appelait. Ce qui n'est arrivé que deux fois durant le voyage. Il n'avait pas besoin de moi à bord du *Rana*. Ni pour que je m'occupe de son avion ni pour que j'espionne Maji Sahiba. Je pense aussi qu'il avait envie d'être seul avec Ana.

Tard un après-midi, lorsque le soleil rougeoyait à l'horizon, nous sommes enfin arrivés à Cochin. La ville est située sur un cap entre l'océan Indien et le lac Vembanad, une grande lagune à l'eau saumâtre où les bateaux sont à l'abri du vent et des vagues. Une vieille canonnière nous a dirigés parmi les bancs de sable dans l'entrée du port. Dix-sept salves ont été tirées au sommet d'un mur fortifié. Sur les quais le long de la côte étaient rassemblés des gens qui agitaient des fanions et des chapeaux.

Quand le HMS *Rana* a jeté l'ancre, le maharadja m'a convoquée dans l'un de ses nombreux salons privés. C'est en fait Ana qui le lui avait demandé. Le maharadja l'avait autorisée à me rencontrer rapidement avant le dîner.

Ana m'a paru fatiguée et agacée.

– Je ne supporte plus cette vie de luxe, m'a-t-elle chuchoté. Le maharadja est très attentionné et très généreux, mais c'est trop. Et tout ce champagne me donne mal à la tête. J'ai l'impression qu'il ne boit que ça…

J'ai hoché la tête pour lui signifier que je compatissais et comprenais très bien ses plaintes.

– À plusieurs reprises j'ai essayé de lui parler d'Alphonse Morro, a-t-elle poursuivi. Je lui ai demandé comment nous allions nous y prendre pour partir à sa recherche mais il ne m'a pas donné de vraie réponse. J'ai bien l'impression que ça ne l'intéresse pas du tout. La seule chose dont il a envie de parler en ce moment c'est de ses séances de tir au fusil sur des canards chez le maharadja de Cochin.

Ana m'a appris qu'elle partirait tôt le lendemain matin avec le maharadja pour faire une visite d'État chez le maharadja de Cochin. Ils passeraient quelques jours dans son palais, *The Hill Palace*, situé à une dizaine de kilomètres de la côte. Pendant ce temps-là, j'étais censée rester sur le bateau.

Ana a bien sûr vu que j'étais déçue. Elle a pris mes mains dans les siennes en disant :

– Ne t'inquiète pas. Je vais trouver une solution. Nous ne quitterons pas Cochin avant de savoir si Morro est ici ou non. Je te le promets.

La visite d'Ana et du maharadja chez le maharadja de Cochin a duré cinq jours. Plus tard, Ana m'a confié que notre maharadja avait été ravi de constater que *The Hill Palace* était beaucoup plus petit que *Sunahiri Bagh Palace*. « Rien que mon bateau est plus luxueux que son palais ! » avait-il répété avec satisfaction.

De retour au *Rana*, de nouvelles festivités les attendaient. Le consul britannique et d'autres personnalités éminentes de Cochin les ont invités à prendre le thé, à des dîners et à des garden-parties. Puis le maharadja leur rendait la pareille à bord du HMS *Rana*, mais en redoublant de luxe. Les rares fois où il m'arrivait d'apercevoir Ana, je constatais qu'elle était pâle et paraissait épuisée.

Quant à moi, je n'en pouvais plus de rester là à ne rien faire. Du matin au soir je marchais le long du bastingage du *Rana*. De temps en temps, je m'arrêtais pour scruter l'eau trouble du lac Vembanada. Des voiliers, des péniches et des petits remorqueurs passaient parmi les navires qui mouillaient dans la rade. À un mille marin, à peine, se trouvait Cochin. Je ne voyais que les entrepôts du port et une tour d'église qui s'élevait au-dessus du feuillage des palmiers.

J'imaginais que je volais avec les mouettes et qu'en planant à basse altitude au-dessus de la ville, j'arrivais à voir Alphonse Morro. Parfois il était en train de prendre le café sur une terrasse, parfois il transportait des sacs dans le port. Une fois, je l'ai vu à travers une fenêtre, alité avec une bouteille dans la main. Une autre fois, je l'ai vu sur le quai avec sa valise, prêt à s'en aller.

Ces rêves éveillés me rendaient encore plus nerveuse. J'avais l'impression d'avoir des fourmillements dans les poils.

J'étais tellement près du but.

Le huitième jour, une navette nous a abordés et une femme, une Indienne, vêtue d'un sari tout simple, est montée sur le *Rana*. Dans la main elle avait une lettre qu'elle a donnée à l'officier de quart. Après l'avoir lue, celui-ci a dirigé la femme vers moi. Elle m'a regardée, les mains jointes devant la poitrine, et elle m'a dit d'une voix douce en s'inclinant légèrement :

– Mon nom est Ayesha Narayanan. Je suis la secrétaire du dîwân Al-Faroud, le premier ministre du maharadja de Cochin. Mademoiselle Molina a parlé de toi au dîwân. Il paraît que tu es un singe très particulier. Que tu comprends ce qu'on dit.

J'ai acquiescé en m'inclinant à mon tour. La femme m'a adressé un joli sourire. Elle avait des yeux intelligents derrières de petites lunettes cerclées d'acier. Impossible de se faire une idée de son âge.

– Mademoiselle Molina nous a également appris que si vous êtes venues ici à Cochin c'est parce que vous êtes à la recherche d'un homme de Lisbonne qui s'appelle Alphonse Morro. Le dîwân m'a chargée de vous aider.

Enfin ! je me suis dit. Bravo Ana !

Depuis longtemps je sais que les humains ne savent pas du tout interpréter le langage des singes. C'est pourquoi je m'efforce généralement de rester silencieuse pour éviter les malentendus. Mais cette fois, j'étais tellement enjouée que je n'ai pas pu m'empêcher d'émettre quelques bruits joyeux de gorille. Ça n'a pas semblé déranger Ayesha.

– Je ferai mon possible pour retrouver ce Morro, m'a-t-elle dit. Malheureusement il y a une difficulté : mademoiselle Molina m'a appris que Morro est en fuite. Il est donc possible qu'il n'utilise pas son vrai nom. Dans ce cas, il se peut qu'il soit difficile à retrouver. Mais si j'ai bien compris, tu as déjà rencontré Alphonse Morro et tu sais à quoi il ressemble.

J'ai hoché la tête avec enthousiasme.

– Pour cette raison, il serait précieux que tu m'accompagnes, a conclu Ayesha, afin que nous puissions le chercher ensemble. Si tu es prête, on part à Cochin sur-le-champ.

CHAPITRE 56
Ayesha

Nous sommes parties pour Cochin à bord de la navette d'Ayesha Narayanan. Pendant le trajet, elle m'a expliqué que nous commencerions nos recherches dans un quartier qui s'appelait Fort Cochin. C'est là que vivait la majeure partie des Européens.

Nous avons débarqué sur une jetée en pierre où quelques conducteurs de rickshaw somnolaient à l'ombre d'un énorme eucalyptus. Ayesha a réveillé l'un d'eux, lui a donné une adresse et nous voilà parties !

Le conducteur s'est mis à courir dans les rues vides et poussiéreuses en tirant le rickshaw. Nous sommes passées devant des maisons cossues aux vérandas ombragées, aux petits jardins soignés et aux persiennes baissées. À part une troupe de soldats indiens qui évoluait dans un grand champ d'exercice sous le soleil brûlant et sous les ordres d'un officier britannique installé à l'ombre d'un grand parasol, nous ne voyions personne. Fort Cochin était un endroit endormi. « Si c'est ici que vit Alphonse Morro, il ne sera pas difficile à trouver », je me suis dit. La tension me faisait trembler, il fallait que je fasse des efforts pour rester tranquille.

Le rickshaw s'est arrêté devant une grande grille en fer forgé derrière laquelle se trouvait un jardin, ou plutôt un parc. Au bout d'une grande pelouse, on voyait un bungalow blanc entouré d'allées ratissées.

– Ça c'est le Cochin Club, a expliqué Ayesha. La plupart des Britanniques de la ville en sont membres. Pas mal d'autres Européens aussi, je crois.

Ayesha m'a précédée. Avant de franchir la porte à deux battants, nous n'avons croisé personne. De l'autre côté, il y avait une grande salle, très simplement meublée avec des fauteuils et des canapés à plusieurs endroits de la pièce. Au milieu trônait un grand billard et le long d'un mur courait un comptoir de bar en bois sombre. Des mouches bourdonnaient au plafond, autour des pales immobiles d'un ventilateur.

Un homme grand et maigre essuyait des verres derrière le comptoir. C'était un Indien habillé en serveur. Ayesha l'a salué et il a répondu en me jetant un regard rapide et intrigué.

– Alphonse Morro, a dit Ayesha. Est-ce un nom que vous connaissez ?

Le barman a penché sa tête sur le côté en réfléchissant.

– C'est un Portugais, a précisé Ayesha.

Avant de répondre, le barman a terminé d'essuyer le verre qu'il tenait dans la main et l'a posé sur le comptoir.

– Depuis que la famille da Gama est allée s'installer à Bombay, nous n'avons plus de membres portugais dans le club, a-t-il dit. Et ça remonte à loin maintenant. Mais il me semble qu'un homme du Portugal est passé il n'y a pas si longtemps pour demander quelles étaient les conditions pour devenir membre.

– Il était comment physiquement ? a demandé Ayesha.

Le barman a réfléchi.

– Je ne me souviens plus, a-t-il fini par dire. Il avait les cheveux clairsemés, il me semble. Négligé. Je l'ai pris pour un marchand d'épices. Probablement à cause de l'odeur.

Ayesha m'a regardée. J'ai haussé les épaules. La description n'était pas très parlante.

– Tu te souviens de son nom ? a demandé Ayesha.

– Non, je regrette, a répondu le barman.

Ayesha a remercié et nous sommes ressorties dans la chaleur de l'après-midi. Le conducteur du rickshaw nous attendait là où nous l'avions laissé. Après un petit moment de réflexion, Ayesha lui a demandé de nous conduire à une autre adresse.

Le prochain arrêt se situait près du port. C'était un bâtiment de deux étages en pierre crépie avec des petites avancées en brique au-dessus des fenêtres pour donner de l'ombre.

– C'est là que la chambre de commerce de Cochin a ses bureaux, m'a expliqué Ayesha. Je ne suis pas certaine qu'on te laissera entrer, mais on peut toujours essayer.

Nous avons monté un escalier et sommes entrées dans une pièce tout en longueur avec des rangées d'archives derrière un comptoir qui longeait un des murs. Ayesha a appuyé sur une sonnette et un homme est apparu par une porte. Ses cheveux roux, son costume de lin et son nœud papillon lui donnaient un aspect très anglais. Il avait le front parsemé de taches de rousseur et trempé de sueur.

– Les animaux domestiques ne sont pas admis ici, a-t-il dit dès qu'il m'a vue. Vous devez laisser le singe dehors. *If you please.*

Ayesha n'a pas eu besoin de me demander de sortir. J'ai immédiatement fait marche arrière et je suis retournée dans la rue.

À peine dix minutes plus tard, Ayesha m'a rejointe à l'ombre de la saillie du toit.

– D'après le greffier de la chambre de commerce, Cochin compte une seule entreprise portugaise, a-t-elle dit. Une entreprise commerciale appelée Albaquerque Trading. Tu en as déjà entendu parler ?

J'ai fait non de la tête.

– Je propose qu'on y aille quand même, a dit Ayesha. Si Alphonse Morro se trouve dans cette ville, quelqu'un de cette entreprise devrait être au courant. En général, les compatriotes se connaissent entre eux.

L'idée m'a paru bonne.

Nous sommes parties. Il s'est révélé que Napier Street se trouvait de l'autre côté du grand champ militaire, à proximité du Cochin Club.

Le numéro 14 était une maison semblable aux autres à Fort Cochin : un bâtiment blanc avec une toiture en tuiles chauffée au soleil. Une plaque émaillée sur le portail devant la maison indiquait :

Albaquerque Trading co.
Lisboa – Goa – Cochin

Une allée gravillonnée menait à l'entrée de la maison à travers un petit jardin mal entretenu. La porte était ouverte et nous avons pénétré dans un bureau spartiate. Il y avait seulement deux tables de travail et une rangée d'armoires métalliques avec des classeurs. Au mur était accrochée une affiche jaunie représentant la place Comércio à Lisbonne.

Un homme endormi était assis derrière une des tables. Le ventilateur qui tournait au plafond soulevait légèrement quelques mèches de ses rares cheveux.

C'était un Indien dont le nom de famille était Gavuyor, à en juger d'après la plaque sur sa table. Il a soudain ouvert les yeux et, encore ensommeillé, il a chaussé ses lunettes en me regardant avec surprise. Peut-être croyait-il être encore en train de rêver.

– De quoi s'agit-il ? a-t-il dit en faisant un geste de repli. Qui êtes-vous ?

Ayesha s'est présentée.

– Et le singe ? Il a l'air dangereux. Qu'est-ce qu'il fait avec vous ? s'est-il inquiété.

Ayesha m'a envoyé un regard rapide pour s'excuser. Puis elle a dit :

– Ne vous occupez pas d'elle. C'est l'animal domestique du dîwân. Je l'ai emmenée parce qu'elle aime bien faire un tour de rickshaw.

Mister Gavuyor m'a scrutée du regard quelques instants encore avant de se tourner vers Ayesha.

– Ah bon, a-t-il dit. Et qu'est-ce qui vous amène ici ?

Ayesha a expliqué la raison de sa visite.

– Alphonse Morro ? a répété mister Gavuyor quand elle a eu terminé son récit. Je n'ai jamais entendu ce nom. Qui est-ce ?

– Un Portugais, a répondu Ayesha. De Lisbonne. Je sais qu'il était à Cochin il y a environ six mois.

– Alors il devait être de passage, a dit mister Gavuyor avec un petit mouvement de tête. En tout cas, il n'habite plus ici aujourd'hui. Il n'y a qu'un seul Portugais qui vive à Cochin en permanence. C'est mon patron, senhor Duarte.

– Serait-il possible de le rencontrer ? a demandé Ayesha.

– Non.

– Où puis-je le trouver ? a insisté Ayesha.

– Dans notre entrepôt. Godown 58 B dans Bazaar Road.

Mister Gavuyor n'avait rien de plus à dire. Il s'est mis à ranger les papiers sur son bureau pour signifier qu'il n'avait plus de temps à nous consacrer.

De retour dans la rue, Ayesha a donné un bref ordre au conducteur du rickshaw. Nous nous sommes installées et il est reparti par le chemin par lequel nous étions arrivés.

– Bazaar Road se trouve dans le quartier Mattanchery, m'a expliqué Ayesha. Le plus simple c'est de s'y rendre en bateau.

Le pilote de l'embarcation-navette attendait à l'endroit où nous l'avions laissé. Après avoir largué les amarres, il a longé la presqu'île de Cochin vers le sud. La tension palpitante que j'avais ressentie peu avant avait maintenant été remplacée par une angoisse tendue. Si mister Gavuyor avait raison, nous n'allions pas tarder à savoir si Alphonse Morro se trouvait à Cochin.

Ayesha l'avait bien compris, elle aussi.

– Dans le temps il y avait beaucoup de Portugais à Cochin, a-t-elle déclaré. En réalité, ce sont eux qui ont fondé la ville. Aujourd'hui c'est seulement parmi les marins dans le port qu'on entend parler le portugais et il est fort possible que senhor Duarte soit le seul Portugais à vivre ici en permanence. Dans ce cas, de deux choses l'une : soit Alphonse Morro a changé de nom pour s'appeler Duarte et il est devenu le chef de Albaquerque Trading, soit il n'est plus à Cochin.

J'ai acquiescé. Oui, c'était aussi simple que ça.

CHAPITRE 57
Mattanchery

Mattanchery était très différent de la partie britannique de la ville. Du moins vu de la mer. À Fort Cochin, les rivages étaient dépeuplés et propres. Ici ils étaient boueux et sales. Et il y avait du monde partout. À l'entrée du port, nous avons vu des rangées d'énormes filets de pêche, plus loin des entrepôts avec des embarcadères et des quais sur pilotis. Des négociants ventrus déambulaient parmi les dockers qui trimbalaient sur leur dos des sacs et des tonneaux. Des discussions exaltées se faisaient sur chaque ponton. On entendait au loin les disputes et les marchandages. Entre les quais et les cargos dans la rade il y avait une circulation dense de barques à rames et de péniches à voile. Les rameurs chantaient au rythme de leurs coups d'aviron. L'odeur de poivre, de vanille, de cardamome et de café se mêlait à la puanteur habituelle qui règne dans un port tropical.

Après avoir accosté le long d'un des pontons branlants, nous avons traversé une venelle étroite entre deux entrepôts et sommes arrivées dans Bazaar Road. Nous avons rapidement trouvé Godown 58B. C'était un bâtiment de trois étages avec de toutes petites fenêtres grillagées dans d'épais murs de pierre. On avait l'impression qu'il était là depuis des centaines d'années. L'intérieur était sombre et l'atmosphère étouffante. Des sacs en fibres de noix de coco étaient empilés du sol au plafond. La poussière de poivre nous chatouillait les narines.

Deux Indiens, perchés sur de hauts tabourets, étaient occupés à prendre des notes dans de grands registres. Ayesha a demandé à voir senhor Duarte et un des hommes a fait un signe de la main vers l'étage supérieur.

Nous avons monté un étroit escalier. Au premier étage il y avait un petit espace vitré avec, au plafond, un ventilateur électrique. Un homme était assis à un bureau.

Ayesha m'a adressé un regard interrogateur. Mais l'homme derrière le bureau était grand et chauve. La sueur qui perlait sur son visage lourd et sévère brillait à la lueur de la lampe posée sur le bureau.

Il n'avait rien à voir avec Alphonse Morro.

Mon courage et mes forces se sont immédiatement évanouis. Je me sentais totalement vidée.

Ayesha s'est présentée à senhor Duarte et lui a expliqué la
raison de notre présence. Mais le nom d'Alphonse Morro
lui était totalement inconnu. Et il était certain d'être le seul
Portugais à Cochin. Exactement comme ce que nous avait dit
mister Gavuyor.

– Depuis quand occupez-vous ce poste ? s'est renseignée
Ayesha.

– Depuis trois mois, a répondu senhor Duarte. Avant, je
travaillais à Goa, au siège central. Quand mon prédécesseur a
attrapé le paludisme, il a fallu le remplacer et on m'a nommé ici.
Comment s'appelait-il déjà… ? Simão ! Oui, c'est ça, Alfredo
Simão. Un personnage sinistre. De Lisbonne, je crois. Il est
parti dès mon arrivée. On a à peine eu le temps de se saluer.

– Il est parti où ?

– Je n'en ai pas la moindre idée. Il a peut-être pris un bateau
à vapeur pour Goa. Ou alors il est parti à Singapour. Ou en
Australie. Qu'est-ce que j'en sais ? À moins qu'il se soit couché pour mourir sous un palmier. Je m'en fous. En tout cas, il
n'est plus à Cochin.

C'est tout ce que senhor Duarte avait à dire. Pendant que la
navette nous ramenait vers le HMS *Rana*, Ayesha est restée
silencieuse et pensive. Elle était probablement très déçue du
résultat négatif de nos recherches. Mais elle pouvait difficilement être aussi déçue que moi.

Mon voyage en Inde avait donc été totalement inutile. Tout ce que j'avais réussi à apprendre c'était qu'Alphonse Morro pouvait se trouver n'importe où dans le monde. Sauf à Cochin. Avant que nous montions à bord du HMS *Rana*, Ayesha avait posé sa main sur mon épaule en disant :

– Je suis très malheureuse de ne pas avoir pu t'aider. Je te souhaite beaucoup de bonheur dans l'avenir.

Je m'étais inclinée comme je l'avais vue faire, les mains jointes devant ma poitrine.

Deux jours plus tard, le maharadja en avait assez des garden-parties et des fêtes qui lui avaient donné des brûlures d'estomac et une crise de goutte. Il était temps de rentrer.

Tard, la veille du départ, Ana et moi sommes restées sur le pont à regarder les lumières des navires dans la rade. Comme je l'avais déjà fait tant de fois sur le *Hudson Queen* avec le Chef. Jamais plus il n'aurait la possibilité de voir les ports étrangers illuminés.

Depuis qu'elle savait que nos recherches n'avaient pas donné de résultat, Ana essayait de me consoler. Mais elle avait du mal. La déception avait endolori mon corps tout entier. Le matin j'avais à peine le courage de me lever.

Soudain nous avons vu la lumière d'un petit bateau s'approcher de nous. Il arrivait de la côte est du lac, de là où se situait le village d'Ernakulam et le palais du dîwân Al-Faroud. C'est seulement quand le bateau était tout près que je l'ai reconnu.

C'était la navette d'Ayesha.

Je suis allée à sa rencontre devant l'échelle du *Rana*. Elle avait l'air fatiguée mais enthousiaste et elle m'a fait signe de la rejoindre.

– Que s'est-il passé ? a demandé Ana.

– Permettez-moi de vous l'expliquer plus tard, mademoiselle Molina, a dit Ayesha. J'aimerais emmener Sally Jones avec moi. Il se peut que ce soit très important. Et nous ne disposons que de quelques heures avant le départ de votre navire.

J'ai sauté à bord de la navette et le pilote est parti. Pendant que nous sortions sur le lac noir, Ayesha m'a expliqué pourquoi elle était venue me chercher.

– Quand nous nous sommes séparées, j'avais l'impression de vous avoir trahies, toi et mademoiselle Molina, a-t-elle dit. En plus, je n'arrivais pas à chasser de mes pensées cet Alfredo Simão dont avait parlé Duarte. Hier matin, je me suis rendue au bureau de la douane de Fort Cochin et j'ai appris que personne du nom de Simão n'avait acquitté les droits de sortie de Cochin au cours des quatre derniers mois. Il n'y avait pas non plus de déclaration de décès. Intéressant, non ? Ça signifie qu'Alfredo Simão a quitté Cochin illégalement. À moins qu'il soit toujours ici. Et si c'est le cas, je me demande où il peut bien se cacher.

Tout en écoutant le récit d'Ayesha, je voyais les lumières de Mattanchery s'approcher.

– J'ai passé le restant de la journée à me promener à Mattanchery et à Fort Cochin à la recherche d'Alfredo Simão. Mais personne n'avait entendu parler de lui. Découragée, j'avais décidé de baisser les bras quand une idée m'est soudain venue. Puisque Alfredo Simão avait eu une crise de paludisme, il avait forcément eu besoin de soins médicaux. J'ai dressé une liste de tous les médecins de Cochin, puis je suis allée les voir, les uns après les autres. À ma cinquième tentative, j'ai trouvé un médecin qui se souvenait très bien de l'homme que je cherchais. Il m'a appris qu'il avait effectivement soigné Alfredo Simão pendant plus d'un an. Et maintenant, écoute-moi bien ! Il m'a aussi appris qu'Alfredo Simão est toujours à Cochin. Il loue une chambre dans les quartiers juifs de Mattanchery. Il m'a donné son adresse. C'est juste à côté de la synagogue. Et c'est là que nous nous rendons maintenant.

J'ai pris la main d'Ayesha et je l'ai serrée très fort. Elle m'a souri, mais prudemment comme pour me faire comprendre qu'il ne fallait pas que je me réjouisse trop vite.

CHAPITRE 58
Nuit à Jew Town

Les quais de Mattanchery étaient éclairés par des réverbères et les pêcheurs avaient allumé des feux le long de l'eau. Ça grouillait de vie entre les façades sombres des entrepôts. On entendait des rires, des chants plaintifs et des vociférations dans des langues étrangères.

À cette heure-là, il était pratiquement impossible de se frayer un chemin à travers la foule de Bazaar Road. Quand nous sommes passées devant les étals et les boutiques, Ayesha m'a donné quelques brèves explications : là, ce sont des orfèvres musulmans, là, des marchands de bijoux de Calicut et là, des vendeurs d'opium brahmanes. Des hommes proposaient de changer des roupies contre des souverains anglais et faisaient du commerce d'or et d'émeraudes de contrebande dans une arrière-boutique. Des détritus étaient brûlés à même le sol au coin des rues et au milieu de tout ça se promenaient des vaches et des chèvres en toute liberté.

Là où se terminait Bazaar Road commençait Jew Town, le quartier juif. Il y régnait un calme et un silence étranges. Ayesha m'a conduite dans une voie étroite et sombre sans issue. Au fond de la voie se trouvait la synagogue. Dans l'obscurité devant la porte fermée se tenait un homme avec une kippa sur la tête et habillé d'un vêtement qui lui descendait jusqu'aux pieds. Sa barbe crépue était d'un noir brillant.

Ayesha et l'homme se sont salués en silence. L'homme nous a emmenées dans des passages étroits entre des murs rugueux et à travers des petites cours. Pour finir, nous sommes passés sous un porche et avons monté un escalier. Une femme avec une lampe à huile dans la main nous y attendait. Elle a ouvert une porte et nous a conduites dans une petite pièce meublée uniquement d'un lit et d'une table de travail branlante avec deux tiroirs. À travers l'unique fenêtre, je devinais un croissant de lune dans un ciel nocturne voilé.

– Alfredo Simão a habité ici jusqu'à il y a seulement deux semaines, a dit à voix basse l'homme à la kippa. Mais à présent il est parti.

La déception m'a donné un coup au cœur.

– Vers la fin il était très malade, a expliqué la femme. Je crois qu'il avait commencé à se préparer à mourir. Certains jours, quand il se sentait un peu mieux, nous l'aidions à faire une petite promenade au bord de l'eau. Il aimait beaucoup regarder le lac. Elle s'est essuyé le coin de l'œil avec la manche de son chemisier. L'homme a poursuivi :

– C'est lors d'une de ces promenades qu'il a trouvé *le message*. Ce message a produit un effet étrange sur lui. Alfredo est devenu nerveux, ne tenait plus en place. Subitement il a décidé de partir et il nous a quittés en pleine nuit. Tout ce qu'il nous a dit c'est qu'il fallait qu'il rentre chez lui. Je sais qu'il avait mis de côté une petite somme d'argent. À mon avis, il s'est payé une place à bord d'un des navires dans le port. J'espère de tout mon cœur qu'il arrivera sain et sauf à destination.

La femme a ouvert un des tiroirs déformés du bureau et en a sorti une feuille de papier froissée. Elle l'a tendue à Ayesha qui l'a regardée l'air intrigué.

– C'est ce message-là qu'Alfredo a trouvé dans le port, a expliqué la femme. Il était cloué sur un pieu d'un des pontons. Je ne sais pas ce qu'il signifie mais Alfredo a dû comprendre, lui, puisque c'est ce qui l'a fait partir.

Ayesha m'a passé la feuille.

Je n'ai pas eu besoin de lire ce qui était écrit. Je connaissais ces quelques lignes par cœur :

Mon cœur est à toi
Ma vie c'est toi
28 Rua de São Tomé, Lisbonne

CHAPITRE 59
Déceptions

Un nouveau jour s'est levé. Les collines étaient encore recouvertes d'une brume dense aux reflets d'argent. À part quelques rides formées à la surface du lac de Vembanad par la faible brise matinale, il régnait un calme absolu quand nous avons quitté Mattanchery dans la navette d'Ayesha. Encore sous l'emprise de l'émotion, je tremblais de tous mes membres. Je passais sans cesse en revue la scène que nous venions de vivre. Une joie chaude et frétillante grandissait dans ma poitrine.

De la cheminée du HMS *Rana* sortait une colonne de fumée grise. La chaudière à vapeur tournait à plein régime. Arrivée plus près, j'ai vu qu'Ana était sur le pont arrière et qu'elle regardait dans notre direction. Le pilote a approché la navette du cargo et Ayesha et moi sommes montées à bord. Ana semblait soulagée de nous voir. Peut-être avait-elle craint qu'Ayesha m'ait abandonnée quelque part.

– Mais d'où venez-vous ? a-t-elle demandé en me serrant dans ses bras. J'ai failli demander au capitaine de retarder le départ. Qu'avez-vous fait ?

Ayesha a d'abord expliqué pourquoi elle avait voulu m'emmener. Puis elle a raconté ce que nous avions appris à Jew Town. Quand elle a terminé, j'ai montré à Ana le message trouvé dans le tiroir d'Alfredo Simão. Elle a mis sa main devant sa bouche en écarquillant les yeux. Pendant quelques instants elle a été incapable de prononcer un mot.

– Mais alors… Alfredo Simão et Alphonse Morro…, c'est la même personne, a-t-elle fini par chuchoter. Vous l'avez retrouvé !

Un bruit sourd et tressautant s'est fait entendre quand le treuil sur le pont avant a commencé à travailler. On remontait l'ancre.

Comprenant que nous n'avions plus beaucoup de temps devant nous, Ayesha s'est vite mise à raconter ce que l'homme et la femme de Jew Town nous avaient appris et comment ça s'était passé quand Alfredo Simão avait quitté Cochin.

– Il voulait rentrer chez lui ? a demandé Ana. Alfredo Simão a réellement dit qu'il voulait rentrer chez lui ?

411

Comme d'un commun accord, Ayesha et moi avons acquiescé d'un signe de tête.

– Il est donc en route pour Lisbonne ! s'est exclamée Ana.

Elle m'a serrée fort dans ses bras.

L'ancre était levée et le départ imminent. Ayesha devait quitter le navire sans tarder. Elle a rapidement pris mes mains dans les siennes, puis celles d'Ana et elle a descendu l'échelle vers la navette.

– Je vais me renseigner sur les bateaux qui ont quitté le port de Cochin la nuit du départ d'Alfredo Simão, ont été les derniers mots que j'ai entendus d'Ayesha avant que la navette ne s'éloigne du *Rana*. Je vous télégraphierai la liste dès que possible. Bon voyage !

Debout sur le pont, Ana et moi avons agité nos mains jusqu'à ce que la navette soit hors de vue. Quelques instants plus tard, le HMS *Rana* est sorti dans l'océan Indien et a mis le cap vers le nord.

Le télégramme d'Ayesha est arrivé dès midi le jour même. Il était bref et ne contenait que trois noms. Deux des navires avaient quitté Cochin pour Le Pirée en Grèce. Le troisième avait Naples pour destination.

Ana a répondu en remerciant chaleureusement Ayesha de notre part à toutes deux.

Elle a ensuite tenu à annoncer la bonne nouvelle au maharadja. Il fallait que nous retournions au plus vite à Lisbonne, elle et moi. Le mieux serait que nous prenions un bateau directement de Bombay.

Or le maharadja ne s'est pas montré de la journée. Peu avant l'heure du dîner, un domestique est venu dans la cabine d'Ana avec une grosse boîte enveloppée dans du papier doré et entourée de rubans de soi brodés. De la part du maharadja. Elle contenait une robe dont la beauté dépassait tout ce dont Ana aurait pu rêver. Une carte joliment calligraphiée l'accompagnait :

Chère merveilleuse Ana,
Acceptez de me tenir compagnie à un petit souper sur le
pont arrière. Retrouvons-nous au moment où le soleil aura
caché son visage derrière la ligne interminable de l'horizon.
Votre dévoué Maharadja

Quand Ana a revêtu la robe extraordinaire pour se rendre au rendez-vous avec le maharadja, elle avait sans doute compris ce qui l'attendait. Ça ne devait pas être très agréable.

Seulement quelques heures plus tard, un domestique est venu me prévenir qu'Ana voulait me voir dans sa cabine. Le souper était donc déjà terminé.

Je l'ai trouvée assise sur le bord de son lit. Elle s'était changée et portait maintenant une robe toute simple.

– Il m'a demandé de l'épouser, a-t-elle dit d'une voix malheureuse. Je me suis sentie comme un escroc quand j'ai dit non. Ça l'a rendu tellement triste, le pauvre. C'était affreux.

Le maharadja avait réagi en gentleman et s'était efforcé de dissimuler sa déception. Mais cela n'avait fait qu'augmenter la mauvaise conscience d'Ana. Je suis restée avec elle jusqu'à ce qu'elle décide d'essayer de dormir.

J'avais à peine quitté sa cabine quand un domestique est venu me porter un autre message. Cette fois, c'était le maharadja qui voulait me voir. Je me suis rendue à sa cabine pleine de mauvais pressentiments.

C'était encore pire que je l'avais imaginé. Le maharadja était assis par terre, le dos voûté, avec une bouteille de champagne à moitié vide dans la main. Il avait les yeux rougis à force d'avoir pleuré.

– Ana ne m'aime pas, a-t-il sangloté. Ma vie est finie, elle ne vaut plus la peine d'être vécue… J'ai besoin de parler avec quelqu'un, sinon je vais me jeter dans la mer !

Pendant deux longues heures, j'ai écouté ses pleurs. Le maharadja était inconsolable. De temps en temps, il me faisait signe de lui attraper encore une bouteille de *Dom Pérignon* dans un énorme seau à glace posé sur sa table de chevet.

Quand ses larmes ont enfin commencé à tarir, il m'a demandé en sanglotant d'aller lui chercher un dossier en cuir sur le bureau de sa cabine.

– Voilà ce que j'ai reçu par la valise diplomatique d'Angleterre quand nous étions à Cochin, a-t-il dit en ouvrant le dossier. C'est le dernier modèle de Havilland, qu'en penses-tu ?

Le dossier contenait les images, les plans et les spécifications techniques d'un avion.

Nous avons étudié le dossier jusqu'à l'aube. Quand le maharadja s'est endormi dans un fauteuil, le dossier ouvert sur les genoux, je l'ai quitté. Un doux sourire planait sur ses lèvres. Il avait décidé de commander le nouvel avion par télégramme dès le lendemain.

Le maharadja a dormi une bonne partie de la matinée. Ana en a profité pour venir me voir. Puisque l'heure de faire ses adieux approchait, elle voulait que je l'aide à écrire un petit discours de remerciements pour le maharadja. Ana m'a lu son texte qui était très réussi, mais en l'écoutant j'ai été saisie par une inquiétude subite. Un pressentiment que les choses ne se passeraient pas comme nous l'avions prévu.

Peu après le coucher du soleil, un domestique est venu prévenir Ana que le dîner n'allait pas tarder à être servi. J'ai regagné ma cabine. Elle a vite enfilé une belle robe et s'est arrangé les cheveux.

J'ai arpenté ma cabine de long en large durant le temps du repas. Je n'arrivais pas à me débarrasser de mon mauvais pressentiment. Quelque chose de désagréable se préparait. Je le sentais dans tout mon être.

Peu avant minuit, on a frappé à ma porte. C'était un domestique qui me demandait de me rendre immédiatement sur le pont arrière. Un ordre du maharadja.

J'ai trouvé le maharadja et Ana assis de part et d'autre d'une table joliment mise. Un lustre avec des bougies dans des petites boules en cristal était suspendu au-dessus de la table. La scène était charmante mais le regard qu'Ana me lançait disait le contraire.

Plus tard, Ana m'a appris ce qui s'était passé au cours de ce dîner avant que le maharadja me fasse venir.

Pour commencer, l'ambiance avait été un peu pesante, m'avait-elle raconté. Le maharadja avait les joues pâles et un comportement exagérément poli. Il était forcément embarrassé à cause de sa demande en mariage ratée de la veille. Mais sa gêne s'était vite évanouie quand il avait commencé à parler de l'avion qu'il venait de commander. Il avait retrouvé son attitude habituelle et avait expliqué en détail les qualités techniques extraordinaires du nouveau modèle de l'avion de Havilland.

Quand ils en étaient au dessert, Ana s'était raclé la gorge puis avait demandé la parole en faisant tinter son verre en cristal. L'heure de tenir son petit discours était arrivée. Voici à peu près la manière dont il était formulé :

« L'amabilité et la générosité de Votre Altesse Sérénissime sont impossibles à décrire en mots. Je n'oublierai jamais le temps que j'ai passé ici en Inde avec vous. Mais mon séjour touche à sa fin. À Bombay je vous ferai mes adieux et je rentrerai chez moi. J'espère que vous viendrez un jour à Lisbonne pour que je puisse essayer de vous rendre votre hospitalité. »

Le maharadja avait semblé sincèrement heureux du discours et il avait levé son verre pour trinquer.

Ana avait ensuite ajouté :

« Et si Votre Altesse Sérénissime n'y voit pas d'inconvénient, je prendrai Sally Jones avec moi. »

Pour commencer, le maharadja n'avait visiblement pas compris ce qu'elle avait voulu dire.

« Tu veux emmener Sally Jones avec toi ? s'était-il étonné. À Lisbonne ? Mais tu comprends bien que ce n'est pas possible ?

C'est mon valet de chambre. Et la mécanicienne de mon avion. Je ne peux pas me passer d'elle. »

Ana avait cherché ses mots dans un silence tendu.

« Votre Altesse Sérénissime, avait-elle fini par dire, Sally Jones a tous ses amis à Lisbonne. L'un d'eux est incarcéré bien qu'il soit innocent. Il a besoin de son aide pour… »

« Moi aussi, j'ai besoin de son aide, l'avait brutalement interrompue le maharadja. Nous venons de commander un nouvel avion ! Sally Jones veut évidemment rester pour voler avec moi. J'en suis convaincu. »

Ana n'avait pas su quoi dire. Le maharadja avait alors envoyé un domestique me chercher pour me poser la question directement.

J'étais donc là, devant eux, et j'ai compris en voyant le visage d'Ana qu'il y avait un gros problème.

– Ana vient de m'apprendre qu'elle veut t'emmener avec elle à Lisbonne, a commencé le maharadja en me souriant. Je lui ai expliqué que tu ne pourras malheureusement pas partir avec elle et que tu préfères retourner à Bhapur avec moi. Nous avons beaucoup à faire pour préparer l'arrivée du nouvel avion ! Ça sera amusant, non ?

Nos regards se sont croisés. Une lueur d'inquiétude s'est subitement immiscée dans les yeux du maharadja, mais son sourire était encore là.

– N'est-ce pas ? a-t-il insisté.

Voyant que je ne confirmais pas ce qu'il venait de dire, son sourire a pâli et s'est éteint.

– Tu préférerais… partir à Lisbonne avec Ana ?

J'ai hoché la tête.

Le maharadja s'est efforcé d'afficher un air impassible mais ses yeux n'arrivaient pas à dissimuler sa déception. Ça m'a fendu le cœur.

– Hélas, a-t-il dit sur un ton sévère en se tournant vers Ana. Le singe m'appartient et je ne désire pas vous l'offrir. Vous partirez seule, mademoiselle Molina.

Sur ces mots, il s'est levé et a quitté la table.

CHAPITRE 60
Une partie avec un enjeu important

Le soir même, j'ai dû vider ma cabine et rendre mon uniforme de valet. J'ai fait le restant du voyage à l'avant du bateau, dans la partie réservée aux domestiques. Sur l'ordre du maharadja. Je n'étais plus son valet de chambre mais un domestique ordinaire. Et en tant que domestique on m'a tout de suite mise au travail. De l'aube jusqu'au coucher du soleil je faisais le ménage, je lavais des draps, je nettoyais des toilettes. En réalité ça m'était égal. Sans ça, je n'aurais pas eu d'occupations à bord.

En revanche, ce qui ne m'était pas du tout égal c'est que je ne voyais plus Ana. Le maharadja me l'avait interdit. Il m'arrivait de l'apercevoir au loin quand elle prenait ses repas toute seule sous la voile solaire sur le pont arrière. Le maharadja ne lui tenait plus compagnie. D'après ce qu'on disait, il ne quittait plus sa cabine.

Le retour de Cochin a été plus rapide que l'aller. Nous nous sommes arrêtés une fois pour nous ravitailler en eau, mais à part cette brève escale, nous n'avons pas cessé d'avancer.

Mon plan était prêt. J'avais l'intention de m'enfuir du HMS *Rana* quand nous serions plus près de Bombay. Ana ne quitterait pas l'Inde sans moi. Je le savais. Elle m'attendrait à Bombay jusqu'à ce qu'on se retrouve pour pouvoir rentrer à Lisbonne ensemble.

Mais comment organiser ma fugue ? Vu que je ne savais pas nager, il ne restait qu'une possibilité envisageable : il fallait que je vole un canot de sauvetage. Et cela ne pourrait se faire que de nuit, quand le navire aurait jeté l'ancre.

Le HMS *Rana* avait deux canots de sauvetage au milieu du navire. Un de chaque côté de la passerelle. En mettre un dans l'eau sans être découvert était impossible. Mais par chance, il y en avait un troisième sur le pont supérieur, à l'arrière, là où on prenait des bains de soleil. Pourrais-je m'en servir pour m'enfuir ? Il fallait que je vérifie.

Une nuit, quand le domestique avec qui je partageais ma cabine s'était endormi, je suis montée tout doucement sur le pont supérieur. La brise nocturne était douce et le ciel étoilé.

L'écume du sillage éclairé par la pleine lune était blanche et étincelante. Je me suis approchée du canot pour examiner le bossoir. La construction était simple. Je devrais pouvoir mettre l'embarcation dans l'eau toute seule.

C'était tout ce que j'avais besoin de savoir. Mais juste au moment où je m'apprêtais à regagner à ma cabine, j'ai vu, de l'autre côté, quelqu'un monter sur le pont supérieur. C'était le maharadja. Aucun doute à ce sujet. J'ai reconnu sa silhouette. Plus vite qu'il ne faut pour le dire, je me suis accroupie dans l'ombre sous le canot. Le maharadja a avancé jusqu'au milieu du pont où il s'est arrêté, les mains dans le dos et le regard tourné vers la lune. Il ne m'avait pas vue.

Puis il s'est mis à marcher de long en large. De temps en temps, il s'asseyait sur un transat en enfouissant son visage dans ses mains. Puis il se relevait et recommençait à marcher tout en murmurant pour lui-même. Il semblait à la fois fâché et triste. Surtout triste.

Au bout d'une heure, j'avais les deux jambes ankylosées et mon dos me faisait mal à force d'être courbé sous le canot de sauvetage. Pourvu que le maharadja décide rapidement de retourner se coucher, je me suis dit. Mais c'était un vœu pieu, il a continué à marcher.

Au bout d'une heure encore, j'ai deviné une faible lumière à l'horizon, à l'est, puis un jour nouveau a commencé à chasser les ombres de la nuit. L'obscurité n'allait plus me protéger bien longtemps.

Soudain, le maharadja s'est arrêté en regardant dans ma direction. Je suis restée absolument immobile, je n'osais même pas respirer. Pendant quelques secondes, qui m'ont paru une éternité, j'étais persuadée qu'il m'avait vue. Mais il s'est retourné pour contempler la mer. J'en ai profité pour quitter ma cachette. Je suis descendue du pont supérieur et, sans regarder derrière moi, j'ai couru jusqu'à la partie réservée aux domestiques. De toutes les couchettes me parvenaient des ronflements tranquilles. Personne ne s'était aperçu de mon absence. Sans faire de bruit, je me suis glissée sous la couverture puis je suis restée le regard rivé dans le noir et le cœur battant, préparée à ce que la porte s'ouvre à tout moment. Mais ça ne s'est pas produit. Le maharadja n'avait pas dû me voir.

J'avais un plan et il fallait qu'il fonctionne. À condition que nous ancrions plus d'une nuit au cours du voyage. Mettre à l'eau une embarcation de sauvetage d'un navire qui avance est à la fois difficile et dangereux. Le faire tout seul est quasiment impossible.

Ma nervosité grandissait au fur et à mesure que nous approchions de Bombay. Et si jamais le bateau ne s'arrêtait plus avant d'arriver à destination ? Dans ce cas, je n'aurais pas la possibilité de m'enfuir. Et je n'avais pas de plan B.

Mais le dernier soir du voyage, le HMS *Rana* a de façon inattendue mouillé dans une belle baie bordée de sable blanc où des pêcheurs nettoyaient leurs filets sous des palmiers qui bougeaient au vent. J'ai appris que nous resterions jusqu'au lendemain. Personne ne semblait connaître la raison de notre escale.

J'avais ma chance.

Le soir, j'ai haché de l'oignon dans la cuisine sur l'ordre du chef cuisinier. J'attendais impatiemment que la nuit noire tropicale tombe sur la baie. Peu avant dix heures, le cuisinier m'a demandé d'arrêter de travailler pour la soirée. Plus tard, j'étais couchée dans la cabine à écouter les faibles ronflements des domestiques endormis. Quand la cloche a sonné deux coups, je savais qu'une heure s'était écoulée. Le moment était arrivé. J'ai enlevé ma couverture et posé les pieds par terre.

Quand je suis sortie sur le pont supérieur, la lune était cachée derrière des nuages brumeux. L'obscurité était totale. C'était une excellente chose. Lorsque j'ai commencé à détacher le canot, la tension faisait battre mon cœur et trembler mes mains.

Tout d'un coup je me suis arrêtée. J'avais le sentiment d'être observée. En me retournant, j'ai vu que quelqu'un était assis dans un des transats. Bien que son visage soit dans l'ombre, j'ai immédiatement compris qui c'était.

– Viens t'asseoir ici, a dit la voix du maharadja.

Prise sur le fait, je me suis sentie un peu bête mais, bizarrement, pas spécialement effrayée. D'un pas lourd et résigné, je suis allée m'asseoir dans un transat à côté de lui.

– Tu n'as pas dû t'apercevoir que je t'ai vue l'autre soir, m'a lancé le maharadja avec satisfaction. J'ai tout de suis deviné ton intention. Tu voulais voler mon canot de sauvetage, n'est-ce pas ?

Ce n'était pas la peine de faire l'innocente. Cela empirerait ma cause. J'ai donc hoché la tête.

Le maharadja est resté silencieux un long moment. Puis il m'a dit :

– C'est la deuxième fois que tu sous-estimes aussi bien ma vigilance que mon intelligence. Tu te souviens de la première fois ?

Le maharadja m'a laissé un moment de réflexion avant de poursuivre.

– La première fois que tu m'as sous-estimé c'était quand j'ai organisé un tournoi d'échecs entre toi et mes ministres. Tu t'en souviens, non ? Tu as laissé mes ministres gagner. Et tu pensais que je ne m'en apercevrais pas. Mais je m'en suis rendu compte. N'est-ce pas ?

J'ai de nouveau hoché la tête. Je n'avais pas oublié ce sentiment désagréable. Je me rappelais surtout combien ça avait paru incompréhensible au maharadja que je préfère perdre aux échecs plutôt que de détruire la vie de ses pauvres ministres.

Le maharadja a tendu sa main vers une petite lampe à pétrole posée sur la table à côté de son transat. Il l'a allumée avec une allumette. Une lumière douce et oscillante s'est mise à éclairer le pont autour de nous.

Sur la table il y avait encore quelques objets : un sablier et une boîte en bois joliment sculptée avec des incrustations en or qui étincelaient à la lueur de la lampe. Avant même qu'il ne l'ouvre, j'ai compris ce que c'était.

Un jeu d'échecs pliable.

Sans un mot, le maharadja l'a ouvert et a posé les pièces dans leur position de départ. Puis il a dit :

– Cette fois, je veux être certain que tu feras de ton mieux, Sally Jones. Si tu perds cette partie, je te ramène à Bhapur et Ana retournera seule en Europe. En revanche, si tu gagnes…

Le maharadja s'est interrompu et a sorti une enveloppe rectangulaire de sa poche. Il l'a posée sur la table avant de poursuivre.

– Si tu gagnes, je te donnerai cette enveloppe. À l'intérieur il y a deux billets sur le transatlantique *Kaisar-I-Hind* qui quitte Bombay pour Lisbonne demain matin. Un billet pour Ana, l'autre pour toi.

Je ne savais pas quoi ressentir ni penser. Était-il sérieux ?

En réponse à ma question silencieuse, le maharadja a hoché la tête avec gravité :

– Je ne te raconte pas d'histoires. Si tu gagnes, je n'ai pas l'intention de t'obliger à rester avec moi. Tu partiras avec Ana. Je te donne ma parole de maharadja. Je t'en prie, choisis la couleur. Tu veux jouer avec les pièces noires ou les blanches ?

Le ton du maharadja était sincère, j'avais pourtant du mal à le croire. Mais qu'est-ce que j'avais à perdre ? J'ai tendu la main et j'ai avancé un des pions blancs de deux cases.

CHAPITRE 61
Échange de turbans

Le maharadja s'est révélé être un excellent joueur d'échecs. J'ai tout de suite compris qu'il n'avait pas menti en me disant qu'un champion du monde lui avait donné des leçons particulières. Il a rapidement pris le dessus grâce à des ruses stratégiques que je n'avais encore jamais vues. Chaque fois que c'était à moi de jouer, il fallait que je réfléchisse jusqu'à ce que le dernier grain de sable tombe dans le sablier.

À la moitié du jeu, j'ai cru que j'avais réussi à tourner la partie à mon avantage mais le maharadja avait prévu mes coups et j'ai rapidement perdu ma dame et mes deux fous. Par une élégante manœuvre, il a ensuite neutralisé l'unique cavalier qui me restait.

Le maharadja pouvait maintenant me mettre échec et mat en quatre coups. Je l'ai vu. Il l'a vu. La partie était terminée. Le maharadja a ri, sûr de lui.

Mais quelque chose d'inattendu s'est produit. Au lieu de mettre mon roi en échec, le maharadja a pris un de mes pions avec sa dame. C'était un très mauvais coup. Soudain c'est moi qui avais l'avantage. En deux coups, j'ai pris sa tour et sa dame. Cinq coups plus tard, j'avais gagné. Le maharadja était échec et mat.

Je m'attendais à ce qu'il soit fou de rage mais il m'a tendu l'enveloppe avec un sourire en disant :

– Félicitations ! Bien joué !

Je l'ai regardé, déroutée. Son sourire devenait de plus en plus large. Avec hésitation j'ai pris l'enveloppe et je l'ai ouverte. Elle contenait bien deux billets pour Lisbonne à bord du *Kaisar-I-Hind*.

J'ai levé la tête vers le maharadja et croisé son regard qui était fier et joyeux.

Soudain j'ai compris.

Le maharadja m'avait laissée gagner. Il avait fait exprès de perdre.

Sans réfléchir, je lui ai tendu la main. De la part d'un domestique, c'était évidemment un geste très mal placé. Mais le maharadja n'a pas hésité à la prendre entre les siennes. Il l'a longuement serrée. Son visage rond et rieur était plus lumineux que la lune.

Nous sommes restés côte à côte un long moment à regarder les étoiles. C'est seulement lorsque la cloche a sonné quatre coups que le maharadja s'est levé en disant :

– L'air de la mer creuse, que dirais-tu d'un petit en-cas ? Je me demande si Ana n'a pas un petit creux, elle aussi ? Et si tu allais lui poser la question ? Moi, de mon côté, je veillerai à ce que la table soit mise pendant ce temps-là.

Ana a été à la fois surprise et soulagée quand j'ai frappé à sa porte et que je lui ai montré l'enveloppe avec les billets.

– Tu n'imagines pas à quel point j'étais fâchée contre lui, a-t-elle dit. J'avais même pensé aller directement à la police en arrivant à Bombay et porter plainte contre lui pour prise d'otage. Mais ça n'aurait probablement servi à rien…

Ana s'est changée et nous sommes parties ensemble sur le pont arrière. Le maharadja était en train de choisir les vins qui accompagneraient la cinquantaine de mets déjà posés sur la table. Il avait sans doute compris qu'Ana lui en voulait parce qu'il semblait assez tendu. La première chose qu'il a dite quand nous nous sommes installées était :

– Je sais que je me suis mal comporté. Veuillez me pardonner, mademoiselle Molina. Si vous êtes encore fâchée contre moi en partant, je mourrai de chagrin. Vous ne le serez pas, j'espère. Vous ne voulez tout de même pas avoir la mort d'un maharadja malheureux sur votre conscience ?

– Non, a répondu Ana tranquillement mais avec détermination. Non, je n'y tiens pas. Je vous pardonne. Mais j'apprécierais que vous me donniez une explication à votre comportement étrange de ces derniers jours.

Le maharadja l'a regardée avec surprise. Il n'était pas habi-
tué à ce qu'on s'adresse à lui sur ce ton. Pendant un court
instant j'ai cru qu'il allait se mettre en colère. Mais il a baissé
la tête en poussant un lourd soupir.

– Oui, bien entendu, a-t-il dit lentement. Je vous dois bien
ça... Vous comprenez, mademoiselle Molina, je suis un
maharadja.... Je veux dire que j'ai l'habitude d'avoir ce que je
veux. Et je veux que... Ou plutôt, j'avais cru que Sally Jones
aimerait... Ce que je cherche à dire, c'est que j'avais cru que
Sally Jones aimerait rester ici en Inde et...

Le maharadja s'est tu comme s'il cherchait ses mots. Ne les
trouvant pas, il se tortillait sur sa chaise. Il n'était pas habituel
de le voir comme ça.

– Je crois comprendre ce que vous voulez dire, Votre
Altesse Sérénissime, a répondu Ana d'une voix plus aimable.
Qu'est-ce qui vous a fait changer d'avis ?

Le maharadja m'a jeté un regard rapide avant de répondre.

– Voilà. L'autre soir j'ai découvert que Sally Jones avait pla-
nifié de s'enfuir. Et ça m'a fait... enfin... pour commencer
je me suis fâché, bien sûr. Puis j'ai trouvé que... que c'était
triste, d'une certaine manière. Je ne sais pas bien comment
dire. Et ensuite je me suis dit que vous seriez tellement heu-
reuses, toutes les deux, si je vous laissais repartir à Lisbonne.

Le maharadja s'est tu et il a pris un air pensif comme s'il
avait du mal à comprendre lui-même ce qu'il venait de dire.

– Votre Altesse Sérénissime a donc préféré la charité à la
justice, l'a aidé Ana.

Le visage du maharadja s'est illuminé.

– C'est exactement ça, a-t-il dit. La charité plutôt que la justice ! C'est exactement ça ! Maintenant assez parlé de tout ça !
Trinquons !

Nous avons tous levé nos verres. Le bruit du cristal s'entre-
choquant était très beau. Le maharadja semblait profondément soulagé.

Notre dernière nuit à bord du HMS *Rana* a été à la fois
longue et amusante. Le maharadja a fait de son mieux pour
être un hôte agréable en nous racontant ses exploits en tant
que sportif et chasseur de tigres.

Entre le dessert et le café, il a tenu à nous faire une démonstration de cricket. Il a disparu un petit moment pour revenir affublé de la tenue de l'équipe nationale de Bhapur avec
des protège-tibias, un casque et une batte. Un serviteur le
suivait avec un seau en argent plein de balles. Ana et moi
avons lancé, à tour de rôle, les balles dures recouvertes de
cuir et le maharadja les a frappées avec sa batte. Les balles se
sont envolées dans le noir, les unes après les autres. Le bruit
qu'elles faisaient en atterrissant dans l'eau nous parvenait
de loin.

Avant de nous souhaiter bonne nuit et de nous retirer dans
nos chambres pour dormir, Ana a chanté un fado mélancolique sur le départ et la séparation. De grosses larmes coulaient le long des joues du maharadja.

Le lendemain matin, le HMS *Rana* a levé l'ancre et nous
avons quitté la baie abritée. Bombay se trouvait à seulement

trois heures de voyage. Peu après le déjeuner, il a de nouveau jeté l'ancre. Le bagage d'Ana a été placé dans la chaloupe et elle et moi sommes ensuite parties pour King Albert Dock où le vaisseau amiral de la société P&O, RMS *Kaisar-I-Hind*, était prêt à appareiller pour l'Europe. Le maharadja nous a accompagnées jusqu'au bout.

Comme cadeau d'adieu, il a offert un collier de perles à Ana. Pour commencer elle n'a pas voulu l'accepter en disant qu'elle avait déjà reçu tellement de cadeaux de sa part qu'elle en avait honte. Mais il n'a rien voulu entendre.

– Pour moi, chaque minute de votre visite a plus de valeur que dix colliers de perles, a-t-il dit en s'inclinant. C'est moi qui ai une dette envers vous, mademoiselle Molina et non l'inverse.

Ana a embrassé le maharadja sur la joue en promettant de penser à lui chaque fois qu'elle mettrait le collier.

Ensuite, le maharadja s'est tourné vers moi.

– Je n'ai pas de cadeau pour toi, m'a-t-il dit avec gravité. En revanche, j'ai quelque chose à te demander : c'est que tu ne m'oublies pas. C'est pourquoi j'aimerais qu'on échange nos turbans. Veux-tu me faire cet honneur ?

Sa demande était inattendue mais j'ai bien entendu acquiescé et nous avons enlevé nos turbans. Je n'avais encore jamais vu le maharadja tête nue. Ses longs cheveux étaient ramassés en un chignon d'un noir brillant maintenu par un peigne en bois. Il m'a tendu son turban et je lui ai donné le mien. Un sifflet à vapeur nous a avertis qu'il était temps pour Ana et moi d'embarquer.

Quand le *Kaiser-I-Hind* a quitté le port, Ana et moi étions appuyées contre le bastingage à agiter nos mains. Le maharadja répondait à nos signes, mon turban sur la tête.

Jamais auparavant je n'avais voyagé en première classe sur un transatlantique. Tout était élégant et luxueux. Mais je ne me suis pas laissée impressionner. Pas après notre croisière à bord du HMS *Rana*.

Le maharadja nous avait évidemment réservé les deux cabines les plus chères. Ce qui nous a valu de dîner à la table du Commandant. *The Captain's table*. Le commandant était écossais et s'appelait Mac Allister. Il avait déjà entendu parler de moi. C'est vrai que je suis relativement connue parmi les gens de la mer.

Un des hôtes qui dînait également à notre table était un riche homme d'affaires indien de Calcutta. Déjà le premier soir, il a remarqué mon turban avec ses nombreuses pierres précieuses étincelantes. Ana lui a raconté comment le maharadja me l'avait offert en échange du mien.

L'homme d'affaires m'a alors regardée les yeux écarquillés en disant :

– Peut-être ignores-tu que pour nous, les Indiens, échanger son turban avec quelqu'un c'est une chose très importante. Selon la tradition, on ne le fait qu'avec son meilleur ami.

TROISIÈME
PARTIE

CHAPITRE 62
Retrouvailles

Le voyage de Bombay à Lisbonne a duré trois semaines. À l'aube du dix-huit février, le RMS *Kaisar-I-Hind* a remonté l'embouchure du Tage. Ana et moi étions sur le pont et regardions le soleil se lever derrière les sept collines de Lisbonne.

D'une certaine manière, j'avais l'impression agréable de rentrer chez moi. Mais ça ne me rassurait pas pour autant. Au cours du voyage, j'avais souvent pensé à ce moment avec inquiétude. J'avais des ennemis puissants et dangereux à Lisbonne. Ils me croyaient probablement morte, mais je

437

ne pouvais pas trop compter là-dessus. Et si le commissaire Garretta avait appris que le capitaine l'avait trompé ? S'il savait que je me trouvais à bord du *Kaisar-I-Hind* ? Dans ce cas, il m'attendrait en bas du bateau et il m'arrêterait aussitôt.

Pendant que deux remorqueurs aidaient le gros navire à accoster le long de Cais do Sodré, j'ai cherché le visage de Garretta dans la foule sur le quai. Mais je ne l'ai pas vu, ni lui ni d'autres policiers.

En revanche, j'ai aperçu signore Fidardo.

Il était là, le dos bien droit, avec un bouquet de lys rouges dans les mains. Son costume était d'un blanc éclatant qui illuminait la grisaille matinale. Mais il paraissait si petit, la tête levée à nous chercher des yeux.

J'ai eu chaud au cœur en le revoyant. Le commissaire Garretta et mes angoisses ont vite disparu et je me suis mise à sautiller sur place et à agiter les bras.

Quelques heures plus tard, nous étions attablés dans le petit appartement du deuxième étage de la maison à Rua de São Tomé. Signore Fidardo avait mis la table où nous attendaient des sandwichs, des biscuits et un grand gâteau de bienvenue provenant de la pâtisserie Graça.

Signore Fidardo était égal à lui-même. Toujours aussi calme et maître de lui. Mais j'ai quand même discerné une petite larme dans ses yeux quand il nous a regardées, Ana et moi. Et il avait un peu maigri. Son visage s'était creusé et marqué de nouvelles rides. Le genre de rides que trace l'inquiétude. J'eus un pincement de mauvaise conscience au cœur.

Ana lui a raconté son voyage à Bhapur, l'accueil à la gare et sa première rencontre avec le maharadja. Elle lui a décrit le palais, le parc et nos miraculeuses retrouvailles.

Signore Fidardo refusait de croire que c'était le hasard qui nous avait réunies.

– Je me demande si Sally Jones n'y était pas pour quelque chose dans l'invitation du maharadja, a-t-il dit à Ana tout en m'observant par-dessus ses lunettes.

La question était trop compliquée pour que je puisse y répondre. Je ne pouvais pas la confirmer ni la démentir d'un mouvement de tête. J'ai choisi de lui adresser un clin d'œil tout en me resservant un morceau de gâteau. Ana a éclaté de rire puis elle a passé sa main sur ma tête.

– À mon avis, tu devrais commencer à écrire, m'a dit signore Fidardo. « Les mémoires de Sally Jones », je suis certain que ce serait très intéressant à lire.

Bien qu'à ce moment-là, je n'aie pas pris son idée au sérieux, elle est allée se loger quelque part dans ma tête.

Signore Fidardo a préparé du café à plusieurs reprises et Ana est descendue deux fois à la pâtisserie Graça chercher d'autres sandwichs. Nous avions tant de choses à nous dire. Signore Fidardo voulait tout savoir sur les fêtes extraordinaires, sur le grand concert dans le parc du palais et sur mes aventures en tant que mécanicienne de l'avion du maharadja. Je lui ai montré le turban que le maharadja m'avait offert et signore Fidardo l'a longuement examiné avant de me regarder en disant :

– Une œuvre d'art exceptionnelle. Les pierres précieuses me paraissent vraies. À mon avis, le maharadja a fait de toi un gorille riche.

J'ai haussé les épaules. Quelle importance ? Je n'avais pas l'intention de vendre ce turban, quel que soit le prix qu'on me propose.

Pour finir, Ana lui a raconté le voyage à Cochin et mes recherches, en compagnie d'Ayesha Narayanan, pour retrouver Alphonse Morro. Signore Fidardo l'a écoutée attentivement tout en m'envoyant de temps à autre un regard soucieux.

– Espérons qu'Alphonse Morro et Alfredo Simão sont réellement une seule et même personne. Et qu'elle est effectivement en route pour Lisbonne. Et aussi qu'elle survivra au voyage.

J'entendais à sa voix qu'il avait des doutes. Mais je n'y attachais pas d'importance, je savais ce que je savais. Alphonse Morro serait bientôt de retour à Lisbonne.

Quand nous nous sommes finalement levés de table, il faisait nuit. Les réverbères à gaz étaient allumés dans la rue depuis plusieurs heures déjà. Ensemble nous avons monté la malle d'Ana dans son petit appartement. En ouvrant la porte, nous avons été accueillis par une odeur de renfermé. Un gros tas de courrier attendait par terre. Surtout des enveloppes couleur ivoire de la marque Canson. Elles venaient toutes de l'admirateur secret d'Ana. Il avait continué à lui écrire pendant son absence. Elle ignorait toujours qui il était.

Il y avait aussi quelques factures et une petite enveloppe grise sur laquelle étaient écrits en caractères maladroits le nom et l'adresse d'Ana. Nous savions toutes les deux qui en était l'auteur.

Chère Madame Ana Molina,

Je suis tèlement heureux quil faut que je vous écrive même si je sais que vous n'allé pas revenir d'Inde de si tôt. Aujourdhui j'ai ressu une lettre de votre ami monsieur Fidardo. Il m'a écri que vous avé envoyé un télégramme en disant que vous avé retrouvé Sally Jones.

J'ai pas de mots pour décrire mon bonheur.

Merci beaucoup !

Mes hommages,
Votre Henry

Ce soir-là, j'ai relu plusieurs fois la lettre du Chef pendant qu'Ana vidait sa malle. Sa garde-robe arrivait à peine à contenir toutes les belles robes que le maharadja avait tenu à ce qu'elle rapporte. Puis, il a été grand temps d'aller au lit.

Ana s'est endormie sur-le-champ. Moi, je suis restée longtemps allongée sur la banquette à écouter les bruits de la ville qui s'infiltraient par la lucarne entrouverte. Quand mes yeux se sont habitués à l'obscurité, j'ai repris la lettre du Chef pour la relire encore une fois. J'étais bouleversée et heureuse. Nous avions retrouvé Morro. Il était en vie. Et en route pour Lisbonne. Le monde allait bientôt pouvoir constater de ses propres yeux que le Chef n'était pas un assassin.

S'il savait…

Le lendemain matin, dès l'ouverture des magasins, Ana est sortie m'acheter une nouvelle casquette et une nouvelle salopette. Elle avait bien compris que je n'avais pas envie de me promener dans mes vêtements indiens. Elle a ajusté la salopette en la rétrécissant ici et là.

Dans l'après-midi, nous avons pris le train de la gare Rossio jusqu'à Campolide. Il soufflait un vent glacial dans les rues gravillonnées et les nuages étaient bas dans le ciel. Tout en marchant, Ana m'a appris qu'elle était retournée à la prison deux dimanches par mois et qu'elle avait continué à chanter pour le Chef et ses codétenus. Même après mon départ pour l'Inde à bord du *Song of Limerick*. Ça ne m'a pas étonnée, je connaissais Ana. Mais ça m'a fait très plaisir.

Rien n'avait changé. La prison était aussi lugubre et silencieuse que dans mes souvenirs. La petite colline, envahie de chardons et d'herbe sèche, était toujours aussi sale. Mais le chant d'Ana donnait de la couleur à la grisaille. Il donnait de la beauté à la laideur. La tristesse sans âme a pris vie. Des visages pâles sont apparus derrière les petites ouvertures dans la façade. Des doigts se sont agrippés aux barreaux. Une main est sortie de la cellule du Chef, elle nous a fait signe. J'ai répondu en agitant les miennes.

La main du Chef s'est retirée et peu après, nous avons entendu de la musique. Les notes de l'accordéon ont accompagné le chant d'Ana, librement et subtilement. C'était très beau. J'avais du mal à croire que c'était le Chef qui jouait.

Puis le soleil a percé la couche de nuages et nous a réchauffées de ses rayons. Ana a chanté et le Chef a joué pendant près d'une heure. Je me suis dit qu'ils se connaissaient bien, ces deux-là, bien qu'ils ne se soient jamais rencontrés.

CHAPITRE 63
Attente

L'attente a commencé.

L'attente d'Alphonse Morro.

J'ai passé les premiers jours devant la fenêtre de la cage d'escalier à surveiller la rue d'en bas. D'après mes calculs, le voyage d'Alphonse Morro de Cochin à Lisbonne demanderait un mois, au minimum. En tout cas pas plus de deux. À présent, il s'était écoulé six semaines depuis qu'il avait quitté Cochin. Il fallait donc que je sois prête. À tout moment, Morro pouvait tourner le coin de la rue ou bien descendre d'un tram à proximité de la maison pour venir sous nos fenêtres.

Au bout de trois jours, signore Fidardo m'a dit :

– Tu comprends bien que si Alphonse Morro a fait le voyage d'Inde jusqu'ici pour te voir et récupérer le médaillon, il saura te retrouver. Maintenant descends dans l'atelier et rends-toi un peu utile. C'est mieux que de rester là à te fatiguer les yeux.

Signore Fidardo avait installé des persiennes devant les grandes fenêtres de l'atelier. Pour me protéger. Si tous ceux qui passaient dans la rue voyaient que j'étais de retour, Garretta ne tarderait pas à le savoir.

Deux accordéons avaient récemment été déposés pour réparation. L'un était un scandinave diatonique, l'autre un grand Hohner chromatique dont il fallait changer les anches. Signore Fidardo m'a confié le Hohner.

– Il te faut une activité sérieuse, m'a-t-il dit. Qui t'occupe l'esprit.

Ça me faisait plaisir d'être de retour dans l'atelier. Au bout de quelques jours, j'avais retrouvé mes vieilles habitudes et le voyage en Inde semblait n'être plus qu'un rêve.

Un jour, signore Fidardo est parti en ville sans me dire où il allait. Il a quitté l'atelier juste après le petit déjeuner et il est rentré seulement le soir. Ana et moi étions en train de souper quand il a frappé à la porte. Ana lui a proposé d'entrer et a ajouté une assiette sur la table.

On sentait que signore Fidardo avait quelque chose à nous raconter, mais il a attendu jusqu'au moment où Ana préparait le café pour allumer une cigarette et dire :

– Cette nuit j'ai réfléchi à cet homme mystérieux à Cochin. Alfredo Simão. Et j'ai eu une idée.

Il s'est arrêté de parler pour enlever un peu de tabac accroché à sa lèvre.

– Tous les Portugais qui voyagent à l'étranger ont forcément un passeport, a-t-il poursuivi. Et les passeports sont enregistrés et délivrés ici à Lisbonne. Je connais un des secrétaires d'administration qui, à ses moments libres, joue du luth. C'est moi qui ai fabriqué son instrument.

Signore Fidardo a bu une gorgée de café avant de continuer :

– Aujourd'hui je suis allé rendre visite à mon ami, le secrétaire d'administration, et je lui ai demandé de vérifier si un passeport avait été délivré au nom d'un certain Alfredo Simão. Il a apparemment eu du mal à trouver l'information puisque j'ai dû attendre la moitié de la journée pour avoir la réponse. Qui était négative, a conclu signore Fidardo en levant le regard vers moi. Personne du nom d'Alfredo Simão n'est porteur d'un passeport portugais.

Nous sommes restés silencieux un petit moment, puis Ana a dit :

– Qu'est-ce que ça signifie ?

– Ça signifie que l'homme à Cochin qui dit s'appeler Alfredo Simão est un escroc. Il a dû se rendre en Inde avec un faux passeport. L'explication la plus probable est qu'il s'appelle autrement.

– Alphonse Morro, a précisé Ana. Mais ça, nous le savions déjà.

– Non. Nous ne le savions pas, a répliqué Signore Fidardo d'un ton irrité. Nous le supposions. Et à présent, il semble fort probable que notre supposition soit correcte. En revanche, nous ne savons toujours pas si Morro avait l'intention de revenir à Lisbonne après avoir quitté Cochin. Nous pouvons seulement l'espérer. Et ne pas oublier qu'il y a un grand risque que nous soyons déçus.

Il a ajouté la dernière phrase en me regardant.

Quand Ana s'est endormie ce soir-là, je suis sortie dans la cage d'escalier sur la pointe des pieds. Après la nouvelle de signore Fidardo, je n'arrivais pas à trouver le sommeil. J'avais l'impression qu'Alphonse Morro était plus près que jamais. Je suis restée devant la fenêtre à scruter la rue jusqu'à l'aube.

La nuit suivante, j'y suis retournée. La nuit d'après aussi. Une semaine a passé. Puis encore une. Toutes les nuits, je surveillais la rue, à chaque instant préparée à découvrir Alphonse Morro dans l'obscurité devant notre maison.

Et une nuit, c'est arrivé.

Ce que j'attendais est enfin arrivé.

CHAPITRE 64
Une écriture familière

L'homme remontait Rua de São Tomé à pied. Il marchait d'un pas lent en rasant les murs. À une vingtaine de mètres de notre immeuble, il s'est arrêté sous un réverbère. Un frisson m'a parcourue et j'ai aiguisé mon regard.

L'homme était maigre et avait les mains profondément enfoncées dans les poches de sa veste sombre. Le bord de son chapeau m'empêchait de voir son visage mais je devinais une fine moustache sur sa lèvre supérieure.

Alphonse Morro avait une moustache exactement pareille.

La taille collait aussi.

Et les épaules tombantes comme celles de Morro.

J'ai retenu mon souffle et je n'ai pas bougé. L'homme sous le réverbère ne bougeait pas, lui non plus. Son regard était rivé sur la façade de notre immeuble.

Combien de temps ça a duré ? Je l'ignore. Une seconde ? Une éternité ? La rue est restée vide jusqu'à ce que le tram de nuit remonte la pente de la place Largo das Portas do Sol avec un crissement métallique. L'homme s'est alors rapidement retiré dans une venelle adjacente. Pendant un instant j'ai cru qu'il était parti. Mais quand les phares du tram n'éclairaient plus la rue et les immeubles, l'homme est réapparu.

Il a de nouveau tourné le regard vers notre façade. J'avais l'impression qu'il était en train de réunir son courage pour traverser la rue et frapper à notre porte.

Que faire ? Ma première idée a été d'aller réveiller Ana et signore Fidardo. Mais j'aurais alors été obligée de quitter ma place devant la fenêtre et, entretemps, l'homme aurait très bien pu s'en aller.

Indécise, je cherchais une autre solution quand j'ai subitement vu l'homme remonter son col et partir. Il est passé devant notre maison pour continuer la Rua de São Tomé en direction du nord.

Sans réfléchir, j'ai dévalé les escaliers. Mes mains tremblaient tellement que j'avais du mal à ouvrir la serrure de la porte d'entrée. Je l'ai poussée et j'étais sur le point de me lancer à la poursuite de l'homme quand je me suis ravisée. Je ne pouvais pas partir comme ça ! Je suis retournée dans le vestibule pour enfiler une des blouses de signore Fidardo et une grande casquette bleue qui lui servait à se protéger les cheveux de la poussière.

L'homme n'était pas très loin. Il se trouvait à une cinquantaine de mètres dans la descente escarpée de Calçada de Santo André. Je me suis alors mise à marcher normalement en cherchant à rassembler mes idées.

Devais-je tenter de le neutraliser ? Ou tout simplement me montrer ? Morro me reconnaîtrait certainement.

Je n'arrivais pas à me décider. Finalement j'ai tout simplement suivi l'homme qui avançait, les mains dans les poches et le regard baissé. Il semblait plongé dans ses pensées et n'était visiblement pas pressé. Il ne s'est pas retourné une seule fois.

Au bout d'un moment, nous sommes arrivés à la place Figueira que l'homme a traversée avant de poursuivre son chemin vers l'ouest en passant par la place Rossio. Il est ensuite monté vers Bairro Alto. Pour finir, il a pénétré dans une rue étroite et sombre, tout près d'un parc dont j'ignorais le nom. J'avais alors pris un peu de retard et je l'ai perdu de vue.

À l'entrée de la rue je me suis arrêtée sans savoir où aller. Morro m'avait-il découverte malgré tout ? Peut-être m'attendait-il dans la rue sombre sous un porche ? Peut-être avait-il encore le pistolet avec lequel il nous avait menacés, le Chef et moi ?

Mes pensées se sont emballées mais lorsque j'ai vu une fenêtre s'allumer au troisième étage d'un immeuble de l'autre côté de la rue, elles se sont calmées. D'un pas rapide, je me suis dirigée vers la porte sous la fenêtre mais elle était fermée à clé. Derrière une plaque en verre jauni, il y avait quatre cartes avec des noms, une pour chaque étage. Sur celle du troisième était marqué avec une écriture soignée et élégante :

Pêro Botelho

Le nom ne me disait rien. En revanche l'écriture avait quelque chose de familier. J'étais pratiquement certaine de l'avoir déjà vue.

Peut-être sur les enveloppes avec l'argent envoyées par Morro ?

Un tuyau descendait de la gouttière sur le toit et passait tout près de la fenêtre éclairée. On était en pleine nuit et il n'y avait personne dans la rue. En faisant bien attention, je devais pouvoir grimper sans être découverte.

Il ne m'a fallu qu'un instant pour atteindre le troisième étage. Derrière les rideaux à moitié fermés, j'ai vu une toute petite chambre avec quelques dessins épinglés aux murs et des étagères remplies de livres. Dans un coin, il y avait un bureau, dans un autre un lit étroit fait avec soin. Sur une commode fatiguée à côté du lit était posé un gramophone. L'homme que j'avais suivi se tenait devant et venait de poser un disque sur le plateau. À ma surprise, j'ai entendu, très faiblement, la voix d'Ana.

L'homme s'est retourné et s'est approché du bureau où il y avait un porte-crayon, un encrier et une machine à écrire. À côté de la machine à écrire était posée une liasse de papiers à lettre et quelques enveloppes.

Le papier et les enveloppes avaient la même couleur ivoire. Tout d'un coup je me suis rappelé où j'avais déjà vu l'écriture.

Ce n'était pas sur les lettres de Morro…

C'était sur les lettres de l'admirateur secret d'Ana.

J'ai rapidement vu le visage de l'homme avant qu'il s'installe derrière son bureau : il était maigre, pâle et avait une fine moustache noire.

Pour le reste, l'homme n'avait pas beaucoup de ressemblances avec Alphonse Morro.

Silencieusement, je suis redescendue en me laissant glisser le long du tuyau. Puis je suis rentrée chez moi. La déception avait rendu mes jambes lourdes comme du plomb.

CHAPITRE 65
Le téléphone

Je m'apprêtais à écrire un message à Ana pour lui dévoiler le nom du mystérieux auteur de ses lettres mais j'ai finalement décidé de ne pas le faire. L'homme qui s'appelait Pêro Botelho voulait apparemment rester anonyme et c'était son droit. En plus, il me semblait qu'Ana trouvait fascinant d'avoir un admirateur secret qui la fasse rêver.

Je n'ai donc rien dit de ce qui était arrivé cette nuit-là. Ni à Ana ni à signore Fidardo. Mais il n'est pas impossible qu'ils se soient quand même doutés de quelque chose. Je sais que j'affirmais avec moins de conviction qu'Alphonse Morro allait revenir. Presque trois mois s'étaient écoulés depuis son départ de Cochin. Sa maladie avait peut-être eu raison de lui. Peut-être s'était-il enfui de Cochin pour se cacher quelque part dans le monde, à un endroit où il me serait impossible de le retrouver…

J'essayais de me rassurer en me disant que Morro avait seulement été retardé. Il avait très bien pu avoir des difficultés pour trouver un bateau qui l'emmènerait du Pirée, ou de Naples, jusqu'à Lisbonne. Il s'était peut-être arrêté en chemin pour se reposer. Les raisons d'un retard éventuel étaient nombreuses.

Mais au fur et à mesure que les jours avançaient, mon courage s'amenuisait. Comme lorsque la vapeur s'échappe à cause d'une fuite dans la chaudière et laisse la machine sans force. Je ne parvenais plus à rester dans la cage d'escalier à guetter la rue. Je passais mes nuits allongée sur la banquette d'Ana à regarder le plafond et à penser au Chef dans sa prison. Il allait probablement y croupir pendant encore vingt ans. Si j'étais arrivée à Cochin deux semaines plus tôt, Morro n'aurait pas pu s'enfuir. Et le Chef serait peut-être déjà libéré. J'étais arrivée deux semaines trop tard. Deux malheureuses semaines.

Le matin, j'avais du mal à sortir de mon lit. Le jour, j'avais du mal à me concentrer sur mon travail. Signore Fidardo, qui avait très bien compris ce qui se passait, me chargeait de plein de tâches. Jusque-là, j'avais surtout réparé des accordéons mais signore Fidardo me confiait maintenant aussi des instruments à cordes. Il a donc fallu que j'apprenne à travailler le bois. Signore Fidardo m'a autorisée à me servir de ses outils précieux et il m'a patiemment enseigné la manière de les utiliser.

Ma première tâche a été de changer le manche d'un violoncelle. Bien que ce soit une commande difficile et urgente, signore Fidardo n'est pas intervenu. Il m'a laissée m'en occuper toute seule. Durant une semaine entière, j'ai travaillé du matin au soir sans interruption. Le violoncelle terminé, j'ai dû aussitôt enchaîner avec la réparation d'un luth dont le dos arrondi était fendu. Puis m'attendait encore un accordéon. Le soir, j'étais trop fatiguée pour ressasser mes inquiétudes. Généralement je m'endormais immédiatement après le souper.

C'était bien sûr ce qu'avait prévu signore Fidardo. Il me donnait tellement de travail qu'il n'avait plus grand-chose à faire lui-même.

L'accordéon-piano de Fabulous Forzini était terminé depuis longtemps. La star était venue le chercher en personne, mais j'étais alors en Inde. Je regrettais de n'avoir pu voir l'instrument fini. Ça devait être un vrai chef-d'œuvre.

Signore Fidardo avait été bien payé mais l'argent lui avait surtout servi à payer ses dettes. Il avait tout de même dû lui rester une petite somme puisqu'il s'était acheté un téléphone moderne. Un combiné à poser sur la table et qui permettait de parler et d'écouter à la fois. Signore Fidardo en était très fier.

Ce téléphone occupait la place d'honneur dans l'atelier. Signore Fidardo avait installé son plus beau fauteuil, de sa propre fabrication, à côté de la table pour être confortablement assis quand il téléphonait.

Il y avait un seul problème : signore Fidardo n'avait personne avec qui parler. Ses amis et ses clients l'appelaient rarement. Ils préféraient venir dans l'atelier pour discuter tout en prenant une tasse de café ou un petit verre d'alcool.

Mais un mercredi matin, le téléphone a exceptionnellement sonné. Signore Fidardo s'est précipité à la table et a soulevé le combiné plein d'espoir. Au bout de quelques secondes, j'ai vu son enthousiasme s'éteindre.

– Désolé, madame, a-t-il dit. Il doit y avoir une erreur. Cela arrive parfois, hélas. La standardiste a mal mémorisé les chiffres... Ah bon... Ah oui ? Si, si, c'est exact, j'habite bien 28 Rua de São Tomé... Ah ?... Bien sûr, oui... Je vous en prie... Au revoir, madame.

Après avoir raccroché, signore Fidardo m'a regardée l'air intrigué.

– C'était un médecin, a-t-il dit. Elle n'avait pas l'air de savoir à qui elle téléphonait, mais elle tenait absolument à venir ici cet après-midi. Elle ne m'a pas expliqué de quoi il s'agissait. Bizarre...

Signore Fidardo a été distrait et absent le restant de la journée. J'ai compris que c'était la visite du médecin qui l'inquiétait. Un médecin se déplace rarement pour apporter de bonnes nouvelles.

Vers cinq heures et demie, on a frappé à la porte qui donnait sur la rue. Avant d'ouvrir, Signore Fidardo a attendu que je coure me cacher dans la réserve derrière l'atelier. Pour des raisons de sécurité, nous avions pris l'habitude de faire comme ça.

À travers le trou de la serrure, j'ai vu signore Fidardo inviter quelqu'un à entrer. C'était une femme maigre dont les cheveux grisonnants étaient remontés en un chignon sous son chapeau. Elle paraissait désemparée et a hésité sur le seuil avant d'entrer.

– Je m'appelle Rosa Domingues, a-t-elle dit en serrant la main de signore Fidardo. Docteur Rosa Domingues. C'est moi qui vous ai appelé tout à l'heure. Je suis désolée de vous déranger mais il s'agit d'un de mes patients. Auriez-vous un peu de temps à me consacrer ?

– Oui, bien sûr, a répondu signore Fidardo en faisant un geste vers la grande table au milieu de l'atelier.

Ils se sont installés et le médecin a expliqué la raison de sa visite.

Docteur Rosa Domingues a raconté qu'elle travaillait dans le service des maladies infectieuses à l'hôpital São José. La veille, un homme gravement malade avait été hospitalisé dans son service. Il avait été transporté sur le siège arrière d'un taxi. Le chauffeur l'avait trouvé dans une rue du côté de Cais do Sodré. Il était alors inconscient.

– J'ai fait le diagnostic relativement vite, a poursuivi le médecin. J'ai travaillé en Angola et je connais les symptômes du paludisme. Malheureusement, la maladie a eu le temps de faire des ravages chez cet homme. Je doute qu'il ait une chance de survivre.

Le paludisme.

Quand j'ai entendu le mot, j'ai eu l'impression de recevoir un choc électrique. J'ai serré les poings en retenant mon souffle.

– Si l'homme a attrapé le paludisme, a poursuivi le doc-teur Domingues, c'est qu'il a dû se trouver récemment sous les tropiques. Il est d'ailleurs possible qu'il en soit tout juste revenu sur un des grands navires, puisque le chauffeur de taxi l'a trouvé dans le port. Mais ce n'est là qu'une supposi-tion. L'homme n'a pratiquement rien dit depuis qu'il a repris connaissance. Il n'a aucun papier d'identité sur lui et refuse de donner son nom. C'est un vrai mystère.

– Poursuivez, je vous en prie, a demandé signore Fidardo d'une voix tendue.

– Le malade frissonnait et avait près de quarante de fièvre quand il est arrivé à l'hôpital. Ce matin, nous avons réussi à faire baisser sa température et il a demandé une feuille de papier et un stylo. Voici ce qu'il a écrit.

Le médecin a sorti une feuille de papier de son sac à main et l'a tendue à signore Fidardo qui l'a regardée en écarquillant les yeux.

– 28, Rua de São Tomé, a-t-il lu. Votre patient a écrit l'adresse de cette maison…

Mon cœur battait la chamade.

Sur un des grands navires… les tropiques… l'adresse…

Je savais que signore Fidardo se faisait la même réflexion que moi. Il s'est passé la main sur le menton tout en regardant la feuille.

– Dites-moi, a-t-il dit, cet homme aurait-il pu attraper cette maladie en Inde ?

– Oui. Bien sûr. Pourquoi me posez-vous cette question ?

Je n'arrivais plus à rester cachée. J'ai ouvert la porte de la réserve. Le docteur Domingues a haussé les sourcils en me voyant.

– Voici Sally Jones, a dit signore Fidardo. À moins d'une erreur de ma part, il est possible que ce soit elle que votre patient sans nom cherche à rencontrer.

CHAPITRE 66
Le patient

Nous avons pris le tram jusqu'à la place Martim Moniz. C'était un trajet de seulement un quart d'heure mais ça m'a semblé bien plus long. À travers la vitre, je voyais des gens et des voitures passer dans les étroites rues de Mouraira. J'avais du mal à rassembler mes idées. L'émotion me donnait des fourmillements.

Signore Fidardo et le docteur Rosa Domingues discutaient à voix basses à côté de moi.

– Vous êtes en contact avec la police ? a demandé signore Fidardo.

– Oui, bien entendu, a répondu le docteur Domingues. La police a vérifié s'il y avait un avis de recherche lancé pour mon patient, mais il n'y en avait pas. Et elle ne s'engage pas plus que ça dans ce genre de situations.

Le soleil était très bas au-dessus des toits. Les gens qui traversaient la place Martim Moniz jetaient de longues ombres sur les pavés usés. Après avoir remonté une rue transversale à pied, nous sommes arrivés devant une voûte. Derrière la voûte se trouvait l'hôpital composé de plusieurs bâtiments tristes de quatre étages. Le docteur Domingues nous a conduits jusqu'à une porte avec le panneau *Service des maladies infectieuses, Entrée du personnel.*

Avant de franchir le seuil, j'ai dû mettre une blouse blanche, un masque et une sorte de sac en tissu aux pieds.

– C'est pour des raisons d'hygiène, s'est excusée le docteur Domingues. En fait, il est interdit de faire entrer des animaux dans l'hôpital.

Nous avons traversé de longs couloirs déserts aux murs nus et aux sols usés. L'odeur de produits d'entretien et de désinfectant ne parvenait pas à masquer celle douceâtre et viciée de la maladie. Derrière des portes ouvertes je voyais de grandes salles avec des rangées de lits et j'entendais des gémissements et des soupirs angoissés. De temps à autre, quelqu'un poussait un cri de désespoir ou de douleur.

Nous nous sommes finalement arrêtés devant une porte fermée. Avant de l'ouvrir et d'entrer, le docteur Domingues nous a lancé un regard grave.

Encore aujourd'hui je revois cette chambre avec autant de précision que lorsque je me trouvais là sur le seuil. C'était une toute petite pièce où le plâtre s'était détaché par endroits et le carrelage fissuré. Sous le lit, il y avait des traces sans doute impossibles à enlever. L'ambiance y était étouffante bien qu'une fenêtre soit entrouverte. À part un lit métallique peint en blanc, il n'y avait qu'un placard simple, une armoire à pharmacie et un chariot. Au plafond, quelques mouches bourdonnaient à l'intérieur d'un globe en verre.

L'homme allongé dans le lit étroit était immobile et gardait les yeux clos. Le docteur Domingues s'est approchée de lui et a effleuré son bras. Lentement, comme si ça lui demandait un grand effort, il a ouvert les yeux. Il a d'abord fixé le plafond, puis il s'est tourné vers le médecin. Finalement vers moi.

Ma première réflexion a été qu'il avait maigri. Ses joues creusées rendaient ses yeux plus grands que dans mon souvenir. Il avait rasé sa fine moustache.

À part ça, Alphonse Morro n'avait pas changé.

J'ai enlevé mon masque et nous nous sommes regardés.

– Sally Jones…, a-t-il dit d'une voix à peine audible. C'est bien ton nom, n'est-ce pas ?

De l'autre côté des grandes fenêtres de l'hôpital, le crépuscule avait enveloppé Lisbonne d'une brume bleutée. Les plafonniers jaunes répandaient une lumière pâle dans le couloir où signore Fidardo et moi attendions que le docteur Domingues ait fini de vérifier la température de Morro et de lui donner ses médicaments pour la nuit.

Quand nous avons pu retourner dans sa chambre, Morro était assis, adossé au montant du lit avec un oreiller derrière la tête. Le docteur Domingues nous avait installé des chaises.

– Merci docteur, a dit Alphonse Morro.

Il s'est ensuite tourné vers signore Fidardo.

– Qui êtes-vous ? a-t-il demandé sur un ton méfiant.

– Mon nom est Fidardo, a posément répondu signore Fidardo. Je suis luthier. Sally Jones travaille dans mon atelier depuis quelques années. Quand le marin Koskela s'est retrouvé en prison, elle n'avait plus d'endroit où habiter.

Alphonse Morro a hoché la tête avant de fermer les yeux comme s'il n'avait plus la force de les garder ouverts.

– Je comprends, a-t-il dit d'une voix faible.

– J'espère que vous comprenez aussi que vous avez volé trois ans de la vie d'un innocent ? a demandé signore Fidardo.

Alphonse Morro s'est légèrement affaissé. Son visage a pris une expression douloureuse.

– Il ne faut pas qu'il soit agité, a chuchoté le médecin à signore Fidardo.

– Merci, docteur, est intervenu Morro en soulevant une main. Mais ne vous inquiétez pas pour moi. Je ne le mérite pas. Je m'appelle Alphonse Morro et je suis en fuite depuis trois ans. Si je suis parti de Lisbonne c'est pour sauver ma peau. Et si j'ai fait croire que j'étais mort c'est pour que personne ne parte à ma recherche. À ce moment-là, l'idée me paraissait bonne, mais plus tard j'ai appris qu'un homme était emprisonné à cause de moi, accusé de m'avoir assassiné. Je n'ai jamais voulu que ça se passe comme ça. Il faut me croire. J'avais des remords épouvantables mais je n'ai pas osé revenir. Jusqu'à aujourd'hui.

Nous sommes restés un moment sans rien dire. Puis Morro s'est tourné vers moi :

– C'est toi qui as trouvé mon médaillon ?

J'ai confirmé d'un hochement de tête.

– Je m'en suis douté, a-t-il dit. Mais comment as-tu su que j'étais vivant ? Et le message…, le poème… Comment a-t-il pu atterrir à Cochin ?

J'ai regardé signore Fidardo qui s'est raclé la gorge avant de se mettre à raconter que j'avais trouvé la tombe d'Élisa Gomes et que les enveloppes avec l'argent destiné à soigner cette tombe nous avaient fait comprendre qu'Alphonse Morro était encore en vie. Il a ensuite expliqué qu'Ana avait eu l'idée de distribuer ce poème dans toute l'Asie du Sud-Ouest. Pour finir, il lui a appris que j'étais partie en Inde.

Morro écoutait attentivement. Il tournait ses yeux fiévreux tantôt vers moi tantôt vers signore Fidardo. Une fois l'explication de signore Fidardo terminée, le visage de Morro s'est apaisé.

– Merci, a-t-il dit, je suis content que ça se termine de cette manière…

Soudain il a été pris d'une quinte de toux. Son corps était tendu et il semblait avoir du mal à respirer. Quand il a finalement pu s'exprimer de nouveau, sa voix était rauque et fatiguée.

– Docteur Domingues, a-t-il dit, demain matin j'aimerais que vous appeliez les grands quotidiens et que vous demandiez à chacun d'envoyer un journaliste ici.

Le docteur Domingues a d'abord semblé vouloir s'y opposer, puis elle a hoché la tête avec gravité.

Morro s'est tourné vers moi.

– J'ai des choses à dire. Je sais que personne ne me croira, du moins au début, a-t-il déclaré en me regardant, mais je suis en mesure de prouver qui je suis. Et dès que mon identité aura été vérifiée, Henry Koskela sera libéré. C'est une certitude.

Après quelques brèves respirations sifflantes, Morro a poursuivi :

– Je sais que vous avez beaucoup de questions à me poser. J'y répondrai, je vous le promets. Mais il va falloir attendre un peu. Ça serait trop dangereux pour vous si je le faisais tout de suite. Ce que j'ai à dire provoquera un grand désordre…

Il a de nouveau été pris d'une quinte de toux. Le docteur Domingues s'est levée et a posé sa main sur son front.

– Senhor Morro, a-t-elle dit. Vous êtes bouillant. À présent il faut vous reposer.

D'une main sans force, Morro a pris celle du docteur et l'a maintenue dans la sienne pendant qu'une nouvelle quinte de toux secouait son maigre corps. Ses forces étaient visiblement en train de s'épuiser.

J'ai attrapé le médaillon que j'avais dans ma poche depuis si longtemps, je me suis approchée du lit et l'ai posé dans la main de Morro. Il a d'abord regardé le bijou. Puis moi. Ses yeux étaient aussi tourmentés que lorsque je l'avais vu la première fois à *O Pelicano*, trois ans auparavant. Mais cette fois-ci, son corps n'exhalait pas une odeur de peur. Seulement de maladie.

Quand nous avons quitté la chambre, Alphonse Morro avait les yeux fermés et le médaillon serré sur son cœur.

CHAPITRE 67
Inquiétude

J'aurais dû être folle de bonheur.

Tout ce que j'avais espéré et tout ce pour quoi je m'étais battue s'était réalisé. Morro était vivant. Il était de retour à Lisbonne. Et le Chef n'allait pas tarder à retrouver la liberté.

J'étais pourtant plus triste que joyeuse en quittant l'hôpital avec signore Fidardo et en marchant dans la douceur de la soirée vers l'arrêt du tram. Triste et en même temps inquiète sans vraiment comprendre pourquoi. De temps en temps, signore Fidardo me jetait un regard préoccupé. Il semblait vouloir me dire quelque chose mais s'en abstenait.

Arrivés chez nous, il est monté avec moi dans le petit appartement d'Ana. Elle venait de rentrer du travail et préparait le riz.

– Aurais-tu une bouteille de vin ? s'est renseigné signore Fidardo.

Ana a semblé surprise.

– Si oui, je propose qu'on la débouche, a-t-il poursuivi en souriant. Nous avons quelque chose à fêter : Alphonse Morro est vivant ! Et il est à Lisbonne. Nous venons de le rencontrer.

Ana a lâché la casserole et a mis ses mains devant sa bouche. Elle est restée comme ça pendant que signore Fidardo lui racontait la rencontre avec le docteur Rosa Domingues et notre visite à l'hôpital São José.

– Mais c'est… formidable ! a-t-elle fini par dire, les yeux pleins de larmes. Ça signifie que nous avons réussi !

Elle m'a prise dans ses bras et m'a serrée contre elle. Très fort et très longtemps. Signore Fidardo est allé lui-même chercher la bouteille de vin qu'il a débouchée. Moi, j'ai eu droit à un verre de jus de pomme. C'est seulement quand nous avons trinqué qu'Ana s'est aperçue que je ne partageais pas pleinement leur joie.

– Mais… tu n'as pas l'air vraiment heureuse, s'est-elle étonnée en me regardant.

Signore Fidardo a posé sa main sur mon épaule.

– Mais si, Sally Jones est très heureuse, a-t-il assuré. À mon avis, elle est encore bouleversée par la rencontre avec Morro.

Il est très malade. Pour être tout à fait honnête, je ne pense pas qu'il en ait pour très longtemps encore.

Ce soir-là, nous sommes restés longtemps à table. Ana et signore Fidardo se réjouissaient pour moi. À plusieurs reprises, Signore Fidardo a réexpliqué notre rencontre avec Morro et tout ce que nous nous étions dit. Ana voulait connaître chaque détail.

– Il avait beaucoup de fièvre, a dit signore Fidardo. Il n'est pas impossible qu'il ait un peu déliré. Il n'a pas voulu nous expliquer la raison de son départ de Lisbonne, ni pourquoi il avait fait semblant d'être mort. D'après lui, ce serait trop dangereux pour nous de le savoir. Il paraît que la vérité provoquera une grande pagaille.

– Quel genre de pagaille ? a demandé Ana.

– Aucune idée, a répondu signore Fidardo en haussant les épaules. Comme je viens de le dire, ce n'est pas impossible que la fièvre l'ait fait divaguer.

Ana m'a lancé un regard interrogateur.

J'ai répondu par un haussement d'épaules, comme signore Fidardo, mais avec moins de conviction que lui.

Moi non plus, je n'avais pas compris ce que Morro avait voulu dire. En revanche, je sentais qu'il n'avait pas déliré et cela expliquait peut-être la raison pour laquelle j'éprouvais une telle inquiétude.

Quand, finalement, nous nous sommes levés pour aller nous coucher, j'étais épuisée. J'avais une longue journée derrière moi. Je me suis allongée sur la banquette et j'ai fermé les yeux en essayant d'imaginer le moment où la grande porte noire de la prison s'ouvrirait et que le Chef sortirait.

Mais au fond de moi, une tout autre image est apparue. Je voyais Morro dans son lit à l'hôpital São José et j'entendais encore sa voix :

« *Si je suis parti de Lisbonne c'est pour sauver ma peau. Et si j'ai fait croire que j'étais mort c'est pour que personne ne parte à ma recherche…* »

Qu'avait-il voulu dire par là ? Sa vie aurait donc été en danger ? Il y a trois ans ? Mais pourquoi ? Quelqu'un l'avait menacé ? Mais qui ?

C'étaient des questions auxquelles je ne pouvais trouver de réponse. Pas encore, en tout cas. Pas avant que Morro ait rencontré les journalistes pour leur dire ce qu'il savait.

Dans le fond, ça ne m'intéressait pas de connaître la raison de son départ de Lisbonne. Pour moi, la seule chose importante était qu'il soit de retour. Et que le Chef soit libéré !

Je me suis couchée sur le côté en m'efforçant de penser à quelque chose d'agréable pour pouvoir m'endormir. Le lendemain, un grand jour m'attendait !

Mais je n'ai pas réussi à trouver le sommeil. Mes pensées continuaient à se bousculer dans ma tête. Les mots qu'avait prononcés Morro à l'hôpital ne voulaient pas me laisser tranquille. Quelque chose me disait qu'ils étaient importants et qu'il fallait que je parvienne à les interpréter. Et aussi que c'était urgent.

Après m'être tournée et retournée dans mon lit, tourmentée par toutes ces questions, je me suis levée pour aller boire un verre d'eau. Puis, au lieu de me glisser de nouveau sous la couverture, je me suis assise sur le rebord afin d'essayer de mettre de l'ordre dans mes idées. Par où commencer ? Mes réflexions partaient dans tous les sens, refusant de se laisser organiser. Malgré mes efforts, je ne trouvais que des questions. Mais pas de réponse.

Soudain, un souvenir a surgi dans ma tête.

Je me suis souvenu de l'évêque de Sousa au théâtre São Carlos. De l'instant précis où nos regards se sont croisés. Quand nous nous sommes reconnus. D'abord j'ai vu de la surprise dans ses yeux. Puis une lueur de peur.

Oui, ça s'était bien passé comme ça. Je ne m'étais pas trompée : l'évêque de Lisbonne avait eu peur. Mais peur de quoi ?

J'ai immédiatement trouvé la réponse : s'il avait eu peur c'est parce que je l'avais reconnu !

Et cela n'avait rien d'étonnant. C'est lui qui avait essayé de faire entrer un chargement d'armes à Lisbonne. J'ignorais totalement dans quel but mais c'était certainement illégal. Une chose à laquelle un évêque ne devait pas être mêlé. C'est la raison pour laquelle il avait été déguisé à Agiere et qu'il s'était fait appeler Papa Monforte. Pour lui, j'étais une menace. J'en savais trop.

Voilà ! C'était forcément ça ! Et pour se débarrasser de moi, il avait d'abord essayé de convaincre signore Fidardo qu'il fallait m'envoyer au zoo. Puisque ça n'avait pas marché, il avait demandé au commissaire Garretta de m'attraper pour me tuer…

La vérité commençait à se dessiner. Je me concentrais pour ne pas perdre le fil de mes réflexions.

Tout semblait être une question de secrets. Des secrets dangereux pour lesquels aussi bien l'évêque que le commissaire étaient prêts à tuer.

Tout d'un coup, la place qu'occupait Morro dans cette histoire m'a semblé évidente. C'était lui qui nous avait engagés, le Chef et moi, pour aller chercher les caisses à Agiere. Morro savait très certainement que ces caisses contenaient des armes et non des carreaux de faïence. Cela expliquait l'odeur de peur qui émanait de lui à *O Pelicano*.

Alphonse Morro connaissait donc le secret de l'évêque.

Et il a dû comprendre que c'était dangereux.

« Je suis parti de Lisbonne pour sauver ma peau… »

C'est ce qu'il nous avait dit à l'hôpital. J'avais enfin compris le sens de ses paroles.

Morro s'était enfui de Lisbonne pour échapper à l'évêque de Sousa et au commissaire Garretta ! Il avait fait semblant d'être mort pour qu'ils ne partent pas à sa recherche !

L'espace d'une seconde, j'ai ressenti une grande satisfaction d'avoir réussi à trouver l'explication. Mais l'instant d'après, mon estomac s'est noué.

Alphonse Morro était revenu à Lisbonne.

Il avait l'intention d'informer les journaux de ce qu'il savait.

Mais que se passerait-il si l'évêque de Sousa ou le commissaire Garretta l'apprenaient ?

J'avais de plus en plus mal au ventre. Pourvu que le matin arrive vite. Pourvu qu'Alphonse Morro voie rapidement les journalistes et que toute la ville apprenne qu'il était en vie.

C'est seulement à ce moment-là que je pourrais être tranquille. Pas avant.

Les pensées ont continué à tourner dans ma tête mais j'ai quand même fini par m'endormir d'épuisement.

Quand j'ai ouvert les yeux, il était une heure moins le quart. On cognait à la porte. C'est ce qui m'avait réveillée.

Ana est sortie de l'alcôve en chemise de nuit, un gilet sur les épaules.

– Ouvrez, c'est moi ! a dit la voix de signore Fidardo.

Il était en pyjama et avait un bonnet de nuit sur la tête.

La scène était assez comique mais je n'avais pas le cœur à rire.

– Morro a disparu, a-t-il dit le souffle court.

Soudain je n'avais plus du tout sommeil.

Ana a vite allumé la lampe à pétrole au-dessus de la table, j'ai enfilé ma salopette et signore Fidardo s'est laissé lourdement tomber sur une chaise.

– Le docteur Domingues vient de me téléphoner, a-t-il poursuivi. Il y a trois quarts d'heure, un policier est venu la voir à l'hôpital. C'était pour arrêter Alphonse Morro. D'après le policier, ce patient ne s'appelait pas Alphonse Morro. C'était un criminel qui avait perdu la tête et qu'il fallait immédiatement ramener à la prison d'où il s'était échappé.

Choquée, Ana s'est caché le visage dans ses mains.

– Le policier ne s'est pas présenté, a poursuivi signore Fidardo. Tout ce qu'il a dit c'est qu'il était chargé de ramener

Morro. Le docteur Domingues s'y est opposée, bien entendu, en disant que son patient était trop malade pour être déplacé. Le policier est alors devenu menaçant et l'a obligée à le conduire à la chambre de Morro. Mais lorsqu'ils sont arrivés... (signore Fidardo s'est interrompu pour inspirer profondément) celle-ci était vide.

– Vide ? a répété Ana.

– Oui, vide ! Morro n'était plus dans le lit. Et ses vêtements avaient disparu du placard. Sans demander l'autorisation, le policier a fait le tour des chambres de l'hôpital. Le docteur Domingues lui a demandé sa plaque de police mais il a refusé de la lui montrer.

– Et Morro ? a demandé Ana.

Signore Fidardo tournait nerveusement le bout de sa moustache entre ses doigts.

– Disparu. Le docteur Domingues l'a cherché dans tout le service mais il n'était nulle part. La nuit, les portes entres les différents services sont fermées à clé. Morro a forcément quitté l'hôpital. Probablement par une fenêtre.

Nous sommes restés silencieux un bon moment. J'avais du mal à maîtriser mes pensées. Les bruits de la ville nous parvenaient faiblement : la cloche d'un tram, l'aboiement d'un chien, le crissement des freins d'une voiture qui s'arrêtait dans la rue en bas en laissant tourner le moteur.

– Je ne comprends pas, a soudain dit Ana. Comment ce policier a-t-il pu savoir que…

– J'ai posé la question au docteur Domingues, a répondu signore Fidardo. Elle ne comprenait pas, elle non plus. Le seul à être au courant de la présence de Morro et de notre visite était l'aumônier de l'hôpital São José. Le docteur l'avait contacté pour qu'il se prépare à donner l'extrême onction au cas où l'état de son patient continuerait à se dégrader. C'est probablement l'aumônier qui a prévenu la police…

Le moteur de la voiture en bas continuait à tourner.

Soudain j'ai compris.

La police ! Le policier qui cherchait Morro et qui savait que nous étions allés le voir à l'hôpital…

Nous étions en danger.

Je me suis levée à toute vitesse pour aller verrouiller la porte. Mais il était trop tard !

– C'est tout à fait ça, a dit une voix cassante dans l'obscurité du palier. C'est exactement comme ça que les choses se sont passées.

CHAPITRE 68
Ligne quatre vers Estrela

Ana et signore Fidardo se sont retournés en même temps. Le visage de l'homme se trouvait dans l'ombre mais la lumière vacillante de la lampe à pétrole se reflétait dans ses yeux sous le bord de son chapeau. Il avait une main enfoncée dans la poche de son grand pardessus. Dans l'autre, il tenait un revolver.

Le commissaire Garretta.

– Où est-il ? a demandé Garretta sans détours tout en se glissant dans l'appartement d'un pas silencieux.

Nous avions tous les trois les yeux rivés sur l'arme dirigée sur nous. Ana et signore Fidardo n'ont pas répondu.

– Alors ?

Signore Fidardo a dégluti bruyamment avant de dire d'une voix étonnamment stable :

– Vous n'êtes pas en service, monsieur le commissaire. Nous n'avons pas à vous…

– Fermez-la, l'a interrompu Garretta. N'essayez pas de faire l'autoritaire. Ça ne marche pas…

Un sourire rapide est passé sur le visage anguleux du commissaire quand il a ajouté :

– … en tout cas pas avec ce bonnet sur la tête.

Deux taches d'indignation ont éclaté sur les joues pâles de signore Fidardo.

– Je repose ma question : où est Morro ? a répété Garretta. Où l'avez-vous caché ?

– Il n'est pas ici, a répondu Ana d'une voix faible qui ne masquait cependant pas sa colère.

– Mademoiselle Molina, a dit Garretta en lui adressant un sourire inattendu. Je suis un grand admirateur de votre musique et il m'est très pénible de m'imposer aussi brutalement chez vous. Mais je n'ai pas le choix. Alphonse Morro n'a pas d'amis dans cette ville. Aucun. À part vous. Le singe et monsieur le Réparateur d'accordéons lui ont rendu visite aujourd'hui même. Il est donc plus que probable que ce soit ici qu'il se cache. N'est-ce pas ?

Il a fait une pause mais pas suffisamment longue pour qu'Ana ait le temps de protester.

– Vous protégez un criminel, a-t-il poursuivi. Je dois l'emmener avec moi. Ce n'est pas plus compliqué que ça. Je vous laisse choisir.

Il m'a pointée avec son revolver.

Ana et signore Fidardo ont retenu leur souffle.

– Soit vous me dites où vous cachez Morro, soit je tue le singe. J'aurais d'ailleurs dû le faire depuis longtemps déjà. Je compte jusqu'à trois. Puis je tire. Et à ce moment-là, il vaudrait mieux que vous vous bouchiez les oreilles, mademoiselle Molina. Je m'en voudrais beaucoup si je vous abîmais les tympans.

– Pour l'amour de Dieu ! Vous avez complètement perdu la raison ? s'est exclamé signore Fidardo. Morro n'est pas ici. Et nous ne savons pas où il se trouve.

– Un…, a commencé Garretta.

Ana s'apprêtait à se lever mais Garretta a rapidement repoussé la table pour la coincer entre la chaise et le garde-manger.

– Deux…, a-t-il poursuivi.

Un grand silence a suivi. Ana et signore Fidardo se sont regardés, les yeux écarquillés.

– Trois, a dit le commissaire Garretta en même temps que signore Fidardo a crié :

– Dans l'atelier ! Morro est en bas dans mon atelier !

Le revolver toujours tourné vers moi, le commissaire Garretta a scruté le visage de signore Fidardo. Puis il a baissé son arme.

– Tu mens mal, vieil homme ! a-t-il dit. Morro n'est pas ici.

Il a fait disparaître le revolver dans sa poche.

– Dans ce cas, il ne reste plus qu'un endroit où il peut se cacher, a-t-il dit en se dirigeant vers la porte. Mais ne croyez pas pour autant que j'en aie terminé avec vous. Pour l'instant, j'ai des choses plus importantes à faire. Puis ce sera votre tour. Bonsoir.

Je savais que Garretta ne tirerait pas. C'est pourquoi je n'ai pas eu peur. Ça peut paraître étrange, mais c'est ainsi.

Au moment où il a fermé la porte derrière lui, j'ai su ce qu'il fallait que je fasse. Je me suis levée d'un bond, j'ai ouvert la lucarne et je suis sortie sur le toit. Ni Ana ni signore Fidardo n'ont eu le temps de m'en empêcher. J'ai enjambé le faîte juste à temps pour voir les phares de la voiture du commissaire Garretta éclairer les immeubles qui longeaient la Rua São Tomé.

Quand je suis descendue dans la rue, la voiture avait disparu. J'ai couru dans la direction qu'elle avait prise. Les rares noctambules s'écartaient en me voyant. Mes poings frappaient les pavés quand j'avançais. J'avais la poitrine serrée et les larmes me montaient aux yeux.

Arrivée à Largo das Portas do Sol, je n'ai plus su quoi faire. La voiture n'y était pas et je n'avais aucune idée de la direction que Garretta avait pu prendre. Épuisée, je me suis adossée à un réverbère et me suis laissée glisser par terre.

J'ai eu besoin de quelques minutes pour reprendre mes esprits. Il fallait à tout prix que je retrouve Alphonse Morro avant Garretta ! Mais où ? Où le chercher... ?

Soudain j'ai entendu la voix de Garretta dans ma tête.

Il ne reste plus qu'un endroit où il peut se cacher.

C'est bien ce qu'il avait dit tout à l'heure ? *Un seul endroit où il peut se cacher…*

Soudain j'ai compris.

Mais oui ! Je savais où il était parti !

C'était l'évidence même !

Un tram en service se trouvait devant l'arrêt de la place. Le chauffeur somnolait en attendant l'heure du départ. J'avais de la chance. C'était le tram de nuit pour Estrela, la ligne quatre.

Celle qui s'arrête devant le cimetière de Prazeres.

CHAPITRE 69
Le coup de feu

Cinq minutes plus tard, longues comme l'éternité, le tram a quitté l'arrêt. Je suis montée sans que le chauffeur s'en aperçoive et me suis installée tout au fond. Nous avons traversé les rues étroites du quartier de l'Alfama. Les phares répandaient une faible lumière jaune qui clignotait nerveusement quand le tram tanguait dans les virages.

À présent, j'en étais absolument certaine.

Alphonse Morro avait quitté l'hôpital pour se rendre au cimetière Prazeres.

Il voulait se recueillir une dernière fois sur la tombe d'Élisa.

C'était forcément ça. Et c'est aussi la conclusion que le commissaire Garretta avait tirée. Et il risquait d'arriver avant moi…

Mais peut-être pas ! Le cimetière était un énorme labyrinthe et Garretta n'avait certainement pas l'habitude de s'y promener aussi souvent que moi. En plus, il faisait nuit. Il pouvait très bien s'y perdre. En revanche, moi, je connaissais par cœur le chemin qui conduisait à la tombe d'Élisa.

Mais que se passerait-il si j'arrivais trop tard ?

Au fond de moi, je savais qu'il n'y avait qu'une seule réponse à cette question.

Garretta tuerait Morro.

Pour l'empêcher de dire la vérité sur ce qui s'était passé trois ans auparavant.

Ma respiration est soudain devenue courte et forcée. J'avais la sensation de suffoquer. Je me suis penchée, la tête entre les genoux, m'efforçant de respirer profondément et calmement.

Je vais y arriver, je me suis dit. J'y serai avant lui. Il le faut !

Au bout d'un moment, je me suis sentie mieux et j'ai pu me redresser. À travers la fenêtre du tram j'ai vu que nous avions quitté Chiado. Plus nous allions vers l'ouest, plus les rues devenaient sombres et les passants rares.

Dès que le tram s'est immobilisé à l'arrêt, j'ai poussé les portes et, d'un pas rapide, je me suis dirigée vers l'entrée du cimetière. Le tram est reparti et a disparu derrière le virage suivant. Pendant un petit moment, les lignes électriques au-dessus du rail ont continué à chanter, puis elles se sont tues. Seul le bruissement humide des cyprès dans le cimetière brisait le silence.

Non, il y avait aussi un autre bruit. Un petit craquement sec. À peine audible. Un bruit que j'ai reconnu.

Je me suis arrêtée et j'ai jeté un regard circulaire autour de moi. Un peu plus loin, près du mur du cimetière, était garée une voiture. Une Ford noire modèle T.

La voiture de Garretta.

Elle semblait vide.

Je me suis mise à courir dans sa direction. Le craquement venait du moteur qui était en train de refroidir. Le capot était encore chaud. Garretta venait d'arriver. Je suis vite entrée dans le cimetière.

La petite maison du gardien était plongée dans le noir toutes les fenêtres étaient éteintes. J'ai un instant envisagé de réveiller João, mais ça demanderait trop de temps et il fallait agir vite.

Pour éviter que le gravier crisse sous mes pieds, j'avais l'intention d'avancer tout doucement, mais mes jambes refusaient de m'obéir et elles se sont mises à courir. Très vite. Les interminables rangées de tombeaux de famille et de mausolées défilaient de part et d'autre comme les parois d'un tunnel.

C'était si différent la nuit. Je ne savais plus où j'étais. Fallait-il tourner à droite ou à gauche au prochain croisement ? Je m'étais peut-être trompée ? J'avais peut-être intérêt à revenir en arrière ?

Indécise, je me suis arrêtée pour essayer de me repérer. À part le murmure des cyprès et le faible bruissement de la ville apporté par le vent, tout était silencieux.

C'est seulement lorsque la lune est apparue à travers la brume que j'ai réussi à me localiser et que j'ai pu poursuivre mon chemin. Mais je me suis arrêtée au milieu d'un pas.

Alertée par un bruit. Un bruit sur le gravier.

J'ai tendu l'oreille en retenant mon souffle. Il n'y avait plus aucun bruit.

Était-ce mon imagination qui me jouait des tours ?

Je n'avais pas le temps de réfléchir. Il fallait que je continue d'avancer. Mais je ne suis pas arrivée bien loin avant d'être obligée, encore une fois, de ralentir mes pas. La lune s'était de nouveau cachée derrière les nuages et les ombres se confondaient dans l'obscurité qui était maintenant compacte. J'avançais prudemment en suivant le bord de l'allée et en m'efforçant de réprimer la désagréable impression que quelqu'un se trouvait tout près. À plusieurs reprises, je me suis arrêtée pour vérifier. Mais je ne percevais aucun bruit.

La lune est réapparue et j'ai distingué une colline surmontée de trois grands cyprès qui se découpaient sur le ciel nerveux. Je savais que de l'autre côté se situait la partie du cimetière dont les pierres tombales étaient plus petites et les croix plus simples. C'est là que se trouvait la tombe d'Élisa Gomes. J'ai marché plus vite. J'avais de nouveau un poids sur la poitrine et le souffle court.

Après avoir retrouvé le sentier qui menait vers le sommet de la colline, je me suis mise à courir tant que j'ai pu. Mes poings tapaient fort contre le gravier. Il ne me restait plus qu'une dizaine de mètres avant d'arriver en haut. Puis je verrais la tombe.

Soudain, un coup de feu a déchiré le silence.

Un coup fort et bref.

Je me suis instinctivement accroupie mais ma jambe s'est pliée sous moi, j'ai perdu l'équilibre et me suis étalée au pied d'un cyprès.

Le silence était de nouveau total.

Un silence irréel.

De longues secondes se sont écoulées. On aurait vraiment dit que c'était un coup de feu. Difficile d'évaluer à quelle distance. Mais j'avais l'impression que ça venait de l'autre côté de la colline.

Je me suis relevée, encore toute tremblante. Mes jambes me portaient à peine. La lune était de nouveau cachée derrière les nuages. Je devinais vaguement le contour des tombes les plus proches. Tout était calme.

Je m'apprêtais à avancer quand je me suis immobilisée en voyant quelque chose bouger dans l'obscurité.

Une large silhouette se détachait entre deux tombes. Quelqu'un approchait sur le sentier.

Je suis restée cachée sous les branches du cyprès sans oser respirer.

C'était Garretta. Il marchait d'un pas rapide, le revolver dans la main. J'ai aperçu son visage quand il est passé devant moi. Il avait les yeux dirigés vers le sol et ne m'a pas vue bien qu'on soit à seulement quelques mètres l'un de l'autre. Je l'ai suivi du regard jusqu'à ce qu'il se fasse engloutir par l'obscurité.

Une odeur âpre de poudre flottait dans l'air.

J'ignore combien de temps je suis restée sous le cyprès. Je ne parvenais plus à réfléchir, ni à bouger. J'avais la sensation d'avoir eu un court-circuit dans le cerveau.

Je n'ai que de vagues souvenirs de ce qui est arrivé ensuite. La lune a dû réapparaître dans le ciel. Je me souviens que le cimetière baignait dans une lumière pâle et froide quand j'ai lentement descendu le sentier de l'autre côté de la colline. J'ai cherché la tombe d'Élisa Gomes du regard et je l'ai trouvée. Mais j'ai aussi trouvé autre chose. Par terre, à côté, il y avait une masse noire. Je n'ai d'abord pas compris ce que c'était. Puis j'ai vu un bras qui était tendu vers la pierre tombale. La masse noire était un être humain !

Alphonse Morro.

J'ai immédiatement su que c'était lui. Et qu'il était mort.

Il est possible que ce soit à ce moment-là que j'ai crié. Je n'ai pas le souvenir d'avoir émis le moindre bruit mais, d'après João, un cri long et plaintif s'est fait entendre dans le cimetière juste après le coup de feu.

Tout ce dont je me souviens c'est que je me suis assise à côté de Morro et que je lui ai pris la main. Elle était d'une maigreur extrême et encore chaude.

Je suis restée longtemps ainsi.

La nuit s'est lentement muée en une aube grise.

La main d'Alphonse Morro s'est lentement refroidie dans la mienne.

CHAPITRE 70
Empreintes

C'est le coup de feu qui a réveillé João. Il a d'abord cru qu'il avait rêvé et il est resté éveillé un bon moment à écouter le silence.

Puis il a entendu le cri. Ce cri qui, d'après ce qu'il m'a raconté plus tard, était à la fois le plus terrifiant et le plus triste qu'il ait jamais entendu.

– Persuadé que c'était un revenant qui était sorti de sa tombe, j'ai fermé les volets et verrouillé la porte, m'a-t-il expliqué. Puis je suis retourné au lit et me suis caché sous la couverture.

Il y est resté jusqu'à ce que le réveil sur sa table de nuit indique six heures et demie et que le soleil soit levé. Il s'est alors habillé, il a bu une tasse de café pour se donner du cœur au ventre puis il est sorti vérifier ce qui s'était passé.

Je plains João d'avoir été celui qui a fait cette macabre découverte.

Quand il est arrivé à la tombe d'Élisa, j'ai bien vu qu'il était frappé de stupeur. Pendant un long moment il nous a fixés du regard, le corps de Morro et moi, tout en répétant inlassablement :

– Oh mon Dieu… oh mon Dieu… oh mon Dieu tout-puissant qui est au ciel…

Il m'a finalement aidée à me relever et m'a conduite chez lui. Puis il a téléphoné à signore Fidardo. Mais il était tellement bouleversé qu'il n'arrivait pas à prononcer un seul mot sensé. Ce n'est qu'au bout d'un bon moment qu'il a pu expliquer ce qui s'était passé. Une demi-heure plus tard, signore Fidardo est venu me chercher en taxi.

À la demande de Signore Fidardo, João a appelé la police dès que nous étions partis. Il était sous le choc et avait encore du mal à s'exprimer. La police a cru qu'il avait bu. Il a fallu trois appels avant qu'elle accepte d'envoyer une patrouille à Prazeres.

Quelques heures plus tard, le cimetière était délimité par des bandes en plastique et la police judiciaire était au travail.

À ce moment-là, je dormais déjà sur la banquette chez Ana qui était restée veiller sur moi au lieu d'aller travailler. J'ai dormi un jour et une nuit d'affilée en me réveillant seulement pour boire un peu de lait. Puis je me suis de nouveau endormie. Je remontais à la surface quand j'avais besoin de boire. Durant ces brefs moments d'éveil, je sentais la main froide et maigre d'Alphonse Morro dans la mienne, je revoyais la lueur de bonheur dans ses yeux quand je lui avais donné le médaillon et j'entendais le coup de revolver retentir dans ma tête. Encore et encore jusqu'à ce que je me rendorme de nouveau.

Pendant cinq jours et cinq nuits, je me suis à peine levée de la banquette et je n'ai rien su de ce qui se déroulait autour de moi.

Je ne l'ai appris que plus tard.

L'enquête de l'assassinat au cimetière a été menée par un inspecteur général qui s'appelait Fernão Umbelino. C'est aussi lui qui m'a raconté comment il avait élucidé l'affaire. L'inspecteur Umbelino était un excellent conteur et je garde en mémoire chaque détail de son récit.

Il était arrivé au cimetière Prazeres vers neuf heures le lendemain de l'assassinat. Il avait commencé par examiner les lieux du crime. Son embonpoint l'obligeait à se déplacer avec lenteur mais ses yeux et son cerveau travaillaient d'autant plus vite. En moins d'une demi-heure, il avait déjà tiré ses premières conclusions.

L'homme avait été tué avec une seule balle qui l'avait atteint en plein cœur. Des empreintes dans le gravier indiquaient que l'assassin, caché derrière une pierre tombale, se trouvait à environ cinq mètres de la victime quand il avait tiré. Il n'y avait pas de douille sur place. Compte tenu de l'obscurité, l'assassin devait être un très bon tireur. Et l'arme du crime devait être un revolver plutôt qu'un pistolet, étant donné que les pistolets laissent toujours des douilles.

Jusque-là, Umbelino était certain de ses conclusions. En revanche, il ne savait pas encore qui était la victime. Il n'y avait aucun papier d'identité sur le corps. Rien qui lui permette de savoir de qui il s'agissait.

Il avait trouvé les empreintes de quatre personnes dans le gravier. Trois d'entre elles étaient faciles à identifier : elles appartenaient à la victime, à l'assassin et à João, le gardien du cimetière. En revanche, celles de la quatrième personne étaient énigmatiques. On aurait dit que quelqu'un s'était déplacé pieds nus en s'appuyant sur ses poings. Après avoir remonté ces empreintes, Umbelino en avait trouvé d'autres, très nettes, dans la terre meuble sous un cyprès. Il n'avait encore jamais vu d'empreintes pareilles. C'est là qu'il avait compris que la quatrième personne n'était pas quelqu'un d'ordinaire.

L'inspecteur avait fait venir un dessinateur auquel la police judiciaire avait l'habitude de faire appel quand elle avait besoin de portraits robots d'individus recherchés. Le dessinateur avait reproduit les traces mystérieuses qui avaient ensuite été envoyées d'urgence au jardin zoologique de Lisbonne. Une heure plus tard, un expert du zoo s'était prononcé : les empreintes étaient très probablement celles d'un grand singe. Sans doute un gorille.

Fernão Umbelino avait alors compris que l'enquête qui l'attendait n'aurait rien de banal…

Le jour même, après le déjeuner, l'inspecteur Umbelino avait interrogé João pour la première fois. Ils s'étaient vus dans la maison du gardien autour d'une tasse de café. João était terriblement nerveux. Il avait décidé de ne pas mentionner ma présence, de peur que je sois soupçonnée de l'assassinat. C'était très gentil de sa part.

Umbelino avait commencé l'interrogatoire en demandant si João connaissait le nom du cadavre.

– Il s'appelle Alphonse Morro, avait répondu João. Et c'est un revenant.

Umbelino avait légèrement haussé les sourcils.

– Je veux dire qu'il était déjà mort quand il est décédé, avait précisé João.

– Ah bon ? avait tranquillement répondu Umbelino. Et quand cet Alphonse Morro est-il décédé pour la première fois ?

– Il y a trois ans. Il a été assassiné.

– Ah oui ? Cette fois-là aussi ?

– Oui, avait confirmé João avec gravité. Mais cette fois-là, il n'est pas mort pour de vrai… Ensuite il a écrit des lettres. De l'au-delà. Et il a aussi envoyé de l'argent. Pour la tombe. Pour qu'on s'en occupe.

– Il a envoyé de l'argent pour sa tombe à lui ?

– Non, non, pour celle d'Élisa. Sa fiancée.

Umbelino avait pris des notes tout en se grattant la tête.

– Très bien, nous y reviendrons plus tard… Maintenant je veux que tu me parles du gorille.

Les joues de João s'étaient alors empourprées. Ce qui était apparemment toujours le cas quand il essayait de mentir.

– De Sally Jones ? avait-il demandé. Je ne sais rien d'elle. C'est qui ?

L'inspecteur Umbelino, dont les yeux étaient très bleus dans son visage massif et légèrement rosé, lui avait adressé un gentil sourire.

– Le gorille s'appelle donc Sally Jones, avait-il dit en écrivant. Que faisait-il sur les lieux du crime ?

Le pauvre João n'avait pas su quoi répondre. Umbelino avait posé son carnet de notes et son stylo avant de le regarder longuement.

– Je propose que tu me racontes tout depuis le début, João, avait-il dit. J'ai tout mon temps.

João savait qu'il était un piètre menteur et il trouvait l'inspecteur plutôt gentil. Autant dire la vérité.

Après avoir inspiré profondément, il s'était mis à raconter toute l'histoire, depuis notre première rencontre sur la tombe d'Élisa Gomes deux ans auparavant jusqu'à mon départ du cimetière en taxi avec signore Fidardo.

Umbelino avait entendu de nombreuses histoires au cours de ses vingt années professionnelles. Plus curieuses les unes que les autres. Mais celle-ci les dépassait toutes.

CHAPITRE 71
L'inspecteur général Umbelino et la vérité

Après avoir interrogé João, l'inspecteur Umbelino était parti au commissariat de Baixa. Il s'était rendu au *Service des fichiers nominatifs* pour demander la vérification de deux noms : Alphonse Morro et Élisa Gomes.

Ces deux noms figuraient effectivement dans les fichiers de la police sous la catégorie *Victimes d'assassinat*. Élisa Gomes était morte dans un attentat à l'explosif sept ans auparavant. Son fiancé, Alphonse Morro, avait été assassiné par un marin dans le port trois ans plus tard.

Et maintenant, trois ans et demi après l'assassinat d'Alphonse Morro, un homme avait donc été tué par balle sur la tombe d'Élisa Gomes. D'après le gardien du cimetière, João, l'homme s'appelait justement Alphonse Morro, ce qui ne pouvait pas être le cas, bien évidemment. Contrairement à João, l'inspecteur Umbelino ne croyait pas aux revenants. Et d'ailleurs, était-ce possible de tirer sur un revenant ?

Mais qui était donc l'homme assassiné dans le cimetière ? Et pour quelle raison avait-il été tué justement sur la tombe d'Élisa Gomes ? Il pouvait s'agir d'un hasard, mais l'inspecteur Umbelino ne croyait pas plus au hasard qu'aux revenants. C'est pourquoi il s'était rendu aux *Archives des enquêtes criminelles* où il avait demandé tous les documents qui concernaient les assassinats d'Alphonse Morro et d'Élisa Gomes. Avec les dossiers dans sa serviette, il était parti s'installer dans son café favori, *A Brasileira*, où il avait commandé une cafetière pleine et un panier de *pastéis de nata*, de délicieuses petites pâtisseries à la vanille.

Il était huit heures du soir quand il a terminé aussi bien la cafetière que les gâteaux. Umbelino avait alors eu le temps de lire les documents des deux enquêtes. Il était resté un moment assis, pensif. L'instruction de l'assassinat d'Alphonse Morro avait quelque chose d'étrange. Le corps de la victime n'avait jamais été retrouvé. Umbelino savait qu'il était difficile de condamner quelqu'un pour assassinat quand il n'y avait pas de cadavre. Visiblement, ce cas constituait une exception à la règle. Le marin finlandais avait écopé de vingt-cinq ans de prison pour avoir assassiné Morro. Une condamnation basée uniquement sur les témoignages de personnes se trouvant sur le quai et qui avaient vu Koskela tabasser Morro et jeter le corps dans l'eau. Les interrogatoires avaient tous été menés par un seul policier : le commissaire responsable de l'enquête, Raul Garretta.

Umbelino connaissait Raul Garretta de nom, mais ils n'avaient jamais travaillé dans le même district. D'après ce qu'il avait entendu dire, Garretta avait la réputation d'être un excellent enquêteur.

– Mais cette affaire n'a pas été correctement menée, avait grommelé Umbelino en rangeant les dossiers dans sa serviette pour rentrer préparer le dîner avec son épouse. Pas correctement du tout...

Le lendemain matin, l'inspecteur Umbelino a téléphoné à signore Fidardo. Il avait obtenu son numéro par João.

– J'aimerais m'entretenir avec vous et mademoiselle Molina, a-t-il dit après s'être présenté. C'est au sujet de l'assassinat dans le cimetière. Pourriez-vous vous rendre au commissariat d'Estrela cet après-midi ?

– Non, malheureusement pas, a répondu signore Fidardo.

– Pardon ?

– Non, mademoiselle Molina et moi-même n'avons pas l'intention de nous rendre au commissariat. C'est exclu.

– Pour quelle raison ? s'est étonné Umbelino.

– Nous avons peur du commissaire Garretta, a répondu signore Fidardo. Nous n'osons pas quitter la maison.

Après cette conversation, l'inspecteur Umbelino est resté un bon moment sur sa chaise à réfléchir. C'était la deuxième fois que le nom du commissaire apparaissait dans cette enquête. Cela signifiait forcément quelque chose. Mais quoi ?

Umbelino a attrapé un tome des annales de la police de Lisbonne. Il l'a feuilleté et a fini par trouver ce qu'il cherchait. Il a ensuite quitté son bureau et pris le tram jusqu'au quartier de l'Alfama. En chemin, il a acheté un grand sachet de brioches au sucre pour montrer qu'il n'était pas quelqu'un de dangereux.

Signore Fidardo a d'abord refusé de faire entrer Umbelino. C'est seulement quand l'inspecteur a prouvé qu'il n'était pas armé que signore Fidardo a accepté de lui ouvrir la porte. Un peu plus tard, ils prenaient le café autour de la table d'Ana. Umbelino a sorti l'annale de la police de sa serviette et l'a ouvert sur une photo de groupe représentant le personnel du service judiciaire du commissariat où travaillait Garretta.

– Reconnaissez-vous quelqu'un sur cette photo ? a-t-il demandé.

Ana a immédiatement vu Garretta.

– Le voilà, a-t-elle dit. C'est lui qui est venu avant-hier dans la nuit. Il nous a menacés avec un pistolet.

Signore Fidardo a confirmé d'un hochement de tête.

– C'est étrange, a dit l'inspecteur Umbelino en se grattant la tête. Pourquoi diable un commissaire de la police de Lisbonne serait-il venu chez vous pour vous menacer ?

– Il cherchait Alphonse Morro, a répondu signore Fidardo.

L'inspecteur Umbelino avait l'air sceptique.

– Alphonse Morro, a-t-il répété. J'ai entendu ce nom hier aussi. C'est le gardien du cimetière qui l'a prononcé. Il m'a raconté une histoire très étrange. Je n'arrive pas à savoir si je dois y prêter attention ou pas... Auriez-vous par hasard un gorille chez vous ? Un gorille du nom de Sally Jones ?

Ana et signore Fidardo ont échangé un regard rapide. Puis Ana s'est levée et est allée ouvrir le rideau de l'alcôve. Umbelino l'a rejointe. Et ils m'ont vue, profondément endormie sous une couverture.

– Parlez-moi d'elle, a demandé Umbelino quand ils se sont rassis. Racontez-moi tout depuis le début.

Cinq heures plus tard, l'inspecteur est sorti de la maison Rua de São Tomé, un peu étourdi après avoir écouté le récit d'Ana et de signore Fidardo. Il le trouvait incroyable. Mais Umbelino était dans le métier depuis suffisamment longtemps pour savoir faire la part des choses et discerner la vérité du mensonge. Il avait donc compris que tout ce qu'ils avaient dit était vrai.

De l'Alfama, l'inspecteur Umbelino s'est rendu directement à l'hôpital São José afin de s'entretenir avec le docteur Rosa Domingues. Elle a été parcourue d'un frisson quand il lui a montré la photo du commissaire Garretta.

– Oui, c'est bien lui, a-t-elle dit. C'est bien ce policier qui est venu ici et qui a voulu emmener un de mes patients.

– Quel est le nom de ce patient ?

– Alphonse Morro, a répondu le docteur Domingues. C'est du moins ce qu'il m'a dit.

CHAPITRE 72
Oncle Alves

Le lendemain, l'inspecteur Umbelino s'est rendu de bonne heure à son bureau au commissariat du quartier d'Estrela. Après un moment de recherches, il a su qu'Alphonse Morro n'avait plus qu'un seul parent en vie, un oncle qui s'appelait Alves Morro et qui était entrepreneur de pompes funèbres à Bairro Alto.

Umbelino a contacté l'oncle au téléphone et lui a donné rendez-vous dans la morgue de la ville.

Aux yeux de la plupart des gens, la morgue est un endroit peu attrayant. Mais ce n'était pas le cas d'Alves Morro. Sans la moindre appréhension, il a évolué dans les grandes salles nues où l'odeur de cadavre s'était incrustée dans le carrelage au point de résister aux lessivages les plus acharnés. C'est vrai qu'Alves Morro était du métier. Chose dont Umbelino se serait immédiatement douté même s'il ne l'avait pas su. L'apparence d'Alves Morro était plus sinistre encore que la mort.

Umbelino a soulevé le drap qui recouvrait le corps de l'homme assassiné au cimetière de Prazeres. Après avoir jeté un coup d'œil sur le visage maigre et blafard, Alves Morro a déclaré avec dédain :

– Oui c'est bien lui. C'est mon neveu Alphonse Morro.

– Vous en êtes certain ? a insisté l'inspecteur.

– Bien sûr que j'en suis certain, a confirmé Alves Morro sur un ton agacé. Alphonse a grandi chez moi et ma femme.

– Dans ce cas, il a dû être comme un fils pour vous ? a demandé Umbelino en haussant les sourcils.

– Évidemment, a répondu Alves Morro.

Mais il n'avait pas l'air de le penser.

Umbelino s'est gratté la joue.

– Cet homme est mort il y a seulement quelques jours, a-t-il dit, pensif. Comment est-ce possible qu'il soit votre neveu ? Alphonse Morro, lui, est décédé il y a déjà trois ans.

Le visage d'Alves Morro était absolument neutre quand il a croisé le regard de l'inspecteur Umbelino.

– C'est bien Alphonse qui est là, a-t-il dit. Ça signifie qu'il n'est apparemment pas mort il y a trois ans.

Non apparemment pas, a songé Umbelino en hochant lentement la tête.

– Je suppose que vous voulez vous charger vous-même de son enterrement, senhor Morro.

Alves Morro a eu l'air embarrassé.

– Qui en assurera les frais ? a-t-il demandé.

La question a surpris l'inspecteur Umbelino.

– Mais… vous. Vous êtes entrepreneur de pompes funèbres. Et vous êtes son oncle…

– Je regrette, monsieur l'inspecteur. J'en ai déjà trop fait pour ce garçon. Ce sera donc le carré des indigents. À moins que quelqu'un accepte de payer.

Le rendez-vous avec Alves Morro avait permis à l'enquête de progresser. À présent, l'identité de la victime était déterminée. Et pourtant, quand l'inspecteur Umbelino a quitté la morgue, il était abattu. Sa rencontre avec l'oncle Alves n'avait pas été franchement agréable.

Il y avait aussi autre chose qui le mettait mal à l'aise : il croyait avoir compris qui était l'assassin d'Alphonse Morro. Normalement cela aurait dû le stimuler, mais cette fois, la situation était compliquée. Celui qu'il soupçonnait était un policier. Un commissaire, de surcroît. Accuser un collègue d'assassinat était une chose grave.

Comment faire ? Pour avoir un bon conseil, il a donné rendez-vous à sa femme, Rita, dans leur restaurant favori. Tout en dégustant des boulettes d'agneau à la sauce tomate, Umbelino lui a expliqué l'affaire. Après l'avoir écouté jusqu'au bout, Rita a posé sa main sur le bras de son mari en disant :

– Il n'y a qu'une seule chose à faire, mon chéri : ce qui est juste. Mais ça, tu le savais déjà, n'est-ce pas ?

L'inspecteur Umbelino a hoché la tête tout en enfournant une grande cuillerée de tarte aux prunes nappée de crème Chantilly.

– Si je me trompe, je serai obligé de redevenir gardien de la paix.

– Tu ne te trompes jamais, Fernão, a dit Rita. Et dans le fond, travailler sur le terrain ne te ferait pas de mal, a-t-elle ajouté en jetant un regard plein de sous-entendus à la tarte aux prunes dans son assiette.

– Je n'ai donc rien à perdre, a souri Umbelino.

– Non, rien, mon chéri, a confirmé sa femme. Rien du tout.

Dans l'après-midi, Umbelino est allé voir son patron, le commissaire divisionnaire Servioz, pour lui faire part de ses soupçons envers Garretta. Servioz s'est mis en colère. Voilà qu'un de ses inspecteurs venait accuser un collègue d'assassinat ! C'était proprement scandaleux ! Umbelino, avait-il perdu la raison ?

Au lieu de se laisser intimider, Umbelino a maintenu son affirmation et le commissaire divisionnaire a accepté, à contre-cœur, de soulever la question avec le responsable du district où travaillait Garretta. Mais il fallait, bien entendu, respecter la plus grande discrétion ! Umbelino ne devait pas s'attendre à ce qu'il y ait un interrogatoire avec le commissaire Garretta.

– Il va falloir éclaircir ce malentendu regrettable… et sans que tu perdes ton boulot, Umbelino ! a conclu Servioz sur un ton sévère.

Le lendemain, l'inspecteur Umbelino est arrivé en retard à son travail. Après avoir passé la nuit à réfléchir à l'affaire, il s'était endormi au petit matin et n'avait pas entendu son réveil. Le commissaire divisionnaire était agacé mais il avait aussi des nouvelles intéressantes à lui communiquer.

– Il paraît que le commissaire Garretta a disparu, a-t-il commencé. Ça fait trois jours que son patron ne l'a pas vu. Une équipe de policiers s'est rendue à Rua do Norte hier matin, là où habite Garretta. Ils ont eu beau frapper, personne n'a ouvert.

Umbelino a suggéré qu'on force la porte et procède à une perquisition. Mais le commissaire divisionnaire Servioz a catégoriquement refusé.

– Il faut savoir raison garder ! a-t-il dit. Raul Garretta est un commissaire judiciaire expérimenté. On ne peut pas le traiter en simple escroc ! Il n'est pas question de faire une perquisition chez lui. Pas avant que tu m'expliques pourquoi tu crois Garretta mêlé à cet assassinat. Quel serait le motif, selon toi ?

– C'est Garretta qui est à l'origine de la condamnation du marin Koskela bien que celui-ci soit innocent, a expliqué Umbelino. Peut-être avait-il peur d'avoir des problèmes lui-même quand il se révélerait que Morro n'était pas mort. Voilà un bon motif pour liquider Morro.

– Ça ne tient pas la route, a dit Servioz. Personne ne s'est plaint de l'enquête qui a conduit à l'arrestation de Koskela. Il a été condamné suite à une décision unanime ! Il n'y a aucune raison que Garretta ait des problèmes quand il sera officiellement démontré que Morro n'est pas mort noyé cette nuit il y a trois ans.

L'inspecteur Umbelino a acquiescé à contrecœur. Le commissaire divisionnaire avait raison.

– Par conséquent, il doit exister un autre motif, a-t-il dit.

– Ou un autre assassin, a proposé Servioz pour conclure la discussion.

L'inspecteur Umbelino a passé le restant de la journée à poursuivre ses réflexions. Son point de départ était toujours le même : c'était bien Garretta qui avait tiré sur Alphonse Morro dans le cimetière de Prazeres. Et il était convaincu que l'assassinat avait un rapport avec la disparition de Morro trois ans auparavant. Le problème était que cette piste soulevait d'autres questions. Pour quelle raison Morro avait-il quitté le pays en faisant croire qu'il était mort ? Que s'était-il réellement passé sur le quai quand Alphonse Morro était tombé dans le fleuve ? Garretta, s'était-il effectivement arrangé pour faire accuser Koskela d'assassinat malgré son innocence ? Ou avait-il seulement fait son boulot, comme l'avait suggéré le commissaire divisionnaire Servioz ? C'était tout à fait possible. Mais, dans ce cas, pourquoi Garretta s'était-il donné tant de mal pour retrouver Morro la nuit de l'assassinat dans le cimetière ?

Il existait forcément un autre rapport entre Raul Garretta et Alphonse Morro. Umbelino en était persuadé. Mais comment le trouver ? Morro était mort et Garretta avait disparu.

L'inspecteur Umbelino a relu le compte rendu de l'enquête mais sans rien trouver de plus. À la fin de la journée, au moment où il rangeait ses affaires pour rentrer retrouver Rita et préparer une soupe au chou avec des fricadelles, on a frappé à la porte de son bureau. C'était un agent de police qui lui apportait un message du service technique du commissariat de Baixa lui demandant de s'y rendre immédiatement.

Au service technique, l'attendait une technicienne. Elle avait l'air contente.

– Nous venons de terminer l'examen des vêtements que portait Alphonse Morro lors de sa mort. Voici ce que nous avons trouvé !

Le veston de Morro était posé sur une table. La doublure avait été découpée. Deux passeports portugais étaient également posés sur la table, à côté du vêtement découpé.

– Nous avons trouvé ces passeports cousus dans les épaulettes, a-t-elle dit. C'était très habilement fait. Nous avons failli ne pas les voir.

L'inspecteur Umbelino a examiné les passeports dont l'un était au nom d'Alphonse Morro, l'autre d'un certain Alfredo Simão.

– Alfredo Simão n'existe pas, a précisé la technicienne. Le passeport est faux.

Umbelino a senti une légère déception. Il avait espéré quelque chose de mieux. Le fait qu'Alphonse Morro ait eu deux passeports, dont un faux, n'avait rien de sensationnel. Et ça ne faisait pas avancer l'enquête.

– Vous n'avez rien trouvé d'autre ? a demandé Umbelino.

– Si, a rétorqué la technicienne avec un grand sourire de satisfaction. Regardez ça !

Elle a attrapé une grande boîte en métal. Dedans il y avait une paire de chaussures. Elle a sorti la gauche dont elle a retiré la semelle en demandant à Umbelino d'y jeter un œil. Sous celle-ci, il y avait un carré taillé dans le cuir et profond d'environ cinq millimètres.

– Une petite cachette, a déclaré la technicienne, et voilà ce qu'elle contient. Je crois bien que c'est une lettre.

Elle a tendu un petit paquet de feuilles pliées à Umbelino qui l'a attrapé avec prudence. C'étaient des feuilles en papier de riz, tellement fines qu'elles étaient presque transparentes. Chaque feuille était remplie d'une écriture minuscule aux lignes serrées.

Umbelino a chaussé ses lunettes et a lu la première ligne de la première feuille. Il a immédiatement compris que l'affaire n'allait pas tarder à être élucidée.

Ce soir-là, l'inspecteur Umbelino est resté dans son fauteuil préféré jusque tard dans la soirée. À l'aide d'une loupe et d'une petite lampe, il a réussi à lire la longue lettre jusqu'au bout. Elle était écrite par Alphonse Morro.

Une fois la lecture terminée, Fernão Umbelino a été envahi par une grande tristesse.

Et en même temps par une grande joie.

À présent, il avait les réponses à toutes ses questions.

Le jour suivant, l'inspecteur Umbelino a montré la lettre au commissaire divisionnaire Servioz qui l'a lue avec une consternation grandissante. Il a ensuite donné le feu vert pour une perquisition de l'appartement de Garretta dans Rua de Norte.

Sous une latte du parquet de la chambre, Umbelino a trouvé cinq boîtes de balles de la même marque et du même calibre que celle qui avait tué Alphonse Morro. Il a aussi trouvé une paire de chaussures dont les semelles correspondaient aux empreintes laissées par l'assassin dans le cimetière de Prazares.

L'état de l'appartement montrait que Garretta était parti à la hâte. Et sans l'intention d'y revenir de si tôt. Il avait vidé son compte en banque et emporté l'argent. Son passeport avait aussi disparu. Personne ne savait où il se trouvait.

Le commissaire divisionnaire Servioz a décidé de lancer un avis de recherche. Le commissaire Garretta était soupçonné du meurtre d'Alphonse Morro.

CHAPITRE 73
Red sails in the morning

Quand je me suis réveillée, j'ai immédiatement senti qu'il y avait eu un changement. Je n'arrivais à me rendormir. Mon corps s'y opposait. Mon ventre se tordait de faim.

Ana m'a préparé du porridge avec du lait. J'en ai mangé plusieurs assiettes pleines. Lentement, les bruits et les images de ma nuit au cimetière ont pâli. Mais sans s'effacer totalement. Encore aujourd'hui ils reviennent dès que je pense à Alphonse Morro.

Après avoir avalé six assiettes de porridge, j'espérais

retrouver le sommeil. Mais ça n'a pas été le cas. En revanche, les questions se posaient à nouveau avec insistance.

J'avais l'impression que le jour déclinait. À moins que ce soit l'aube qui commence à poindre ? Quelle heure était-il ? J'avais dormi pendant combien de temps ?

Ana a dû lire dans mes pensées.

– Tu as dormi cinq jours et cinq nuits, a-t-elle répondu. Nous étions très inquiets, mais le docteur Domingues est venue plusieurs fois. D'après elle, que tu dormes autant n'a rien d'étonnant compte tenu des horreurs que tu as vécues. Tu te souviens du docteur Domingues, n'est-ce pas ? a-t-elle ajouté avec une pointe d'inquiétude dans la voix.

J'ai acquiescé.

Ana m'a souri en passant sa main sur ma tête poilue.

– Tout va s'arranger, a-t-elle dit l'air parfaitement calme. Ça tombe bien que tu te sois réveillée. On attend de la visite.

Ana a rangé la casserole de porridge et a posé des tasses à café et des petites assiettes sur la table. Un moment plus tard, nous avons entendu le bruit de pas lourds et de murmures dans la cage d'escalier. Une des voix était celle de signore Fidardo. C'est lui qui a ouvert la porte.

– Tiens, tiens ! Tu es réveillée, a-t-il dit joyeusement quand il m'a vue assise sur la banquette. Ça tombe bien.

Signore Fidardo était suivi d'un homme énorme qui portait son veston sur le bras. Son pantalon était trop court et son ventre engoncé dans un gilet trop étroit. Sa tête reposait confortablement sur ses multiples doubles mentons. Son visage était encadré par des cheveux roux et rebelles, ses yeux étaient bleus et pétillants. Il tenait une serviette démodée en cuir noir à la main.

Il est resté appuyé un moment contre le montant de la porte pour s'éponger le front et défaire sa cravate. La montée des escaliers avait dû lui demander de gros efforts. Puis il a salué Ana et s'est tourné vers moi.

– Bonsoir, Sally Jones, a-t-il dit d'une voix claire et douce. Ces derniers jours, j'ai beaucoup entendu parler de toi. Je suis content de constater que tu es sortie de ta torpeur, ce qui va enfin me permettre de faire ta connaissance. Je m'appelle Fernão. Fernão Umbelino. Je suis inspecteur de police.

En entendant le mot « police », j'ai lancé un regard inquiet à Ana. Elle m'a regardée, l'air rassurant, en expliquant :

– L'inspecteur Umbelino enquête sur l'assassinat d'Alphonse Morro. Tu n'as rien à craindre.

– Seuls les escrocs ont des raisons de me craindre, a ri l'inspecteur en se laissant lourdement tomber sur une chaise devant la table.

Ana a servi du café et des gâteaux accompagnés d'un alcool de cerise. J'ai bu du lait. L'inspecteur Umbelino nous a parlé de son enquête. Il s'est contenté de nous expliquer l'essentiel en gardant les détails pour plus tard.

Depuis mon long sommeil, j'étais encore tout étourdie. Mais en écoutant l'inspecteur, j'ai senti la brume se dissiper dans ma tête. L'impatience s'est mise à fourmiller dans mon corps, j'avais du mal à rester assise.

– À présent, il est donc clair que l'homme qui a été tué il y a cinq jours dans le cimetière de Prazeres était bien Alphonse

Morro, a conclu Umbelino. C'est la raison pour laquelle j'ai pris rendez-vous avec mon patron, le commissaire divisionnaire Servioz qui, lui, est allé voir le ministre de la Justice afin de lui expliquer la situation. Cet après-midi, j'ai rencontré le ministre dans son bureau. Il m'a donné la décision prise par le Tribunal et m'a demandé de me rendre immédiatement à la prison centrale de Campolide.

L'inspecteur Umbelino a bu une gorgée de café tout en m'observant avec gravité avant de poursuivre :

– Je suis donc allé à la prison de Campolide. J'ai donné le document au directeur qui m'a accompagné à la cellule d'Henry Koskela. Koskela a été très surpris, bien sûr, puisqu'il ne s'attendait pas du tout à ma visite. J'ai dû lui expliquer au moins cinq fois pourquoi j'étais là avant qu'il ne comprenne. Puis il a fallu que je jure autant de fois que je disais bien la vérité avant qu'il ne me croie.

L'inspecteur a marqué une nouvelle pause. Cette fois, il souriait.

– Henry Koskela est maintenant lavé de tout soupçon. Il sera libéré dès demain.

Cette nuit-là, je n'ai pas fermé l'œil. J'avais l'impression d'avoir déjà eu largement ma dose de sommeil.

Après m'être assurée qu'Ana dormait, je suis sortie par la lucarne. J'ai grimpé sur les toits jusqu'à ce que je trouve un endroit protégé derrière une cheminée quelques quartiers plus loin. C'est à ce même endroit que je m'étais abritée trois ans auparavant. J'y avais passé une nuit longue et pénible.

L'obscurité était aussi dense et la ville aussi étincelante de lumières que cette nuit-là. Et pourtant tout avait changé. Trois ans auparavant, cette vue m'avait paru effrayante et menaçante. Aujourd'hui, je me sentais en sécurité. Les milliers de points de lumière me semblaient bienveillants et rassurants.

Tranquillement et sans réfléchir, j'ai promené mon regard sur Lisbonne jusqu'à ce que les réverbères s'éteignent et que l'aube apparaisse. À l'est, l'embrasement du ciel colorait les voiles des bateaux en rouge. Cela annonçait une tempête. Une aube rougeoyante signifie qu'on doit s'attendre à du mauvais temps. *Red sails in the morning – sailor take warning !* était une phrase que le Chef m'avait apprise.

Dans seulement quelques heures j'allais le retrouver.

CHAPITRE 74
La porte en fer

Peu avant huit heures, l'inspecteur Umbelino nous a informés par téléphone que le Chef sortirait de la prison à midi sonnant. Il était lui-même en route pour Campolide afin de discuter de quelques points urgents avec le Chef avant sa libération. Il s'agissait de la lettre retrouvée dans la chaussure d'Alphonse Morro. Pour l'instant, Umbelino ne voulait pas nous en dire plus mais il n'y avait aucune raison de s'inquiéter, nous a-t-il assuré.

Le mauvais temps est arrivé dans la matinée. Des bourrasques de vent soufflaient sur la ville et la pluie tambourinait furieusement contre les toits dans le quartier de l'Alfama. À onze heures, Ana, signore Fidardo et moi avons pris le train pour Campolide. Ana et signore Fidardo paraissaient tendus et nerveux. Ce qui ne m'étonnait pas puisque je l'étais moi-même.

J'avais deux cigares pour le Chef dans ma poche. Signore Fidardo m'avait aidée à les choisir chez la veuve Pereira. Le Chef avait très certainement eu le temps de terminer la boîte de cigares que je lui avais envoyée l'année précédente et je pensais que ça lui ferait plaisir d'en avoir d'autres en sortant de prison.

Ana avait apporté un gros bouquet de fleurs très joliment enveloppé dans du papier de soie, mais elle a soudain eu des regrets.

– J'ai peur qu'il trouve bizarre que je lui donne des fleurs, a-t-elle dit. En général, ce sont les hommes qui en offrent aux femmes et non l'inverse. Et on se connaît à peine, lui et moi... Il vaut mieux que ce soit toi qui le fasses, a-t-elle dit à signore Fidardo en lui tendant le bouquet.

– Moi ? Tu n'y penses pas ! De quoi j'aurais l'air ? C'est toi qui les as achetées, c'est toi qui les lui offriras !

Ils se sont disputés un petit moment avant d'être tous les deux frappés par la même idée. Ils se sont regardés, puis se sont tournés vers moi.

Et voilà comment je me suis retrouvée devant la prison de Campolide avec un gros bouquet de lis et de tulipes dans les bras. Je me sentais ridicule. Un mécanicien n'offre jamais de fleurs à son chef !

Des trombes d'eau se déversaient sur la cour gravillonnée devant la prison. Par chance, Ana et signore Fidardo avaient tous les deux pris leur parapluie. Le fil barbelé électrique qui surmontait le mur crépitait et lançait des étincelles. Des nuages déchiquetés avançaient dans le ciel.

Il n'y avait personne et la porte noire en fer était fermée.

J'avais la terrible impression que notre attente était vaine et que tout ça était un affreux malentendu. Ou une blague.

Mais tout d'un coup, nous avons entendu un cliquètement métallique à travers la pluie tambourinante. Une petite porte encastrée dans la grande s'est ouverte.

L'inspecteur Umbelino, boudiné dans son imperméable, est sorti le premier.

Suivi du Chef.

Il portait les mêmes vêtements que la dernière fois que je l'avais vu. Mais ceux-ci étaient plus amples maintenant. Dans une main, il tenait la boîte noire qui contenait l'accordéon.

Le Chef s'est arrêté un instant le visage tourné vers le ciel et la pluie, puis s'est avancé vers nous. Il m'a d'abord regardée. Puis Ana. Et finalement signore Fidardo. Il a ensuite pris Ana dans ses bras et l'a serrée tellement fort qu'il a failli l'étouffer. Puis il m'a enlacée et moi j'ai fait pareil avec lui. Longuement et fortement. Les fleurs étaient tout aplaties.

L'inspecteur Umbelino nous a ramenés en voiture. Ana est montée à côté de lui tandis que signore Fidardo, le Chef et moi, nous nous sommes serrés sur la banquette arrière. Le

Chef n'avait encore pratiquement rien dit. D'ailleurs, tout le monde était ému et avait du mal à parler.

Le seul qui ne paraissait pas embarrassé était l'inspecteur. Il manœuvrait sa voiture à travers les rues défoncées de Campolide en sifflotant joyeusement.

Soudain nous avons vu de la fumée blanche sortir du capot.

– Pourquoi ça fume comme ça ? ont demandé Ana et signore Fidardo en même temps.

– Aucune idée, a dit l'inspecteur Umbelino en arrêtant la voiture près du trottoir.

Le Chef est sorti sous la pluie. Je l'ai suivi et ensemble nous avons soulevé le capot.

Nous avons rapidement repéré le problème. Le circuit de refroidissement était fissuré et l'eau s'en échappait.

– Bon, il va falloir laisser la voiture ici, a dit le Chef.

J'ai acquiescé. Oui, il n'y avait pas d'autre solution.

Le Chef a réfléchi un instant avant de dire :

– On n'est pas passés devant un ferrailleur tout à l'heure ?

Mais si, je l'avais remarqué, moi aussi. Nous nous sommes regardés et j'ai compris ce qu'il avait en tête.

– Ça ne vaudrait pas le coup d'essayer ? m'a-t-il demandé.

J'ai acquiescé avec enthousiasme.

Quand nous sommes arrivés chez le ferrailleur, à seulement quelques rues de là, il était en train de fumer une cigarette sur la petite terrasse de sa masure tout en regardant la pluie. Il a eu l'air content quand le Chef lui a expliqué la raison de notre visite. En quelques minutes il avait trouvé tout ce dont nous avions besoin : un bout de tôle, un joint, quelques boulons, un vilebrequin et un bouchon à visser. Le Chef lui a donné un peu d'argent pour le matériel et a promis de revenir avec les outils.

Ana, signore Fidardo et l'inspecteur ont attendu dans la voiture pendant que le Chef et moi travaillions sous la pluie. Au bout d'une demi-heure, nous avions colmaté la fuite. Du moins provisoirement. Pendant que je retournais rendre les outils, le Chef a remis du liquide de refroidissement. Puis il a demandé à l'inspecteur de mettre le contact. Le moteur tournait comme une horloge. La réparation avait réussi.

– Je me demande si vous n'avez pas fait exprès ! a dit le Chef avec un large et heureux sourire quand il est remonté dans la voiture. Ma nouvelle vie en liberté n'aurait pas pu mieux commencer !

CHAPITRE 75
Le grand scandale

Le Chef s'est installé chez nous dans la maison à Rua de São Tomé. Les premiers jours, il a surtout passé son temps à discuter avec Ana et signore Fidardo autour de la table de la cuisine. Ils avaient tant de choses à se dire. Ça sentait le café, la brioche et le cigare. Je les écoutais blottie sur la banquette en souhaitant que nous restions toujours ensemble, tous les quatre.

Le Chef avait changé. Pas énormément mais suffisamment pour que je m'en aperçoive aussitôt. Il avait une vilaine cicatrice sur la joue et son nez était un peu de travers. Ses cheveux sur les tempes étaient grisonnants. Il bougeait différemment aussi. Plus prudemment. Les bruits inattendus le faisaient sursauter et il s'arrangeait toujours pour ne pas tourner le dos à quelqu'un. Je crois qu'il n'en était pas vraiment conscient lui-même.

Quand Ana lui a demandé si sa vie en prison avait été difficile, le Chef a répondu de façon évasive :

– Bof, le soir c'était pas si mal. Généralement on me fichait la paix et je pouvais rester dans ma cellule à m'exercer sur mon accordéon. Cet instrument est le plus beau cadeau que j'aie jamais reçu. Et quand tu venais chanter, Ana… je n'ai pas de mots pour décrire la joie que j'éprouvais.

Je ne m'étais jamais demandé si le Chef allait s'entendre avec Ana et signore Fidardo. Par chance, dès le départ ils se sont appréciés. Quand le Chef en a eu assez de rester inactif, signore Fidardo lui a proposé de travailler dans son atelier.

– J'accepte avec plaisir, a dit le Chef. À condition que je sois à la hauteur et que ça ne vous dérange pas. Mais je ne veux pas de salaire. Le directeur de la prison m'a donné un peu d'argent avant que je sorte et je tiens à participer aux frais de la maison. D'autant plus que j'ai une dette envers toi et Ana que je ne pourrai jamais rembourser.

À présent, nous étions donc trois dans l'atelier. Signore Fidardo nous a chargés, le Chef et moi, des réparations pendant que lui fabriquait un violon qu'il avait promis depuis longtemps à un client. Le Chef s'était déjà familiarisé avec la mécanique des accordéons parce qu'il avait démonté et remonté le sien plusieurs fois pour faire passer le temps quand il était en prison. Il a vite appris les différentes tâches.

Je me suis aperçue que le Chef avait changé plus que je ne l'avais cru au départ. À bord du *Hudson Queen*, il donnait toujours une impression d'insouciance quand il travaillait. Il se parlait à lui-même, il sifflotait, il fredonnait des chansons ou bien réfléchissait à voix haute à un problème qu'il avait à résoudre. À présent, il était silencieux. Avant, je pouvais presque toujours deviner ses pensées, maintenant c'était impossible.

Un jour que le Chef travaillait depuis près d'une heure sans émettre le moindre bruit, il s'est rendu compte que je le regardais. Il m'a alors adressé un sourire triste et fatigué.

– Ne t'inquiète pas, a-t-il dit. Trois ans c'est long. Il me faut un peu de temps pour me retrouver.

En fin de journée, le Chef avait l'habitude de faire de grandes promenades. Généralement avec moi, mais parfois seul ou avec Ana. Il traversait la ville en long et en large, mais ses balades se terminaient toujours sur le port.

Il regardait les bateaux et s'informait auprès des marins sur la situation de la vie en mer. Quand le vent soufflait de l'ouest, il pouvait rester longtemps les yeux fermés. Une fois je l'ai entendu murmurer :

– Je me demande s'il est toujours là.

J'ai compris qu'il parlait du *Hudson Queen*.

Le samedi et le dimanche nous allions écouter Ana au Tamarind. Le Chef en avait chaque fois les larmes aux yeux.

Un soir, Ana lui a proposé d'apporter son accordéon. Elle savait qu'il avait appris à jouer la plupart des chansons qu'elle chantait.

– Il n'en est pas question ! a rétorqué le Chef avec un petit rire. Ce serait comme verser du pétrole dans une sauce à la crème.

Ana a insisté mais le Chef est resté inflexible. Il refusait de jouer en public. En revanche, il sortait volontiers son accordéon à la maison quand Ana chantait et signore Fidardo jouait de la guitare. C'étaient de bons moments.

Parfois, son visage prenait une expression que je ne connaissais pas et qui ne lui ressemblait pas. Il penchait sa tête sur le côté, fronçait les sourcils comme s'il souffrait et ses yeux fixaient un point dans le lointain que personne d'autre que lui ne voyait.

Je me disais alors qu'il ne serait peut-être plus jamais tout à fait heureux.

Et dans ce cas, moi non plus, je ne serais plus jamais tout à fait heureuse.

Beaucoup de choses se sont produites à Lisbonne au cours du mois qui a suivi la libération du Chef. Pratiquement tous les jours, les journaux évoquaient *Le grand scandale*, une conspiration qui avait été dévoilée. Des hommes et des femmes des classes dirigeantes avaient projeté de faire un coup d'État et de faire tomber la République. Selon certaines sources, le roi en exil, Manuel, était prêt à revenir d'Angleterre pour reprendre le pouvoir au Portugal.

Le coup d'État avait échoué et, à présent, tout était étalé au grand jour. Beaucoup de personnes ont été arrêtées et la police en poursuivait d'autres. Le commissaire Garretta était recherché à la fois pour meurtre et haute trahison. L'évêque de Sousa avait quitté le pays et se trouvait au Vatican sous la protection du pape.

Aussi bien le Chef que moi comprenions bien que cette histoire avait un rapport avec nous deux et avec Alphonse Morro. Mais sans vraiment saisir par quel biais. Pas avant que l'inspecteur Umbelino nous montre la lettre.

Un soir, Umbelino a téléphoné pour demander s'il pouvait éventuellement passer prendre une tasse de café un peu plus tard. Il se proposait d'apporter des brioches au beurre avec du sirop de sucre et de la cannelle de la pâtisserie Graça. Il voulait nous voir tous les quatre.

Il était presque dix heures quand Umbelino a frappé à la porte. Le café était alors prêt et les tasses disposées sur la table de la cuisine. Nous nous sommes attablés et avons commencé par discuter de tout et de rien, mais nous avions tous hâte de connaître la raison de la visite d'Umbelino à une heure aussi tardive. Finalement il a sorti une enveloppe de sa poche et l'a posée au milieu de la table.

– Cette enveloppe contient la lettre qu'Alphonse Morro avait cachée dans sa chaussure gauche, a-t-il annoncé. Malheureusement, mes patrons m'ont interdit de vous la montrer vu qu'elle constitue une pièce à conviction dans l'enquête d'un meurtre. Mais je m'en fiche. Si quelqu'un a le droit de lire ce qu'Alphonse Morro a écrit, c'est bien vous.

Nous sommes restés un petit moment tous les cinq à contempler l'enveloppe en silence. Finalement Umbelino a jeté un œil à sa montre.

– Bon, voilà, a-t-il dit en se levant, il est grand temps pour moi de rentrer à la maison. Je reviendrai demain matin pour chercher la lettre que j'ai oubliée chez vous. Bonsoir tout le monde et merci pour le café.

Quand Umbelino est parti, signore Fidardo s'est tourné vers le Chef.

– Tu commences ?

Le Chef a fait non de la tête.

– Merci mais je lis tellement lentement que vous vous serez tous endormis avant que j'aie fini. Je propose qu'Ana nous la lise.

Ana a accepté. Elle a attrapé l'enveloppe, l'a décachetée et a délicatement déplié les feuilles. Puis elle a lu à voix haute.

CHAPITRE 76
Lettre d'un mort

Quand j'écris ces lignes, je suis au Pirée, le port grec. Je loue une chambre en attendant le bateau qui m'emmènera à Lisbonne.

Je suis malade. La fièvre et la toux empirent chaque jour. Au cas où je ne survivrais pas au voyage, ces lignes parleront pour moi. Voici ma confession, mon témoignage et le récit de ma triste vie.

Mon nom complet est Alphonse Eugene Morro. Je suis né dans le village de Torrão il y a vingt-neuf ans. Ma mère est morte la même nuit. Mon père était pêcheur d'anguilles. Il s'est noyé quand j'avais dix ans. On m'a envoyé à Lisbonne chez mon oncle Alves et son épouse Odília. Étant mes parents les plus proches, ils ont dû s'occuper de moi.

Oncle Alves avait une entreprise de pompes funèbres. J'y travaillais après l'école et pendant les vacances. J'étais chargé de balayer par terre et de changer les fleurs dans la salle d'accueil. Quand oncle Alves a estimé que j'avais atteint l'âge nécessaire, j'ai dû l'aider à préparer les corps pour les enterrements. L'odeur de formol et de mort s'incrustait dans mes vêtements.

Après le bac, j'ai suivi des cours du soir de comptabilité. Pour les financer, j'ai continué à travailler aux pompes funèbres. J'étudiais la nuit et je préparais les cadavres le jour.

Lors de mes moments libres, j'avais l'habitude de me rendre dans un café près de l'église São Roque. C'est là que j'ai vu Élisa Gomes pour la première fois. Elle était serveuse. Je suis immédiatement tombé amoureux d'elle. Mais ce n'est que bien plus tard que j'ai appris comment elle s'appelait.

Je connaissais ses heures de travail et aussi les tables dont elle s'occupait. Ainsi je pouvais être près d'elle pratiquement tous les jours. Peu à peu, nous avons commencé à échanger quelques mots quand elle m'apportait mon café. Au bout de plusieurs mois, je me suis armé de courage et je lui ai demandé si je pouvais lui offrir une glace dans le jardin botanique le dimanche suivant.

Elle a accepté. Ça a été le jour le plus heureux de ma vie.

Élisa avait une chambre dans un foyer pour jeunes femmes orphelines chez les sœurs dominicaines. Elle était la seule survivante d'une famille victime, quelques années auparavant, des ravages de la grippe espagnole.

Je suis devenu la famille d'Élisa et elle est devenue la mienne.
Nous nous voyions autant que nous le pouvions. Souvent nous
faisions de grandes promenades dans les jardins de Belèm. Ou
bien nous prenions le train pour aller boire un café sur une terrasse au bord de l'eau à Cascais.

Nous commencions à rêver d'un futur commun. Et de
construire un foyer.

Après avoir terminé ma formation, j'ai obtenu un emploi
dans le bureau d'une compagnie d'assurances maritimes. Élisa,
de son côté, est devenue employée de maison dans la famille
du banquier José Carvalho. Nous avons commencé à mettre de
l'argent de côté pour pouvoir nous marier et louer un appartement. Au bout d'un an, nous avons fixé la date de notre
mariage. Il aurait lieu en juin.

Le 14 mai, Élisa a essayé sa robe de mariée.

Le lendemain, elle a été tuée.

Par une lettre piégée destinée à José Carvalho. Lui s'en est
sorti indemne. Élisa a réceptionné l'enveloppe qui a explosé
dans ses mains. D'après la police, l'attentat était l'œuvre d'anarchistes mais jamais personne n'a été arrêté.

L'argent que j'avais mis de côté pour le mariage a servi à payer la pierre tombale d'Élisa. Après l'inhumation, je suis resté assis à côté de sa tombe pendant trois semaines. La compagnie d'assurances a fini par me licencier. Sans salaire, je ne pouvais plus payer le gîte et le couvert chez oncle Alves. Pour qu'il accepte de m'héberger, il a fallu que je recommence à préparer les corps des morts, ce que je n'ai pas été capable de faire pendant bien longtemps.

Oncle Alves m'a mis à la porte.

N'ayant nulle part où aller, j'ai traîné dans la ville et j'ai finalement été arrêté par la police pour vagabondage. Je me suis d'abord retrouvé en prison, puis à l'hospice. C'est un endroit où il est impossible de vivre. Celui qui n'y meurt pas de maladie, y meurt de faim. J'ai senti que ce serait mon cas. Et je trouvais que c'était aussi bien comme ça.

Si j'ai survécu c'est grâce à un prêtre qui venait parfois à l'hospice. Il s'appelait le père Felipe. Il m'a trouvé du travail à l'église Santo António où j'ai aidé à servir la soupe aux pauvres. En compensation, l'église me logeait et me nourrissait.

Je me demandais pourquoi le père Felipe avait choisi de m'aider, moi justement, parmi tous les pauvres. La seule explication que je trouvais était que, pour une fois, la chance était avec moi. Plus tard, j'ai compris que ce n'était pas le cas.

Le père Felipe est devenu un ami. Parfois nous montions au Château de São Jorge à pied pour discuter et admirer la vue. Nous parlions surtout de mon chagrin. En perdant Élisa, j'avais perdu ma raison de vivre.

Le père Felipe me disait que j'avais tort et que la vie m'avait donné une nouvelle mission. Pour honorer la mémoire d'Élisa, je devais combattre le mal qui me l'avait enlevée.

Je me suis dit que ça m'apporterait peut-être du réconfort.

Nos conversations tournaient de plus en plus autour de la politique et de la religion. Le père Felipe me disait que les anarchistes qui avaient tué Élisa étaient au service du diable. C'étaient des impies pleins de haine. Comme les républicains qui dirigeaient le pays depuis la révolution de 1910, quand le roi Manuel avait été forcé à l'exil. Les républicains étaient des opposants à l'Église et persécutaient les prêtres, m'expliquait-il.

Nous devions nous battre pour retrouver notre roi, disait-il. Sinon l'obscurité s'abaisserait définitivement sur le Portugal.

J'étais de plus en plus convaincu que le père Felipe avait raison. Pour Élisa, j'ai décidé de me joindre à ceux qui luttaient pour le Bien.

On m'a chargé de distribuer des tracts. Tous les soirs je me rendais dans un petit café à Bairro Alto où on me donnait un sac plein de tracts et la liste des quartiers où je devais les distribuer. Le texte disait la même chose que le père Felipe. Il était signé CM.

CM signifiait Confrérie pour la Monarchie.

Nous étions plusieurs à distribuer des tracts, mais je ne connaissais personne parmi les autres. Même pas de nom. La Confrérie pour la Monarchie était une organisation clandestine. J'ai reçu des ordres très clairs : si je voyais la police arriver, il fallait que je me cache immédiatement. Si malgré tout je me faisais coincer, je devais à tout prix me taire. Même sous la torture. Jusqu'à la mort, si nécessaire.

Le danger me donnait l'impression que ma mission était importante. Pour la première fois après le décès d'Élisa, je me sentais revivre.

Toutes les nuits je distribuais des tracts. J'ai failli êtrè pris pas la police plusieurs fois, mais par chance, j'ai pu m'échapper. Par une nuit chaude du mois d'août, ma chance a tourné. La police m'a poursuivi dans une voie sans issue, j'ai été arrêté et conduit au commissariat de Chiado.

Cinq policiers m'ont interrogé pendant quatre heures mais ils n'ont pas réussi à tirer de moi le moindre mot. Le commissaire est finalement venu leur donner l'ordre de me relâcher. Son nom était Garretta.

Vu que j'avais maintenant été repéré par la police, le père Felipe ne voulait plus que je distribue des tracts. J'en étais désespéré.

– Tu as le feu sacré, Alphonse, m'a dit le père Felipe en posant sa main sur mon épaule. Il est temps qu'on te confie des missions plus importantes.

Un mois plus tard, on m'a donné un emploi dans le bureau du port de Lisbonne. C'était un bon boulot. Le salaire m'a permis de quitter le foyer et de louer un petit appartement. C'est le père Felipe qui, par ses relations, m'a trouvé aussi bien l'emploi que l'appartement.

– La Confrérie a besoin d'un homme de confiance, a-t-il expliqué. Le port est un lieu stratégique. Celui qui contrôle le port, contrôle la ville.

Voilà comment je suis devenu espion. Une fois par semaine, je voyais le père Felipe pour lui donner les listes des navires qui allaient entrer ou sortir du port de Lisbonne. J'avais copié ces

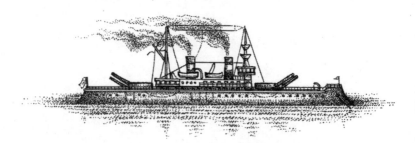

listes en cachette à mon travail. *Généralement les canonnières de la marine prévenaient à l'avance quand elles auraient besoin d'un mouillage. Je pouvais ainsi informer le père Felipe de leurs projets. Il était très content de mon travail.*

Le sentant de plus en plus tendu, j'ai compris qu'un événement important était en train de se préparer.

Tard un soir, le père Felipe est venu chez moi.

– Notre conseil exécutif se réunit à minuit, a-t-il dit. Et tu es invité.

Pendant au moins trois quarts d'heure, nous nous sommes promenés dans la ville jusqu'à ce que le père Felipe soit certain que nous ne soyons pas suivis. Puis nous sommes entrés par le porche dans un magnifique palais à Chiado. J'avais des sueurs froides. La Confrérie pour la Monarchie était une organisation secrète, bien entendu, mais le bruit courait que tous ses membres étaient des personnes puissantes qui occupaient des postes importants dans le pays.

Le palais appartenait à Maria Monserro, baronne de Castedo. Elle nous a personnellement accueillis et nous a conduits à l'un des nombreux salons du palais. Une trentaine d'hommes aux visages sévères étaient assis autour d'une énorme table en acajou. Il y avait parmi eux des aristocrates, des directeurs, des généraux, des prêtres et des commissaires principaux. J'en ai reconnu plusieurs pour avoir vu leurs photos dans les journaux. Le seul que j'avais réellement rencontré était le commissaire Garretta, celui qui m'avait aidé quand j'avais été arrêté pour avoir distribué des tracts.

La réunion a duré deux heures. L'ambiance était à la fois grave et enthousiaste. L'heure était arrivée. Le moment décisif était proche. La révolte monarchiste aurait lieu dix jours plus tard. Les conjurés de l'armée et de la marine étaient prêts, tout comme les hommes de l'Église et de la police.

Il restait encore un problème à résoudre. Pour que la prise du pouvoir puisse réussir, il fallait que la Confrérie fournisse des armes à ses partisans du centre de Lisbonne. C'est pourquoi un grand chargement d'armes avait été introduit illégalement au Portugal depuis l'Espagne. C'était l'évêque de Lisbonne, Rodrigo de Sousa, qui s'en était occupé puisqu'il avait des amis dans l'entourage proche de la maison royale espagnole.

L'évêque de Sousa était présent à la réunion. Il promettait de veiller personnellement à ce que les armes parviennent à Lisbonne dans les temps. Mais il avait besoin d'assistance pour une chose : le passage dans la ville même. Étant donné que la garde républicaine surveillait tous les chemins qui menaient à Lisbonne, il trouvait plus sage de faire le dernier bout du transport des armes sur l'eau.

— Pour ne pas éveiller de soupçons, les armes seront chargées dans des caisses en bois qui appartiennent à une fabrique de carrelage, avait expliqué l'évêque. Mais comme on n'est jamais trop prudent, il va falloir trouver un bateau dont l'équipage ne posera pas de questions inutiles.

— Votre Sainteté, est intervenu le père Felipe en posant sa main sur mon épaule. Voici Alphonse Morro. Il fait partie de nos membres les plus dévoués. En plus, il travaille dans le

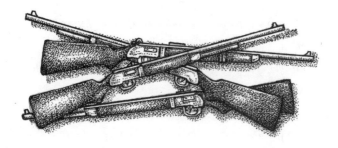

bureau du port. Il est donc bien placé pour vous trouver le navire qu'il vous faut.

Tout le monde autour de la table s'est tourné vers moi. En sentant leurs yeux durs, hautains et exigeants j'avais les genoux qui tremblaient sous la table.

– Alors, senhor Morro ? a dit l'évêque de Sousa. Vous connaissez donc un bateau qui ferait l'affaire ?

Pendant quelques instants, ma tête était totalement vide. Puis j'ai pensé à un navire qui semblait correspondre à ce qu'il cherchait.

– Oui, Votre Sainteté, j'ai dit en m'étonnant moi-même de la fermeté de ma voix. Je crois que oui.

– Parfait ! a dit l'évêque. Le père Felipe m'a dit beaucoup de bien de vous. Comme j'ai confiance en lui, j'ai confiance en vous. Demain je vous donnerai les renseignements nécessaires pour réserver le bateau.

J'étais fier et heureux de la mission qu'on m'avait confiée. Mais cette joie n'a pas duré longtemps. Déjà dans la nuit, j'ai réalisé la gravité de l'affaire dans laquelle j'étais maintenant impliqué et j'ai été pris d'une grande angoisse. J'ai compris qu'il y aurait des combats dans les rues. Que le sang coulerait.

Au fond de moi s'est élevée une voix me demandant si c'était réellement ça que mon Élisa aurait voulu.

Je n'ai pas écouté cette voix. Je ne le pouvais pas. Il était trop tard pour que je puisse revenir en arrière.

Le lendemain, je me suis attelé à la tâche. Le navire auquel j'avais pensé était le Hudson Queen, un petit cargo à vapeur qui mouillait en bas du quartier de l'Alfama. Le capitaine s'appelait Koskela et était originaire de Finlande. L'équipage se composait d'un seul membre, un grand singe qui, paraît-il, était un mécanicien habile. Je croyais savoir que ni le capitaine ni le mécanicien n'avaient l'habitude de poser des questions inutiles. En plus, le Hudson Queen n'avait rien transporté depuis plus d'un mois. Koskela avait sans doute besoin d'argent.

Je l'ai trouvé au restaurant O Pelicano le lendemain soir. Il était en train de manger de la soupe en compagnie de son singe, le mécanicien. La rencontre m'a été très désagréable. Koskela était quelqu'un de sympathique qui ne méritait pas d'être mêlé à une affaire comme celle-là. Son singe me regardait avec des yeux qui tenaient plus de l'humain que de l'animal. J'avais l'impression qu'il voyait à quel point j'étais désemparé et angoissé.

Koskela a accepté le travail et dès le lendemain matin, lui et le singe sont partis à Agiere, le petit port désaffecté où ils devaient récupérer les armes. Ils sont arrivés selon les plans et ont rencontré l'évêque de Sousa et ses hommes. Puis tout a dérapé. Pour une raison que j'ignore, ils se sont disputés au moment où les armes avaient été chargées. Le Hudson Queen s'est échoué et a coulé dans le fleuve.

Sans armes, le coup d'État ne pouvait pas se faire comme prévu. Lors d'une réunion de crise dans la nuit, le conseil exécutif de la Confrérie a décidé de tout interrompre.

Je l'ai su par le commissaire Garretta qui est venu me voir à quatre heures du matin pour me dire que j'étais responsable de l'échec. Il aurait aimé me tirer une balle dans la tête, disait-il, mais le Conseil avait décidé de me donner une deuxième chance.

– Tu dois éliminer ce capitaine qui s'est arrangé pour que nos armes se trouvent au fond du fleuve. Si jamais il parle, nos ennemis risqueront de comprendre nos intentions.

Il m'a donné un pistolet chargé.

– Tue le capitaine dès qu'il se montrera à Lisbonne. Tu sauras certainement où le trouver. Et n'oublie pas que c'est ta dernière chance. Si le capitaine est encore en vie demain à cette heure-ci, c'est toi qui seras tué.

Toute la journée, j'ai traîné dans le quartier de l'Alfama et sur les quais. J'étais terrorisé à l'idée de retrouver Koskela. J'étais terrorisé à l'idée de ne pas le retrouver. J'étais piégé. Il n'y avait aucune porte de sortie pour moi, aucun endroit où me réfugier.

J'ai essayé de trouver le père Felipe pour lui demander comment me sortir de ce piège terrible. Mais il s'arrangeait pour être introuvable.

Tard dans la soirée, j'ai vu Koskela et son singe à O Pelicano. Bouleversé par des sentiments que je ne parviens pas à décrire, je les ai attendus devant le restaurant. Ils se sont dirigés vers le port et je les ai suivis.

Je les ai rattrapés sur le quai, j'ai sorti le pistolet mais j'ai été incapable de tirer sur Koskela. Dans le fond, j'avais toujours su que je n'y arriverais pas. *Quand nous étions là, l'un en face de l'autre, j'ai eu honte jusqu'aux tréfonds de mon être. Le pistolet me brûlait les mains. Je l'ai finalement glissé dans ma poche et me suis mis à courir.*

Koskela m'a suivi et rattrapé près de la place de Comércio. Il m'a saisi par le col juste au moment où je trébuchais sur quelque chose, probablement une amarre. L'instant d'après il m'a lâché et je suis tombé dans le fleuve.

Le point le plus important dans cette lettre est le suivant :

Koskela ne m'a pas poussé, ni jeté dans l'eau. Je suis tombé tout seul. C'est moi qui ai menacé de le tuer. Et non l'inverse.

Quand j'ai réussi à sortir la tête de l'eau, je me trouvais déjà à une trentaine de mètres de l'endroit où j'étais tombé. Le courant était fort, ce soir-là. Je ne suis pas un bon nageur et je me serais sans doute noyé si je n'avais pu m'accrocher à un poteau qui dépassait de la jetée. À ce moment-là, le courant m'avait emporté à une bonne cinquantaine de mètres du quai.

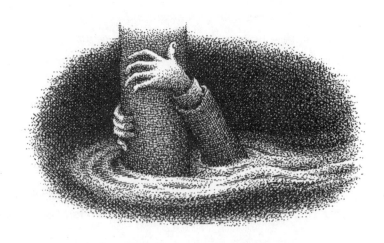

Quant à la suite des événements, mes souvenirs ne sont pas très précis. Quoi qu'il en soit, j'ai réussi à sortir du fleuve et j'ai marché. Je suis revenu dans mon appartement à trois heures du matin. J'ai alors ramassé à la hâte quelques vêtements secs, les économies que j'avais cachées dans un tiroir dans la cuisine et mon passeport. Puis je me suis précipité à la gare de Rossio où j'ai pris le premier train pour Porto. Il fallait à tout prix que je m'éloigne de Lisbonne. C'était mon unique pensée.

Je suis resté à Porto pendant près d'une semaine. D'abord je n'avais aucune idée de ce que j'allais faire mais au bout de quelques jours, un plan a commencé à prendre forme dans ma tête.

J'ai eu la chance de rencontrer un homme qui vendait de faux passeports. Sous le nom d'Alfredo Simão j'ai pris un bateau pour Gênes en Italie. De là, j'ai continué à bord d'un autre bateau jusqu'à Goa, une colonie portugaise, en Inde. Le voyage a duré un mois.

À Goa j'ai appris ma propre mort. Le journal dans lequel j'ai lu la nouvelle avait trois semaines. J'ai aussi lu que c'était un marin du nom de Henry Koskela qui m'avait noyé dans le Tage. Il était en prison, en attente de son procès.

J'ai tout de suite compris que Koskela n'avait aucune chance de s'en sortir. Garretta falsifierait des preuves et menacerait des témoins pour que Koskela soit condamné. Je savais aussi qu'il y avait des procureurs et des juges parmi les membres de la Confrérie pour la Monarchie. Ensemble ils briseraient Koskela. La seule possibilité de le sauver d'une très lourde peine serait que je retourne à Lisbonne. J'ai donc décidé de rentrer. Je ne *pouvais pas accepter que la vie d'un innocent soit détruite par ma faute.*

Mais mon retour a été repoussé.

Pas une fois. Ni deux. En trois ans, je l'ai repoussé un nombre incalculable de fois.

Tous les soirs je me disais : demain. Demain j'irai prendre mon billet pour Lisbonne. Puis je passais une nuit d'angoisse. J'avais peur de m'endormir et de voir le commissaire Garretta surgir dans mes rêves. Dès l'aube, je me disais de nouveau : pas aujourd'hui mais demain. Demain je prendrai mon billet…

Les semaines et les mois ont passé. Entretemps j'ai trouvé du travail à Goa, dans une entreprise qui s'appelait Albaquerque Trading Company *et qui était spécialisée dans le commerce des épices. Je faisais mon travail et me tenais à l'écart. Je ne voulais pas avoir d'amis. À quoi me serviraient-ils vu que je n'allais pas tarder à retourner à Lisbonne ? C'était du moins ce que je me disais.*

Les mois sont devenus des années. J'étais de plus en plus malheureux mais je n'avais pas le courage ni la force d'y remédier. J'envoyais régulièrement de l'argent pour l'entretien de la tombe d'Élisa dans le cimetière de Prazeres. C'était la seule chose qui donnait un sens à ma vie.

Je vivais dans la crainte que quelqu'un comprenne qui j'étais. Comme j'avais l'impression que les gens parlaient de moi à Goa, je suis parti à Cochin dès que j'ai eu la possibilité de me faire muter. J'ai obtenu le poste de responsable de la succursale de l'entreprise. Parmi les employés, il n'y avait pas d'autres Portugais. J'étais en réalité le seul Portugais établi à Cochin. Personne ne pourrait me retrouver.

La tranquillité n'a pas duré longtemps. Déjà à Goa j'avais attrapé le paludisme mais à Cochin ma santé s'est progressivement détériorée et j'ai eu de plus en plus de mal à faire mon travail. Finalement, je n'y suis plus arrivé et le patron d'Albaquerque à Goa m'a licencié et a mis une autre personne à ma place.

J'ai dû quitter mon logement de fonction à Fort Cochin et j'ai loué une chambre très simple dans le quartier juif de Mattanchery. Le propriétaire et sa famille sont devenus mes premiers et uniques amis en Inde. Ils se sont occupés de moi comme si je faisais partie de leur famille. Il m'est très douloureux de les évoquer étant donné que je les ai quittés si soudainement et sans explication. Une nuit, je suis descendu sur le port et j'ai acheté une place à bord d'un navire marchand qui partait au Pirée en Grèce très tôt le matin même.

Le voyage a pris six semaines. Après plusieurs escales, le bateau est arrivé à destination il y a un mois. J'étais alors plus mort que vif. Grâce au commandant, j'ai pu bénéficier de soins médicaux dans le foyer des marins portugais. Dès qu'on m'a autorisé à quitter mon lit, j'ai réservé une cabine sur un bateau pour Lisbonne. Il part dans huit jours.

Vous qui lisez cette lettre, vous vous demandez probablement ce qui m'a finalement décidé à rentrer au Portugal. J'hésite à vous dire la vérité étant donné que vous risqueriez de penser que j'ai perdu la raison. Il faut pourtant bien que je le fasse pour que ma confession soit complète.

À Cochin, j'ai reçu un message. Il était écrit sur un simple bout de papier cloué sur un embarcadère dans le port. Il s'agissait d'un texte très bref qu'Élisa, ma bien-aimée, avait écrit sur le portrait miniature qu'elle avait fait peindre pour moi et dont elle m'avait fait cadeau. Je le portais dans un médaillon autour du cou jusqu'au jour où je l'ai perdu en tombant dans le fleuve près de la place de Comércio.

Quelqu'un avait dû retrouver ce médaillon et m'avait envoyé le texte comme un message que moi seul comprendrais. J'ai mon idée sur l'identité de cet individu mais je la garde pour moi.

La nuit est tombée ici au Pirée. De ma fenêtre je vois la lune qui se lève sur la mer Égée. Ça m'a demandé de gros efforts d'écrire ces mots mais à présent c'est fait. J'ai trop attendu pour rentrer chez moi et maintenant je doute d'avoir la force d'aller jusqu'au bout. Dans le fond il m'importe peu d'arriver à Lisbonne vivant ou mort. Mon corps, mon passeport et cette lettre suffiront, je l'espère, pour remettre Koskela en liberté.

Au cas où je parviendrais à rester en vie, je n'ai qu'un seul souhait : j'aimerais aller une dernière fois sur la tombe d'Élisa.

Le Pirée, le 27 mars

CHAPITRE 77
Repas d'enterrement

Le jour de l'enterrement d'Alphonse Morro, le ciel était recouvert de fins nuages clairs. L'air immobile était saturé de l'odeur sucrée des bougainvillées qui fleurissaient partout dans les jardins et les parcs de Lisbonne.

João s'était arrangé pour que la tombe d'Alphonse soit près de celle d'Élisa. Nous, le Chef et moi, avions fabriqué son cercueil et signore Fidardo avait sculpté sa croix dans du mélèze.

Nous avons été sept à assister à l'enterrement. En plus du prêtre il y avait le Chef et moi, Ana et signore Fidardo, João et l'inspecteur Umbelino. Le docteur Domingues aurait voulu venir, elle aussi, mais ce matin-là, elle était de garde à l'hôpital.

Ana, accompagnée de signore Fidardo et du Chef, a chanté une chanson d'amour. Personne n'a pleuré mais João et l'inspecteur Umbelino avaient tous les deux les larmes aux yeux.

Après la cérémonie, nous sommes tous partis à *O Pelicano*. C'était le jour de fermeture du restaurant, mais senhor Baptista et senhora Maria tenaient à offrir le repas et avaient ouvert pour l'occasion. Pour commencer, l'ambiance était feutrée et solennelle mais la conversation autour de la table s'est animée au fur et à mesure que senhor Baptista sortait des bouteilles de bière et des petits verres d'aguardiente. Dans l'après-midi, quand senhora Maria s'est mise aux fourneaux et a commencé à griller des travers de porc, l'inspecteur Umbelino a téléphoné à sa femme Rita pour lui dire d'enlever ses casseroles du feu et de venir nous rejoindre. Un des guitaristes du Tamarind, qui passait par hasard dans la rue, s'est étonné d'entendre des rires du restaurant fermé et est entré pour voir ce qui se passait. Un peu plus tard, les deux autres guitaristes du Tamarind sont venus à leur tour avec femmes, enfants et instruments. De même que tout un groupe de musiciens de l'Alfama et de Mouraria.

La rumeur qu'il y avait une fête à *O Pelicano* s'est rapidement propagée dans le quartier si bien que Rosa Domingues a trouvé le restaurant plein de monde quand elle a eu enfin terminé sa garde à l'hôpital. Faute de places, de nombreuses personnes avaient dû s'installer sur les rebords des fenêtres ouvertes. J'ai monté des caisses de bière de la cave pour que senhor Baptista puisse rester au bar servir à boire tout en chantant à tue-tête les airs que jouait l'orchestre improvisé.

À minuit, on a préparé une piste de danse en poussant les tables et les chaises.

Deux policiers, appelés pour tapage nocturne, se sont présentés au petit matin pour mettre fin à la fête. Mais en voyant l'inspecteur Umbelino dans un foxtrot endiablé avec le docteur Domingues, ils sont repartis aussi vite qu'ils étaient venus.

Malgré la fatigue, je n'avais pas envie de rentrer. Je me suis installée sur les tables empilées d'où je pouvais tranquillement regarder mes amis : João, derrière le bar, qui racontait des histoires de fantômes aux gosses du quartier. Signore Fidardo qui dansait avec Rita Umbelino et qui donnait l'impression de ne pas bouger mais qui glissait littéralement sur le sol avec senhora Umbelino serrée dans ses bras. Le Chef qui jouait de l'accordéon avec l'orchestre et qui louchait légèrement à cause de toute la bière qu'il avait bue. Ana qui dansait avec l'inspecteur Umbelino. Le docteur Domingues qui soignait un marin qui s'était cassé le pouce en se livrant à une partie de bras de fer avec senhor Baptista.

Au lever du jour, la fête n'était toujours pas terminée. L'orchestre jouait une valse langoureuse pour les derniers couples sur la piste. J'étais alors assise dans l'embrasure d'une fenêtre avec signore Fidardo et nous regardions Ana danser joue contre joue avec le Chef. Ils étaient très beaux ensemble.

Je crois que signore Fidardo pensait la même chose que moi.

– À ton avis, il serait possible pour lui de ne pas retourner en mer ? m'a-t-il demandé.

J'ai réfléchi un instant, puis j'ai lentement fait non de la tête.

– C'est bien ce que je pensais, a-t-il soupiré. Dommage.

Une semaine après le repas à *O Pelicano*, Ana a dû partir à Paris pour un récital au Théâtre des Champs-Élysées. Son disque connaissait un grand succès en France.

Après beaucoup d'hésitations, signore Fidardo a décidé de l'accompagner. Un des plus éminents collectionneurs d'instruments de musique, qui habitait justement à Paris, l'avait invité à lui rendre visite quand il en aurait l'occasion.

L'idée de ce voyage angoissait beaucoup signore Fidardo qui n'avait pas quitté le Portugal depuis très longtemps. Il lui a fallu deux jours pour faire sa petite valise et il craignait visiblement que le Chef et moi fassions du désordre dans l'atelier pendant son absence. Il nous a donné des instructions très strictes sur ce qu'il fallait faire et ne pas faire.

– Pour être tout à fait sincère, j'aimerais que vous preniez des vacances vous aussi, a-t-il fini par avouer. Vous l'avez bien mérité, tous les deux.

Le taxi qui devait conduire Ana et signore Fidardo à la gare de Rossio est arrivé tôt le matin. Le Chef et moi sommes descendus avec eux dans la rue pour leur souhaiter bon voyage.

– Et si nous faisions un petit voyage nous aussi, m'a proposé le Chef quand ils furent partis. Que dirais-tu d'un petit tour jusqu'à Agiere ?

J'ai trouvé que c'était une bonne idée.

CHAPITRE 78
Le dernier repas à bord

Le lendemain matin, nous avons pris un bateau fluvial de Cais do Sodré jusqu'à Constância. Nous y sommes arrivés le soir et avons trouvé un hôtel très simple pour la nuit.

Au lever du jour, nous avons été réveillés par le bruit de sabots d'un cheval tirant une charrette sous nos fenêtres. C'était jour de marché à Constância. Deux heures plus tard, les rues grouillaient de monde. Sur la place, les fermiers avaient aligné leurs charrettes chargées de légumes, de poissons, de vin, d'ustensiles de cuisine et d'outils.

Le Chef a acheté du pain, du fromage, du poisson séché et des fruits. Il en a profité pour discuter avec un marchand et a fait la connaissance d'un vigneron qui avait une propriété à quelques dizaines de kilomètres d'Agiere. Celui-ci nous a proposé de faire une partie de la route avec lui et, en contrepartie, nous lui avons donné un coup de main pour vendre ses cruches de vin.

La plupart des gens n'avaient jamais vu un gorille en liberté et ils ont été nombreux à venir acheter du vin pour pouvoir me regarder de plus près. Au bout d'une demi-heure, nous avions tout vendu. Le vigneron nous a invités à monter dans la charrette pour partir.

Après deux heures de voyage interminables sur un chemin de terre cahotant, le vigneron nous a fait descendre à un croisement. Il est parti dans une direction et nous dans l'autre. Le soleil dardait ses rayons sur nous et sur la terre sèche qui voltigeait sous nos pas. Mais la nature était belle et la végétation exubérante.

Le chemin longeait le Zêzere, parfois à distance parfois tout près. Le niveau de l'eau était bien plus bas que la dernière fois. Nous voyions des oiseaux aux grandes pattes et au bec très fin se déplacer sur les bancs de sable de part et d'autre du lit du fleuve.

Au bout d'environ deux heures de marche, nous sommes enfin arrivés à Agiere. D'une montée, nous avons pu constater que le *Hudson Queen* était toujours là où nous l'avions laissé.

D'un pas soudain plus léger et plus rapide, nous nous sommes engagés sur un sentier qui menait à la maison abandonnée au bord de l'eau. Un pan du pignon s'était écroulé depuis la dernière fois, sinon rien n'avait changé. Un balbuzard pêcheur perché sur la cheminée du *Hudson Queen* s'est envolé en battant lourdement des ailes quand il nous a vus arriver.

Nous sommes restés un long moment sur l'embarcadère branlant à regarder l'épave. Des pillards étaient visiblement passés par là. Les poulies et les écoutes du gréement avaient disparu, comme le mât de signalisation sur le toit du poste de pilotage. La cheminée n'avait plus ses ferrures.

– Mais au moins il est toujours là, a dit le Chef. C'est déjà ça.

Un peu plus haut sur la berge, nous avons trouvé une vieille barque en bois dans les broussailles. Il y avait très longtemps qu'elle n'avait pas été dans l'eau, le Chef pouvait sans problème passer son couteau entre les planches.

Nous avons rebouché les fentes et les fissures avec des aiguilles de pin et des brins d'herbe secs que nous sommes allés chercher dans une fourmilière. C'est une astuce vieille comme le monde. Les aiguilles et les brins d'herbe gonflent dans l'eau et rendent ainsi le bateau étanche.

J'ai ramé et le Chef a écopé. Nous avons amarré la barque à la cabine de pilotage du *Hudson Queen* pour pouvoir grimper sur le toit. Puisque le niveau d'eau du fleuve avait baissé, le bateau dépassait de la surface. Le puissant soleil éclairait le fond et nous voyions distinctement que la coque reposait dans du sable meuble. Un tourbillon indiquait l'endroit, trente mètres plus bas, où nous nous étions échoués. Probablement un rocher ou un gros bloc de pierre.

Pendant au moins une heure, nous sommes restés assis l'un à côté de l'autre à nous demander comment faire pour sortir le *Hudson Queen* de là. Finalement le Chef a poussé un gros soupir en disant :

– La seule possibilité, ce serait une bonne grue sur une barge bien stable mais nous n'avons aucune possibilité de les faire venir ici. Surtout sans argent.

Il avait raison. Le *Hudson Queen* était bel et bien condamné à rester là. J'ai soudain eu l'impression d'assister à un deuxième enterrement. En seulement quelques jours. Il fallait dire adieu à notre bateau. Il n'y avait rien d'autre à faire.

En poussant un nouveau soupir, le Chef a ouvert le sac avec les provisions du marché.

– Le dernier repas à bord, a-t-il déclaré en disposant les produits sur le toit.

Le repas terminé, nous sommes restés sur le poste de pilotage encore un moment. Il nous était difficile de nous en aller. Le Chef était couché sur le dos les yeux plissés à cause du soleil. De temps en temps, il buvait une gorgée du vin que le viticulteur lui avait offert.

Soudain il s'est redressé et il a jeté un regard par-dessus mon épaule. Il y avait quelqu'un ? Je me suis retournée en suivant son regard. La seule chose que je voyais était la petite chute d'eau en amont.

J'ai regardé le Chef. Qu'avait-il en tête ? Ses yeux étaient toujours dirigés vers la chute d'eau mais ils avaient changé d'expression.

– De la dynamite, a-t-il murmuré pour lui-même. Ça serait peut-être possible avec de la dynamite…

L'espace d'un instant je me suis demandé s'il divaguait.

Mais soudain j'ai compris quelle idée lui était venue à l'esprit.

Le Chef a bu une grande gorgée de vin avant de dire :

– Tu crois que ça pourrait marcher ?

J'ai haussé les épaules. Peut-être. Peut-être pas.

– Quoi qu'il en soit ça vaudrait le coup d'essayer, a-t-il répliqué.

J'ai acquiescé.

Nous avons remonté le courant aussi loin que possible avant de laisser la barque entre deux pierres. La berge était abrupte. De gros blocs de granit semblaient avoir été déversés en vrac parmi les pins rabougris qui s'accrochaient désespérément dans la fine couche de terre. Arrivés suffisamment haut pour avoir une vue sur le fleuve de l'autre côté de la chute, nous nous sommes arrêtés. Il était large et droit et s'agrandissait encore plus loin.

– Ça ne pourrait pas être mieux, a constaté le Chef et ses yeux se sont mis à briller.

J'étais d'accord avec lui. Oui, ça ne pouvait pas être mieux.

Un petit moment plus tard, nous avons repoussé la barque dans l'eau et sommes repartis vers le sud. Vers Constância.

Cette fois, c'est moi qui écopais et le Chef qui ramait. Il réfléchissait à voix haute à la manière dont nous allions nous y prendre pour remorquer le *Hudson Queen*. De temps en temps, il s'interrompait pour fredonner une chanson qui surgissait dans sa tête. Puis il recommençait à parler du matériel qu'il fallait qu'on se procure à Constância.

– De la dynamite et des mèches, c'est le plus important. Et des allumettes, bien sûr. Il ne faut pas oublier les allumettes. On a déjà des outils dans le bateau, mais c'est vrai qu'ils ne sont pas accessibles. Mais si, on arrivera bien à les récupérer. N'est-ce pas ?

J'ai confirmé d'un hochement de tête.

– On a également besoin d'une plaque d'acier, a-t-il poursuivi. Et de rivets. À moins qu'il y en ait aussi dans le bateau ?

J'ai de nouveau hoché la tête.

– Très bien ! Si on trouve des rivets à Constância, on en prendra quand même, pour plus de sûreté. Et du minium. Et aussi des chiffons. Et du charbon…. Nom de Dieu, qu'est-ce qu'on va s'amuser !

Ça y est, le Chef était redevenu lui-même ! je me suis dit en éprouvant soudain un grand bonheur.

CHAPITRE 79
De la dynamite !

Nous sommes arrivés à Constância en pleine nuit et nous nous sommes rapidement endormis dans un pré, à la belle étoile.

Quand nous nous sommes réveillés, le soleil était déjà haut dans le ciel et il a fallu se dépêcher pour aller faire nos courses en ville. C'est en entendant sonner les cloches de l'église que je me suis souvenue qu'on était dimanche et qu'il faudrait attendre le lendemain pour trouver des magasins ouverts.

Nous avons donc passé la journée à nous promener dans les rues étroites de Constância, à regarder les bateaux sur le fleuve et à peaufiner notre plan. Nous avons repéré une barque en bois avec un panneau « à vendre » accroché à l'étrave. Elle était plus grande et en bien meilleur état que la nôtre. Son fond était large et plat et elle était équipée de deux paires de rames. Trouvant le prix raisonnable, le Chef l'a achetée sur-le-champ.

Le lendemain matin, nous attendions déjà devant la porte de la quincaillerie de Constância quand le marchand est venu ouvrir. Quelques heures plus tard, nos achats étaient chargés dans la nouvelle barque et nous avions commencé le retour vers Agiere. Le contre-courant était fort et la barque très lourde, d'autant que nous traînions derrière nous notre vieille barque.

Lorsque nous avons enfin accosté à Agiere, une lune argentée éclairait la route depuis déjà quelques heures.

Dès le lever du jour, nous avons escaladé la berge abrupte au nord de la chute avec notre matériel. La vallée était encore recouverte d'une brume dense mais la journée s'annonçait belle. Le problème était de décider où placer les bâtons de dynamite pour obtenir le meilleur résultat. Il ne fallait pas rater notre coup puisque nous n'aurions pas de deuxième chance. Le Chef a monté et descendu la pente plusieurs fois en calculant et en réfléchissant aux différentes hypothèses. La tâche n'était pas facile. Pour finir, il a quand même fallu faire confiance à la chance. Nous avons installé les bâtons en nous appliquant et en prenant notre temps. C'était de l'explosif à manier avec prudence.

Notre déjeuner se composait de pain, de saucisson et de fromage achetés à Constância. Le Chef s'était aussi procuré une bouilloire qui nous a permis de nous préparer du café avec l'eau du fleuve. Après le repas, le Chef a allumé un des cigares que je lui avais offerts.

– Il nous portera chance, a-t-il dit.

Les préparatifs terminés, nous sommes remontés à l'endroit où nous avions installé la charge explosive et nous avons déroulé quelques mètres de mèche. Le Chef l'a allumée avec son cigare, puis nous avons couru nous mettre à l'abri derrière quelques gros pins.

Le bruit fut assourdissant ! L'onde de choc a failli me faire lâcher le tronc auquel j'étais agrippée et m'entraîner dans l'éboulement, mais j'ai réussi à m'accrocher. Quand je suis revenue à moi, j'ai vu le chef agiter ses bras en sautillant derrière son arbre. Il avait perdu son bonnet, il riait aux éclats, l'air complètement fou avec ses cheveux en pétard et ses yeux écarquillés. L'explosion résonnait encore dans mes oreilles et je ne l'entendais pas.

En regardant la chute d'eau, j'ai immédiatement compris que nous avions réussi. Du gravier, des éclats de roc et d'énormes blocs de pierre s'étaient positionnés pour former un barrage au sommet de la chute. Le fleuve était étranglé. Pas une goutte d'eau ne passait.

Le niveau en bas de la chute devrait donc baisser.

Et quand il serait suffisamment bas, le *Hudson Queen* se trouverait à sec !

Dès que nous avons recouvré nos esprits, nous sommes allés jusqu'au *Hudson Queen* en barque. La ligne de flottaison était déjà descendue d'un décimètre !

Une heure plus tard, on pouvait marcher sur le pont bâbord sans se mouiller les pieds.

Nous sommes retournés à l'endroit de l'éboulement. Du haut de la berge, nous avons vu que le niveau d'eau au-delà du barrage où le fleuve était beaucoup plus large, avait à peine augmenté.

Tout se passait exactement selon nos prévisions.

Vers midi, il n'y avait plus du tout d'eau dans le fleuve autour du *Hudson Queen*. Nous avons réussi à faire démarrer la pompe pour vider ce qu'il restait d'eau à l'intérieur du bateau. Par-ci, par-là nous trouvions des poissons frétillants que nous avons portés dans des seaux jusqu'à des petites mares restées dans le sable.

Le trou dans la coque se situait tout en bas à bâbord. Il faisait environ cinquante centimètres de long. Par chance, la membrure n'avait pas beaucoup souffert. La tôle au-dessus était enfoncée. C'est pourquoi le bateau avait coulé aussi vite.

Une course contre la montre a commencé. Le fleuve au-dessus du barrage gonflait sans cesse. Mais heureusement, assez lentement. Il fallait réparer la fuite avant que l'eau n'atteigne le sommet du barrage.

En cas d'échec, le *Hudson Queen* se remplirait de nouveau d'eau. Mais si nous réussissions, il flotterait !

Nous avons travaillé sans interruption pendant vingt-quatre heures. Pour commencer, nous avons redressé la tôle enfoncée, puis nous avons découpé une nouvelle plaque de métal pour recouvrir le trou dans la coque. Muni chacun d'un vilebrequin, nous avons percé la plaque et la coque à une cinquantaine d'endroits. Rien que ça nous a demandé six heures.

Pour rendre la réparation étanche et pour traiter le métal contre la rouille, nous avons fixé un morceau de tissu imbibé de minium entre la tôle et la coque. À la tombée de la nuit, nous avons allumé un feu de charbon sur lequel nous avons chauffé les rivets. Puis, éclairés par quatre lampes à pétrole, nous avons remplacé les boulons par des rivets chauffés à blanc. Le Chef tapait sur la tête des rivets pendant que moi je vérifiais de l'autre côté que la tige s'écrasait comme il fallait afin que les deux parties soient bien fixées ensemble.

Quand le soleil s'est levé, il nous restait encore dix rivets à fixer. L'eau au-dessus du barrage se trouvait alors à dix centimètres du sommet. La pression augmentait à chaque seconde. Par-ci, par-là des jets d'eau fins et puissants avaient réussi à percer.

Nous venions d'installer le dernier rivet quand le barrage a commencé à céder. J'étais encore dans la carlingue du *Hudson Queen* et ne m'étais rendu compte de rien. Soudain j'ai entendu le Chef hurler depuis le pont :

– Ça y est ! Ça y est !

J'avais tout juste eu le temps de grimper l'échelle pour le rejoindre quand le barrage s'est effondré.

Un torrent d'eau s'est précipité sur nous.

Le *Hudson Queen* a tressailli lorsque le raz-de-marée l'a heurté. Pendant quelques instants, nous avons eu l'impression qu'il partait en arrière à toute vitesse.

Puis il a quitté le fond du Zêzere.

Dans un mouvement lent, comme dans une jolie révérence, la poupe s'est d'abord soulevée, puis la proue. La quille a ensuite cogné deux ou trois fois le fond sableux avant que le bateau soit emporté vers le milieu du lit du fleuve.

Le *Hudson Queen* flottait de nouveau !

Trente secondes plus tard, Agiere se trouvait derrière nous. Le Chef tenait la barre et moi j'étais assise, les jambes ballantes, sur la table de navigation. Le *Hudson Queen* avançait silencieusement entre les bancs de sable et les berges verdoyantes. Tout ce qu'on entendait était le chant des oiseaux et le doux bruissement de l'eau.

Le Chef a attrapé son deuxième cigare dans la poche de sa veste. Il l'a allumé et s'est ensuite mis à chanter une chanson que j'avais déjà entendue de nombreuses fois. Mais ça remontait à tellement longtemps.

Au revoir, adieu, ma Belle !
Farewell, goodbye, femme Cruelle !
J'ai trop attendu, le large m'appelle.

Je pars vers des pays lointains
Mais que t'importe mon destin
Mon amour ne te manquera point.

SOIR D'AUTOMNE

L'obscurité s'installe rapidement de l'autre côté du hublot. La dernière lueur du jour est en train de disparaître à l'ouest, derrière l'horizon. J'ai allumé la lampe à pétrole pour pouvoir écrire encore un peu. On sent que l'automne est arrivé à Lisbonne même si l'air est encore chaud.

Presque six mois se sont écoulés depuis que nous avons remonté le *Hudson Queen* du fond du Zêzere. Le courant nous a amenés à Constância d'où un bateau fluvial nous a remorqués jusqu'à Lisbonne.

Depuis, le *Hudson Queen* est amarré en bas du quartier de l'Alfama et il y sera sans doute pendant encore un bon bout de temps. Sans chaudière il n'ira nulle part, du moins par ses propres moyens.

La chaudière a été endommagée par les explosions lors du naufrage. Pendant les trois années passées au fond du Zêzere, pratiquement tout ce qu'il y avait à bord a été perdu. Il faudra d'innombrables heures de travail et beaucoup d'argent pour qu'il soit de nouveau en état de naviguer.

Mais ça viendra !

Et le *Hudson Queen* sera encore plus beau qu'avant !

C'est ce que nous avons décidé, le Chef et moi.

Pour gagner l'argent nécessaire, nous acceptons tous les petits boulots qu'on nous propose. Pendant nos heures libres nous grattons la rouille, nous peignons, nous remplaçons le bois abîmé, nous faisons des soudures. Nous avons entièrement démonté le moteur, ce qui nous a demandé plus d'un mois. Je n'ose même pas calculer le temps qu'il nous faudra pour le remonter.

Il m'arrive de me décourager quand je pense à tout ce qu'il reste à faire. Contrairement à moi, le Chef garde le moral. C'est du moins l'impression qu'il donne.

– Chaque jour et chaque nuit que j'ai passés en prison je n'ai rêvé que de ça, dit-il. Je suis libre et je travaille ! Comment pourrais-je me plaindre ?

Mais je sais qu'il arrive que le Chef soit un peu découragé lui aussi. Un jour, alors qu'il comptait les quelques sous que nous avions réussi à mettre de côté, j'ai sorti le turban du maharadja. Il vaut sans doute une fortune. L'argent nous permettrait de remettre le *Hudson Queen* en état en seulement quelques mois.

Le Chef a compris ce que j'avais en tête.

– Le turban est un cadeau qui scelle l'amitié entre toi et le maharadja, a-t-il dit. Pour rien au monde tu ne dois t'en séparer !

J'avais bien pensé que ce serait la réaction du Chef mais ça m'a quand même fait plaisir. Le turban est un souvenir que je dois garder.

La restauration du *Hudson Queen* avance quand même malgré le manque d'argent. Il y a cinq semaines, signore Fidardo nous a trouvé un lot de planches pour un prix très bas. Ça nous a permis d'aménager et d'équiper la cabine et ce soir, nous allons fêter ces travaux qui viennent de se terminer !

En écrivant ces quelques lignes, j'entends le Chef chanter tout en préparant le repas. Une soupe de poissons, je crois.

J'ai dressé une belle table dans la cabine avec des serviettes en tissu et des bougies. Ana et signore Fidardo viennent dîner. Je m'en réjouis !

Ana rentre d'une tournée en Espagne ce qui fait qu'on ne s'est pas vues depuis pas mal de temps. Je vais à la maison à Rua São Tomé plusieurs fois par semaine. Signore Fidardo en profite alors pour aller nous acheter de bonnes choses à la pâtisserie Graça. J'aiguise ses couteaux et ses ciseaux et parfois il me confie la réparation d'un accordéon. Ma table de travail est restée à sa place devant la fenêtre.

Le dimanche, nous déjeunons généralement tous les quatre chez Ana. Le Chef et signore Fidardo apportent toujours leur instrument pour accompagner Ana quand elle chante après le repas. Pour moi, c'est un moment privilégié.

Mais depuis quelque temps, il m'arrive de me sentir un peu triste quand je reste pelotonnée sur la banquette à écouter mes amis. Je sais pourquoi. La restauration du *Hudson Queen* va demander du temps, c'est vrai, mais elle se terminera bien un jour. Tôt ou tard, notre bateau pourra de nouveau voguer sur les flots. Et le moment viendra où nous larguerons les amarres et quitterons Lisbonne. J'attends ce jour avec impatience tout en souhaitant qu'il ne vienne jamais. Je ne veux pas quitter Ana et signore Fidardo.

À présent, j'entends un bruit de pas sur le pont. Nos invités sont arrivés. Ces lignes seront les dernières que je taperai sur mon *Underwood n°5*. Il est temps de mettre un point final à cette histoire. J'ai terminé ce que j'avais à écrire, j'ai raconté la vérité sur l'assassinat d'Alphonse Morro. Ça m'a demandé trois mois, trois cents feuillets et quatre rubans de couleur. Le fait d'écrire n'a pas totalement effacé mes cauchemars mais ils sont maintenant plus rares. C'est déjà ça.

Ce soir, avant d'aller me coucher je nettoierai, graisserai et astiquerai mon *Underwood n° 5*. Puis je la mettrai au fond de mon coffre de marin. Où elle restera.

Mais qui sait, j'aurai peut-être l'occasion de la ressortir un jour.

TABLE DES MATIÈRES

＋

DEUXIÈME PARTIE

◆

TROISIÈME PARTIE

◆

– Allez les élèves, c'est l'heure. On monte en classe, les poussa-t-il.

– Oui, professeur, répondirent-ils en chœur.

– Ils regardèrent l'enseignant s'éloigner vers le bâtiment des terminales.

– Il nous fait commencer de plus en plus tôt, non ?

– Bientôt, il viendra nous faire faire des maths à la cantine devant notre bol de riz, acquiesça Yonggui. Courage, plus que deux mois et on sera fixés sur notre sort.

– C'est facile à dire pour toi. Avec tes résultats, tu devrais pouvoir entrer dans une des grandes facs de Shanghai ou Pékin.

– Rien n'est jamais gagné, tu le sais bien, répondit Yonggui. Le bac, c'est un concours, il suffit de quelques candidats devant moi... »

(Extrait du chapitre 1)

Et j'irai loin, bien loin, Christophe, Léon

« Et voilà. Le père a ouvert le portail. C'est reposant, un père. Ça s'occupe de tout. Maintenant, il n'y a plus qu'à laisser les choses se dérouler. Inexorablement. Le laisser remonter dans la voiture, embrayer et rouler doucement dans l'allée pour rejoindre la maison, un peu en retrait de la route. C'est commode un père, quand on est un ado recroquevillé sur la banquette arrière. L'ado s'appelle Ernest. Il a fait la tête durant tout le voyage depuis Paris. Il a rognonné, grincé des dents et gémi tout son soûl. Pourtant, il fait beau. C'est l'été. Les vacances scolaires. Il y a l'air conditionné dans la bagnole. Mais Ernest la joue boudeur. Flingueur de bonne humeur. Exterminateur d'ambiance. Petit Néron pyromane de vacances familiales. La machine est huilée et il a l'impression de revivre ça pour la millième fois. La mère, endormie à la place du passager. Décoiffée. Un peu obscène avec sa bouche entrouverte et le léger ronflement qui s'en échappe. On dirait un mauvais téléfilm français. Les mêmes acteurs vus et revus. Pas d'action, pas de suspense, un drame. Un drame tranquille. Sans méchants, sans tueurs, sans coups fourrés, pas de sang, du soft, de l'ennuyeux, du barbant à la louche. Les parents, quoi. »

(Extrait du chapitre 1)

T'arracher, **Claudine Desmarteau**

« Encore à la bourre aujourd'hui. Troisième retard de la semaine. À cause des nuits au hachoir j'ai beaucoup de mal à émerger le matin. Le réveil sonne et je me rendors. Souvent c'est ma mère qui me sort du lit, je m'habille en catastrophe j'avale un café et j'arrive au bahut avec un point de côté. Tous les retards sont comptabilisés et notés dans le bulletin. Très dommageable pour le dossier scolaire, on nous l'a assez rabâché. Il file un mauvais coton mon dossier scolaire. C'est ta faute enfoiré. Pas que, soyons honnête. Je ne peux pas t'accuser d'être responsable de mes notes calamiteuses en maths ni de ma moyenne minable en histoire-géo. Je suis née nulle en maths et je ne branle rien en histoire-géo, ni en SES d'ailleurs. Je ne sais pas pourquoi je suis allée m'égarer en ES alors que je déteste l'économie. S, pour moi c'était exclu. On m'a chaudement dissuadée de m'échouer en L « la voie de garage pour les glandus qui débouche sur l'ANPE ». Alors j'ai choisi ES. Par défaut. C'est fou le nombre de conneries qu'on fait par défaut. »

(Extrait du chapitre 1)

Sept jours pour survivre, **Nathalie Bernard**

« Bizarrement, la première chose à laquelle Nita pensa en se réveillant fut : *Ma mère a dû m'attendre longtemps, les bougies ont fondu et recouvert le gâteau de cire, il doit être immangeable...* Ensuite, elle sentit le froid sur son visage.

Un froid sec et mordant.

Son corps, lui, était au chaud. Elle reconnaissait le contact de son pull noir et de son jean et devinait le poids d'une couverture.

Où suis-je ?

Elle serra ses paupières de toutes ses forces. Tant qu'elle n'ouvrirait pas les yeux, tout ça pouvait encore n'être qu'un cauchemar, juste un sale cauchemar comme ceux qui la réveillaient en nage au milieu de la nuit. Ces nuits-là, elle faisait la morte pour se rendre invisible, à l'instar de certains animaux sans défense. Elle se tenait immobile dans le noir, tentait de disparaître jusqu'à ce que les spectres qu'elle avait imaginés s'en aillent, lassés de cette chair inanimée. Lorsqu'elle était bien certaine qu'ils étaient partis, elle tendait rapidement un bras en direction de la lampe, attrapait l'interrupteur et, dans la lumière jaune, elle redécouvrait sa chambre inchangée. »

(Extrait du chapitre 1)

Sanglant hiver, Hildur Knútsdóttir
Traduit de l'islandais par Jean-Christophe Salün

« Le mois des sacrifices

Bergljót

C'était sans doute la première fois que Bergljót arrivait en avance au collège. Traversant le couloir désert des troisièmes, elle se dirigea vers les toilettes des filles. Face à son reflet dans le miroir, elle détacha sa longue chevelure blonde, nouée à la va-vite avant de partir, et travailla à lui donner une allure encore plus négligée. Il lui fallut plus d'une tentative. Lorsque Bergljót fut enfin satisfaite du résultat, elle appliqua sur ses lèvres un baume au goût de mangue, se lava les mains et ressortit pour prendre place sur le banc du couloir. Pour la énième fois, elle se dit qu'elle n'aurait pas été contre un téléphone avec une connexion Internet. Mais plutôt que de consulter Facebook ou Instagram, elle dut se contenter de regarder par la fenêtre et d'attendre que la sonnerie de 8 heures 10 retentisse.

Le jour commençait à se lever. À l'est, le ciel d'encre dévoilait à peine les contours des bâtiments, qui semblaient noirs contre l'aube naissante. Les feuilles mortes tombées des arbres s'étaient depuis longtemps envolées. Même s'il n'avait pas encore neigé, l'automne cédait peu à peu la place à l'hiver.

8 heures 2. Bergljót vit un bus s'immobiliser devant le lycée et un flot d'élèves en sortir. Elle s'estimait chanceuse de pouvoir venir à pied, n'osant s'imaginer attendre le bus par tous les temps au plus sombre de l'hiver. »

(Extrait du chapitre 1)

I invade you, Sarah Turoche-Dromery et Nils Barrellon

« Mercredi 4 novembre

Esther court dans le labyrinthe des couloirs du métro République, zigza-gant entre les voyageurs pressés. Grégoire lui a envoyé un SMS il y a quelques minutes et elle a immédiatement laissé en plan son devoir d'histoire sur les nouvelles conflictualités depuis la fin de la guerre froide pour le retrouver. Sur le quai de la ligne 8, elle relit son message « SUSHI, TU PEUX 16H MÉTRO CAMBRONNE ? J'AI TRUC URGENT À TE DIRE ». Esther étudie rapi-dement le plan. Elle descendra à La Motte Piquet Grenelle et finira à pied. Elle devrait être pile à l'heure. Mais qu'a donc Grégoire de si urgent à lui dire ? Et pourquoi à Cambronne ? C'est loin de leur QG. Depuis la rentrée, après un été passé à flâner dans les jardins publics et sur les quais de Seine, ils ont pris l'habitude de se retrouver chaque mercredi en fin de journée dans un petit café de la rue Oberkampf. C'est là, dans le fond de la salle déserte avant l'arrivée des dîneurs, sur une banquette de skaï rouge, qu'ils s'embrassent à en perdre le souffle avant de se raconter les deux premiers jours de la semaine où ils ont été séparés car « cette année pas dans la même classe ». Et aussi parce qu'au lycée, Grégoire préfère qu'ils ne se montrent pas trop ensemble. »

(Extrait du chapitre 1)

De l'autre côté, Stefan Casta
traduit du suédois par Agneta Ségol

« Quelqu'un meurt. C'est comme ça que cette histoire commence. Quelqu'un meurt et quelqu'un gagne à un jeu de grattage. Ça va changer beaucoup de choses. Tout, en fait.

C'est un vendredi.

Le 21 juin. Une date que je n'oublierai jamais. Pas parce que c'est la Saint-Jean, mais à cause de ce qui arrive.

C'est donc l'été.

Enfin… l'été si on veut. Le temps est tellement pourri qu'il faut une bonne dose d'optimisme pour déceler le moindre signe de son arrivée. En somme, il faut être comme Jörgen qui, lui, en voit partout. Des signes, je veux dire.

Jörgen c'est mon père. Un fait qu'il a souvent tendance à oublier. En ce moment il est au volant. Il fait de grands discours en conduisant. Personne ne l'écoute. On a déjà tout entendu. Ce qui ne l'empêche pas de débiter imperturbablement son monologue enthousiaste et interminable. De temps en temps, il souligne ses propos par de grands gestes emphatiques qui l'obligent à lâcher le volant. Les voitures autour de nous klaxonnent et nous font des appels de phare mais Jörgen s'en fiche royalement. Rien ne peut arrêter le flot de paroles qui se déverse de sa bouche. Il parle comme s'il se trouvait en face d'un public. Et le public c'est nous, Vanessa et moi. »

(Extrait du chapitre 1)

Le bonheur est un déchet toxique, Manu Causse

« Dire que je n'ai pas pleuré à l'enterrement de mon père.

Enfin si, un peu, évidemment. Mais quand même. Derrière les larmes, j'ai presque réussi à sourire. Je lui avais promis.

– Qu'est-ce que tu feras, à mon enterrement ?

– Je pleurerai, Papa. Bien sûr.

– Bzzzz ! Mauvaise réponse. Si tu pleures, tu me devras un bouquet de roses.

– Et si je ne pleure pas ?

– Tu auras gagné.

On faisait des paris tout le temps. Quand je perdais, je lui devais des fleurs, des moments sans ordinateur ou téléphone. Quand je gagnais, il me devait des bisous.

D'accord, les bisous, j'avais un peu arrêté d'en vouloir vers mes huit ans. Il y a un moment quand on grandit où on trouve que les bisous de son père, c'est juste nul.

Et puis deux ans après, j'en ai voulu de nouveau. Le plus possible. Au point de vouloir gagner tous mes paris avec lui. »

(Extrait du chapitre 1)

Les porteurs - Tome 1, C. Kueva

« J'ai toujours eu peur des piqûres. Chaque année, d'aussi loin que je m'en souvienne, la prise de sang des Sanits était une petite épreuve que je devais surmonter sans me plaindre, de peur des moqueries de copains. Eux, ça ne les dérangeait pas le moins du monde. Moi, j'essayais de distraire ma trouillee en contrôlant ma respiration. Un, deux, trois, quatre, j'inspire, un, deux, trois, quatre, cinq, six, sept, je bloque, un, deux, trois, quatre, cinq, six, sept, huit, j'expire. On attendait tous à la queue leu leu. Ça défilait. On était deux cent cinquante élèves au lyceum, disons trois minutes par prise de sang, ça fait…

Gaëlle est arrivée et j'ai oublié mes comptes. Elle a déposé vite fait un baiser sur mes lèvres, elle avait les bras chargés de courses ; tout ce qu'il fallait pour le Seza de Flo : des jus de fruits, des sachets de noix de pécan, des gâteaux secs et tout un tas d'autres trucs appétissants, de quoi tenir pendant les longues discussions qui s'annonçaient. »

(Extrait du chapitre 1)

Car boy, Anne Loyer

« – Fonce !

Le mot ronfle, furieux, joyeux, il repeint l'habitacle, me plonge en plein film d'action. J'appuie sur la pédale, me couche sur le volant.

– Plus vite !

Mylène, les yeux braqués à travers le pare-brise, sourit de toutes ses dents. La vitesse étincelle son regard. Elle est plus belle que jamais. Je la vois ouvrir la fenêtre, passer la tête dehors, ses cheveux se mettent à flotter en drapeau.

– Yeahhhhhhh.

Son cri se perd dans le paysage qui s'enfuit. C'est quoi la vie finalement ? Une voiture, une fille et une route. Droit devant. »

(Extrait du chapitre 1)

Une preuve d'amour, Valentine Goby

« Le prof de français monte sur l'estrade, les mains en porte-voix :
– Pas tous à la fois ! On ne s'entend plus !

Personne n'écoute, on se parle d'un bord à l'autre de l'allée, les voix fusent à travers la classe en même temps que des boules de papier froissé.

– De touts façon elle avait pas le choix…
– Attends, t'as toujours le choix !
– C'est vrai ça, pourquoi elle l'a fait cet enfant si elle avait pas les moyens de l'élever ?
– Bouffonne, y avait pas la pilule dans l'ancien temps…

Le prof tente un commentaire :
– Nathalie, l'histoire ne se passe pas en Grèce Antique, mais à Paris au début du XIXe siècle. Ce n'est pas si lointain…
– Y avait la pilule à l'époque ?
– Non, mais…
– C'est bien ce que je dis monsieur alors, c'est la préhistoire ! Victor Hugo, c'est la préhistoire ! Si tu étais enceinte, tant pis pour toi, tu avais un enfant et puis c'est tout. »

(Extrait du chapitre 1)

Attends qu'Helen vienne, Mary Downing Hahn
traduit de l'anglais (Etats-Unis) par Valérie Dayre

« – Vous avez acheté une église ? s'est exclamé Michael.

Nous avions lui et moi levé le nez de nos devoirs étalés sur la table de la cuisine. J'étais en train d'écrire un poème demandé par M. Pelowski, mon professeur d'anglais, tandis que Michael traçait allègrement sa route à travers une vingtaine d'exercices de maths.

Notre mère remplit d'eau la bouilloire qu'elle posa sur la cuisinière. Le vent de mars lui avait rosi les joues.

– Vous allez adorer, Molly et toi, assura-t-elle à mon frère. C'est exactement le genre d'endroit que Dave et moi avons cherché durant tout l'hiver. Il installera son atelier de poterie dans l'ancienne remise à voitures, moi j'aurai tout l'espace nécessaire pour peindre dans la galerie du choeur. Mon loft ! C'est parfait.

– Mais comment peut-on habiter dans une église ? persista Michael qui refusait de se laisser gagner par l'enthousiasme maternel. »

(Extrait du chapitre 1)

Faire le mort, Stefan Casta
traduit du suédois par Agneta Ségol

« Je suis couché devant le feu. Il brûle à peine. Les flammes vacillent nerveusement et lèchent le bois humide que j'ai ramassé. Il était sur le point de s'éteindre mais il reprend de la vigueur ? J'ai ajouté une brassée de branches de sapin. C'est probablement ce qui le sauve. Ce qui me sauve. Des branches de sapin !

Il y a du vent et pourtant c'est la nuit. Un vent glacial qui passe par-dessus le sommet de la montagne et qui se glisse le long de ma colonne vertébrale. Ma transpiration a séché, à moins qu'elle ne se soit transformée en glace, je ne sais plus très bien. Je ne sais plus rien. Et je m'en moque. »

(Extrait du chapitre 1)

Jonas ou dans le ventre de la nuit, Alexandre Chardin

« La scène pourrait sembler comique. Un homme tente de faire rentrer un âne têtu dans un camion garé au bord de la route. Mais Jonas, qui les observe de la fenêtre de la cuisine, ne rit pas. Il connaît l'homme, monsieur Claude, et Sorgo, l'âne. L'homme tire de toutes ses forces sur la corde au bout de laquelle l'animal résiste de toutes ses forces, la tête levée. C'est une lutte acharnée. Monsieur Claude grimace, jure et gesticule. L'âne est immobile, les pattes avant tendues sur la planche menant au camion. Ses grands yeux blancs où roulent la terreur et la folie ne savent où se poser. »

(Extrait du chapitre 1)

Cet ouvrage a été achevé d'imprimer sur un cargo
pour le compte des éditions Thierry Magnier
par l'imprimerie 🐝 Grafica Veneta à Trebaseleghe (Italie) en novembre 2017 (3ᵉ édition)
Dépôt légal : juin 2016